Cristiano Halle

Dança com Demônios

O levante do mal

Cristiano Halle

Dança com Demônios

O Levante do Mal

Talentos da Literatura Brasileira
São Paulo, 2021

Diretor Editorial: Luiz Vasconcelos
Coordenação editorial: Stéfano Stella
preparação: Daniela Georgeto
revisão: Flávia Cristina de Araujo e Cínthia Zagatto
Capa e diagramação: Plinio Ricca
Projeto gráfico: Plinio Ricca e Stéfano Stella

Texto de acordo com as normas do Novo Acordo Ortográfico
da Língua Portuguesa (1990), em vigor desde 1º de janeiro de 2009.

Dados Internacionais de Catalogação na Publicação (CIP)
Angélica Ilacqua CRB-8/7057

Halle, Cristiano
Dança com demônios: o levante do mal / Cristiano Halle. – Barueri, SP:
Novo Século Editora, 2021.

1. Ficção brasileira 2. Terror - Literatura I. Título

20-2472 CDD 869.3

Índice para catálogo sistemático:
1. Ficção: Literatura brasileira 869.3

TALENTOS DA LITERATURA BRASILEIRA
Uma marca do Grupo Novo Século

Alameda Araguaia, 2190 – Bloco A – 11º andar – Conjunto 1111
CEP 06455-000 – Alphaville Industrial, Barueri – SP – Brasil
Tel.: (11) 3699-7107 | E-mail: atendimento@gruponovoseculo.com.br
www.gruponovoseculo.com.br

PRÓLOGO

Brasil. Ano de 1888.

O regime escravocrata estava com os dias contados. Os escravos, a maior parte de origem africana, começavam a se rebelar em todas as fazendas espalhadas pelo país. Os proprietários se defendiam tentando controlar as rebeliões, resultando, na maioria das vezes, em conflitos sangrentos.

Aparentemente, nada de diferente acontecia em uma grande propriedade localizada no interior da província de São Paulo. Porém, apenas aparentemente. O que estava por vir ninguém poderia sequer ter sonhado.

Era noite. A anormal escuridão tornava o lugar amedrontador. A lua, escondida atrás das nuvens, emitia apenas uma fraca iluminação. As estrelas pareciam ter desaparecido. Uma leve brisa soprava, balançando as árvores em uma sinfonia quase harmônica do farfalhar de folhas e galhos, tornando aquela noite ainda mais assustadora.

As únicas fontes de luz da propriedade vinham da casa-grande e dos lampiões dos capangas, todos armados com espingardas e espadas, enquanto faziam a ronda pela senzala, sob o comando do homem corpulento e rude conhecido apenas como Chacal.

O contraste entre a senzala e a casa-grande era evidente. Enquanto o alojamento dos escravos, localizado em um vale no interior da propriedade, era feito de madeira e piso de terra batida, tornando o ambiente um lugar frio e desconfortável, a casa-grande estava fixada no alto de uma colina, um ponto estratégico para visão e, quando necessário, para o combate contra a revolta dos escravos. A enorme casa era construída com paredes de alvenaria, teto e piso de madeira, com diversos ambientes, como sala de estar, sala de jantar, três quartos, um hall e dois escritórios.

Dentro da casa, Juan Carlos Villareal, o proprietário, e sua esposa Carmen, ambos imigrantes de origem espanhola, jantavam, sob a fraca luz das lamparinas, na luxuosa sala de jantar, composta por uma enorme mesa de madeira entalhada à mão. Sobre a mesa, pratos de porcelana e talheres finíssimos demonstravam toda a riqueza que o senhor de escravos conseguira juntar às custas do sofrimento dos africanos trazidos para o trabalho forçado na terra.

O casal tinha uma única filha, Isabel Villareal, de apenas um ano de idade, que dormia um sono tranquilo no colo da mãe durante o jantar, alheia ao barulho dos estalos da madeira que sustentava a casa e do assovio da leve brisa passando pelas frestas das janelas e das portas.

Homem de meia-idade, rude, de expressão severa, Juan Carlos maltratava as escravas quase todas as noites, cada vez por um motivo diferente:

– Esta comida está horrível! – bradou para a cozinheira. – Você não presta para nada!

– Você acha que devo comer com as mãos? – gritou com outra escrava, que não havia colocado os talheres corretamente.

Ele mesmo fazia questão de pegar o chicote e castigar as mulheres. Toda noite, pelo menos uma escrava voltava chicoteada para a senzala, enquanto Juan Carlos se deitava em sua cama macia e se cobria com colchas feitas com os tecidos mais finos e caros, satisfeito por ter ensinado uma boa lição às servas.

Mulher bonita e carismática, com um sorriso cativante e cabelos bem negros e lisos, Carmen sempre era dócil e carinhosa com todas as escravas e escravos que a ajudavam tanto a cuidar de Isabel quanto da casa. Por muitas vezes, tentara alertar o marido sobre a necessidade de não ser rude com os escravos, mas sempre acabava recebendo respostas ríspidas; isso quando não levava um tapa no rosto ou um empurrão que a jogava com violência contra o chão.

Durante o jantar, uma gritaria se fez ouvir por cima do barulho da brisa que assoviava nas janelas, vinda do lado de fora da casa. Juan Carlos levantou-se de imediato para ver o que estava acontecendo, levando consigo sua espingarda, que até aquele momento estava apoiada contra a parede às suas costas. Mal teve tempo de se aproximar da porta para a sala de estar, foi abordado por seu feitor, o Chacal:

– Revolta de escravos!

– Em qual das senzalas? – perguntou Juan Carlos.

– Todas!

– São muitos escravos. Vou mandar um mensageiro trazer reforços das fazendas vizinhas.

– Não precisa. Nós damos conta – respondeu Chacal de forma ríspida.

– Espero mesmo! – retrucou à altura e saiu às pressas da casa, com a espingarda em riste, enquanto gritava ordens para a esposa: – Entre no quarto, tranque a porta e só saia quando eu voltar!

Juan Carlos tinha plena confiança em Chacal, um ex-combatente do exército espanhol com muita experiência em batalhas, marcadas em seu corpo pelas inúmeras cicatrizes; a principal delas atravessando seu rosto verticalmente até próximo da boca, o que o deixou cego do olho direito, motivo pelo qual tivera de abandonar o exército. Sem outra habilidade além da guerra, Chacal viajara ao Brasil havia mais de dez anos à procura de uma nova oportunidade, encontrando-a junto do fazendeiro, a quem ajudara a criar um rico império escravocrata.

Mesmo tendo seu homem de confiança, Juan Carlos gostava de acompanhar as caçadas aos escravos fugitivos, não para comandar seus "guerreiros", mas para satisfação própria ao ver os revoltosos castigados.

Montados em cavalos, Juan Carlos e Chacal desceram a colina a galope, aproximando-se rapidamente da gritaria, dos sons de tiros e dos tilintares de espadas se chocando, barulhos de batalhas que ambos estavam muito acostumados a ouvir. Logo que chegaram à senzala, os dois se dividiram: Chacal partiu para a luta, brandindo sua espada e gritando ordens, enquanto Juan Carlos ficou a certa distância, andando a cavalo de um lado para o outro, apenas observando o desenrolar dos acontecimentos.

Em poucos minutos a rebelião estava contida. Com exceção de uma minoria considerável, que havia escapado para o interior de uma floresta pertencente à propriedade, os escravos foram trancados novamente na senzala. Ao ser informado pelo Chacal sobre a fuga, Juan Carlos ordenou imediatamente:

– Junte os homens! Vamos caçá-los!

Enquanto Chacal se afastava para executar a ordem, Juan Carlos o chamou e completou:

– E podem matar todos os fugitivos!

– Sim, senhor! – respondeu Chacal, seguindo a cavalo para juntar seus homens.

Não muito tempo depois, estavam entrando na floresta, cada um carregando uma tocha para iluminar o caminho. Todos estavam a pé, com exceção do Chacal e de Juan Carlos, que ainda montavam em seus cavalos. Conhecendo bem a região e os possíveis esconderijos que poderiam ser usados pelos escravos, não foi difícil encontrá-los.

O esconderijo dos escravos ficava em uma caverna no interior da floresta. Feridos e cansados, estavam sentados em círculo ao redor de uma fraca fogueira. Apenas um deles estava em pé: um homem negro, de olhos bem escuros e barba negra e comprida, que contrastava com seus dentes brancos. Ele entoava um cântico em sua língua natal e segurava uma tigela com um líquido escuro. Enquanto andava pelo interior do círculo humano, o homem, conhecido apenas como Feiticeiro pelos escravos, fazendo menção ao seu posto de líder da tribo, dava aquele líquido para cada um dos fugitivos beber.

Quando os homens de Juan Carlos invadiram a caverna, todos armados, os fugitivos, sob orientação do Feiticeiro, se entregaram sem resistência e foram levados para fora. Enfileirados, eles se ajoelharam rapidamente diante de Juan Carlos e de seu feitor, na entrada da caverna. Chacal fez menção de descer do cavalo para executar as ordens de seu chefe, mas foi contido por ele:

– Deixe-me falar com eles primeiro! – ordenou Juan Carlos.

– Caso queira saber – respondeu Chacal, apontando para o homem de barba –, aquele é o líder.

Descendo do cavalo, Juan Carlos pegou uma tocha com a mão esquerda e, segurando a espingarda na mão direita, aproximou-se dos escravos ajoelhados, todos olhando para o chão. Andou lentamente na frente de cada um deles, olhando-os com atenção e fingindo não saber quem era o líder.

Ao parar em frente ao escravo que fora apontado como o líder, Juan Carlos ordenou que ele se levantasse. Ignorado, usou da violência para fazer o homem ficar de pé, agarrando-o pelas roupas surradas e forçando-o a se levantar. O homem não ofereceu resistência, mas manteve seus olhos voltados para o chão.

Ao colocar o homem de pé, Juan Carlos deu um passo para trás, apontou a espingarda para o rosto dele e gritou:

– Olhe para mim!

O Feiticeiro levantou o rosto lentamente, o olhar desafiador e com um pequeno sorriso malicioso em sua boca, que não passou despercebido pelo fazendeiro:

– Está rindo de quê? – gritou Juan Carlos.

Nesse momento, percebendo que algo poderia estar bem errado, Chacal apontou sua arma em direção aos escravos, gesto seguido por todos os seus comandados.

– Você está achando tudo isso engraçado? – perguntou Juan Carlos.

O Feiticeiro abriu ainda mais seu sorriso antes de começar a entoar um cântico diferente do anterior, em sua língua natal. Terminadas as palavras estranhas, levantou seu braço direito com um movimento rápido, abriu a mão em frente ao rosto de Juan Carlos, revelando um pó escuro, e o assoprou com violência, fazendo com que o espanhol aspirasse e engolisse.

Em resposta imediata, Juan Carlos disparou, abrindo um buraco na cabeça do Feiticeiro. Enquanto o corpo inerte caía ao solo, mantendo o sorriso e o olhar desafiador, Chacal e seus homens dispararam, matando todos os escravos, cujos corpos foram caindo para dentro da caverna devido ao impacto do tiro.

Após o disparo, Juan Carlos largou a arma e se ajoelhou, colocando a mão sobre o rosto. Não sabia o que era aquele pó que o Feiticeiro havia assoprado, mas agora seus olhos ardiam, sua garganta estava seca e a sensação de queimação tomava conta do seu corpo. Tentou pedir ajuda, mas sua voz não passava de um sussurro. Sentiu braços fortes levantando-o do chão e colocando-o deitado sobre seu cavalo. Logo depois, sentiu a brisa batendo em seu rosto enquanto era levado a galope de volta para sua casa.

Juan Carlos perdeu a noção do tempo. Quando o cavalo parou e a brisa não batia mais em seu rosto, braços fortes o tiraram da sela. Fraco, olhou para o rosto de quem o carregava e reconheceu Chacal rapidamente. Seus ouvidos também captaram uma palavra quando seu empregado falou:

– Envenenamento...

– Vamos cuidar dele!

E então tudo escureceu e ficou silencioso.

Juan Carlos fora colocado em sua cama. Suava muito, como se estivesse com febre. Carmen cuidava do marido, colocando compressas de água fria sobre sua testa, esperando, dessa forma, conseguir diminuir a temperatura. As escravas estavam agitadas no interior da casa, fazendo tudo o que a sua senhora mandava. Chacal estava encostado contra a parede, de braços cruzados, olhando a movimentação das mulheres, sem saber o que fazer para ajudar. Do lado de fora, os capangas cercavam a casa, armados, para proteger o seu senhor caso os outros escravos se revoltassem novamente.

No quarto adjacente, Isabel gritava e chorava em seu berço. Um grito diferente de tudo que sua mãe já havia ouvido: um misto de tristeza e, principalmente, medo, como se pressentisse que algo muito grave estava para acontecer. Rapidamente, uma das escravas entrou no quarto com a criança no colo e, a pedido de Carmen, tentava acalmá-la, cantando baixinho uma música de ninar, andando de um lado para o outro.

Quase que imediatamente, gritos de ordem e disparos, vindos do lado de fora da casa, invadiram o quarto. Chacal, já alerta, pegou sua arma, dirigiu-se à porta do quarto e parou, com uma das mãos apoiada sobre a maçaneta. Olhou rapidamente para trás e ordenou, ríspido:

– Tranquem a porta quando eu sair!

Chacal bateu a porta com força às suas costas e ouviu o trinco sendo girado. Caminhou apressado pela sala, em direção à porta de acesso ao exterior. Parou, porém, antes de abri-la, a mão esticada para a maçaneta, para tentar ouvir melhor o que estava acontecendo do lado de fora. Alguma coisa estava bem estranha. Os disparos haviam cessado. Os gritos, que antes eram típicos de um confronto, agora eram de dor e agonia.

Os anos de experiência na guerra lhe diziam que, independente de como fosse a luta do lado de fora da casa, não poderia ter acabado de forma tão repentina.

– Mas o que está acontecendo? – perguntou a si mesmo.

Agora o silêncio reinava. Intrigado, engatilhou sua arma e abriu a porta, saindo para a varanda, pronto para disparar ao primeiro movimento que visse. Porém, pela primeira vez em toda sua vida de batalhas, ficou estático, sem saber o que fazer. Seu olho bom não acreditava no que via: os seus homens estavam caídos, quase todos mortos.

Alguns sobreviventes, sem condições de reagir, estavam sendo executados, mesmo sob pedidos de clemência. Não foi, porém, a execução impiedosa que deixou Chacal sem reação pela primeira vez em sua vida, mas, sim, os executores.

Bem à sua frente, estavam os escravos que tinham sido mortos havia pouco, com os buracos das balas ainda abertos em suas cabeças e os olhares vidrados, carregando facões, e enxadas, e todo tipo de instrumentos de trabalho como arma. Não parecia, no entanto, que os escravos executados na caverna estavam sozinhos nessa nova insurgência. Uma rápida olhada o fez perceber a presença de um número muito maior deles, como se toda a senzala estivesse ali reunida. Parecia, de alguma forma inexplicável, que os escravos contidos antes da chacina agora faziam parte das fileiras à sua frente. E, o pior, todos eles carregavam os mesmos olhos vidrados que os executados, além de cortes profundos causados por facões. Na liderança estava o Feiticeiro, segurando um forcado enfiado nas costas de um dos homens, olhando fixamente para o que fazia.

O Feiticeiro levantou a cabeça, com aquele sorriso malicioso no rosto, fixando os olhos diretamente no último homem em pé entre ele e a casa. Mesmo com medo do que via, Chacal reuniu toda sua coragem e exclamou:

– Não é possível! Como vocês estão vivos?

A voz do Feiticeiro estava diferente, arrastada:

– O desejo de vingança nos mantém vivos.

Chacal disparou contra o Feiticeiro, acreditando que, se o matasse, agora de verdade, os outros abandonariam a causa. O tiro foi certeiro no peito do homem, que, pela força do impacto, curvou-se e cambaleou para trás, mas manteve-se em pé.

– Mas como? – Chacal estava perplexo.

O Feiticeiro lentamente endireitou seu corpo, revelando mais um buraco de bala. Sua expressão agora era raivosa. Com um rápido movimento do braço, atirou o forcado com força e violência, acertando Chacal no peito.

– Não... Não pode ser!

Essas foram as últimas palavras de Chacal, enquanto seu corpo ferido caía de costas no chão. Agonizando, não conseguiu se mexer enquanto os escravos mortos passavam por ele, alguns o pisoteando, dirigindo-se para o interior da casa.

Chacal queria impedir que eles entrassem na casa, mas estava sem forças para fazer qualquer coisa.

O Feiticeiro se aproximou do feitor, ainda agonizando, e segurou o cabo do forcado. Com um movimento rápido, arrancou o forcado do peito do moribundo e o cravou em seu rosto, com a mesma fúria de antes, acabando, assim, com o sofrimento dele.

†††

A escrava trancou a porta logo depois que Chacal saiu. Ao se virar, falou:

– *Sinhá*, se me dá licença, eu sei o que aconteceu com seu marido.

Antes mesmo que Carmen pudesse falar qualquer coisa, ela continuou:

– Não foi envenenamento. É magia negra, da minha tribo. Só o curandeiro ou o chefe da tribo é que pode tirar a maldição.

Carmen, sentada na cama ao lado do marido, permaneceu em silêncio, o olhar fixo no corpo inconsciente de Juan Carlos. Com um movimento rápido e repentino, levantou-se e caminhou a passos rápidos até seu armário. Tirou algumas roupas de cama de seu interior, espalhando-as freneticamente, até expor uma pequena maleta. Ela a levou até a cômoda e a apoiou no tampo do móvel, jogando todas as coisas que estavam sobre ele no chão.

Carmen soltou os trincos e abriu a maleta, revelando diversos potes tampados. Em cada um havia um pó fino de cor diferente.

– O que a *sinhá* está fazendo? – perguntou a escrava.

– Não é só o seu povo que sabe lidar com magia negra! – respondeu Carmen, pegando alguns potes e retornando rapidamente à cama.

Enquanto entoava um cântico em sua língua nativa, Carmen abriu um dos recipientes e despejou todo o seu conteúdo ao redor do corpo do marido. Depois rasgou a camisa dele, deixando seu peito nu. Ela abriu outro pote e o despejou sobre o peito de Juan Carlos, desenhando a estrela cigana, um talismã de proteção contra inimigos visíveis e ocultos. Com o que restou do pó em seus dedos, Carmen desenhou a mesma estrela na testa do marido.

Ao terminar, Carmen voltou à maleta e pegou uma adaga cerimonial. Retirou-a da bainha, revelando uma lâmina prateada presa a um cabo cravejado de pedras preciosas. Aproximou-se do marido e fez nele cortes precisos em pontos estratégicos: nos pulsos, braços, peito, abdome, pernas e pés. De imediato, um sangue negro começou a escorrer, manchando os lençóis e o chão.

– Pare, dona Carmen! – gritou a escrava ao vê-la cortando o marido com a adaga. – A *sinhá* vai matar ele!

– Não, não vou! – respondeu Carmen sem se virar. – Isso vai salvá-lo!

– A *sinhá* já fez isso antes?

– Algumas vezes, quando era cigana, antes de me casar com Juan Carlos. Aprendi com minha mãe.

Juan Carlos engasgou, tossiu e sentou-se rapidamente, vomitando sangue negro sobre o próprio corpo e por toda a cama. Com a mesma velocidade, seu corpo caiu novamente, porém agora estava consciente e acordado.

– Carmen! – exclamou, sua voz fraca.

Passando a mão pelos cabelos dele, encharcados de suor, ela respondeu:

– Descanse, meu amado. Você precisa descansar. Logo estará melhor.

Uma batida forte fez Juan Carlos se sentar na cama com dificuldade. Carmen se virou rapidamente a tempo de ver a porta balançar com o segundo impacto. A escrava, ainda segurando Isabel no colo, também se virou cheia de pavor e, em passos lentos e temerosos, colocou-se ao lado de Carmen.

Do lado de fora, uma voz grave, carregada de ódio, falou:

– Não têm para onde fugir! É melhor se entregarem e aceitarem o seu destino!

A porta balançou mais uma vez com outra pancada, cedendo parcialmente. Mais uma ou duas investidas e os invasores teriam caminho aberto para dentro do quarto.

Virando-se repentinamente para Carmen, a escrava lhe entregou Isabel com força, fazendo-a chorar, e falou:

– A *sinhá* tem que sair daqui! Eles vão matar a *sinhá*!

– Eles quem? – perguntou Carmen.

– Essa é a voz do líder da minha aldeia. Está diferente, mas é ele, tenho certeza. Está carregada de ódio. Parece de outro mundo. Ele não vai parar até matar a *sinhá* e sua filha.

Juan Carlos se levantou com dificuldade e se aproximou das mulheres, cambaleando, apoiando-se onde podia, enquanto sussurrava:

– Não pode ser! Matamos todos eles!

– O *sinhô* o quê? – perguntou a escrava para Juan Carlos, exaltada.

A escrava contornou Carmen e agarrou Juan Carlos pelos ombros. Olhando fundo nos olhos dele, perguntou:

– Quantos o *sinhô* matou?

– Muitos.

– Quantos? – gritou ela.

– Todos os que conseguiram fugir da senzala! – berrou ele de volta, fazendo muito esforço para isso.

Os olhos da escrava se arregalaram por alguns instantes. Logo ela se recompôs e soltou Juan Carlos, voltando-se imediatamente para Carmen, enquanto ele tossia:

– Se estão vivos, é magia negra. A senhora não tem como enfrentar eles.

– Eu sei muito bem como lidar com magia negra! – respondeu Carmen.

– Se a *sinhá* não estivesse sozinha, poderia ser. Mas não tem como enfrentar todos eles! Precisa sair daqui!

Mais uma batida na porta, que quase caiu desta vez.

– Ela tem razão – Juan Carlos falou entre uma tosse e outra, ainda fraco. – Não temos muito tempo!

– Eu não vou sem você! – respondeu Carmen, as lágrimas começando a escorrer.

Juan Carlos deu um beijo na esposa e outro na testa da filha.

– Não consigo ir muito longe. Vou só atrapalhar. Salve nossa filha. Eu vou segurá-los o máximo que puder.

A escrava a agarrou com força pelo braço e a arrastou em direção à janela. Abriu-a com um movimento brusco e ajudou Carmen a se sentar no parapeito.

– Leve isso! – falou a escrava, entregando-lhe a adaga envolta na bainha. – Pode precisar.

Mais uma pancada na porta.

– Agora vá! – E empurrou Carmen para fora da janela.

Assim que Carmen caiu, em pé, no gramado do lado de fora da casa, a escrava fechou a janela. Em seguida, correu para tentar segurar a porta enquanto Juan Carlos pegava uma espingarda no armário ao lado da cama.

O último impacto contra a porta a derrubou para dentro do quarto, sobre a escrava. A passagem estava aberta e o Feiticeiro entrou no aposento, pisando sobre a porta caída. Os outros esperaram do lado de fora, seguindo a ordem de seu líder, que agora segurava um facão. Ele olhou ao redor. Viu a escrava sob a porta onde ele pisava e Juan Carlos próximo a ele, segurando a arma apontada em sua direção.

– Veja só quem ainda está vivo! – riu jocosamente o Feiticeiro. – Pelo jeito, alguém conseguiu reverter minha magia.

O Feiticeiro olhou diretamente para a escrava sob a porta a seus pés com olhar acusador, indicando ser ela a traidora, e pisou ainda com mais força sobre a madeira, fazendo a mulher gritar de dor.

– Eu já cuido de você, mulher! – gritou o Feiticeiro, furioso.

Voltando sua atenção para Juan Carlos, perguntou, o tom de voz malicioso:

– E onde estão sua mulher e sua filha?

– Bem longe. Você nunca irá encontrá-las! – Juan Carlos respondeu. – Terá que passar por mim primeiro.

O Feiticeiro abriu os braços e perguntou, sarcástico:

– E *vosmecê* vai fazer o quê? Vai me matar de novo? – E então o desafiou: – *Vosmecê* tem um tiro. Não desperdice.

Juan Carlos estava muito próximo do Feiticeiro. Seria um tiro letal. Tinha de ser. A vida de sua esposa e a de sua filha dependiam disso. Mirou na cabeça do escravo e, mesmo com um leve tremor no braço devido à fraqueza, disparou. O barulho ecoou pela casa. A cabeça do homem foi jogada para trás com violência, mas seu corpo continuou em pé.

Bem lentamente, quando o eco do tiro já havia desaparecido, a cabeça do Feiticeiro retornou à sua posição normal, com o mesmo sorriso malicioso em seu rosto e mais um buraco em sua testa.

– Não pode ser! – gritou Juan Carlos. – O que é você?

– Minha vez agora – respondeu o Feiticeiro.

Com um movimento rápido, o facão cravou frontalmente no crânio de Juan Carlos, fazendo jorrar sangue e massa cerebral por todo o quarto. O golpe foi tão forte que o Feiticeiro teve dificuldade para tirar a lâmina da cabeça de sua vítima. Com um pouco de esforço, conseguiu soltá-la, enquanto o sangue fresco pingava do corpo do homem, que caiu no chão com um baque surdo.

A escrava gritou de pavor.

Sorrindo, o Feiticeiro se virou para todos os negros atrás dele e ordenou:

– Procurem a mulher e a criança! Mas quem mata sou eu!

Todos os negros saíram da casa, espalhando-se pela propriedade à procura de Carmen e de Isabel. Voltando-se para a escrava sob a porta a seus pés, o olhar raivoso do Feiticeiro a fulminava. Sem falar nada, ele colocou a ponta do facão dentro da boca da mucama e, com a outra mão, pegou um pequeno cantil pendurado em sua cintura, o qual abriu com os dentes, cuspindo a tampa longe. Sem hesitar, virou o líquido negro de seu interior pela lâmina do facão, que escorreu lentamente em direção à boca da mulher.

– A tribo deve permanecer unida – ele falou.

– Não... Não! – balbuciou a mulher, com a lâmina na boca.

O Feiticeiro iniciou um cântico em sua língua natal enquanto o líquido negro escorria pelo facão diretamente para dentro da boca da escrava. Ela tentou cuspir, mas a lâmina a impedia. Conforme o volume em sua boca foi aumentando, ela se engasgou e, mesmo sem querer, acabou engolindo.

Imediatamente, seu corpo ficou paralisado, o olhar fixo nos olhos do Feiticeiro.

– Isso mesmo. Não resista – ele disse.

Quando o cantil se esvaziou, o Feiticeiro o jogou de lado. Depois de ter certeza de que ela havia engolido toda a poção, terminou seu cântico e falou:

– Viu? Não foi tão ruim.

Ela continuou estática, o olhar vidrado, aparentando estar sem vida.

– Sinto por ter de fazer isso – continuou o Feiticeiro. – Mas é o único jeito.

Com um movimento rápido, o Feiticeiro empurrou a lâmina mais fundo pela boca da mulher, atravessando sua nuca e encontrando o piso de madeira do outro lado.

†††

Depois de pular a janela, Carmen sentiu o pé virar levemente quando alcançou o chão e, em seguida, uma dor muito forte a fez perder o equilíbrio. Apertando mais forte a filha contra o peito para protegê-la da queda, ela segurou o grito de dor e jogou seu corpo para trás até suas costas baterem em um baque surdo contra a parede da casa.

Ofegante, olhou para cima a tempo de ver as janelas serem fechadas com um estrondo. Agora ela estava sozinha na noite e a vida de Isabel estava em suas mãos. Pensar na filha deu forças para ela suportar a dor em seu pé e se afastar da casa o mais rápido possível. Ela precisava sair da propriedade e chegar à estrada. Apesar de ser tarde da noite, alguém poderia aparecer para ajudá-la. Para isso, porém, precisaria passar pela senzala.

Carmen respirou profundamente algumas vezes e se afastou da casa mancando, avançando na escuridão do gramado alto que lhe batia na altura da canela. Sua única fonte de orientação eram as luzes da senzala, para onde seguia, esperando não encontrar nenhum escravo rebelde por lá.

Quando já se aproximava da senzala, Carmen ouviu um barulho de tiro que ecoou pela noite, fazendo-a paralisar, ofegante. O suor escorria por sua testa e melava seus cabelos, agora desarrumados. Ela ficou parada por um tempo, tentando controlar sua dor e o ritmo acelerado de seu coração. No entanto, não podia esperar muito. De onde estava, viu a silhueta de diversos escravos saindo da casa, todos armados com foices e enxadas, seguindo a passos rápidos em todas as direções da fazenda, à sua procura. Alguns deles vinham na sua direção.

Sua cabeça trabalhou rapidamente e Carmen se colocou em movimento, mancando. Mesmo sabendo do perigo de entrar no alojamento dos escravos, ela precisava ir até lá, mais especificamente ao estábulo, para pegar um cavalo. Era sua única chance de sair da propriedade. Se alcançasse a estrada, eles não teriam mais como pegá-la.

A senzala era composta por seis fileiras de construções de madeira, três de cada lado de um corredor largo, que terminava em duas construções gêmeas, uma delas destinada a ser o celeiro, enquanto na outra ficavam os estábulos. O espaço entre os alojamentos onde os escravos eram mantidos era minúsculo; pequenas vielas formando uma espécie de labirinto. Todo o complexo era cercado por toras de madeira pregadas uma na outra, enterradas no chão e amarradas por arames. Havia apenas um portão, com acesso direto ao corredor central e exatamente de frente para as construções gêmeas, cuja distância de uma extremidade a outra era de quase cem metros. De cada lado do portão de acesso, montadas sobre estacas no solo, duas oponentes construções de madeira guarneciam o local.

Carmen atravessou cautelosamente o portão aberto e caminhou pelo corredor central. Seus olhos perscrutavam todos os lados, temendo encontrar algum escravo por ali. Mas, misteriosamente, o local estava vazio. Estranhamente deserto. Os alojamentos estavam todos abertos, revelando a escuridão em seu interior. Alguns estavam marcados com riscos vermelhos de sangue. Outros tinham marcas de mãos ensanguentadas.

– O que aconteceu aqui? – Carmen se perguntou em voz baixa.

Porém, não tinha tempo para descobrir. Precisava chegar logo ao estábulo e sair do complexo antes de ser alcançada pelos escravos. Assumindo o risco de não ser mais tão cautelosa, Carmen apertou o passo, apesar da dor em seu pé, diminuindo a distância o mais rápido que conseguia.

Carmen abriu a porta do estábulo com violência, provocando um estalo forte de madeira batendo contra a parede, assustando os cavalos, que se agitaram, fazendo mais barulho do que ela precisava no momento. Ela caminhou pelo corredor entre as baias, o pé machucado sendo arrastado, deixando um rastro pela terra batida, enquanto olhava para os dois lados, onde vários cubículos com portinholas de madeira abrigavam os cavalos. Seu objetivo era encontrar o animal mais calmo.

Por coincidência, o menos agitado era o seu, uma égua escura como a noite, que ela batizara de Estrela devido a uma mancha branca que possuía nesse formato. Ela se aproximou lentamente da portinhola e esticou o braço livre em direção à égua, tentando acalmá-la com um tom de voz tranquilo:

– Calma, menina.

A égua se acalmou e se aproximou de Carmen, passando a cabeça por cima da portinhola para receber um carinho, próximo da marca da estrela.

– Estrela, precisamos muito de você – Carmen falou.

Carmen abriu a portinhola e se aproximou da égua, agora parada, apesar do agito dos outros cavalos ao seu redor. Com um esforço tremendo, ela montou no dorso do animal, mesmo sem sela. Segurou Isabel com firmeza contra seu peito e, com a outra mão, agarrou-se na crina da égua. Jogando um pouco seu corpo para a frente, ordenou:

– Vamos, menina!

Carmen conduziu a égua até o corredor central do estábulo e seu sangue congelou: os escravos estavam na senzala, dividindo-se para procurá-la em todas as construções. Dois deles se dirigiam diretamente para as portas abertas do estábulo. Não tinha mais como se esconder. Mas ela estava sobre a égua. Então, com um rápido movimento, bateu o pé bom contra a barriga de Estrela e ordenou:

– Vamos, menina! Vamos sair daqui!

Estrela saiu a galope do estábulo. Derrubou no chão os dois escravos que se aproximavam, passando por eles como se não fossem nada. A égua seguia em direção à saída do complexo, porém outros escravos apareceram repentinamente em sua frente, as armas em riste, assustando-a e fazendo-a empinar, quase levando Carmen ao chão. De imediato, Isabel voltou a chorar nos braços da mãe.

Rapidamente, Carmen mudou a direção da égua. Cavalgou pelo labirinto entre o alojamento dos escravos, tentando encontrar um caminho livre que a levasse de volta para o corredor central e, assim, para longe do complexo. Porém, os escravos estavam bloqueando todas as passagens, obrigando-a a adentrar ainda mais nos corredores estreitos. Ela estava sendo cercada naquele labirinto insano. Precisava fazer algo, e rápido.

Carmen encontrou uma viela livre e conseguiu retornar ao corredor central. Esperava estar perto da saída, mas sua localidade a deixou em pânico: ela estava novamente ao lado das construções gêmeas do estábulo e do celeiro. Parou a égua e deu o comando para que ela se virasse em direção à saída do complexo, mas o que viu fez seu coração congelar de medo: os escravos agora faziam uma barreira no portão, os forcados e facões apontados em sua direção, impedindo sua saída. À frente deles, o Feiticeiro a encarava, com o sorriso malicioso no rosto e o olhar desafiador.

Mesmo a distância, Carmen pôde olhar bem para os escravos. Todos traziam marcas de feridas mortais. Alguns com tiros na cabeça, marcas da execução. Outros com cortes abertos de facões, forcados e machados, chacina que ela sabia não ter sido executada pelo seu marido ou pelo Chacal. E havia mais de cem homens ali. Mas de uma coisa ela sabia muito bem:

– Magia negra! – sussurrou para si mesma.

Carmen abaixou a cabeça, olhou para a filha chorando em seus braços e falou baixinho para ela:

– Confie na mamãe! Tudo vai dar certo.

Carmen apertou a filha ainda mais contra seu peito e levantou a cabeça, encarando todos aqueles homens parados. Sua expressão ficou séria. Seu olhar se estreitou, desafiador. E, com um grito, colocou a égua em movimento, iniciando um galope frenético.

A distância entre Carmen e a barreira de homens diminuía rapidamente. Quando a égua estava bem perto do paredão de gente, ela gritou algumas palavras em sua língua nativa e as construções ao redor irromperam em chamas, desestabilizando a formação à sua frente, abrindo um espaço entre os homens.

Então ela deu mais um grito, agora para Estrela, e a égua respondeu com um salto por sobre cabeças e armas, aterrissando com segurança do outro lado.

O caminho agora estava livre. Carmen acariciou rapidamente o pescoço da égua e manteve o galope, agora em direção à saída da propriedade. Olhou para a filha em seu colo e, pela primeira vez desde o começo daquela noite, teve a impressão de que Isabel sorria.

Quando Carmen alcançou a estrada, localizada em um vale não tão profundo entre sua propriedade e a do vizinho, viu luzes de tochas ao longe. Sentiu, de imediato, que a ajuda estava próxima. Os vizinhos provavelmente perceberam a movimentação na fazenda e estavam a caminho. Respirou aliviada, olhou mais uma vez para a filha em seus braços e diminuiu a marcha da égua. Elas estavam a salvo.

Foi só então que sentiu uma dor muito forte em seu abdome. Carmen se curvou para a frente e colocou a mão no local da dor; quando tirou, estava ensanguentada. Olhou para baixo e viu um corte enorme. Alguém a havia acertado com um facão durante o salto.

Carmen sabia ser um corte profundo e que não conseguiria se manter consciente por muito mais tempo. Estava perdendo muito sangue e sua visão escurecia aos poucos. Olhou mais uma vez para as luzes se movimentando à sua frente. Não estavam tão longe. Ela precisava apenas se manter consciente para entregar sua filha em segurança para aqueles homens que vinham ajudar.

Mesmo lutando para se manter consciente, Carmen sentiu que estava perdendo a consciência. E então não conseguiu se segurar mais sobre Estrela. Lentamente, seu corpo foi tombando de lado até cair da égua, que parou de imediato. Juntando suas últimas energias, ela se virou no ar para cair de costas no chão, absorvendo o impacto que a deixou sem ar por um momento, protegendo sua filha.

Com a visão turva, a mente oscilando entre consciente e inconsciente, Carmen viu o Feiticeiro parado no topo do vale, ao lado de uma mulher negra que reconheceu ser a escrava que a ajudara a fugir. Misteriosamente, os olhos deles pareciam brilhar.

Sem forças para fugir ou lutar, Carmen precisava fazer um último esforço para salvar Isabel. Com os resquícios da energia vital que ainda lhe animavam o corpo, ela começou a conjurar seu último feitiço. Sentiu a energia fluindo de si em direção à propriedade e se expandindo por todo o seu perímetro, prendendo o Feiticeiro e seu exército dentro dela.

Terminada a magia, Carmen olhou uma última vez para sua filha. Abriu um leve sorriso e acariciou o rosto dela.

– Você está a salvo, minha querida.

E fechou os olhos.

†††

O Feiticeiro olhou para a mulher caída no chão do lado de fora da propriedade e seu sorriso se abriu. Seu movimento com o facão no momento em que ela saltara com a égua fora certeiro. A vida dela estava chegando ao fim. Agora, seria fácil eliminar a criança em seus braços. Determinado, ele se aproximou da beirada do vale e parou. Olhou para as luzes se aproximando. Os homens estavam chegando, mas encontrariam apenas dois corpos no canto da estrada. Sua vingança estaria completa e ele poderia descansar em paz.

Deu um passo à frente, mas sentiu seu corpo se chocar contra uma barreira mágica, que brilhou levemente quando ele tentou atravessá-la e logo se apagou. O sorriso dele desapareceu de imediato, sendo dominado pela frustração.

– Esperta.

A escrava parou ao seu lado e perguntou:

– E agora?

– Vamos esperar – ele respondeu. – Alguém vai achar a criança. Mas, um dia, ela ou algum descendente dela voltará aqui e vai nos libertar. E então nossa vingança será completa.

O Feiticeiro abraçou a mulher ao seu lado e, juntos, se viraram para o coração da propriedade. Com um movimento rápido de mãos, ele fez com que uma névoa negra os encobrisse, desaparecendo na escuridão da noite, deixando para trás apenas o corpo de uma mulher e uma criança chorando.

1

Cafelândia, interior do estado de São Paulo. Dias atuais.

Rafael Reyes estacionou sua caminhonete novinha em frente à sua casa, depois de uma noite de festa com os amigos. Seu rosto fino e alongado ainda sangrava um pouco após a briga que tivera com um dos garotos da cidade por causa de uma mulher. Seu olho esquerdo ainda estava um pouco inchado, resultado de um soco que levara, mas isso era fácil de esconder. Olhando no espelho do carro, deixou sua franja ruiva cair por sobre o rosto, encobrindo o hematoma no olho.

Rafael desceu da caminhonete tropeçando em suas próprias pernas depois de tanto beber a noite toda. Apoiando-se no assento, esforçou-se para se levantar. Bateu, então, a porta do carro e o trancou. Cambaleou pelo meio-fio, amparando-se nas grades, em direção ao portão. Chegando lá, segurou-se com apenas uma das mãos enquanto a outra procurava em seu bolso as chaves da casa.

Distraído tentando colocar a chave na fechadura do portão, Rafael não percebeu uma caminhonete de cabine dupla que entrou na rua, bem devagar e com os faróis apagados. Com uma freada repentina, ela parou junto ao meio-fio e o motorista e mais dois jovens pularam de dentro. Os três também tinham os rostos machucados, com sinais de briga. Dois deles seguraram Rafael, bem próximo da caminhonete. O terceiro falou baixo para o jovem bêbado:

– Vamos dar uma voltinha. Temos assuntos a resolver.

E, com um movimento rápido, deu um soco no rosto de Rafael, fazendo-o desmaiar. Rafael foi jogado no banco de trás da caminhonete, entre os outros dois jovens, enquanto o motorista retornava ao volante e saía de lá cantando pneu.

Quando Rafael recobrou a consciência, estava dentro do carro. A embriaguez ainda o afetava, mas já se sentia um pouco melhor que antes. Percebeu que estava sentado no banco de trás de uma caminhonete, cercado por dois dos jovens com quem brigara mais cedo. Olhou para a frente e se viu em uma estrada de terra, provavelmente nos arredores da cidade. Isso não era bom. Tentou agredir um dos garotos ao seu lado para fugir, mas sozinho não deu conta deles.

A caminhonete virou à direita, saindo da estrada de terra, e atravessou uma porteira aberta. Antes de passar pelo pórtico, Rafael conseguiu ler: "Hotel Fazenda Santa Gertrudes". Sabia perfeitamente onde estava e tudo se encaixou em sua cabeça. Aquela propriedade pertencia à família Shinohara, e o hotel, durante muitos anos, fora um dos motivos de orgulho da cidade. Agora, após a falência de Horácio Shinohara, ela não passava de uma propriedade abandonada.

Lutando para ficar lúcido, Rafael falou:

– Renato Shinohara.

O motorista olhou rapidamente pelo retrovisor central do carro e respondeu:

– Olha só quem está recuperando a sobriedade.

Renato estacionou o veículo em frente à entrada principal do hotel e desceu. Enquanto abria as portas da propriedade, os outros dois rapazes tiraram Rafael de dentro do carro e o levaram para o interior da casa, jogando-o no chão com violência. Ao cair de bruços, o piso de madeira estalou, ecoando pela área da recepção e pelos corredores de acesso aos quartos, ao mesmo tempo em que uma nuvem de sujeira se levantava do chão empoeirado, fazendo-o tossir.

Apesar de fechado havia muitos anos, o hotel não parecia tão precário assim. Com um pé-direito alto, as paredes possuíam estrutura de alvenaria; o piso e o forro do teto eram feitos de madeira de boa qualidade, mas precisavam de reforma. A pintura azul das portas e janelas estava descascando, assim como as paredes brancas. Tudo ali precisava de uma nova demão de tinta. Alguns buracos no forro mostravam as telhas avermelhadas deslocadas, necessitando serem recolocadas em seus devidos lugares. As luzes funcionavam, como Renato provou ao entrar e levantar os interruptores localizados ao lado da porta. Porém, as cúpulas que envolviam as lâmpadas do lustre necessitavam de urgente limpeza, pois parte da luz era refratada, formando sombras assustadoras em todo o ambiente.

Os móveis, distribuídos de modo a formar um corredor de acesso direto ao balcão de atendimento, também se encontravam parcialmente conservados. O piano de cauda do lado direito precisava ser limpo e, com certeza, afinado. O balcão da recepção, bem em frente à porta, tinha o verniz descascado. As poltronas à esquerda necessitavam de um novo estofamento. Um relógio de pêndulo, bem antigo, decorava o canto da recepção, na junção da parede sul com a leste. Mas servia apenas como decoração, pois seus ponteiros estavam parados havia mais de um século.

Da recepção, duas portas opostas, também com a pintura azul descascada, levavam a áreas distintas: a da direita, ao restaurante e à cozinha; a da esquerda, ao corredor de acesso aos dez quartos do hotel, cinco de cada lado do caminho central. Ainda havia uma biblioteca com um acervo rico de livros clássicos, que ficava atrás da recepção e ao lado do escritório do gerente.

Rafael permanecia no chão entre o piano de cauda e as poltronas. Buscou forças para tentar se levantar, mas quatro mãos fortes o agarraram e o viraram de barriga para cima. Um dos jovens que o seguravam tirou um canivete do bolso e rasgou sua blusa, deixando seu peito nu. E então o virou de lado. Mudando de posição, ajoelhou sobre a cabeça de Rafael, pressionando-a contra o chão de madeira. Com as mãos livres, puxou o braço dele para cima, deixando toda a lateral de sua costela exposta. O outro rapaz se ajoelhou sobre suas pernas, imobilizando-as.

Assustado, Rafael perguntou:

– O que vocês estão fazendo?

Renato estava de costas para ele, apoiado sobre o balcão da recepção, concentrado em algo muito específico após tirar parte da poeira com um assopro. Preocupado com sua própria segurança, agora totalmente lúcido, Rafael começou a falar:

– Olha, se é por causa de sua irmã, peço desculpas. Nunca devia ter magoado os sentimentos dela, muito menos ter entrado nessa briga com vocês.

Renato se virou, com os olhos inchados devido aos socos que levara durante a briga e seu cabelo negro todo desarrumado. Hematomas coravam todo o seu rosto quadrado. Em uma das mãos, ele segurava uma pistola de tatuagem e um pote de tinta. Na outra, o celular, para onde olhava com entusiasmo. Caminhando em direção a Rafael, que estava preso contra o chão, respondeu, sem sequer tirar os olhos do celular:

– Não é tão corajoso agora sem seus amigos por perto, não é?

Rafael tentou, sem sucesso, se livrar dos braços fortes que o seguravam contra o chão, enquanto Renato se aproximava dos dois amigos e, mostrando a imagem no aparelho, recebia a aprovação do desenho que iria fazer. Agachando-se ao lado do rosto do jovem, falou:

– Eu sempre quis ser tatuador, mas nunca fui muito bom de desenho. Quem sabe, se eu superar minhas expectativas com você, não decida efetivamente seguir a profissão.

Levantando o olhar para os amigos, Renato pediu:

– Segurem esse porco com força! Não quero estragar minha obra-prima.

Rafael tentou se mexer com mais violência, em uma última tentativa de se livrar, mas foi em vão. Com raiva, falou com agressividade, levantando um pouco da poeira do chão de madeira:

– Você vai se arrepender disso! Vou acabar com a vida de todos vocês!

Renato não se deu ao trabalho de responder. Apenas colocou o joelho sobre o peito de Rafael e iniciou o desenho nas costelas dele, abaixo do braço direito, enquanto ele gritava de dor.

Algumas horas depois, Renato tinha terminado seu trabalho e apreciava sua obra-prima. Sentia-se orgulhoso. Virando-se para os amigos, perguntou:

– O que acharam?

– Ficou exatamente igual – o mais próximo respondeu.

Renato se levantou e retornou ao balcão da recepção. Enquanto limpava e guardava o material, falou para Rafael, agora quase inconsciente:

– Toda vez que pensar em se meter com a família Shinohara de novo, olhe para sua própria pele. Se não quiser mais ser marcado, é melhor ficar quieto.

– Isso vai ter volta! – Rafael murmurou.

Ignorando as ameaças, Renato pegou uma garrafa plástica contendo álcool e caminhou novamente até sua vítima, ainda presa ao chão. Parou novamente de frente para sua obra de arte e falou:

– Eu já havia me esquecido disso.

E despejou todo o conteúdo da garrafa sobre a tatuagem, fazendo Rafael gritar de dor. Quando acabou, Renato jogou a garrafa de lado e se dirigiu à porta, enquanto seus amigos o seguiam.

Assim que foi solto, Rafael se manteve de lado, ainda deitado. Apenas abraçou o joelho e se pôs a chorar. Com o canto dos olhos, pôde ver Renato apagar as luzes e, parando no batente da porta, passar a ele as últimas orientações:

– Fique o tempo que quiser. Não vou cobrar a estada. Recupere-se. Você tem uma longa caminhada de volta.

E saiu rindo, trancando a porta na sequência, deixando Rafael totalmente na escuridão. O rapaz ficou ali deitado por alguns minutos.

O local da tatuagem ardia muito. Mas ele não podia ficar ali parado, se lamentando. Porém, assim que se esforçou para levantar, a dor o dominou e os músculos de seus braços falharam em sustentar o seu peso; ele caiu novamente no chão com um baque surdo sobre a madeira, batendo também a cabeça.

O que viu e sentiu naquele momento, após bater a cabeça, ele não soube explicar: sua tatuagem começou a brilhar em um tom alaranjado claro, iluminando seu corpo na escuridão. A dor começou a desaparecer. Não só da parte onde a tatuagem fora feita, mas também do corpo todo e, principalmente, da sua alma. Uma voz desconhecida e grave o alcançou, não pelos ouvidos, mas parecendo penetrar diretamente em seu subconsciente:

– Você vai ficar aí se lamentando ou vai levantar e se vingar?

Rafael apoiou os braços no chão com força e se ergueu. Ficou em pé e olhou para sua tatuagem; ela ainda brilhava. A voz voltou a alcançá-lo:

– É isso aí! Seus agressores ainda estão perto da saída. Se você quiser, ainda pode pegá-los na estrada.

Completamente recuperado, Rafael correu até a porta e a puxou pela maçaneta, mesmo sabendo estar trancada. Ficou surpreso quando, sem ter feito a mínima força, a porta inteira foi arrancada do batente. Jogou-a no chão e olhou para suas mãos, não acreditando no que estava acontecendo com ele. Elas brilhavam no mesmo tom e intensidade da tatuagem. "Deve ser um sonho, só pode ser!", pensou.

– Você vai ficar aí se vangloriando de seus novos poderes ou vai fazer algo de útil com eles? – falou a voz mais uma vez.

Rafael cerrou os punhos e soltou um grito, extravasando ali todo o seu ódio. Seus olhos se estreitaram e sua visão se tornou mais aguçada. Mesmo na escuridão da noite, ele podia ver tudo, inclusive a caminhonete de seus agressores entrando na estrada de terra, retornando para a cidade, o que olhos normais não seriam capazes de ver.

Não podia deixá-los escapar. Começou a correr, surpreendendo-se com a velocidade que era capaz de atingir. Não seguiu, porém, pela estrada. Cortou caminho pelo meio da propriedade, correndo pelo meio do pasto esburacado, aproximando-se cada vez mais da caminhonete.

Quando estava próximo da estrada, Rafael olhou para a direita e viu a caminhonete se aproximando. A partir desse momento tudo aconteceu muito rápido. Ele se chocou contra a lateral do veículo, fazendo-o capotar. Ouviu os gritos aterrorizados enquanto a caminhonete girava no ar, aparentemente em câmera lenta, até cair com as rodas viradas para cima. Depois disso, tudo pareceu ter ficado em silêncio.

Mas apenas aparentemente. Com sua audição aguçada, Rafael conseguia ouvir os batimentos cardíacos acelerados de pelo menos uma pessoa, o que indicava que alguém ainda vivia. Nesse momento, a porta do motorista se abriu e Renato saiu por ela se arrastando, o rosto todo ensanguentado. Seus braços tremiam, e, mesmo com movimentos lentos e dolorosos, ele buscava se afastar o máximo possível do carro.

De joelhos, Renato parou ao alcançar o meio da estrada. Levantou os olhos quando uma figura brilhante em tons alaranjados, que mais parecia estar em chamas, lhe chamou a atenção enquanto caminhava em sua direção. A cada passo, a figura tomava forma conforme o brilho diminuía. No final, apenas os olhos e a tatuagem brilhavam.

Ao ver Rafael parado à sua frente, misticamente recuperado, Renato se encheu de pavor. E foi sua vez de implorar:

– Por favor, não me faça mal. Foi tudo uma brincadeira.

Rafael balançou a cabeça afirmativamente. Inclinou-se levemente na direção do jovem ajoelhado no meio da estrada e seus olhos ganharam um brilho mais intenso antes de falar:

– Eu disse que ia me vingar!

Com um movimento rápido, Rafael o agarrou pelo pescoço, quebrando-o, como se não fosse nada para ele. Então o largou, deixando o corpo sem vida cair no chão com um baque surdo sobre a terra, levantando um pouco de poeira.

Sua vingança estava completa. Seus olhos voltaram ao normal e a tatuagem parou de brilhar. Rafael olhou ao redor, viu a caminhonete capotada e o corpo de Renato sem vida à sua frente. Pelo reflexo dos vidros do carro, percebeu que a tatuagem sob seu braço parecia estar totalmente cicatrizada e seus hematomas haviam desaparecido.

A última coisa de que se lembrava, antes de se ver parado de pé em frente ao corpo inerte de Renato, era de estar deitado no chão de madeira da recepção do hotel.

– Mas o que está acontecendo comigo? – perguntou a si mesmo.

– Você agora é o meu elo de conexão com este mundo – retornou a voz. – Se você tem habilidades especiais, é por causa dessa conexão. E você irá usá-las para satisfazer as minhas vontades.

Com um sorriso malicioso no rosto, Rafael respondeu:

– Como desejar.

2

O Hospital Universitário de Bauru era o maior e mais conceituado hospital da região, motivo pelo qual as cidades no entorno utilizavam seus serviços para casos mais graves, situações que as Santas Casas locais não eram capazes de atender. Esse era o caso de Irene Cavalcante, esposa do médico veterinário Daniel Cavalcante.

Havia algumas semanas, devido a sérias complicações de saúde causadas por um câncer que combatia havia anos, Irene fora levada às pressas pelo marido para o hospital de Bauru. Estava internada na Unidade de Terapia Intensiva e, de acordo com os médicos, havia poucas chances de recuperação.

Daniel desmarcou todas as consultas agendadas para ficar ao lado da esposa no hospital, vendo-a sofrer e definhar cada vez mais. Mesmo sendo veterinário, ele conhecia o suficiente para saber que a partida de Irene era apenas uma questão de tempo. Ainda assim, cada vez que estava longe dela e seu telefone celular tocava, temia pelo pior e respirava aliviado quando percebia que a ligação não era do hospital.

Apesar de acompanhar todo o sofrimento da esposa, Daniel não estava preparado para viver sem ela. Ambos com quase 50 anos, casados por 25, depois de um namoro que se iniciara na adolescência. Entre namoro e casamento, estavam juntos havia 35 anos. Uma vida inteira de dedicação e amor. Vida que Daniel não estava preparado para seguir sozinho. Ele não imaginava como seria após a partida de Irene.

E o momento chegou. No dia 30 de junho, Daniel recebeu a ligação que mais temia: sua esposa havia falecido. No momento da chamada, ele estava no restaurante do hospital, esperando o horário de visita para ver Irene. Ignorando o local em que estava, ele começou a chorar e saiu correndo em direção ao quarto. A equipe médica o aguardava para permitir que ele se despedisse dela, mesmo que Irene não fosse mais capaz de ouvir ou responder.

Daniel, com seus 1,80 metros de altura e corpo atlético, chorava feito uma criança debruçado sobre o corpo da esposa. Seus olhos castanhos estavam inchados. Em sua cabeça, surgiam as imagens de todos os melhores momentos que passaram juntos: o início do namoro, o casamento, as risadas, as viagens... Seu devaneio foi interrompido pelo leve toque da enfermeira que, encostando a mão sobre seu ombro, falou baixinho:

– Senhor, temos de levar o corpo agora.

Daniel balançou a cabeça afirmativamente e se afastou do cadáver. Limpou na manga as lágrimas que escorriam de seu rosto e, enquanto o corpo sem vida de Irene se afastava da sala, ele murmurou para si mesmo:

– Não vou ficar sozinho! Vou dar um jeito de trazer você de volta, meu amor.

3

Cidade de São Paulo.

O campus da universidade estava lotado de jovens frenéticos e empolgados com as provas finais, o momento decisivo que os separava da aprovação para o próximo semestre ou da dependência em alguma matéria específica. Pequenos grupos se deslocavam pelos corredores cobertos entre os blocos das salas de aula, e alguns alunos tiravam suas últimas dúvidas com os colegas mais estudiosos antes das provas começarem.

Paulo Villareal era um deles. Estudante do primeiro semestre de psicologia, estava entre amigos enquanto caminhava em direção à sala de aula. Era a última prova do semestre. Por ser inteligente e estudioso, não precisava de uma nota muito alta para passar na matéria considerada por todos como a mais difícil do módulo. Enquanto esclarecia as últimas dúvidas de seus amigos, sua cabeça já estava em outro lugar: na viagem que fariam no final da tarde, ao término oficial do semestre, para curtirem juntos, por uma semana, as férias de julho.

O destino era uma cidade do interior de São Paulo, cerca de 400 quilômetros distante da capital. Com ele, iriam Júlia Tosi, uma bela jovem por quem Paulo tinha uma queda, Gustavo Braga, seu melhor amigo da faculdade, e a namorada dele, Cláudia Martins.

A ideia da viagem tinha sido de Cláudia. Seus pais moravam na pequena cidade do interior, e seu desejo era que eles conhecessem seu namorado; mas não queria estar sozinha quando isso acontecesse. Então, logo tratou de convidar sua amiga, Júlia, enquanto seu namorado convencia Paulo a acompanhá-los, já que ele não estava muito animado. Ele só aceitou quando soube que Júlia iria também.

Para Paulo, seria a oportunidade perfeita para se aproximar de Júlia e, quem sabe, conseguir conquistar aquele coração de pedra, que só o considerava como amigo. Sempre que ele tentava beijá-la, ela recuava com a desculpa de não querer estragar a amizade deles. Porém, ainda havia um problema para o jovem: ele precisava convencer seus pais. Eles não gostavam muito que o filho viajasse para longe sem eles, embora Paulo não soubesse o motivo. O jovem sempre sofria com brigas intermináveis, principalmente com sua mãe, Roberta, e, como resultado, seus planos eram frequentemente frustrados e ele passava as férias ou viajando com os pais ou trancado em seu quarto.

Para sair de casa e se mudar para São Paulo, para estudar, fora uma batalha, mas Roberta acabara cedendo, pois, além de ser a capital, seu filho havia passado em uma universidade federal e merecia ter um futuro brilhante. Mas, para que isso acontecesse, ela passara uma semana morando com o filho em um apartamento alugado, reconhecendo o local, vendo como ele se comportava e quais amizades estava construindo. Só depois de ter certeza de que Paulo ficaria bem, voltara para sua cidade, com a condição de que o filho retornasse todo final de semana para casa, e também nas férias. Deixara até um carro para ele, assim não haveria desculpas.

Como consequência das atitudes controladoras da mãe, Paulo quase não tinha amigos. Começara a ter amizades somente na faculdade, quando se vira morando realmente sozinho. Agora, sua vida social estava se tornando normal e ele não queria perder isso. Então, decidiu que só contaria à mãe sobre sua viagem com os amigos quando já estivesse bem longe. Assim ela não o impediria de ir. Não desta vez.

Depois de finalizar a prova, Paulo foi direto para casa. O apartamento era simples, com apenas um quarto, um corredor minúsculo onde ficava o banheiro, uma sala com uma estante, uma televisão, um sofá, uma mesa de jantar com quatro lugares e uma cozinha pequena conjugada com uma minúscula lavanderia. Era um apartamento pequeno, porém suficiente para um jovem estudante morar sozinho e passar apenas a noite, já que ele ficava o dia inteiro na universidade.

Paulo preparou algo simples para almoçar, arrumou sua mala e foi tomar um banho. Ao sair, afeitou sua barba e penteou os cabelos curtos e castanho-escuros. Passou seu melhor perfume, pois queria surpreender Júlia logo no início da viagem, e se jogou no sofá, onde ficou assistindo à TV, enquanto aguardava a chegada dos amigos. Sua ansiedade era tanta, pela expectativa dos momentos que passaria com a garota, que ele olhava no relógio a cada cinco minutos.

Gustavo e Cláudia chegaram ao apartamento no meio da tarde. Ele era um jovem bem magro, mais baixo do que Paulo, de cabelos curtos e olhos castanhos, e usava brinco em uma das orelhas. Cláudia era uma jovem de rara beleza, com cabelos bem negros, longos e ondulados, um sorriso encantador, olhos cor de mel e uma simpatia única.

– E Júlia, onde está? – perguntou Paulo.

– Calma, meu amigo! – Gustavo respondeu, colocando a mão sobre o ombro dele. – Ela está a caminho.

– Não tenha pressa, Paulo – Cláudia completou. – Você terá uma semana inteirinha para estar com ela.

– Só não crie expectativas – Gustavo pediu.

Paulo não teve a oportunidade de responder ao conselho do amigo. Júlia chegou nesse instante. Quando ele abriu a porta, viu o quanto ela estava linda: seus cabelos loiros estavam bem penteados, cobrindo os ombros. Sua pele morena clara, seu rosto expressivo e o olhar penetrante encheram o garoto de expectativa. Ela abriu o sorriso quando o viu e, abaixando-se um pouco, por ser mais alta que ele, o abraçou. Ele retribuiu o abraço e disse-lhe ao ouvido:

– Você está linda!

– Obrigada – ela respondeu, corando levemente.

Ela se soltou do abraço e passou por ele, seguindo em direção ao casal para cumprimentá-los. No meio do caminho, virou o rosto gentilmente para trás, olhando de relance para Paulo, e completou baixinho:

– Ainda bem que você está indo comigo. Eu não aguentaria ficar uma semana inteira sozinha ao lado desses dois. – E piscou rapidamente.

– Eu ouvi isso – Cláudia protestou, dando risada. Conhecendo sua amiga, sabia que era uma brincadeira.

Todos riram, mas, no íntimo, Paulo se encheu novamente de esperança. Ele não conseguia compreender como alguém poderia querer alimentar expectativas em outra pessoa somente para se divertir. Devia ter alguma coisa por trás daquilo. Pelo menos, era o que ele acreditava. Ou, pelo menos, queria acreditar.

Todos estavam prontos. Era hora de viajar. Paulo e Gustavo colocaram as malas dentro do carro e então se acomodaram. Paulo foi dirigindo com Júlia ao seu lado. O casal foi no banco de trás.

Cláudia colocou o endereço no GPS do carro e falou ao amigo:

– É só seguir.

– Sim, madame – respondeu Paulo.

E logo estavam na estrada em direção ao interior do estado, mais especificamente a uma cidade chamada Cafelândia. Seria uma viagem longa, mas nem tanto se comparada ao que os aguardava.

4

Quando já havia passado mais da metade do trajeto, o telefone de Paulo tocou e, sem ver quem era, ele atendeu automaticamente, acionando o celular pelo som do carro:

– Alô?!

– Oi, filho! Como foi a sua última prova? Espero que tenha fechado o semestre com nota máxima!

Paulo fez sinal de silêncio para os amigos antes de responder:

– Foi tudo bem. Consegui passar nas matérias. Isso é o que importa, certo?

– Certo, certo – Roberta se apressou em responder. – Estou ouvindo o barulho do carro em movimento. Você está na estrada retornando para casa?

Paulo precisava falar a verdade para sua mãe, mas não naquele momento. Seus amigos não precisavam saber o quanto Roberta era controladora. Muito menos precisavam ouvir o sermão que certamente ouviria ao contar para onde estava indo. Mas, como também não era adepto da mentira, respondeu:

– Na verdade, não. E preciso falar sobre isso com você, mas agora não é o momento. Estou no carro com uns amigos, a ligação está no viva voz e eles estão ouvindo a nossa conversa.

– Filho, eu sei que tenho sido muito rude com você sobre viajar sozinho com amigos, mas agora compreendo que você está na faculdade e as coisas precisam mudar um pouco. Por isso, só por curiosidade, gostaria de saber para onde você está indo.

Paulo se surpreendeu com a resposta da mãe. Ele esperava que ela fosse ficar furiosa, mas, em vez disso, ela se mostrou totalmente complacente. As coisas realmente estavam mudando. Por isso, ele baixou a guarda e, virando-se para Cláudia, perguntou:

– Para onde estamos indo mesmo?

– Cafelândia – Cláudia respondeu.

Ao ouvir o nome da cidade, Roberta ficou completamente transtornada. Tudo o que sabia sobre aquele lugar passou por sua cabeça em poucos segundos e toda sua complacência acabou. Sua voz agora tinha um tom rude e ameaçador:

– De todas as cidades que existem no mundo, essa é a única em que você não poderia jamais colocar os pés! Escolha outro lugar ou volte para casa agora! Não estou de brincadeira!

– Você pode me explicar por quê? – Paulo perguntou.

– Não agora. Não até me prometer que não vai entrar naquela cidade!

– Bom, nesse caso terei de seguir viagem. Agora, preciso prestar atenção na estrada. Mas fique tranquila, está tudo bem. Eu volto em uma semana.

– Não, não está tudo bem! – Roberta gritou. – Não ouse...

Mas Paulo desligou o telefone. Estava morrendo de vergonha e, meio sem jeito, olhou para Júlia ao seu lado e pediu desculpas. Júlia apenas lançou um olhar de relance e ficou quieta, fazendo Paulo se sentir ainda pior. Foi Cláudia quem amenizou a situação, colocando a mão sobre o ombro do amigo ao falar:

– Não se preocupe com isso. Nós sabemos muito bem o que é preocupação de mãe. Certo, Júlia?

– Sim, certo – respondeu Júlia com desdém.

O celular de Paulo tocou mais algumas vezes e diversas mensagens chegaram pelo WhatsApp, mas ele ignorou. Para ele, não havia problema nenhum em passar uma semana com alguns amigos na cidade de Cafelândia. E ele provaria que poderia muito bem viajar e retornar em segurança, sem depender de seus pais.

Doce engano...

5

Roberta Villareal estava no escritório de sua casa na cidade de Santos, uma sala com um pé-direito alto e repleta de luxo, decorada com uma bela mesa de madeira maciça e cadeiras confortáveis. Sobre a mesa, ficavam apenas o computador dela e um telefone. Um pouco mais ao lado, uma mesa de centro e sofás ao redor, sobre um belíssimo tapete persa, tornavam o ambiente agradável quando os assuntos a serem discutidos eram mais longos. Atrás da mesa, no canto da sala, havia uma estante também de madeira maciça, repleta de prateleiras com livros de diversos títulos e arquivos dos projetos em andamento ou encerrados. Os arquivos mais sigilosos e os livros mais poderosos estavam, porém, escondidos em um cofre embutido na parede, cujo acesso se dava por um compartimento secreto na própria estante.

Mulher enérgica e com corpo atlético, apesar de estar beirando os 70 anos, Roberta bateu o telefone com força no gancho quando a ligação para o celular de seu filho mais uma vez caiu na caixa postal. Deixou escapar um xingamento que ecoou pela sala. Ela se recostou sobre a confortável cadeira e sua mente foi longe, pensando no que deveria fazer, considerando as poucas informações que tinha.

Com um movimento rápido e decidido, Roberta pegou o telefone e discou um número. Um homem atendeu no primeiro toque:

– Madame, faz muito tempo que a senhora não utiliza esta linha de emergência. Em que posso ser útil?

– Quero uma reunião com você em uma hora. Estou saindo agora para São Paulo – Roberta ordenou.

– Aguardo sua chegada.

E desligaram o telefone. Roberta girou a tranca da última gaveta de sua mesa e a abriu. Tirou os papéis de dentro dela, alcançando um compartimento secreto com apenas um buraco para a entrada de uma chave. Ela tirou do pescoço uma corrente de ouro com duas pequenas chaves penduradas e usou uma delas. Tirou de dentro do compartimento uma pistola e a prendeu no coldre à direita de seu corpo, deixando o blazer cair por cima, para esconder a arma. Por fim, deixou o escritório e foi até a garagem. Entrou em seu BMW azul e saiu de casa, subindo a serra em direção à cidade de São Paulo.

Uma hora depois, pontualmente, Roberta entrava no complexo de prédios localizado na Marginal Pinheiros, na cidade de São Paulo. Ela deixou seu carro com o manobrista e entrou no moderno edifício de 40 andares. Mostrou seu crachá na recepção e passou direto pela catraca. Na área dos elevadores privativos, digitou no painel eletrônico o número 40, seu andar de destino.

Na cobertura, quando as portas se abriram, ela entrou em um hall completamente iluminado e bem refrigerado. Caminhou com passos firmes pelo largo corredor até a mesa onde uma recepcionista bem-vestida usava o telefone. Ela desligou no momento em que Roberta se aproximou da mesa:

– Boa tarde, madame. Por favor, queira entrar. Ele está aguardando.

– Muito obrigada – Roberta respondeu e passou ao lado da mesa da atendente, seguindo por um estreito corredor até a última sala.

Roberta entrou sem bater. À sua espera, um homem com mais de 50 anos, de cabelos brancos bem curtos no estilo militar, baixo e troncudo, resultado de anos a serviço do exército, antes de ter sido contratado para gerenciar o departamento de pesquisas científicas para fins militares, financiado principalmente pela empresa de Roberta, estava sentado em sua cadeira executiva. Ele vestia um belíssimo terno escuro, com uma gravata azul sobre uma camisa clara.

Ocupando uma das duas cadeiras em frente à mesa e de costas para a porta por onde Roberta havia entrado, outro homem a aguardava, esse bem mais jovem, de cabelos longos, lisos e escuros presos por um elástico. Todo vestido de preto, com uma calça larga cheia de bolsos e uma camiseta sob um colete, ela o reconheceu imediatamente como agente de campo, um dos soldados altamente treinados que o departamento mantinha secretamente para resolver de maneira ágil todo tipo de problema que o protocolo burocrático não permitia.

O escritório comportava apenas a mesa e as cadeiras onde os homens estavam sentados. Sobre a mesa, apenas o computador de trabalho do chefão do departamento e um telefone. Atrás dele, era possível avistar o rio Pinheiros através do vidro, que ocupava toda a extremidade oeste da sala.

– Boa tarde, Rodrigo.

Rodrigo Marques levantou-se de sua cadeira e cumprimentou Roberta com um aperto de mão:

– Seja bem-vinda, madame – falou, com formalidade, e, apontando a mão para o outro homem que agora também estava de pé, Rodrigo continuou: – Este é Leonardo Balarini, nosso melhor agente de campo. Eu o chamei imediatamente após a sua ligação, pois senti urgência na sua voz. Algo me dizia estar precisando de alguém para um serviço extraoficial.

– Exatamente – respondeu Roberta.

Esticando o braço em direção à cadeira, Rodrigo a convidou:

– Por favor, queira se sentar.

Roberta arrumou o seu elegante terno escuro e se acomodou em uma das cadeiras, seguida quase que imediatamente pelos dois homens. Quando todos estavam sentados, Rodrigo retomou a palavra:

– Por favor, madame, explique o motivo da urgência e o que gostaria que fizéssemos.

Roberta começou a falar:

– Temos um sério problema. Você conhece bem a história de minha família, certo?

– Claro que sim – Rodrigo respondeu. – E enquanto a senhora estava a caminho daqui eu coloquei Leonardo a par de todos os detalhes de seus antecedentes familiares.

– Muito bom. Então o senhor sabe bem o risco que um descendente direto corre ao entrar na cidade de Cafelândia.

Os olhos de Rodrigo se arregalaram. Ele se mexeu na cadeira, procurando uma posição mais confortável, antes de responder:

– Sei muito bem. Mas tenho certeza de que a senhora não cometeria tal irresponsabilidade.

– Eu não, mas meu filho está indo para lá neste exato momento com alguns amigos. Preciso que seu agente chegue antes dele e o traga de volta.

Virando-se para Leonardo, perguntou:

– O senhor pode fazer isso?

– Perfeitamente, madame.

Tirando uma pasta de sua gaveta e jogando por sobre a mesa na direção de Leonardo, Rodrigo falou:

– Aqui estão todas as informações que você precisa saber sobre o garoto.

Leonardo pegou a pasta e a abriu em seu colo. Enquanto ele checava os papéis, Rodrigo continuou:

– Um helicóptero estará pronto para a partida em questão de minutos.

– Ótimo! Estarei nele junto com seu agente – Roberta respondeu.

Engolindo em seco, Rodrigo disse:

– Com todo o respeito, madame, a senhora não é agente de campo e, se a situação piorar, poderá atrapalhar as ações de nosso agente.

– Foi por isso que vim preparada. – E mostrou a arma em sua cintura.

Virando-se para Leonardo, Rodrigo perguntou:

– Você tem alguma objeção?

– Apenas uma condição – Leonardo respondeu, olhando para Roberta ao seu lado. – Se eu perceber que as coisas fugiram do controle, eu coloco a senhora imediatamente em um helicóptero de volta para a base.

– Eu entendo sua preocupação, mas... – Roberta começou a responder, mas foi interrompida.

– Leonardo passou suas condições. E, em campo, a autoridade é toda dele – Rodrigo interveio. – Caso a senhora não concorde, é melhor que não embarque nesse helicóptero.

Ela mordeu os lábios, pensativa.

Virando-se de frente para Roberta e olhando diretamente nos olhos dela, Leonardo falou:

– Eu entendo a preocupação da senhora, mas é melhor que me deixe fazer o meu trabalho.

Mesmo relutante, ela cedeu:

– Está bem. Eu concordo. Só preciso fazer uma ligação antes de partirmos. Qual sala posso usar?

– Vou providenciar – respondeu Rodrigo, chamando a secretária pelo interfone para que ela acompanhasse Roberta a uma sala privativa.

Em poucos instantes, a jovem abriu a porta e aguardou.

Roberta se levantou e apertou a mão de Rodrigo:

– Muito obrigada.

– Disponha. É sempre um prazer ajudar a pessoa responsável por manter este departamento – respondeu Rodrigo.

Roberta pôde notar um brilho estranho nos olhos de Rodrigo, antes que ele continuasse:

– Vou apenas passar mais algumas informações a Leonardo. Ele a encontrará em breve no heliponto.

Roberta agradeceu, tentando desvendar o que aquele estranho olhar repentino significava, e se retirou da sala, acompanhando a secretária. Ela foi levada à sala de reunião, composta por uma grande mesa retangular com dez cadeiras de cada lado, além de uma poltrona em sua extremidade mais distante, do lado oposto da porta. Atrás da poltrona, era possível ter uma visão panorâmica de parte da cidade de São Paulo. Roberta se aproximou das janelas e olhou para o rio bem abaixo, enquanto aguardava sua ligação completar. Quando uma mulher atendeu do outro lado da linha, ela apenas ordenou:

– Ativar o projeto Andaluzia.

– Imediatamente, senhora! – Foi a resposta do outro lado da linha, antes de um clique indicar o fim do contato.

Roberta retornou à recepção e, junto de Leonardo, subiu até o heliponto, onde um helicóptero militar já os aguardava com os rotores ligados. O piloto fez um aceno e autorizou o embarque dos dois. Em questão de minutos, estavam decolando para Cafelândia, com uma missão aparentemente simples, mas com grandes possibilidades de se complicar seriamente.

6

– Esta é a nossa saída – Cláudia falou do banco de trás do carro ao ver a placa na rodovia.

– Até que enfim chegamos! – Júlia já não aguentava mais ficar dentro do carro.

Paulo saiu da rodovia e dirigiu por mais dois quilômetros até a estrada vicinal terminar em uma rua pacata e cheia de lombadas. Ao reduzir a velocidade para entrar no perímetro urbano, relaxou um pouco, tentando se esticar no espaço apertado ao volante.

Cláudia indicou o caminho em direção à casa de seus pais. Quando Paulo entrou à esquerda em uma rua larga, o som de um homem falando em um alto-falante invadiu o carro, superando até mesmo a música no rádio do veículo, que não estava baixa.

– Daniel Cavalcante lamenta o falecimento de sua esposa, Irene, cujo velório está sendo realizado neste exato momento. O viúvo aguarda a presença de amigos e familiares para prestarem suas últimas homenagens. O enterro será amanhã, às dez horas.

Júlia virou-se parcialmente no banco para olhar sua amiga.

– Aqui vocês anunciam a morte como se fosse um evento?

– É uma tradição de cidade pequena – Cláudia respondeu.

– Que tradição mais estranha – Gustavo completou.

Paulo passou ao lado do velório bem devagar. Curiosos, eles olharam para o interior do lugar, surpreendendo-se com a quantidade de pessoas que estavam ali para prestar suas últimas homenagens. O local estava tão cheio que muitas aguardavam do lado de fora para poder entrar. Os homens vestiam ternos em tons de azul-marinho ou preto. As mulheres vestiam trajes elegantes, também escuros, e desfilavam suas melhores joias, como se estivessem em uma festa de gala.

– Agora eu entendi o motivo de anunciarem a morte de alguém para toda a cidade – Paulo falou. – Pelo menos o morto não se sente tão sozinho.

Pela primeira vez em toda a viagem, Júlia olhou para ele e sorriu. Em contrapartida, Cláudia deu um tapa no braço dele, mas não deixou de sorrir também, por mais que o comentário tivesse sido muito mórbido.

– Nós chegamos – Cláudia falou, apontando para um muro alto e cinzento de esquina.

Cláudia pediu que Paulo entrasse à esquerda e subisse a pequena rampa em frente a um gigantesco portão branco de garagem, enquanto ela procurava o controle automático em sua bolsa.

Percebendo estarem a apenas um quarteirão do lugar onde eram realizados os velórios, Júlia não poupou mais uma brincadeira:

– Não sei o que é pior, uma cidade que anuncia os mortos ou você morar a apenas um quarteirão de onde eles são velados.

– Veja pelo lado positivo – Gustavo completou. – Pelo menos você não precisa ir muito longe de casa se morrer.

Júlia riu. Mas Cláudia fingiu não gostar da piada e deu um tapa com força no braço do namorado. Fingindo revolta, ela saiu do carro, tentando manter uma expressão séria, mas não resistiu e se entregou, abrindo um sorriso enquanto fechava a porta do veículo.

– Eu vou descer também – Júlia falou. – Não aguento mais ficar dentro desse carro!

Júlia abriu a porta e deixou o conforto do ar-condicionado para receber uma lufada de ar quente; o calor castigava a região, mesmo estando próximos da chegada do inverno. Imediatamente reclamou:

– Não sei o que é pior, ficar horas dentro do carro ou ter de aguentar esse calor infernal.

– Você se acostuma – Cláudia respondeu enquanto abria o portão.

Paulo subiu bem devagar a rampa de lajotas alaranjadas. Parou o carro quando alcançou o terreno plano, debaixo de uma marquise, bem ao lado de uma escada de dois degraus que dava acesso à varanda. O piso era em porcelanato de cor clara, e havia portas duplas de madeira pintadas em branco, com fecho central, usadas como acesso principal ao interior da residência. De cada lado da porta, vasos com flores coloridas e alegres ornamentavam a entrada lateral. Grades de ferro pintado em branco nas janelas do piso inferior do sobrado garantiam um ar de antiguidade à construção, um contraste extravagante se comparado ao moderno muro que cercava todo o terreno, alto, de cor cinza e texturização no veio central, com acabamento branco nas bordas e cerca elétrica ao longo de sua extremidade superior.

Uma mulher de meia-idade, com estatura média, cabelos longos e bem escuros e olhos cor de mel, iguais aos da filha, abriu as portas duplas com energia excessiva e correu para abraçar Cláudia. O pai, também de meia-idade, alto e de cabelos grisalhos, parou à porta e ficou apenas observando.

– Que saudade de você, minha filha!

– Eu também, mãe.

– Como foi a viagem?

– Viemos muito bem – Cláudia respondeu e então completou: – Estes são meus amigos, Júlia e Paulo. – E, corando, disse, por fim: – E meu namorado, Gustavo. Pessoal, esta é minha mãe, Gisele. Aquele parado na porta é meu pai, Gilberto.

Gisele cumprimentou Júlia, dando as boas-vindas. Depois fez o mesmo com Gustavo. Por fim, chegou em Paulo e o abraçou com força:

– Seja muito bem-vindo à família. Cláudia fala muito bem de você.

Paulo tentou se livrar do abraço e esclarecer o mal-entendido, mas foi Cláudia quem tomou a frente da situação. Correu até a mãe, lançando um olhar de desculpas para o namorado enquanto passava às pressas por ele, e falou:

– Não, mãe, a senhora se enganou. Este é o Paulo, meu amigo da faculdade. Meu namorado se chama Gustavo.

Corando de vergonha, Gisele soltou Paulo e se desculpou. Depois, abraçou Gustavo com força, repetindo exatamente as mesmas palavras já ditas. Então o soltou e subiu as escadas, retornando à varanda. Enquanto atravessava a porta, convidou:

– Venham, entrem. Estou preparando um lanche para vocês.

– Oba! – Gustavo abriu um sorriso. – Eu estou faminto.

Gilberto permaneceu parado à porta e cumprimentou cada um deles. Gustavo foi o último, para infelicidade do rapaz:

– Brinco na orelha? Você tem certeza de que é homem mesmo?

Lá de dentro, Cláudia gritou:

– Pai, deixe meu namorado em paz!

– Entre, entre – Gilberto o convidou. – Estou só brincando com você. Seja bem-vindo!

– Obrigado, senhor – respondeu Gustavo, meio sem jeito, mantendo os olhos baixos, com vergonha de encarar o pai da namorada.

Todos ficaram maravilhados com o interior da casa. O sobrado, com pé-direito alto, possuía um corredor central, em formato de L, de onde, em sua extremidade menor, uma porta de madeira à esquerda conduzia a uma pequena sala de visitas, parcialmente escura, decorada com uma bela tapeçaria verde, uma mesa de centro de mármore e sofás antigos em perfeito estado de conservação. À frente, bem onde o pequeno corredor dobrava à direita para sua extremidade mais longa, portas duplas de madeira conduziam a uma sala de jantar, com um belo tapete vermelho sob uma mesa de madeira maciça. Apoiado contra a parede, abaixo de um espelho que ocupava toda a sua extensão, um belo aparador de madeira trabalhada à mão guardava os jogos de jantar usados apenas em ocasiões especiais.

A sala de jantar se abria para uma bela sala de estar, ampla e bem iluminada, decorada com tapetes alaranjados cercados por sofás bem antigos, também muito bem conservados. Na extremidade oposta, portas duplas de madeira, cada uma com um centro retangular de vidro transparente, vedadas por cortinas brancas, davam acesso à varanda da casa, onde duas estátuas de mulheres em tamanho real adornavam a entrada principal.

Na extremidade mais longa do corredor, mais duas portas à esquerda: a primeira dava para o amplo lavabo, revestido de azulejos claros e com uma pia de metal dourado; a segunda se abria, através de roldanas em corrediças, para uma pequena sala, que agora era usada como depósito para tudo o que não tinha utilidade. À direita, quase em frente à porta da sala de jantar, uma escada adornada com uma tapeçaria vermelha dava acesso ao segundo andar. Logo depois, na mesma parede, uma porta se abria para o escritório, adornado com um tapete vermelho e mobiliado com uma mesa de madeira entalhada à mão, uma poltrona bem confortável, uma estante de madeira com portas de vidro e um sofá antigo de dois lugares, posicionado de frente para a janela.

O corredor ainda possuía mais uma porta à direita, em sua extremidade mais distante, onde uma sala de jantar havia sido montada com um mobiliário mais moderno. Por fim, terminava na pequena cozinha, mobiliada como de costume: armário, pia, fogão e geladeira. De lá, porém, portas de metal corrediças e dobráveis abriam passagem para a continuação da garagem, que contornava a casa externamente. Uma rampa, bem à esquerda, conduzia para a laje sobre a garagem. Em frente, parte da garagem se abria para a lavanderia e para os quartos de empregados, atualmente muito pouco utilizados. Atrás deles, a cerca elétrica passava como uma barreira quase intransponível sobre o muro que separava a escola municipal, que dava para os fundos da casa.

Os quartos ficavam no segundo andar. A escadaria de acesso terminava em um amplo espaço, com a mesma tapeçaria vermelha e um largo corredor ladeado por quatro suítes. Na extremidade oposta, uma enorme vidraça ocupava quase toda a parede, por onde a luz do dia atravessava sem barreiras, iluminando todo o corredor. No fim, a vidraça se abria para uma laje, cuja rampa descia para a lavanderia e os quartos dos empregados. À noite, porém, o corredor ficava bem escuro, mesmo com todas as luzes acesas, lançando em seus cantos sombras fantasmagóricas e assustadoras.

– É uma bela casa! – Paulo elogiou quando Cláudia terminou de mostrar todos os aposentos.

– Obrigada. – Cláudia corou.

– E onde devemos colocar nossas coisas? – Gustavo perguntou.

Cláudia mostrou o quarto de hóspedes, onde ficariam todos juntos, pois nele havia quatro camas de solteiro. Cada um deles escolheu uma cama e colocou a mala ao lado, como se precisassem garantir o local de dormir.

Depois do lanche, eles subiram para descansar um pouco e ficaram conversando, cada um deitado em sua cama. Depois de algum tempo jogando conversa fora, Júlia abordou a questão que realmente lhe interessava:

– Já percebi que é uma cidade bem pequena. Também deve ser bem parada, certo?

Cláudia se virou na cama, apoiando a cabeça no cotovelo. Olhando para a amiga, ela respondeu:

– Eu sei exatamente o que você está querendo. Balada! Nós vamos, está bem?

– Agora, sim, você leu meus pensamentos – Gustavo falou.

– Vamos nos arrumar, então? – Cláudia perguntou, animada.

– Demorou! – Júlia respondeu, pulando da cama.

7

O helicóptero pousou em uma larga estrada de pedra no interior de um terreno amplo, entre a entrada principal do prédio de três andares da escola agrícola de Cafelândia e as árvores que margeavam o caminho até o portão de grades de ferro que isolava o acesso à propriedade. Leonardo desceu e estendeu a mão para ajudar Roberta. Ela simplesmente o ignorou e pulou para o terreno firme, caminhando em direção ao prédio, cuja fachada estava iluminada.

Leonardo fez um movimento com a mão para o piloto, dispensando o helicóptero, e seguiu Roberta até as portas duplas que davam acesso ao prédio. Abriu uma das portas e aguardou que ela passasse por ele, entrando logo depois.

O hall estava todo iluminado, mas as salas de aula, localizadas nas laterais, estavam todas apagadas. Leonardo prosseguiu ao lado de Roberta pelo corredor até a escadaria, localizada à direita, no centro do prédio. Enquanto subiam, o agente explicava:

– Ordenei que uma equipe preparasse tudo antes de chegarmos. O prédio está desocupado no momento, então nos servirá como centro de comando. Os equipamentos estão em uma sala no terceiro andar. Os satélites disponíveis foram deslocados para esta região e serão nossos olhos no céu. Cada movimento da cidade está sendo monitorado por nossos melhores técnicos. Se o seu filho estiver aqui, nós o encontraremos.

– Esse é o seu plano? – perguntou Roberta, ácida.

Parando no segundo andar, em frente às escadas, Leonardo a encarou e respondeu, surpreso:

– Desculpe, eu não entendi. A senhora não pediu para encontrarmos o seu filho nesta cidade? – A pergunta era tão retórica que ele mesmo logo se apressou em responder: – É o que estamos fazendo.

– E será feito desse jeito? Olhando pela tela de um computador? – Roberta continuou.

Leonardo respirou fundo e olhou para as próprias mãos antes de buscar novamente os olhares inquisidores de Roberta.

– Não sei o que a senhora esperava, mas nos dias de hoje dispomos de toda a tecnologia necessária para localizar *qualquer alvo* e que pode ser muito mais rápida e precisa do que colocar agentes nas ruas.

Com o dedo em riste apontado para o rosto de Leonardo, Roberta exigiu:

– Acho bom que seja mesmo! – Abaixando o dedo, ela pediu: – Agora, me mostre a base de comando.

Os dois subiram até o terceiro andar e entraram na única sala iluminada. Nela, diversos monitores estavam montados sobre algumas mesas da própria escola. Ao lado das telas, e no chão, estavam diversas armas, rifles e alguns lança-granadas. As mesas restantes, sem utilidade, estavam empilhadas no canto da sala, próximo às três janelas fechadas.

Apenas um agente trabalhava. Alto e magro, tinha um corte de cabelo no estilo militar sob o boné preto e vestia-se de maneira similar a Leonardo. O jovem estava sentado em uma cadeira diante das telas e seus olhos percorriam cada quadrante dos monitores, mesmo sendo desnecessário, pois o computador estava programado para emitir um alerta caso o alvo fosse localizado.

Ele se levantou com um salto e bateu continência quando Leonardo e Roberta entraram na sala. Aguardou na posição até receber a ordem:

– Status! – Leonardo exigiu.

– Nada ainda, senhor – respondeu.

– Já era para ele estar aqui. Você tem certeza? – Roberta perguntou aflita.

– Sim, madame.

– Continue atento! – Leonardo ordenou.

– Sim, senhor! – o jovem respondeu e sentou-se novamente, os olhos voltados para os monitores.

– Preparamos uma sala para a senhora ficar mais à vontade e ter privacidade até encontrarmos seu filho – disse Leonardo, dirigindo-se à Roberta. – Por favor, queira me acompanhar.

Caminharam juntos, em silêncio, e Leonardo a conduziu até a sala ao lado. Ao acender a luz, Roberta observou a arrumação do ambiente. As carteiras da escola haviam sido colocadas ao longo das paredes. No canto esquerdo, uma cama havia sido montada. À direita, uma mesa com um computador e um telefone. Na extremidade oposta à porta, abaixo das janelas, havia uma pequena bancada com cafeteira, água, biscoitos e lanches.

– A senhora pode ficar nesta sala. Eu lhe informo assim que tivermos uma confirmação – Leonardo falou, parado à porta.

Ela ficou surpresa com a eficiência deles em promover seu conforto, mas tinha a nítida sensação de que havia algo errado e de que estavam sendo propositalmente negligentes. Isso a incomodava. Desconfiada, perguntou:

– Alguma explicação para ainda não terem encontrado meu filho?

– Se ele estiver aqui, deve estar dentro de alguma casa. Nossos satélites somente conseguem fazer o reconhecimento facial das pessoas que estão na rua – Leonardo respondeu.

– Se ele estiver aqui... – Roberta repetiu as palavras, balançando a cabeça enquanto andava pela sala, pensativa.

Virando-se repentinamente em direção ao agente, ela perguntou, com olhos inquisidores:

– Então está me dizendo que eu posso ter me enganado quanto a ele ter vindo para cá?

– De jeito nenhum, senhora – Leonardo foi cauteloso na resposta. – Mas seu filho pode muito bem ter mentido sobre o local para desviar sua atenção. Neste exato momento, ele pode estar em um lugar bem distante daqui.

Roberta caminhou furiosa em direção a Leonardo e parou a poucos centímetros dele, seus olhos faiscando de raiva.

– Eu saberia muito bem se meu filho estivesse mentindo! Ele está *nesta* cidade! E quero que o encontre. Imediatamente!

– Sim, senhora – respondeu o agente. – Estarei na sala ao lado, se precisar de alguma coisa.

Leonardo saiu da sala e Roberta fechou a porta atrás dele. Ela tirou o celular do bolso e discou para o último número no registro de chamadas. Quando a mesma pessoa atendeu, ela perguntou:

– Alguma identificação positiva?

– Ainda não, senhora – foi a resposta. – Mas temos uma pessoa infiltrada. Assim que ela tiver contato com o alvo, está autorizada a agir conforme o protocolo Andaluzia.

– Perfeito! Aguardo contato.

Roberta desligou o telefone e sentou-se na cama improvisada. Naquele momento, ela não poderia fazer mais nada a não ser esperar.

8

Rafael ergueu a cabeça num sobressalto. Acordou assustado e suando. Teve um sonho agonizante em que uma garota implorava a ele por sua vida antes de mãos fortes a sufocarem até a morte. Ele realmente queria acreditar que tivesse sido somente um sonho, mas as lembranças de ter saído com ela na noite anterior e de tê-la levado até a pousada abandonada dos Shinohara, seu reduto particular de encontros amorosos, atormentavam sua mente. Aquilo era muito mais do que apenas um sonho: era uma cena reprimida em seu subconsciente. Confuso, ele tentava forçar a memória; porém, sua última lembrança nítida, antes de acordar em sua cama, era a de estar em um dos quartos da pousada, compartilhando momentos íntimos com ela.

"O que está acontecendo comigo?", pensou.

Ele se virou para o móvel ao lado da cama e olhou o rádio relógio: a tarde estava quase acabando. Havia dormido praticamente o dia todo. Despreocupado, sem nenhum compromisso a não ser sair à noite para se divertir com seus amigos, virou-se novamente na cama, onde ficou perdido em seus pensamentos sobre o que sua vida tinha se tornado.

Ele nunca fora de dormir tanto assim. Mas já era a quarta vez nas últimas semanas em que ele acordava perto do anoitecer, com o mesmo lapso de memória do que havia acontecido na noite anterior. Sempre havia uma garota envolvida, sempre no mesmo quarto da pousada abandonada, sempre em momentos de intimidade, e depois mais nada, até ele acordar sobressaltado em seu quarto, com a sensação de que um pedaço do seu tempo havia sido roubado.

Tudo estava desconexo até que, alguns dias atrás, seu pai, delegado na cidade, pedira a visão de Rafael sobre o seu mais recente e complicado caso: o desaparecimento de cinco jovens – três garotos e duas garotas. No mesmo instante, ele se dera conta de que os apagões começaram na noite da tatuagem, e a data coincidia com o registro policial dos primeiros desaparecimentos. Ao olhar os nomes que constavam no inquérito, ele percebera que tinha estado com todos os que haviam desaparecido. Assombrado, não contara nada ao pai, principalmente porque não tinha o que dizer. Nem ele se lembrava direito.

Mas Rafael tinha uma certeza: quando saísse do quarto, seu pai estaria na sala com o caso de mais uma jovem desaparecida.

– Só há um jeito de descobrir o que está acontecendo – falou para si mesmo, decidido a procurar a jovem com quem estivera na noite anterior.

Rafael se levantou e tomou um banho rápido. Depois de se trocar, pegou a chave do carro e saiu do quarto feito um furacão. Passou rapidamente pelo pai, um homem com aproximadamente 50 anos, que estava sentado no sofá. Apesar da TV ligada, o homem não prestava a mínima atenção no que o repórter dizia. Com os pés apoiados sobre a mesa de centro, ele apenas olhava fixamente para a foto de uma jovem em suas mãos, pensativo.

Cristina! O nome atropelou a mente de Rafael quando ele olhou de relance para a foto enquanto passava. O delegado estava tão absorto em seus pensamentos que nem percebeu a presença do filho. Nem mesmo quando ele o cumprimentou.

Rafael passou rapidamente pela mãe na cozinha, avisou que estava saindo e que não iria jantar em casa. Ele precisava descobrir urgentemente a causa de seus apagões, ou acabaria enlouquecendo. E sabia exatamente por onde começar: pela pousada dos Shinohara.

Mas outros planos estavam traçados para Rafael naquela noite.

9

Daniel dividiu sua tristeza com os familiares e amigos durante o velório de sua esposa. Muita gente tinha comparecido para prestar as últimas homenagens. Ao anoitecer, os familiares se reuniram ao redor do corpo de Irene e, de mãos dadas, rezaram o terço. Depois, se despediram do viúvo e aos poucos foram deixando o local.

Repentinamente, Daniel se viu sozinho com o corpo de Irene. A sala, mesmo sendo ampla e bem iluminada, tornou-se claustrofóbica. A visão dele foi ficando turva enquanto se enchia de lágrimas. Ele precisava se sentar de qualquer jeito. Com as pernas fraquejando, desviou com dificuldade das inúmeras coroas de flores que estavam em volta do caixão e se sentou em uma das cadeiras de madeira ao redor da sala. Permaneceu ali, de cabeça baixa, mergulhado em sua tristeza.

Alguns minutos se passaram até que um funcionário se aproximou de Daniel e delicadamente chamou sua atenção:

– Senhor, sinto por sua perda. Não gostaria de ir descansar um pouco? O senhor poderia retornar amanhã cedo. Eu preciso trancar a sala... nós fechamos aqui durante a madrugada.

Daniel fez apenas um gesto com as mãos, dispensando o homem.

– O senhor não entendeu – continuou o funcionário. – Eu preciso fechar.

– Pode fechar! – Daniel respondeu, sem levantar a cabeça. – Eu vou ficar aqui.

O funcionário respirou fundo e consentiu.

– Tudo bem... aqui está – respondeu, colocando um molho de chaves na mão de Daniel. – Caso precise sair.

O funcionário atravessou a porta e arrastou a grade de metal com um barulho estridente seguido de uma pancada; passou a corrente pelo meio das grades e fechou o cadeado, deixando o viúvo sozinho para lamentar sua perda. Enquanto se afastava, pedia aos céus para que ele ficasse bem e superasse o seu luto.

Perdido em seus próprios devaneios, Daniel nem sequer percebeu a saída do funcionário até que de repente as luzes se apagaram, deixando a sala com um tom fantasmagórico. Levantando-se, praguejou:

– Maldito funcionário! Por que foi apagar as luzes?

Mas o que Daniel viu em seguida fez com que ele se assustasse. Havia uma figura parada nas sombras, próximo à porta. O homem alto e magro parecia ainda mais assustador por estar vestido com um casaco escuro e um capuz na cabeça, que encobria seu rosto na completa escuridão. Uma leve brisa invadiu o espaço, gelando o sangue do viúvo.

– Você veio buscar minha esposa? – A voz de Daniel tremia ao falar com a figura parada a alguns passos de distância.

– Não! – A voz do homem ecoou pelo ambiente com uma frieza amedrontadora.

De dentro do casaco, o homem tirou um livro grosso e o estendeu a Daniel. Tinha uma capa de couro marrom, fechada por uma tira de couro da mesma cor, presa a um ferrolho.

Receoso, Daniel deu alguns passos à frente e, sem tirar os olhos daquele rosto na escuridão, pegou o livro. Olhou para baixo e viu, mesmo na penumbra, uma cruz trabalhada no couro, cuja ponta estava voltada em sua direção. Levantando novamente os olhos para a figura, ele perguntou:

– O que é isso?

– A resposta para suas orações. – A intensidade da voz continuava gélida.

Daniel assentiu com a cabeça. Abaixando os olhos para o objeto em suas mãos, soltou o ferrolho e abriu o livro. Sentiu as páginas grossas e percebeu que eram amareladas, o que significava que aquele livro era bem antigo. Folheando as páginas, não reconheceu nenhum dos símbolos nem os escritos feitos em uma caligrafia horrível. Mas não ignorou o tremor repentino que atravessou seu frágil corpo e, voltando-se para o homem à sua frente, falou:

Capítulo 9

– Não consigo entender nada do que está escrito aqui.

– Se você realmente tiver fé e quiser muito a realização de seu desejo mais profundo, estes símbolos farão sentido para você.

Daniel baixou os olhos mais uma vez para as páginas. O símbolo da cruz invertida e o poder que sentiu ao tocar aquele livro lhe trouxeram a certeza de que seu desejo mais íntimo poderia ser atendido, o que o deixou ainda mais apavorado. Ele olhou por sobre o ombro para o corpo inerte de Irene e se questionou se deveria deixá-la descansar ou ceder ao seu impulso egoísta.

Decidido, retornou os olhos para o livro aberto em suas mãos e os símbolos ganharam sentido. Ele agora sabia o que fazer.

– Sábia decisão! – A voz gelada do homem quebrou o silêncio.

Repentinamente, as luzes voltaram a se acender, eliminando todos os cantos escuros da sala. O ar novamente se aqueceu. O homem misterioso havia desaparecido. No lugar onde ele estava apenas alguns segundos antes, um manto marrom-escuro, com capuz, perfeitamente dobrado, jazia no chão. O livro continuava nas mãos de Daniel.

Aproximando-se do local onde o misterioso homem estivera, segurando o livro firmemente em suas mãos, Daniel sabia que deveria usar aquele manto no momento de realizar a cerimônia. Encontrando uma nova determinação, ele se agachou e o pegou. Sentiu o tecido macio ao toque, até seus dedos perceberem algo duro dentro dele. Desdobrando-o, ele encontrou uma adaga, cuja lâmina prateada reluzia. Deslumbrado com o poder que emanava daquele artefato, ele segurou o cabo de bronze cravejado com pedras preciosas de diversas cores. Uma energia densa, forte, o atravessou no mesmo momento, trazendo-lhe a sensação de que aquela adaga era dotada de um poder ancestral, misterioso e, ao mesmo tempo, sombrio.

Daniel ergueu-se lentamente, o livro em uma das mãos, o manto e a adaga na outra, sentindo seu corpo vibrar em uma intensidade que até então era desconhecida para ele. Retornando para perto do caixão de sua amada, colocou o manto e a adaga sobre a cadeira mais próxima e apoiou o livro sobre um pedestal. Abrindo-o, iniciou a leitura atenta dos preparativos para o ritual e se pôs a trabalhar. Ele tinha muito a fazer.

10

Depois de um jantar regado a muito vinho no restaurante mais movimentado, localizado na avenida principal, que atravessava Cafelândia de leste a oeste e ficava à beira do córrego que cortava a cidade de norte a sul, Cláudia levou o namorado e os amigos até a única boate da cidade. Caminharam por um quarteirão da avenida principal, com as meninas tropeçando nas próprias pernas de tão bêbadas, culpando os saltos altos. Estava tão perigoso para elas que Gustavo, mesmo não tão sóbrio, entrelaçou o braço no da namorada, e Paulo fez o mesmo com Júlia.

Os olhares dos jovens ao redor voltaram-se sobre eles. Não porque estavam bêbados, mas porque, com exceção de Cláudia, vinham de fora da cidade, e os estranhos ali sempre atraíam uma atenção indesejada, quisessem eles ou não. A própria roupa os entregava. Júlia usava um vestido preto curtíssimo com sapatos de salto bem alto. Paulo vestia calça de sarja bege, com uma camisa polo clara. Gustavo e Cláudia não estavam tão chamativos; ambos usavam tênis e jeans, ele com camiseta estampada, ela com uma camisa feminina xadrez.

Entraram na casa noturna por um túnel largo parcialmente iluminado, construído em tijolos. A música alta já chegava ao ambiente, porém ainda distorcida, com eco. À frente, o corredor se abria para um espaço quadrado, onde quatro enormes caixas de som, estrategicamente distribuídas nos arredores da pista de dança, vibravam com a intensidade da música eletrônica. As luzes acompanhavam o ritmo das batidas, deixando o clima bem psicodélico. No fundo, um aglomerado de jovens pedia suas bebidas no bar. Ao lado, um largo corredor vazio, parcialmente iluminado, levava aos banheiros.

Assim que deixaram o túnel, Júlia gritou para os amigos, tentando fazer sua voz superar o som alto de uma das caixas bem próxima a eles:

– Vamos dançar!

Ela entrou dançando na pista, passando pelo espaço apertado entre corpos agitados no ritmo das batidas eletrônicas. Os três amigos se entreolharam antes de seguir Júlia, tentando abrir caminho naquele aglomerado de gente pulando. Tiveram dificuldade para alcançá-la, mas conseguiram. Paulo se esforçava para ficar o tempo todo ao lado dela. Ele tentou dançar do seu jeito, mas não estava muito familiarizado com o ritmo, e isso arrancou risos de Júlia.

Percebendo o seu esforço, Júlia colou seu corpo no dele e falou em seu ouvido:

– Tente seguir meus movimentos.

Júlia ficou de costas para Paulo, ainda dançando, jogando os cabelos loiros no seu rosto. Ele não hesitou em abraçar sua cintura e sentiu seus quadris se mexendo entre seus braços, enquanto tentava desajeitadamente acompanhar o ritmo. O rapaz sorria abertamente, invadido por uma onda de calor e emoção.

De repente, ela se jogou de costas contra ele, tirando todo o espaço existente entre os seus corpos; encostou a cabeça em seu ombro, olhando-o nos olhos. Com seu corpo ainda em movimento, no ritmo da dança, e um olhar bem sensual, Júlia provocou o amigo:

– Sabe que depois de algumas taças de vinho você até que fica bonitinho! – E passou o dedo indicador pelos lábios de Paulo, rindo provocativamente.

Paulo apertou ainda mais seus braços na cintura dela, enquanto aproximava seus lábios da boca de Júlia, consumido pela sensualidade dela. Quando as duas bocas estavam quase se tocando, ela perguntou:

– Sabe do que eu preciso agora? – Seu tom de voz era sensual, provocativo.

Paulo entendeu a pergunta como um convite para o beijo e aproximou-se ainda mais. Por dentro, explodia de emoção. Finalmente iria beijá-la. Seus lábios estavam quase se tocando quando Júlia, adotando sua frieza usual, respondeu à própria pergunta:

– Eu preciso de uma bebida.

Júlia se afastou de Paulo antes que ele pudesse fazer qualquer coisa e abriu caminho pela multidão em direção ao bar. Cláudia soltou os braços de seu namorado e foi até o amigo, perguntando:

– O que aconteceu?

– Não sei – Paulo respondeu. – Ela simplesmente falou que queria beber alguma coisa e saiu.

– Eu já volto – falou Cláudia depois de dar um beijo rápido em Gustavo.

Cláudia saiu atrás da amiga, atravessando com dificuldade a pista de dança, tentando chegar até o bar. Quando enfim conseguiu, viu Júlia encostada sobre a bancada do bar, já com uma cerveja na mão. Um jovem alto, parado ao seu lado, falava em seu ouvido enquanto ela sorria. Cláudia chegou até a amiga e perguntou:

– Júlia, você está bem?

– Eu estou muito louca! – gritou ela em resposta.

O jovem parado ao lado de Júlia reconheceu Cláudia imediatamente.

– Cláudia? Há quanto tempo não te vejo!

– Rafael, há quanto tempo! – falou ela alegre, enquanto pulava e o abraçava com força. – Como é bom te ver!

Afastando-se do abraço, Cláudia passou os olhos por Rafael de cima a baixo, analisando criticamente a calça jeans clara que ele usava, o sapato brilhando de tão engraxado e a camisa quadriculada em tons claros. Colocando a mão delicadamente sobre o forte braço dele, ela falou:

– Nossa, você realmente deixou de ser aquele moleque que não sabia se vestir! Estou impressionada! O tempo te fez muito bem!

– Eu digo o mesmo! – respondeu Rafael, abrindo um sorriso, satisfeito com o que ouvira. Porém, mudando rapidamente de assunto, disse: – Você está sumida. Por onde tem andado?

– Estou em São Paulo – respondeu ela, soltando o braço do amigo. – Faculdade. Você sabe como eu sempre quis sair desta cidade. E você, o que tem feito?

– O de sempre. Não tem nada de diferente para se fazer aqui.

Com um misto de desprezo e tédio estampado em seu rosto, não pela conversa, nem pela presença do amigo, mas pelas condições que a cidade oferecia, Cláudia respondeu:

– Foi por isso que saí daqui – respondeu, lançando um rápido olhar para a amiga antes de voltar a falar com Rafael: – Vejo que já conheceu minha amiga. – E mudou de assunto: – Deixei meu namorado sozinho com um amigo. Preciso voltar antes que as garotas da cidade o ataquem. Você sabe como elas são com os rapazes de fora.

– E como sei. – O sorriso de Rafael era radiante. – Conversamos mais depois.

Cláudia então falou rapidamente no ouvido de Júlia antes de sair:

– O que você fez foi muito feio! Amanhã conversamos sobre isso.

Júlia só fez um sinal de desprezo, despachando a amiga. Voltou então sua atenção para o que mais lhe importava naquele momento: Rafael. E praticamente se jogou em cima dele enquanto Cláudia se afastava, retornando até o local onde estavam Gustavo e Paulo.

– Onde está Júlia? – perguntou Paulo.

– Paulo, eu acho que você deveria esquecer a Júlia – Cláudia respondeu. – Ela não é para você.

Aquelas palavras o atropelaram. Ele sabia exatamente o que aquilo significava. Júlia só o provocara por satisfação própria e agora deveria estar em algum lugar da boate beijando um desconhecido. Então, virando-se para Cláudia e Gustavo, falou:

– Eu preciso beber alguma coisa.

– Não, Paulo, espere... – Cláudia, presa pelos braços do namorado, tentou segurar o amigo, mas ele já tinha se misturado à multidão.

Paulo seguiu em direção ao bar, não muito preocupado em desviar das pessoas que dançavam à sua volta, recebendo alguns xingamentos ao esbarrar nelas. Na área iluminada do balcão, viu Júlia e um rapaz alto se beijando. Aquilo o incomodou muito. O som não era mais agradável. As luzes em rápidos movimentos pela pista o ofuscavam e o desnorteavam enquanto ele se virava na direção contrária. Queria ficar o mais distante possível de Júlia.

Na outra extremidade do bar, Paulo pediu a bebida mais forte que tinha ali e aguardou enquanto sua dose era preparada, observando desinteressadamente o local. Ele estava tão alienado com o que acontecia ao seu redor que só voltou a si quando uma bela jovem, morena, de estatura mediana, olhos bem negros e cabelos lisos, compridos e bem escuros, forçou a passagem ao lado dele e pediu uma água ao barman. Ela se vestia de maneira simples, calça jeans, camisa escura e sapatilha. A única coisa que chamava a atenção era o fato de usar luvas pretas de couro que deixavam os dedos à mostra. "Um adereço muito estranho até mesmo para quem mora em São Paulo", pensou ele, mas logo deixou para lá. Não lhe cabia julgar.

Quando a bebida de Paulo foi colocada sobre o balcão, a jovem se virou para ele, gritando, para que sua voz superasse a batida eletrônica ao fundo:

– Você não deveria beber isso.

– Por que não? – perguntou ele, olhando para ela.

– Porque eu acho que você já bebeu demais por hoje. – E, antes que ele pudesse protestar dizendo que aquilo não era da conta dela, a jovem mudou de assunto: – Você não é daqui.

– Não – respondeu Paulo automaticamente, surpreso com como a mudança repentina no assunto o desarmou da resposta grosseira que ele daria.

– Até que enfim encontrei alguém que não seja daqui – disse ela, com um sorriso. Colocando a mão sobre o próprio peito, continuou: – Estou tão aliviada.

Paulo não conseguiu segurar um sorriso. Nem a jovem.

– Aliás, meu nome é Raquel – falou e estendeu a mão para ele, olhando-o nos olhos. – Raquel de Angeli.

– Paulo Villareal – ele respondeu e pegou a mão dela com delicadeza, retribuindo o olhar.

Nesse momento, um jovem bêbado se jogou no pequeno espaço que havia atrás de Raquel, empurrando-a contra Paulo. Seus corpos se colaram, as mãos ainda se tocando e pressionadas entre o peito dos dois. Os olhares estavam fixos um no outro.

– Desculpe, eu... – Ela abaixou rapidamente o olhar, um pouco envergonhada, antes de voltar a olhar para ele, enquanto suas palavras morriam antes mesmo de terminar a frase.

Apertando um pouco mais a mão dela presa junto a seu peito, Paulo não deixou que o silêncio pairasse por muito tempo entre eles:

– Raquel, pode parecer...

Ela não deixou que ele terminasse de falar e o beijou rapidamente na boca. Depois, olhou para baixo, constrangida. Com a mão livre, Paulo delicadamente levantou o rosto dela até seus olhos se encontrarem novamente. Correu os dedos pelo seu rosto e seguiu com as mãos entre os seus cabelos negros até chegarem à sua nuca. De forma delicada, aproximou sua boca e a beijou, fechando os olhos.

Raquel também fechou os olhos enquanto o beijava. Ela levou sua mão até a nuca de Paulo e ele a envolveu pela cintura e a puxou, trazendo-a para mais perto, tirando o minúsculo espaço que ainda sobrava entre seus corpos.

Quando a mão de Raquel se movimentou pela nuca de Paulo, ele sentiu uma dor aguda e instantânea. Em reflexo, ele se afastou imediatamente, levando a mão ao local.

Raquel abriu os olhos e desceu sua mão para o ombro de Paulo. Assustada com a reação dele, perguntou:

– O que foi?

– Sei lá! – Paulo respondeu. – Senti uma dor aguda na nuca, como uma picada de inseto, sabe? – Antes que ela respondesse, Paulo continuou: – Mas já passou. – E a puxou para mais um beijo.

E outro. E mais outro. Entre beijos e olhares, tiraram algumas fotos juntos no celular de Paulo. Entre beijos, abraços e carícias, perderam a noção do tempo. O som alto praticamente não era mais ouvido pelos dois. Eles apenas se entregaram um ao outro e deixaram todo o resto de lado, como se nada mais importasse naquele momento. Paulo voltou a si apenas quando Júlia gritou em seu ouvido:

– Até que enfim te encontrei!

Paulo e Raquel se afastaram. Ela se virou de costas para ele e se jogou contra seu corpo, e ele a abraçou por trás. Passou o olhar por Júlia antes de parar os olhos em Rafael, de mãos dadas com a sua amante daquela noite. Com um semblante sério, Raquel apoiou seus braços cruzados por cima dos braços de Paulo, que a envolviam pela cintura.

Os olhares de Raquel e Rafael estavam fixos um no outro, a expressão de ambos fechada. Havia um clima de tensão entre eles. A jovem pressionava, involuntariamente, suas mãos contra o braço de Paulo, cravando suas unhas nele. Já Rafael apertava com força a mão de Júlia, machucando-a.

Paulo, percebendo o clima de tensão entre os dois, quebrou o silêncio, com firmeza em sua voz:

– O que está acontecendo aqui?

– Não está acontecendo nada! – As mãos de Raquel relaxaram e ela beijou Paulo rapidamente, tentando passar a segurança de que não havia nada de errado.

Paulo ainda sentiu um pouco da tensão na voz dela, mas optou por ignorar. Nesse momento, Cláudia e Gustavo se aproximaram, mas permaneceram quietos. De algum modo, perceberam o clima estranho que ainda pairava no ar.

O silêncio se manteve até Rafael, agora mais relaxado, falar:

– Nós estamos indo embora.

– Rafael nos convidou para irmos a um outro lugar mais sossegado, sabe? É uma pousada abandonada onde normalmente ele e seus amigos vão para beber e conversar. Acho que seria muito legal se vocês viessem também.

– Vamos deixar que eles decidam – Rafael completou. – Estamos esperando vocês do lado de fora.

Quando todos se afastaram, deixando Paulo e Raquel novamente sozinhos, ele perguntou:

– E aí, vamos?

– Eu adoraria ir com você, mas não posso – Raquel respondeu, virando-se nos braços de Paulo para olhar diretamente para ele com um olhar de tristeza.

– Não tem problema – Paulo falou. – Vou dizer aos meus amigos que não vamos.

– Eu acho que você deveria ir. – Raquel deu um longo beijo nele antes de continuar. – São seus amigos e você não pode deixá-los sozinhos.

– Tenho certeza de que eles vão entender – respondeu.

– Nunca se sabe quando eles podem precisar de você. Você deve ir – disse Raquel com um tom de voz mais firme, depois de se manter por alguns segundos com o olhar distante.

– Vamos nos ver amanhã? – Paulo quis saber antes de tomar uma decisão.

– Antes do que você imagina. – Raquel sorriu, misteriosamente.

Paulo registrou o número de Raquel em seu celular e ela fez o mesmo com o dele. Em seguida, saíram abraçados da casa noturna. Já na rua, Paulo deu um longo beijo em Raquel e, quando suas bocas se soltaram, ele falou:

– Vejo você amanhã.

– Com toda certeza! – respondeu ela, entusiasmada.

Raquel deu mais um beijo em Paulo e depois se afastou, descendo sozinha a rua em direção ao restaurante e ao córrego. Ele ficou observando a garota por um tempo, pensando se havia tomado a decisão certa. Algo o incomodava, mas não sabia o que era. Involuntariamente, colocou a mão em sua nuca.

Paulo foi tirado de seus devaneios quando Gustavo parou ao seu lado, abraçado com Cláudia, e falou:

– Vamos?

– Sim – respondeu Paulo, balançando a cabeça afirmativamente.

Rafael, de mãos dadas com Júlia, reparou rapidamente na figura feminina que caminhava sozinha pela rua. Então, se virou para seus novos amigos e falou:

– Vou buscar meu carro. Não está longe. Eu já volto.

– Vamos esperar você aqui – Júlia respondeu. – Não demore!

Rafael deu um rápido beijo em Júlia e desceu a rua em direção ao restaurante, os olhos fixos na figura à sua frente.

11

— Senhor, temos identificação positiva – alertou o agente quando o satélite localizou o alvo.

Leonardo abaixou a tela de seu notebook, saiu de sua mesa e aproximou-se dos monitores. Apoiando uma mão na mesa e a outra no encosto da cadeira do agente, arqueando o corpo para a frente, olhou para a tela e perguntou:

– Onde ele está agora?

– No centro da cidade – respondeu o agente. Virando-se para olhar diretamente seu superior, continuou: – Devo informar a contratante?

– Ainda não. Apenas monitore.

Leonardo apontou na tela uma rota que levava para fora da cidade, desenhando o trajeto com seu dedo enquanto ordenava:

– Se ele pegar esta rota e entrar neste lugar específico – e fez um círculo com o dedo indicador –, você me avisa. Até lá, vamos deixar o garoto se divertir.

– Sim, senhor – disse o agente, voltando a monitorar a tela.

Leonardo retornou à sua mesa e voltou a trabalhar em seu notebook.

12

Raquel caminhou pela avenida principal até o restaurante, onde virou à esquerda para seguir em direção à rodoviária, margeando o córrego no pequeno vale à sua direita. Ao contrário da avenida, onde ainda havia bastante movimento, a rua do córrego estava deserta e silenciosa.

"Silenciosa até demais...", pensou.

As folhas das árvores à margem do córrego começaram a farfalhar. A leve brisa alcançou Raquel pelas costas e fez seus cabelos se mexerem levemente. Se fosse qualquer outra pessoa, o medo a dominaria e ela, no mínimo, sairia correndo. Mas não Raquel. Ela simplesmente parou e falou:

– Mesmo com o barulho das folhas, você não sabe esconder o som dos seus passos. Eu senti sua presença há muito tempo. Só não queria estar perto de ninguém que pudesse se surpreender com o que está prestes a acontecer.

Raquel virou-se repentinamente, colocando o braço direito em diagonal à frente do seu corpo, o punho cerrado voltado para cima. Os joelhos se flexionaram levemente, fazendo o corpo dela adotar uma postura de equilíbrio. Sua boca se mexeu suavemente enquanto sussurrava palavras em uma língua estranha. Um raio de luz alaranjado atingiu com força o braço erguido, de onde surgiu um rápido lampejo roxo na forma de uma elipse, grande o bastante para proteger todo o corpo da jovem. No segundo seguinte, tudo estava escuro novamente.

Raquel abaixou o braço e o som de palmas batendo em meio à escuridão a alcançou, seguido de uma voz:

– Vejo que a Ordem treinou você muito bem – a voz masculina era calma e controlada. – Mas você ainda não é boa o suficiente para me vencer em um confronto direto.

– Mostre-se, Rafael! – gritou Raquel. – Não se esconda nas sombras! Agora não há ninguém à nossa volta para impedir que nossa batalha aconteça!

Olhos alaranjados ganharam vida na escuridão antes que três rajadas do mesmo tom atingissem novamente o escudo mágico de Raquel, fazendo-o brilhar. Desta vez, porém, a força do impacto a desequilibrou, fazendo-a cambalear levemente para trás, tirando os olhos, por apenas alguns segundos, da posição de seu adversário.

Foi o suficiente para Rafael dar um salto sobrenatural, reduzindo os metros entre os dois em questão de segundos. Ele pousou bem diante dela e sua mão cerrada, ganhando um brilho alaranjado, desceu com violência contra o corpo de Raquel. O choque contra o escudo gerou mais um brilho roxo intenso.

Com o impacto, Raquel foi forçada a flexionar o joelho esquerdo até encostá-lo no chão, ajudando-a a manter a base e não perder novamente o equilíbrio. Rafael não recuou. Manteve a pressão sobre o escudo, gerando um brilho intenso, misturado entre o laranja e o roxo.

Com um grito agudo de fúria e um movimento rápido de sua mão esquerda, agora ganhando um brilho roxo, Raquel atacou. Com um pulo para trás, evitando ser acertado, Rafael deu espaço suficiente para que ela conseguisse se levantar e estabelecer novamente a base para o combate.

– Estou impressionado – Rafael falou. – Mas ainda é ineficiente.

Os dois trocaram ataques e defesas, cada um tentando acertar o corpo do outro. Rafael era ágil e conseguia se desviar com leveza dos ataques dela. Raquel amortecia todas as investidas dele em seu escudo antes de contra-atacar. E ficaram nessa dança mortal por alguns minutos, até Rafael conseguir abrir a guarda do escudo com sua mão esquerda e atacar com as duas mãos abertas contra o peito dela. Com o impacto, ela foi jogada pelo ar alguns metros para trás. Ela bateu o corpo contra a beirada da encosta do vale e suas pernas ficaram penduradas sobre o córrego, dez metros abaixo dela.

Escorregando pela encosta íngreme, Raquel tateou desesperadamente pelo chão de terra à procura de algo em que pudesse se segurar para evitar a queda. Uma de suas mãos roçou de leve em uma frágil raiz externa de uma das árvores ao seu redor, próximo da beirada. Rapidamente ela se agarrou e tentou puxar o corpo para cima, mas a raiz se desprendeu do solo, fazendo, junto de um grito curto, seu corpo descer encosta abaixo, ficando apenas seus braços e sua cabeça na superfície.

Rafael se aproximou da jovem dependurada com um sorriso vitorioso em seu rosto e, antes que ela pudesse falar qualquer coisa, ele se agachou e segurou a raiz com as mãos. Desesperada, Raquel implorou:

– Não, não, não! Por favor!

Os olhares se encontraram. Ela não soube quanto tempo se passou, mas pareceu uma eternidade, o que lhe deu a esperança de seu pedido desesperado ser considerado por ele. Porém, Rafael abriu um sorriso malicioso e rompeu a raiz com um movimento rápido.

Com um grito agudo, Raquel despencou encosta abaixo, engolida pela escuridão da noite. Seu grito somente foi silenciado quando ela atingiu o leito do córrego, com um barulho de água se espalhando e de ossos se quebrando, batendo violentamente contra as pedras submersas nas águas rasas.

Rafael se levantou e olhou para baixo. O corpo dela estava imóvel. Uma das pernas estava esticada. A outra, levemente flexionada. O braço esquerdo estava um pouco afastado do corpo e esticado entre duas pedras. O direito estava sobre uma pedra pontiaguda do leito do córrego. Os punhos estavam cerrados. A cabeça estava sobre uma pedra, evitando que ela se afogasse. Seus olhos estavam abertos, fitando a escuridão da noite.

Mesmo a distância, Rafael podia ouvir sua fraca respiração. Sabendo que ela ainda estava viva, falou:

– Eu poderia acabar com sua vida miserável agora mesmo, mas que graça teria aliviar seu sofrimento?

Vitorioso, Rafael virou as costas e se afastou pela rua, caminhando lentamente como se nada tivesse acontecido, deixando Raquel ali, imóvel, sofrendo até que a morte chegasse. Seu sorriso se alargou enquanto caminhava. Sem a presença dela em seu caminho, ficaria mais fácil atingir o objetivo de seu mestre. Tudo era uma questão de tempo.

Porém, não era uma questão de tempo apenas para ele. Sozinha na escuridão, Raquel abriu as duas mãos e seus lábios se moveram, quase imperceptíveis. Instantaneamente, um minúsculo brilho roxo surgiu na palma de suas mãos, expandindo-se por todo o seu corpo até envolvê-la por completo. Muito lentamente, seus ferimentos começaram a se curar.

13

— Até que enfim você chegou! – Júlia reclamou quando Rafael estacionou a caminhonete em frente à boate.

Um relâmpago repentinamente cortou o céu, iluminando por um segundo as pessoas na rua e o interior da caminhonete, seguido do som alto de um trovão. O vento balançava os cabelos de Júlia e Cláudia. Quando o estrondo se dissipou, Rafael respondeu à altura:

– Mas agora estou aqui! – E acalmou o tom de voz antes de continuar: – Entrem. Uma tempestade está chegando. Temos que chegar ao lugar que eu falei antes dela.

Todos entraram na caminhonete. Júlia estava no banco da frente, ainda com a expressão de poucos amigos por ter ficado esperando tanto tempo pela chegada de Rafael. Os outros três foram no banco de trás.

Assim que a caminhonete se afastou da boate, Paulo perguntou:

– E onde exatamente é esse lugar?

– É um hotel fazenda abandonado nos arredores da cidade – respondeu Rafael, olhando Paulo rapidamente pelo retrovisor central. – Vamos nos divertir por lá.

Rafael olhou de relance para Júlia e piscou, tentando desfazer sua expressão emburrada. Ela captou rapidamente o olhar dele antes de virar o rosto, mas deixou um quase imperceptível sorriso escapar de seus lábios, demonstrando todo o charme feminino do fingimento de estar brava com ele.

Quando o carro chegou ao fim da rua asfaltada e entrou em uma estrada de terra batida, que gerava um balanço desconfortável, Rafael viu uma viatura da polícia parada à direita, as luzes vermelhas do giroflex quase cegando a todos dentro da caminhonete. Um policial caminhou para o centro da via e ordenou que ele parasse.

Rafael parou a caminhonete e abriu sua janela. Quando o policial se aproximou, o motorista o reconheceu quase de imediato.

– Boa noite, Santos, como você está? – falou Rafael, cumprimentando o policial.

De início, o policial se surpreendeu quando o motorista o chamou pelo nome, mas logo o reconheceu.

– Senhor Rafael, me desculpe. Não reconheci o carro – disse, se desculpando.

– Sem problema – Rafael respondeu. – Você fez o certo. Aconteceu alguma coisa para você estar aqui?

– Seu pai ordenou a montagem de barreiras em todas as saídas da cidade. Você sabe, o desaparecimento desses jovens está tirando o sono dele e ele quer resolver logo o caso – explicou o policial.

– Ele está sob muita pressão ultimamente.

– Mas não vou mais atrasar a sua diversão – respondeu Santos, piscando discretamente. – Boa noite, senhor.

– Terei – disse Rafael.

Passando pela viatura, Rafael seguiu pela estrada deserta e escura, iluminada apenas pelos potentes faróis da caminhonete, avançando o mais rápido possível, para chegar ao hotel fazenda antes da tempestade.

– Meu pai é delegado da cidade. Misteriosamente, nas últimas semanas, jovens começaram a desaparecer. Nenhuma pista foi deixada, o que torna o caso mais intrigante – Rafael tentou explicar, quebrando o gelo.

Quando soube quem era o pai de Rafael, Júlia mudou sua expressão instantaneamente e logo voltou a demonstrar interesse pelo rapaz, colocando sua mão na perna dele.

– Parece ser um *serial killer* – Cláudia falou. – Mas esta cidade é muito pequena e pacata para se pensar nisso. Sem contar que praticamente todos se conhecem. Eu nunca imaginei que um dia isso pudesse acontecer aqui.

– Muito menos eu – disse Rafael.

Seguindo pela estrada por mais alguns minutos, ele passou por uma ponte estreita sobre a linha do trem, havia muito tempo desativada para transporte de passageiros, chegando logo em seguida a uma bifurcação. Rafael se manteve à esquerda. Depois do vale, atravessou um estreito rio por uma ponte precária de madeira e virou à direita, chegando na estradinha que levava ao hotel fazenda.

No pórtico à frente, dava para avistar a placa enferrujada onde se lia: Hotel Fazenda Santa Gertrudes.

O rádio do carro, que até aquele momento tocava sertanejo, começou a falhar. A voz dos cantores e a melodia começaram a se misturar com a estática. Por fim, restou no interior da caminhonete apenas o chiado característico de fora de sintonia.

– Aqui não tem sinal nenhum – falou Rafael, desligando o rádio. – É uma zona morta para rádios e celulares.

– Que ótimo! – respondeu Júlia, irônica, enquanto constatava estar sem sinal em seu telefone celular.

– Eu prefiro assim – respondeu ele, lançando um olhar misterioso para Júlia. Adotando um tom de voz assustador, continuou: – Vocês agora são meus. Não têm como pedir socorro a ninguém. – E riu, mas foi o único a rir de seu humor negro.

– Este lugar não é só abandonado, é mal-assombrado! – falou Cláudia imediatamente, o medo transparecendo em sua voz.

– São lendas urbanas – Rafael respondeu, voltando ao seu tom normal de voz. – Vocês não acreditam nisso, não é?

– Neste lugar houve uma chacina de escravos, pouco antes da assinatura da Lei Áurea. Dizem que os espíritos dos escravos ainda vagam pelo local. Não podemos entrar aí! Vamos voltar – disse Cláudia.

– Então este é o melhor lugar para procurarmos os jovens desaparecidos – falou Gustavo, empolgado, discordando da namorada.

Todos riram, menos Cláudia e Paulo.

– Eu adoraria ter uma noite de aventuras em meio a espíritos malignos – brincou Júlia, olhando para Rafael e mordendo o lábio inferior.

– Bem, acho que somos maioria – Rafael concluiu.

Quando passaram pelo pórtico, Paulo sentiu novamente a dor aguda na nuca, a mesma que sentira quando estava com Raquel. Em reflexo, levou a mão ao local com força e fez uma careta. Quase que ao mesmo tempo, os músculos de seus ombros tremeram de forma perceptível e involuntária, enquanto seu corpo era dominado por uma sensação de calafrio que lhe descia pela coluna.

– Você está bem? – perguntou Cláudia, percebendo a repentina agonia do amigo.

– Estou, sim – respondeu Paulo. E desconversou: – Deve ter sido somente um mosquito.

Paulo manteve segredo sobre a sensação de medo que o invadiu. Havia muita coisa não explicada que merecia atenção. As palavras de Raquel não saíam de sua cabeça: *Nunca se sabe quando eles podem precisar de você. Você deve ir*. Ele só não sabia o que isso significava. Mas acreditava estar muito perto de descobrir.

14

– Senhor, o alvo está entrando na zona proibida – alertou o agente.

Leonardo saiu de sua mesa novamente e foi até os monitores. Com uma das mãos sobre o encosto da cadeira e a outra apoiada sobre a mesa, ele olhava para a tela, vendo um ponto vermelho se mover em direção a uma área marcada com um X.

Endireitando o corpo, Leonardo bateu de leve com a mão esquerda no ombro do agente, parabenizando-o:

– Ótimo trabalho! Vou recomendar uma promoção a você.

– Obrigado, senhor.

Com um movimento rápido, Leonardo segurou o agente fortemente com a mão esquerda, enquanto a direita passava a faca pela garganta dele. O homem teve espasmos involuntários na cadeira enquanto seu sangue jorrava. Logo depois, ficou imóvel, os olhos abertos fitando o nada. Leonardo somente o soltou depois de constatar sua morte. Limpou a faca na roupa da vítima antes de guardá-la na bainha do cinto.

Leonardo foi até o canto da sala e pegou uma sacola cheia de armas que já estava preparada. Saiu silenciosamente da sala, para não chamar a atenção de Roberta. Desceu as escadas com passos leves e seguiu até a porta de saída do prédio.

Do lado de fora, Leonardo caminhou pela beira da estrada interna em direção ao pórtico, sob as sombras assustadoras das árvores que margeavam o caminho. Encontrou o carro, estrategicamente deixado perto da entrada, do lado de dentro da propriedade, conforme suas instruções. Estava longe o suficiente do prédio para que o barulho do motor não chamasse a atenção de Roberta. Ele jogou a sacola no assento do passageiro e foi abrir o portão de grade. O caminho agora estava livre. Entrou no carro, deu a partida e falou para si mesmo:

– Iniciando a fase dois.

E saiu, atravessando pelo portão aberto, para ganhar as ruas de Cafelândia em direção ao seu alvo.

15

Rafael e seus novos amigos conseguiram subir os dois degraus de acesso à varanda do hotel fazenda pouco antes de a tempestade desabar. O jovem tomou a dianteira e abriu as portas com sua chave, sendo o primeiro a entrar. Acendeu as luzes à esquerda e se virou para todos:

– Bem-vindos à melhor noite de suas vidas!

Júlia foi a primeira dos convidados a entrar e ficou deslumbrada com o lugar. Ela se jogou nos braços de Rafael e beijou sua boca antes de falar em seu ouvido:

– Adorei este lugar! Não vejo a hora de ficar sozinha com você. – E mordeu de leve a orelha dele.

Gustavo entrou em seguida e sua atenção se voltou imediatamente para o piano à sua direita. Virando-se para a namorada, logo atrás dele, perguntou:

– Você não fez aula de piano quando criança? – perguntou. – Toque um pouco para nós.

– Fiz, sim – respondeu Cláudia, a contragosto, já sabendo o que esperar.

Paulo foi o último a entrar. No momento em que atravessou a porta, as luzes piscaram rapidamente algumas vezes. E então tudo se apagou. Os segundos de escuridão que se passaram pareceram uma eternidade. Um raio iluminou o ambiente. O trovão que se seguiu ecoou pela recepção, fazendo Cláudia estremecer e abraçar o namorado. Um uivo maligno invadiu a sala, enrijecendo o corpo de Júlia nos braços de Rafael. Batidas fortes e regulares no forro de madeira assustaram Paulo. Apenas Rafael não se intimidou com tudo aquilo.

As luzes voltaram a piscar, criando sombras fantasmagóricas em todos os cantos da recepção. De repente, tudo se acendeu. Misteriosamente, os barulhos cessaram. Os convidados de Rafael estavam tensos. Ao perceber isso, ele tentou quebrar o gelo:

– É uma construção antiga. É normal as luzes falharem de vez em quando. Vou pegar umas cervejas para acalmar os ânimos.

Cláudia soltou o namorado e tentou se acalmar aproximando-se do piano. Passou os dedos sobre a superfície dele e olhou para sua mão. Não havia um sinal sequer de poeira. A tentativa de se tranquilizar foi deixada de lado por um momento. Ela olhou ao redor, desconfiada ao perceber que o local estava impecavelmente limpo, e comentou:

– Este lugar está limpo demais para um hotel abandonado.

Rafael já havia soltado Júlia de seus braços e se afastava para pegar as cervejas no frigobar estrategicamente posicionado no chão, escondido do outro lado do balcão da recepção. Do caminho, ele respondeu:

– Eu o mantenho limpo para receber meus convidados mais ilustres, como vocês.

– Sei... – Cláudia falou baixo, mais para si mesma do que para qualquer outra pessoa, mas foi ouvida por Gustavo, que apenas lançou um olhar inquisidor.

Paulo começava a se acalmar e sua atenção agora se voltava para um antigo relógio de pêndulo, cuja caixa era toda entalhada em madeira. Na parte superior, os ponteiros dos minutos e dos segundos estavam parados sobre uma circunferência com números de um a doze. Abaixo, um compartimento vertical conservava os pêndulos dourados. Ao lado deles, havia duas correntes que terminavam em contrapesos. Todo o mecanismo estático podia ser visto através de um vidro disposto na frente.

Como toda peça muito antiga, havia algo de misterioso no objeto, mas Paulo não sabia dizer exatamente o que era. Curioso, caminhou lentamente até o relógio e começou a examiná-lo de perto. Olhou para os ponteiros e, tirando seu celular do bolso, comparou o horário, constatando que o relógio estava parado.

Ao tocar no vidro, Paulo estremeceu. Como em uma alucinação, começou a ouvir gritos, lamentos e sussurros, todos carregados de sofrimento e agonia. Uma sensação estranha o invadiu completamente, como se o seu peito estivesse sendo pressionado. Sua respiração ficou ofegante. Seus ombros visivelmente se mexiam a cada inspiração e expiração. Sentimentos de sofrimento e morte passavam por ele, sugando suas energias, deixando-o exausto. Sua visão começou a ficar turva. Seu corpo começou a pender para um dos lados.

Repentinamente, o relógio tocou uma única badalada. Paulo retirou a mão que tocava o vidro e retornou a si, assustado. Os sons ao redor haviam desaparecido, bem como a pressão em seu peito. Ainda olhando para o objeto à sua frente, ele viu os pêndulos balançando de um lado para o outro, fazendo o ponteiro dos minutos se movimentar novamente, com um estalo característico. Sentindo-se estranhamente atraído pelo movimento no interior do relógio, ele manteve o olhar fixo nos ponteiros, hipnotizado por aquela vibração estranha. Alheio aos demais acontecimentos na recepção, não percebeu o que acontecia até ser tarde demais.

– Tique-taque! – sussurrou Rafael ao seu ouvido. – Falta uma hora para a sua morte.

Com um movimento rápido, Paulo virou Rafael contra a parede ao lado do relógio e o empurrou, pressionando a cabeça dele com uma das mãos. Com a outra, torceu o braço dele para trás, impossibilitando-o de se mover. Com isso, duas latas de cerveja caíram com um baque surdo contra o piso de madeira e rolaram para longe.

– Calma, calma! – Rafael gritou, sua voz saindo abafada por estar com o rosto prensado contra a parede. – Foi só uma brincadeira!

Gustavo, Cláudia e Júlia, percebendo a confusão, correram até os dois para tentar separá-los. As meninas puxaram Paulo pelas mangas e Gustavo o pegou pelo pescoço.

– Solta ele! Solta ele! – Júlia gritava.

Paulo soltou Rafael e se deixou ser levado por Gustavo, levantando os braços para o alto na intenção de demonstrar rendição. Cláudia os acompanhou. Júlia ficou perto de Rafael.

– Você está bem? – perguntou ela.

– Eu vou ficar – respondeu Rafael grosseiramente, mexendo o pescoço de um lado para o outro, com a mão na nuca e uma leve expressão de dor. – Seu amigo é forte.

– Você não devia ter assustado ele assim. Que brincadeira estúpida! – disse Júlia, chamando-lhe a atenção. – Foi de muito mau gosto!

Rafael pegou uma das latas de cerveja do chão e se aproximou de Paulo, ainda preso por Gustavo. Com um sorriso nos lábios, estendeu a bebida em direção ao seu agressor.

– Oferta de paz – falou.

Paulo movimentou lentamente a cabeça em sinal positivo e foi solto pelo amigo. Pegou a cerveja e se afastou.

– Vou aguardar vocês aqui fora – anunciou, saindo pela porta que ainda estava aberta.

Gustavo fez menção de ir junto para conversar com o amigo, mas foi impedido pela namorada com um leve aceno negativo. Cláudia se aproximou do piano e ergueu a tampa da cauda, sustendo-a com a haste, de modo que o som propagasse de forma mais nítida. Depois, sentou-se no banco e levantou a tampa das teclas. Apoiou as mãos sobre elas e fechou os olhos, respirando fundo, tentando se lembrar de alguma música de cor. Enchendo-se de convicção, ela abriu os olhos e começou a tocar.

Rafael, vendo seus convidados um pouco mais à vontade, pegou a mão de Júlia e a conduziu para a passagem do outro lado da sala. Ela o seguiu com um enorme sorriso no rosto. Juntos, saíram da recepção para o longo corredor com piso de madeira onde era possível ver dez portas, correspondentes aos quartos.

Conforme se afastavam, o som do piano ficava mais distante. Rafael parou em frente à última porta à direita e a abriu, revelando um quarto simples, de estilo colonial, um padrão adotado pelo hotel fazenda para todos os seus aposentos. Havia uma cama de casal antiga, bem arrumada, ladeada por mesinhas de cabeceira com três gavetas cada; sobre uma delas, um abajur; na outra, um telefone. À direita ficava um armário embutido e, de frente, uma penteadeira com espelho oval estrategicamente colocada ao lado da porta. No teto, um ventilador acoplado à luminária era promessa de bem-estar para as noites mais quentes. Entre a cama e o armário embutido, uma porta conduzia ao banheiro, com um pé-direito alto, típico de casas antigas. O piso e a metade inferior das paredes eram revestidos com azulejo verde. A outra metade da parede fora mantida em alvenaria até encontrar o teto de madeira. À direita da porta ficava o chuveiro, e diante da passagem, a banheira. À esquerda, viam-se, ao lado da porta, a pia e o espelho. Do outro lado, quase em frente ao espelho, estava o vaso sanitário.

– Nossa, tem até banheira! – falou Júlia, sorrindo para Rafael.

– Esta é a suíte de luxo, vamos dizer assim – respondeu Rafael.

– E estamos esperando o quê? – disse sorrindo e o beijou.

Os dois invadiram o quarto escuro, envolvidos no beijo caloroso, sem se preocupar em acender as luzes. Rafael bateu a porta com o pé, fechando-a com um baque forte. Com um sorriso sensual e um leve empurrão, Júlia jogou o jovem na cama. Antes de cair, ele a abraçou, puxando-a junto consigo, fazendo o riso de prazer dela ecoar pelo ambiente.

16

Desde que saíra irritado da recepção, Paulo não fora muito longe. Pelo menos não de início. Ele encontrou um banco comprido próximo da porta, bem abaixo da janela, perto do piano. Ouviu quando Cláudia começou a tocar, enquanto tentava ligar repetidas vezes para o celular de Raquel. Mas foi em vão. O aparelho estava fora de área. Naquele momento, seu telefone não passava de um peso morto.

– Que ótimo! – bradou com ele mesmo.

Não restava mais nada além de esperar pelos amigos. Decepcionado com o que sua noite estava se tornando, Paulo abriu no celular as fotos que tirou com Raquel na boate e ficou olhando. Seus pensamentos se voltaram para a jovem, primeiro como lembrança do que tiveram, transformando-se lentamente em devaneios do que poderiam estar fazendo juntos naquele momento, caso ela estivesse ali com ele.

Um movimento inesperado em meio à chuva caindo sobre o gramado perto da recepção do hotel chamou a atenção de Paulo e o fez sair de seus devaneios adolescentes. Ele desviou os olhos da tela, olhou para a escuridão à sua frente e viu a silhueta de uma mulher usando um vestido branco, caminhando despreocupada, como se estivesse em uma noite clara, iluminada por um céu estrelado, rumo a um destino desconhecido, pois não havia nada visível na direção em que ela seguia. Apertando os olhos para ter certeza de não estar vendo coisas, Paulo tentou dar credibilidade àquele vulto em meio ao breu noturno. Concentrando todos os seus sentidos naquela figura, o som do piano começou a desaparecer em seus ouvidos. O tempo pareceu ter praticamente parado e as gotas da chuva caíam como em câmera lenta.

Paulo largou seu celular sobre o banco e se levantou, aproximando-se um pouco mais dos degraus da entrada, buscando um ângulo melhor para enxergar a figura misteriosa, tentando manter o olhar fixo para não a perder de vista. Vendo-a agora pelas costas, os cabelos esvoaçantes e volumosos lhe davam a impressão de ser Raquel. Inconscientemente, Paulo gritou para a escuridão:

– Raquel!

Se o som da voz de Paulo alcançou a figura, não se sabe, pois ela simplesmente manteve sua marcha pelo gramado, sob o olhar atento do jovem, até desaparecer atrás de uma construção um pouco distante da recepção, escondida pela cortina densa de água e pela escuridão.

Paulo precisava saber se era Raquel. E, se fosse ela, precisava saber o que ela estava fazendo ali naquela escuridão, debaixo de chuva, e por que estava agindo de maneira tão estranha. Só havia um jeito de descobrir. Decidido, Paulo se colocou em movimento, descendo os degraus com passos lentos. Não se importando com a chuva, saiu da cobertura da recepção. Suas roupas rapidamente ficaram encharcadas. Seus cabelos ficaram ensopados e gotas de água escorriam por seu rosto, embaçando a visão enquanto tentava manter o olhar fixo no ponto onde a figura desaparecera. Tudo isso parecia não afetar Paulo de modo algum, como se a determinação em descobrir se era ou não Raquel o alienasse de tudo à sua volta. Era como se não existisse mais nada além daquele vulto misterioso.

Paulo chegou ao prédio escuro, com uma grande abertura que ocupava praticamente metade da construção, onde havia uma churrasqueira de tijolos quebrados e grelhas enferrujadas ao lado de uma pia e uma geladeira. Tudo estava decadente e abandonado. Logo adiante, uma pequena porta fechada levava a um lugar desconhecido. Seguindo um pouco além, havia uma porta ampla de correr, dando a impressão de ser uma garagem fechada. Ao lado dela, na outra extremidade do complexo, havia uma abertura, possivelmente também usada como garagem. A pintura branca estava precária e as telhas quebradas deixavam a chuva entrar na área construída, formando grandes poças no chão.

Nada disso, porém, interessava a Paulo. Determinado a alcançar aquela figura misteriosa, ele simplesmente caminhou pelo gramado para a parte de trás da construção, mantendo a parede mal pintada à sua esquerda. À direita, havia apenas uma área de mato relativamente baixo e, mais ao fundo, começava uma grande faixa de floresta que avançava no horizonte, porém ainda dentro da propriedade do hotel.

Misteriosamente, o vulto agora estava parado sob uma grande árvore com uma copa tão volumosa a ponto de quase impedir a passagem da chuva e da claridade momentânea dos raios que rasgavam o céu. O chão ali era de terra batida coberta com folhas secas. De costas para Paulo, com o braço esticado e o dedo indicador em riste apontando em direção ao horizonte onde a floresta se erguia majestosa, a figura parecia alertá-lo sobre aquele lugar; na estranheza da situação, ele tinha a sensação de que o vulto o aguardava, como se quisesse mostrar-lhe algo.

Com o olhar fixo na mulher cujo vestido branco esvoaçava, Paulo se aproximou e agora percebia que ela não se parecia tanto com Raquel, mas ainda tinha dúvida por ela estar de costas, sob uma escuridão ainda mais intensa por causa da copa da árvore. Ao chegar a uma distância de dois passos, ele esticou o braço direito, determinado a encostar no ombro dela e virá-la de frente para ele.

Não chegou, porém, nem perto de fazer isso. Com um movimento rápido, ela se virou e colocou as mãos sujas de terra sobre os ombros de Paulo. Com o susto, ele se inclinou para trás e seus olhos assustados captaram os detalhes do rosto da mulher, os olhos fundos e vidrados, os cabelos bem negros e os dentes imundos em meio a lábios esbranquiçados, sem vida. A frente estava toda manchada de sangue, um vermelho vivo em contraste com o branco de sua veste e a palidez de sua pele. Ao tentar se desvencilhar dela, sentindo pela primeira vez uma ameaça real à sua vida, ele deu um passo para trás. Desesperado, Paulo tropeçou em uma das raízes e se desequilibrou, seu corpo caindo para trás rumo ao chão. A mulher acompanhou seu movimento, aproximando-se ainda mais dele enquanto caíam.

A queda levou apenas alguns segundos, mas Paulo, muito perto do rosto dela, conseguiu captar um sussurro quase imperceptível saindo dos seus lábios:

– Me ajude!

O impacto veio logo em seguida. Paulo caiu sentado e apoiou as mãos contra o chão. Ele fechou os olhos e ficou esperando pela colisão do corpo da mulher contra o dele, mas nada aconteceu. Ela se desintegrou no ar em minúsculas partículas de poeira, que cobriram todo o corpo do jovem, grudando em sua roupa e em sua pele molhada, entrando por sua boca e narinas, deixando seu rosto e braços escuros como a noite, antes de se espalhar pelo solo ao redor dele.

Sentado sobre as folhas, Paulo cuspiu a terra que entrara em sua boca, ficando apenas o sabor amargo. Suas narinas também ardiam a cada respiração curta, ofegante. Tudo o que ele queria naquele momento era se lavar, tirar aquela sujeira toda grudada em seu corpo. Mas não teve tempo de fazer nada para aliviar aquela sensação ruim. Sua vida corria perigo e o que passara até agora não era nada comparado com o que estava por vir.

Sentado sob a copa da árvore, Paulo sentiu uma brisa leve tocar sua pele, deixando-o arrepiado. As folhas caídas se movimentaram com o vento. Mesmo com o barulho da chuva e dos trovões, a audição dele captou o som da terra sendo rasgada por finas e resistentes raízes que ganhavam vida ao redor de seu corpo, projetando-se em sua direção. Sobressaltado, Paulo começou a se arrastar para trás, tentando se livrar dos tentáculos que ganhavam a superfície.

Lutando para se livrar das raízes que tentavam segurá-lo, Paulo sentiu a terra cedendo sob seu corpo, como se ele estivesse sobre areia movediça. Na dificuldade de se mover com agilidade, algumas raízes se enrolaram em seus pulsos e tornozelos, impedindo que ele continuasse se debatendo e diminuindo drasticamente a possibilidade de escapar. Praticamente imóvel, mais raízes se enrolavam nele, envolvendo suas pernas, braços e tronco.

O sangue escorria das feridas abertas pela violência das raízes que apertavam seu corpo. Paulo tentava se mexer, livrar-se das amarras naturais, mas, quanto mais se debatia, mais as raízes o apertavam, mais as feridas sangravam e doíam enquanto o solo continuava a ceder, fazendo-o afundar ainda mais na terra lamacenta. Seu desespero se transformou em pânico quando uma das raízes avançou em seu pescoço, fazendo escorrer um filete de sangue ao puxá-lo em direção ao solo que cedia cada vez mais.

Deitado, completamente amarrado, Paulo se viu afundando na terra. Lutar contra as raízes que o prendiam só fazia com que elas se apertassem ainda mais ao redor de seu corpo, rasgando sua pele e aprofundando as feridas já abertas. A compressão em seu pescoço era tão forte que o impedia de respirar. Ele abria a boca tentando sorver o ar, mas não conseguia. Sua visão começou a ficar turva.

Exausto e enfraquecido, Paulo desistiu de lutar e se entregou: “Nunca pensei que morreria assim”, pensou. Com a cabeça quase soterrada, Paulo buscou o ar uma última vez antes de fechar a boca; seu rosto continuou a afundar. Sua boca e nariz logo ficaram cobertos pela terra lamacenta.

Momentos de sua vida agora passavam rapidamente em retrocesso diante de seus olhos: ele discutindo com seus amigos e saindo da recepção do hotel, o beijo em Raquel, Júlia dançando com ele na boate, a briga com a mãe enquanto ele viajava para Cafelândia, o primeiro dia de aula, o jantar com seus pais quando ele descobriu ter entrado na faculdade, seu último aniversário com seus pais, seus momentos mais felizes na infância...

As lembranças deveriam ter acabado aí, mas continuaram. Imagens de momentos que ele tinha certeza de não ter vivido o invadiram com a mesma intensidade de suas memórias: a morte de uma mulher na beira de uma estrada de terra, um bebê chorando no colo dessa mulher, uma fuga a cavalo, uma luta frenética pela vida... A sensação das lembranças de uma outra vida, de alguém conectado a ele por fortes laços o dominou, como um choque. Era como se suas almas estivessem conectadas. Como se aquela memória estivesse dentro dele, em seu sangue, em seu DNA. Por mais difícil que fosse acreditar, a ancestralidade aflorava em seu íntimo mais profundo, protegendo-o, fortalecendo-o e impulsionando-o para a compreensão de seu próprio ser – tudo aquilo fazia parte de quem ele era. E, agora, de quem ele passava a ser.

Seu corpo todo se energizou, e uma vibração estranha e avassaladora o encheu de vigor naquela luta pela vida, trazendo-o de volta à realidade. Aguçando os sentidos, Paulo viu pelo canto dos olhos uma figura surgir de trás da árvore. Escondida na escuridão, ele conseguiu apenas identificar superficialmente o perfil daquela estranha imagem: era alta e forte. Por mais incrível que pudesse parecer, a silhueta se parecia muito com... ele. Em um movimento rápido, a pessoa misteriosa jogou em sua direção uma espécie de corda luminosa, azulada, cujo brilho iluminava boa parte do espaço sob a copa da árvore.

– Segure isto, agora! – gritou a figura misteriosa, cuja voz se parecia com a dele.

Paulo conseguiu agarrar a corda luminosa antes de fechar os olhos e afundar por completo na terra lamacenta. Imediatamente, suas mãos começaram a queimar. Apesar da dor, ele não soltou aquele fio de esperança; restava pouco tempo agora para lutar contra as raízes que o prendiam e sair de seu túmulo. Conforme se mexia, tentando se livrar das amarras, o tempo passando rapidamente, ele sentiu a nuca queimar. Um calor o invadiu, percorrendo todo o seu corpo, da cabeça aos pés. Como magia, as raízes se afrouxaram. Aos poucos ele recuperou os movimentos dos braços, das pernas, do corpo e do pescoço, apesar da dor lancinante das feridas expostas em seus membros e tronco. Parcialmente livre, ele conseguiu se agarrar ao cordão de luz com mais força e voltar à superfície.

Com a cabeça fora da terra e as raízes frouxas em seu pescoço, ele inspirou fortemente, ignorando a ardência nas narinas. Fazendo ainda mais força para sair, sentindo a queimação em suas mãos, Paulo soltou um grito agudo e longo. As raízes deixaram de resistir e seu corpo ganhou rapidamente a superfície.

Livre do buraco da morte, Paulo rolou de lado até se afastar daquela cova. Deitado no chão, os braços esticados ao lado do tronco, com o corpo todo ferido, ele soltou a corda azulada, revelando em suas palmas um corte transversal profundo, de onde o sangue escorria para a terra lamacenta. Sentindo o gosto de terra na boca e a ardência nas narinas, Paulo não conseguiu segurar a ânsia e, virando-se de lado, vomitou sobre as folhas caídas. Recuperando-se parcialmente, a respiração ofegante, ele se endireitou, passou as costas da mão pela boca e abriu os olhos. Tudo estava silencioso demais. O buraco onde fora enterrado vivo continuava ao seu lado e as raízes rompidas jaziam dentro dele. Porém, a misteriosa corda azulada não estava mais lá. A silhueta que o salvara também havia desaparecido. Nem mesmo a mulher que se transformara em pó sobre ele parecia ter existido.

Clareando seus pensamentos, Paulo passou a mão pela face, tentando limpar o rosto, sujando-o ainda mais com a lama e o sangue de suas mãos. Do jeito que estava, seria impossível se limpar, pelo menos ali. Ele precisava de água e, pela primeira vez, aquela chuva parecia muito atraente e convidativa.

Com as pernas trêmulas e o corpo todo dolorido, Paulo rastejou para o gramado além dos limites da copa da árvore. Sair do solo lamacento e sentir a grama molhada foi um alívio. Como que influenciado por uma força maior, sentiu uma grande vontade de gritar para o espaço deserto à sua volta:

– Chuva, me lave! Meu passado é sangrento!

Raios atravessaram o céu naquele momento, iluminando-o.

Recuperando parcialmente suas forças, ele se levantou, cambaleando um pouco até recobrar seu equilíbrio. Levantou a cabeça e, como se olhasse para o céu, fechou os olhos, abriu os braços e deixou-se banhar pela chuva. O barro escorria por sua pele até o chão, misturado ao sangue das feridas espalhadas pelo seu corpo. O terror dos últimos minutos ainda estava vívido em sua mente. Por mais difícil que fosse acreditar em tudo o que havia acabado de acontecer, não tinha como negar a realidade daquilo. Havia alguma coisa muito errada com aquele lugar: nem ele nem seus amigos podiam mais ficar ali.

Aos poucos, o terror foi se transformando em determinação. Precisava reencontrar seus amigos e sair daquele lugar insano. Sentindo aquela energia atravessar todo o seu ser, Paulo abaixou a cabeça e abriu os olhos, renovado. Focado em deixar aquele lugar o quanto antes, ele se colocou em movimento acelerado em direção à recepção.

Seu plano de encontrar seus amigos e sair dali o quanto antes estava longe de acontecer. Muita coisa ainda estava por vir. O pesadelo estava apenas começando.

17

Apesar de anos sem ficar diante de um piano, Cláudia não havia perdido muito da prática. Gustavo, com o braço apoiado sobre a superfície entre a tampa aberta e a cavidade das cordas, olhava com orgulho para a namorada. O som era tão perfeito que ele se permitiu fechar os olhos e se deixou levar na viagem mental proporcionada pela música.

De repente, após algumas músicas, Gustavo percebeu que o som ficou estranho, como se o piano não estivesse mais em perfeita afinação. Ele abriu os olhos para ver se Cláudia havia percebido isso também, mas, pela expressão concentrada da namorada, que continuava tocando, ele concluiu que seus ouvidos deviam estar enganados.

Mas não estavam. Com um estalo repentino, uma das cordas se rompeu no exato momento em que Cláudia pressionou a tecla, disparando como um chicote na direção de Gustavo. Instintivamente, ele se virou de costas e tentou se esquivar, mas não foi rápido o suficiente. A corda o atingiu com violência, rasgando sua camiseta e levando consigo pele e sangue, deixando uma marca diagonal em tom vermelho vivo por quase toda a extensão de suas costas, antes de cair inerte ao lado do instrumento.

A música instantaneamente se tornou um lamento de agonia enquanto Gustavo caía de bruços contra o chão, soltando um grito de dor. Cláudia viu tudo pelo canto dos olhos e parou de tocar na hora, sua expressão serena rapidamente se transformando em preocupação. No silêncio que se fez, o som da queda violenta do corpo de Gustavo contra o piso de madeira ecoou pela sala.

Cláudia saltou do banquinho, derrubando-o com violência, fazendo um barulho que também ecoou pela sala vazia. Ela correu até o namorado caído e se ajoelhou ao lado dele, colocando as mãos em suas costas.

– Amor, você está bem? Fala comigo!

– Dói demais! – respondeu Gustavo, com os dentes cerrados de dor.

Cláudia respirou aliviada por alguns segundos ao ver que o namorado estava consciente. Sua preocupação então se voltou para o ferimento nas costas. O sangue fluía pela enorme ferida, tingindo a camiseta de vermelho e começando a formar uma poça no chão. Desesperada, Cláudia gritou:

– Socorro! Paulo! Júlia! Alguém! Por favor, me ajude!

Apesar do pedido de socorro, Cláudia não ficou esperando que alguém chegasse sem fazer nada. Ignorando a vergonha, ela tirou sua blusa e a colocou sobre as costas de Gustavo, pressionando com toda a força na tentativa de estancar a hemorragia. Gustavo soltou um grito de dor quando ela tocou a ferida. O sangramento era tão intenso que logo a blusa dela se encharcou, tornando-se inútil.

Cláudia levantou a cabeça e olhou para os lados na esperança de que alguém tivesse ouvido o seu grito de socorro e aparecesse na sala. Mas ninguém apareceu. Ela estava por conta própria e precisava tomar uma decisão rápida, ou Gustavo sangraria até morrer.

Tirando as mãos do ferimento e endireitando seu corpo, ainda ajoelhada, Cláudia começou a olhar ao redor, procurando por algo que pudesse usar para colocar sobre as costas do namorado para estancar o sangramento. Ela olhou desesperada para todos os cantos da sala, mas não havia nada ali de útil. Ela não queria deixar Gustavo sozinho, mas, diante das circunstâncias, seria necessário sair por alguns minutos para procurar algo que estancasse o sangramento.

No momento em que ia avisar Gustavo de sua urgente decisão, Cláudia teve seu movimento interrompido pelas luzes que começaram a piscar freneticamente. Mas isso não a impediria de continuar com seus planos. Em meio ao cintilar das lâmpadas, ela sentiu um arrepio subindo por suas costas, enchendo-a de um medo incompreensível, como se tivesse alguém parado bem atrás dela ou algo estivesse prestes a acontecer.

E estava. Repentinamente, Cláudia sentiu seu cabelo sendo puxado com violência. Tamanha era a força que sua cabeça foi jogada para trás enquanto sua visão passava rapidamente pelo teto. Seu corpo se desequilibrou e ela caiu de costas contra o piso de madeira com um baque surdo. Quase que imediatamente, ela foi arrastada pelos cabelos para a escuridão do restaurante. Cláudia se debatia com as pernas, tentando de qualquer jeito recuperar o controle. Com uma das mãos, ela tentava se livrar daquilo que a puxava pelos cabelos e, com a outra, procurava se agarrar a qualquer coisa que estivesse no caminho. Ela tentou segurar em um dos pés do piano, deslocando-o apenas alguns centímetros antes de oferecer a resistência necessária para a jovem.

Gustavo viu quando Cláudia foi arrastada pelos cabelos e se segurou no pé do piano, tentando desesperadamente se salvar. Com uma careta de dor, ele rapidamente começou a rastejar pelo piso de madeira em direção a ela, deixando atrás de si um rastro avermelhado. Quando se aproximou, ele esticou os braços em direção à namorada e gritou:

– Segure minha mão!

A força que puxava Cláudia era tão intensa que seu ombro se deslocou com um estalo agudo. Com um grito de agonia e dor, ela se soltou. Gustavo conseguiu segurá-la pelas pernas e, com muito esforço, enquanto ambos eram arrastados, esticou-se até alcançar o braço cujo ombro fora deslocado, fazendo-a gritar ainda mais por causa da dor. Mesmo assim, não conseguiu impedi-la de continuar sendo arrastada em direção ao restaurante do hotel, mergulhado na escuridão, levando-o junto.

Cláudia rapidamente alcançou a porta, parte de seu corpo mergulhado na escuridão. Desesperado, Gustavo juntou todas as suas forças e soltou um grito de dor ao se virar sobre seu próprio corpo e sentar no chão, apoiando os pés contra os batentes da porta, um de cada lado, segurando Cláudia para que ela não fosse sugada para o outro lado. Ele tentava puxá-la de volta para a recepção, mas a dor em suas costas minava suas forças. Ela, com o ombro deslocado, não conseguia se manter firme, por mais que tentasse ignorar aquela dor lancinante.

Mas Gustavo não desistia. Com os dentes trincados por causa da dor, ele esticou sua mão livre em direção a ela e gritou:

– Me dê sua outra mão!

Cláudia soltou a mão dos cabelos e se segurou com firmeza no braço esticado do namorado. Gustavo fez uma careta antes de soltar um grito longo, equivalente à força que fazia ao tentar puxá-la para trás.

Duas forças opostas agora puxavam Cláudia, uma em direção ao restaurante escuro e a outra para a recepção. Apesar do esforço, ela não se movia. O que a sustentava nesse cabo de guerra era seu couro cabeludo, que, não resistindo à pressão, começou a se rasgar, sendo levado para trás junto com a força que a puxava para o ambiente escuro. O sangue começou a escorrer pelo rosto de Cláudia, enquanto um grito de dor e agonia saía de sua boca.

Mesmo assim, Gustavo não a soltou voluntariamente. Apesar da dor lancinante e do sangue escorrendo por seu rosto, o desespero de Cláudia era tão grande que ela mesma tentava se agarrar ao namorado com toda sua força. Mas estava ficando cada vez mais difícil manter aquela situação. As mãos suadas impediam Gustavo de segurá-la com mais firmeza e, quanto mais força ele fazia para tirá-la do perigo, mais suas mãos escorregavam. Agora ela estava presa apenas pela ponta dos dedos.

Apavorada com o que poderia lhe acontecer caso as mãos de Gustavo se soltassem das dela, Cláudia gritou:

– Não me solte, por favor! Não quero morrer!

Gustavo tentou, mas foi em vão. Suas mãos escorregadias se soltaram e Cláudia foi arrastada enquanto um grito agudo de pavor escapava de sua garganta, os dois braços ainda esticados em direção ao namorado ao atravessar completamente a porta para o outro lado. O grito, porém, foi abafado e se transformou em um silêncio medonho quando a porta se fechou violentamente com um baque agudo, engolindo Cláudia na completa escuridão.

18

— Cláudia! – gritou Gustavo, o desespero nítido em sua voz. Logo esse desespero se transformou em raiva e ódio de si mesmo. Culpa e impotência também o destruíam por dentro. Gustavo deixou seu corpo cair para trás, sentindo a dor aguda lancinante da ferida quando suas costas bateram contra o chão. Difícil saber qual dor era maior. Ele fechou os olhos e as lágrimas escorreram pelo seu rosto. A imagem do pavor no rosto de Cláudia sendo arrastada para dentro daquela escuridão não saía de sua cabeça. Enfurecido, ele fechou os punhos e começou a bater com violência contra o chão.

Misteriosamente, as luzes pararam de piscar e a recepção voltou a se iluminar por completo. Os rastros daquele ataque podiam ser vistos pelo chão. Os sons agonizantes de momentos atrás haviam se encerrado, por mais que ainda estivessem vívidos nas lembranças de Gustavo. O silêncio dominava a sala. Mas por pouco tempo.

Gustavo não sabia por quanto tempo havia ficado ali deitado, lamentando-se pela própria fraqueza e incapacidade de salvar sua namorada. Quando começou a encarar o fato de que tudo havia acabado para ela, um som estranho o alcançou, como se alguém sussurrasse algo incompreensível pelos vãos da porta fechada. Pensando que Cláudia ainda poderia estar viva, muito ferida e sem forças para gritar por socorro, mas tentando de alguma forma pedir ajuda, ele se levantou com dificuldade, fazendo o máximo de esforço para ignorar a dor em suas costas, e caminhou lentamente em direção à porta.

Encostado à porta, ele tentou novamente ouvir o sussurro, que parecia ter cessado. Temendo pelo pior, chamou:

– Cláudia?

Gustavo trazia na voz a desconfiança e o medo de uma resposta que talvez não estivesse preparado para receber: a de que aquele sussurro tivesse sido o último suspiro de Cláudia.

Mas fora apenas impressão. O sussurro tornou a ser ouvido por Gustavo, como se ele nunca tivesse chamado por ela. Sem conseguir distinguir o som, mas curioso em descobrir o que estava sendo dito, ele apoiou as mãos abertas sobre as duas frestas laterais e sentiu, de imediato, como se uma forte corrente de ar atravessasse por entre elas. “Poderia ser essa a origem do sussurro?”, pensou. “Se fosse, o que estava acontecendo do outro lado?”

Ele precisava descobrir se Cláudia estava viva. Em seu mais profundo ser, ainda existia uma ponta de esperança. Dividido entre determinação e medo, Gustavo encostou o ouvido esquerdo contra a porta e chamou mais uma vez, agora com um tom de voz mais controlado:

– Cláudia, é você?

Repentinamente, a porta estremeceu, como se alguém tivesse se chocado violentamente contra ela do outro lado. O coração de Gustavo disparou por conta do susto enquanto ele dava um pulo para trás. Um grito de medo e desespero acompanhou o barulho repentino da porta batendo contra o batente:

– Socorro! Tem algo aqui! Gustavo, me ajuda!

Era a voz de Cláudia. Ela ainda estava viva. Gustavo se aproximou rapidamente da porta fechada, gritando:

– Cláudia!

A maçaneta começou a se movimentar freneticamente, como se, em seu desespero, Cláudia tentasse abrir a porta. Ela gritou praticamente ao mesmo tempo:

– Gustavo, me ajuda! – Havia desespero em sua voz. – Ele está se aproximando. Por favor, me tire daqui!

– Fique longe da porta!

Gustavo chutou a porta com toda a força. O som do impacto sobre a madeira ecoou pela sala deserta, mas ela nem se mexeu. Ele tentou mais duas vezes, o mesmo som se espalhando pela recepção, mas a porta continuava intacta.

– Ele está muito perto! – Cláudia gritou desesperada do outro lado. – Rápi...

Mas não conseguiu terminar sua frase. A última palavra se transformou em silêncio pelo que pareceu uma eternidade. Repentinamente, um grito longo e abafado de Cláudia alcançou os ouvidos de Gustavo, vindo através da porta. O som da voz dela foi ficando cada vez mais distante até desaparecer por completo sob o barulho de madeira caindo contra o chão. Depois disso, silêncio absoluto.

Enlouquecido em seu próprio desespero, Gustavo agarrou o banco de madeira do piano, ignorou a dor e o jogou com toda a sua força contra a porta fechada, que estremeceu com um baque, ecoando pela recepção silenciosa. A porta se manteve firme enquanto o banco se partia em pedaços. Um grito de fúria de Gustavo invadiu o ambiente junto com o som do choque entre as madeiras.

"Deve haver um jeito de entrar no restaurante que não seja por esta porta", pensou ele. "Talvez uma janela ou mesmo uma outra porta." Para isso, ele teria de sair da recepção e contornar o hotel na escuridão e sob a chuva. Mas o faria sem pestanejar enquanto houvesse uma linha tênue de esperança de tirar sua namorada de lá com vida.

Agarrando-se a isso com todas as suas forças, Gustavo se aproximou da porta e gritou através dela:

– Eu vou encontrar um jeito de te tirar daí! Aguente firme!

Gustavo virou-se em direção à porta de saída da recepção. Contornou o piano, mas não chegou a dar mais que dois passos antes de as luzes começarem a piscar novamente, mergulhando o ambiente numa mistura de clarões e sombras. Se tivesse tempo para pensar e avaliar os fatos, ele seria capaz de prever que algo muito sério estava para acontecer. Mas a determinação e a pressa na tentativa de alcançar Cláudia ainda com vida o deixaram cego para o perigo iminente.

Com um estalo forte próximo ao teto, as luzes se apagaram por completo, mergulhando a recepção em completa escuridão. A corrente que segurava o lustre se rompeu e o pesado objeto desceu em queda livre. O alvo era Gustavo.

Sem perceber o perigo, ele não foi rápido o suficiente a ponto de se esquivar por completo. O lustre caiu sobre a perna de Gustavo e o levou ao chão, prendendo-a. O som de ossos se quebrando se misturou ao som da madeira rachando. O sangue se espalhou pelo assoalho. A perna dele se dobrou por causa do impacto e ele caiu de bruços bem ao lado do piano, a cabeça muito próxima da saída da recepção. Um grito de dor saiu por sua boca.

Deitado no chão, Gustavo se virou e tentou puxar a perna, mas ela estava presa. Uma dor intensa o atravessou naquele instante. Não resistindo, seu corpo estendeu-se para trás enquanto o grito de agonia rasgava o ar.

Seu sofrimento, porém, estava apenas começando. Em meio à escuridão, Gustavo não percebeu a corda arrebentada do piano se esgueirando lentamente pelo chão, conduzida por uma misteriosa e maligna força, até ser tarde demais. Ela se enrolou com força em seu pescoço, abrindo um rasgo em sua pele, por onde mais sangue começou a jorrar. Em uma reação desesperada, ele levou as mãos ao pescoço, tentando se livrar das garras da morte.

A ponta da corda começou a tensionar, recolhendo-se para o interior da cauda do piano. Muito lentamente, Gustavo começou a ser puxado naquela direção. Ele cerrou os dentes, fazendo força com a musculatura do pescoço, tentando, em vão, aliviar um pouco daquela pressão que o sufocava, enquanto sua visão começava a embaçar. A perna quebrada começou a se movimentar por baixo do lustre e uma dor lancinante o invadiu quando ela se soltou completamente. Em outras condições ele teria gritado. Chegou até a abrir a boca, mas a pressão da corda em seu pescoço era tão forte que o som não saía da garganta.

Gustavo foi arrastado até o piano. Com a corda sendo puxada verticalmente pela lateral em direção ao interior da cauda, a pressão no pescoço dele se intensificou, rasgando seus músculos. Se ele não se levantasse rapidamente, seria degolado. Sem pensar, reagindo apenas à dor que agora quase roubava seus sentidos, ele se sentou no chão. Mas não foi suficiente.

A tensão aumentava conforme a corda era recolhida para dentro do piano. Guiado pelos seus instintos, ele se apoiou sobre o pé que ainda estava bom, levantando seu corpo enquanto tentava aliviar a pressão em seu pescoço. Sua luta era tão desesperadora que ele não se deu conta de que sua cabeça se inclinava cada vez mais para trás sobre a superfície lateral do instrumento. Em questão de segundos, sustentada pela nuca pressionada contra a superfície do contorno lateral do piano, sua cabeça agora estava suspensa entre o vão das cordas, abaixo, e a tampa da cauda, acima, mantida aberta apenas pela haste de madeira que começava a vibrar, enfraquecendo-se sob a ação de uma misteriosa força maligna, tornando-se lentamente incapaz de continuar sustentando a tampa levantada.

De um momento para o outro, a corda parou de se mover, mas não aliviou a pressão. Era como se ela tivesse sido usada apenas para atraí-lo àquela posição incômoda. Quando Gustavo percebeu o engodo, uma distração para um perigo ainda maior, seu coração disparou. Mas era tarde demais. O medo o invadiu com uma força exorbitante. Gustavo usou suas últimas energias numa medida desesperada para se proteger, tentando cruzar as mãos sobre o rosto, mas foi em vão. A haste se quebrou com um estalo e a tampa do piano se fechou sobre o rosto dele, fraturando o nariz e alguns ossos da face. Sangue espirrou por todos os lados. Tamanha foi a força do impacto que jogou sua cabeça para trás de forma estranha. O som rápido e repentino de suas vértebras cervicais se quebrando ecoou pela caixa acústica do piano. Seus braços penderam soltos ao lado de seu corpo. Suas mãos tremiam de forma involuntária.

A dor de Gustavo se foi como em um passe de mágica. Ele agora não sentia quase mais nada. Seus últimos impulsos elétricos carregavam um único pensamento: "Cláudia". Logo depois, suas mãos diminuíram a intensidade dos tremores para quase imperceptíveis movimentos involuntários. Seu corpo relaxou e começou a pender lentamente pela lateral do piano. A resistência da corda, no entanto, continuou firme ao redor do pescoço do garoto já morto. Com o peso do corpo, a corda adentrou mais no pescoço, rasgando músculos, traqueia, veias, artérias e a coluna vertebral já fraturada, antes de sair do outro lado, melada com um líquido denso avermelhado que pingava para dentro do piano. Por fim, o corpo sem cabeça caiu de lado no chão, formando rapidamente uma poça de sangue em frente à porta da recepção do hotel fazenda.

Nada mais poderia ser feito por Gustavo. Para quem ainda estava vivo, em meio a tanto terror, bastava apenas uma alternativa: sobreviver.

19

Em contraste com a recepção, o restaurante do hotel fazenda mostrava como aquele lugar realmente estava abandonado. As dez mesas quadradas distribuídas pelo salão estavam em mísero estado. As cadeiras viradas de cabeça para baixo sobre as mesas estavam cheias de teia de aranha. O piso todo trabalhado em estilo colonial estava desgastado e imundo. Um aparador antigo, com gavetas, ocupava toda a lateral à direita do ambiente, coberto com lençóis rasgados e imundos, castigados pelo tempo. Acima dele, uma pequena janela de vidro empoeirado impedia que a claridade dos raios que rasgavam o céu adentrasse o espaço com toda sua magnitude e excelência, deixando o ambiente quase que dominado pela completa escuridão. À esquerda do salão, uma porta de correr, apodrecida pelo tempo, se abria para um armário embutido com prateleiras, onde eram guardados os utensílios para as refeições. Na extremidade oposta do restaurante, outro aparador antigo com gavetas estava coberto como o primeiro. Ao lado dele, havia uma porta de acesso à cozinha e ao depósito. A pintura branca das paredes estava descascada. O teto de madeira apodrecida ameaçava despencar a qualquer momento.

Cláudia, porém, não tomou ciência de nada disso. Assim que a porta se fechou, bloqueando a principal fonte de luz no ambiente, a força misteriosa continuou arrastando-a pelos cabelos em direção à porta de acesso à cozinha, na outra extremidade do salão, enquanto seus pés se debatiam desesperadamente. Em sua trajetória forçada, ela bateu contra os pés de algumas mesas, movimentando-as para os lados. A cada pancada, ela esboçava uma careta de dor. Algumas cadeiras, com o impacto, caíram de cima das mesas sobre ela, machucando-a ainda mais.

Repentinamente, Cláudia parou de ser arrastada pelo chão. Algumas cadeiras estavam caídas sobre ela. Seus cabelos pousaram lentamente contra o piso de azulejo. Ela respirava, ofegante. Seu coração estava disparado. Seu corpo coberto de hematomas doía muito. Sangue escorria do couro cabeludo parcialmente rasgado, manchando seu rosto de vermelho vivo. O ombro, deslocado, tornava quase impossível movimentar seu braço, tamanha a dor ao tentar fazê-lo.

Deitada no chão gelado, toda machucada, Cláudia começou a chorar e a rir ao mesmo tempo, numa mistura de desespero e alívio por ainda estar viva. Ela sentia como se tivesse ganhado uma nova oportunidade de sobrevivência, à qual se agarraria com todas as forças. Tentando controlar suas emoções, ela se sentou, ignorando toda a dor. O sangue do couro cabeludo quase arrancado por completo escorreu sobre seus olhos, dificultando ainda mais sua visão, antes de chegar aos seus lábios. O gosto de sangue em sua boca quase a fez vomitar.

De olhos fechados e ignorando a dor em seus membros, Cláudia tirou sua calça jeans, limpou o rosto e rapidamente amarrou-a em sua cabeça, numa tentativa de estancar o sangramento. Ao terminar, respirou fundo algumas vezes, controlando ao máximo seu próprio medo, antes de abrir seus olhos. Esperou alguns minutos, tentando acostumar-se com a escuridão. Quando já conseguia identificar o ambiente à sua volta com mais clareza, mas não com perfeita nitidez, ela se levantou. Sua meta era sair dali.

Cláudia olhou ao redor, procurando por uma saída. À primeira vista, só havia três possibilidades: a porta por onde fora arrastada, a janela de vidro ou a porta de acesso à cozinha. Nenhuma delas era muito atrativa, mas precisava fazer uma escolha. O medo de retornar pelo caminho por onde fora arrastada ainda estava vivo dentro dela, mesmo que controlado. Então, a porta para a recepção estava descartada. O acesso à cozinha também lhe trazia um calafrio estranho, o medo do desconhecido. Para ela, não parecia ser a opção mais inteligente. Restou apenas a janela, que estava bem próxima a ela. "Tem que ser a janela", pensou.

Cláudia se aproximou da janela suja, estendendo o braço por cima do aparador antigo à sua frente. Constatou que era possível passar por ela. Bastava quebrar o vidro, o que seria fácil. Era só jogar uma cadeira e tudo estaria resolvido. Pelo menos parcialmente. Antes de fazer qualquer coisa, ela precisava saber o que tinha do outro lado. De nada adiantaria sair de uma prisão para cair em outra.

Passando o punho cerrado sobre a sujeira no vidro, Cláudia limpou uma área suficiente apenas para conseguir olhar do outro lado. A luz externa entrou no ambiente, diminuindo a intensidade da escuridão em seu interior, porém ainda era insuficiente. A nesga de luz que adentrava agora criava ainda mais sombras fantasmagóricas do que antes.

Cláudia olhou para fora pela circunferência limpa na janela e se encheu de esperança. Não só porque do outro lado estava a varanda coberta, que aparentemente a levaria de volta ao acesso principal da recepção, mas porque, inexplicavelmente, Paulo caminhava pelo gramado sob a chuva pesada. Para onde, ela não sabia. E não importava. Se ele fosse capaz de ouvi-la, aquela ajuda poderia significar sua sobrevivência.

Cláudia gritou pelo nome dele algumas vezes, batendo contra o vidro, fazendo o máximo de barulho possível. Paulo, porém, não deu nenhum sinal de que estava ouvindo. Simplesmente continuou caminhando pelo gramado até desaparecer atrás de uma construção.

Vendo-o desaparecer na escuridão, Cláudia perdeu as esperanças de ser socorrida por Paulo. Mas não se entregou. Voltando ao plano original, ela se afastou da janela. Com muito esforço, pegou uma cadeira de cima de uma das mesas e retornou para ela. Levantou a cadeira o mais alto que pôde, cerrando os dentes por causa da dor no ombro deslocado, pronta para arremessá-la contra a janela. Daquela distância, seria certeiro. Não tinha como errar.

Isso se a cadeira chegasse a sair de suas mãos. Raios cruzaram o céu, seguidos instantaneamente por trovões. O rosto de um homem negro e barbudo olhando fixamente para Cláudia surgiu de forma repentina na janela, fazendo-a soltar um grito curto e agudo. O coração dela disparou. O susto foi tão grande que ela deixou a cadeira cair.

Da mesma maneira que surgiu, a imagem daquela figura ameaçadora desapareceu na escuridão que se seguiu aos relâmpagos. Cláudia agora já não via mais nada pelo vidro além de sua silhueta parcamente refletida. "Talvez esta não seja a melhor opção de fuga", pensou, tentando controlar seu medo. Naquele momento, a passagem para a cozinha estava se tornando bem atraente.

Mas foi só um lampejo de esperança. Uma brisa suave vindo da cozinha alcançou Cláudia. Seus cabelos se movimentavam sutilmente sob a presença misteriosa daquela aragem. Um assovio estranho do vento passando pelas frestas da porta fechada entre o restaurante e a recepção chegou aos seus ouvidos, parecendo um sussurro desesperado. Ela sentiu um arrepio em sua nuca que desceu por suas costas, fazendo-a estremecer por completo. Um movimento chamou sua atenção para a passagem entre a cozinha e o restaurante. Tomando coragem, ela virou o rosto apenas o suficiente para ver, pelo canto dos olhos, um vulto parado bem no meio da passagem.

O medo tomou conta dela. Só havia um caminho para seguir agora: em direção à porta fechada entre o restaurante e a recepção. Lutando contra o medo que a consumia, ela se colocou em movimento lento para longe daquela figura ameaçadora. Deu um passo para a direita e parou. Pelo canto dos olhos, percebeu que o vulto não havia manifestado qualquer reação diante dos movimentos dela. Então deu mais dois passos lentos em direção à porta fechada e parou novamente. A figura continuava imóvel, porém não menos ameaçadora.

Cláudia estava tão tensa na tentativa de se afastar daquela figura que pulou de susto quando uma voz invadiu o restaurante parcialmente escuro, vindo da recepção:

– Cláudia! – Era Gustavo, atrás da porta fechada, gritando seu nome.

Ela não respondeu. Não podia arriscar chamar por ele ou fazer movimentos bruscos e tirar, dessa forma, a figura ameaçadora de seu estado de inércia. Mas saber que seu namorado ainda estava do outro lado da porta encheu seu coração de esperança. Ela só precisava dar a ele algum sinal de vida; caso contrário, ele acharia que ela estava morta e então suas chances seriam baixas, muito baixas.

Ainda mantendo um constante contato visual lateral com o vulto, Cláudia deu mais dois passos. A figura nas sombras não se moveu. Depois de tantos movimentos e do barulho do seu namorado chamando-a do outro lado, aquele vulto ameaçador já deveria ter se manifestado. Mas nada acontecia. Ela começou a questionar se realmente estava vendo algo ali ou se não seria apenas sua imaginação, uma resposta ao medo que sentia naquele momento.

– Cláudia, é você? – A voz de Gustavo surgiu novamente.

A resposta à sua indagação sobre aquela figura ser apenas fruto de sua imaginação veio rapidamente, motivada pela voz de Gustavo. Quando raios cruzaram o céu novamente e iluminaram o rosto daquela pessoa parada ali nas sombras, Cláudia a reconheceu como sendo o mesmo homem que ela vira pela janela alguns minutos atrás, mas com uma diferença: a expressão, anteriormente neutra, agora estava carregada de ódio, como se estivesse muito próximo de descarregar toda sua ira nela.

Assustada, ela correu. Com dificuldade de enxergar na escuridão do restaurante, ela tropeçou em algumas mesas, perdendo o equilíbrio. Por sorte, estava perto o suficiente da porta fechada e, em vez de cair no chão, chocou-se violentamente contra ela, batendo o ombro já machucado e a lateral da cabeça. A porta estremeceu com o impacto, mas continuou sendo uma barreira para sua segurança. Recuperando-se da pancada, ela gritou:

– Socorro! Tem algo aqui! Gustavo, me ajuda!

Pela porta fechada, ela ouviu seu namorado gritar:

– Cláudia!

De frente para a porta fechada, com o rosto virado de lado, ela viu, pelo canto dos olhos, a figura se aproximando lentamente em sua direção, os braços esticados na frente do corpo, as mãos abertas prontas para agarrá-la. A sensação de medo voltou a descer por sua espinha como um calafrio que fez o corpo dela estremecer. Ela mexeu freneticamente na maçaneta na tentativa de abrir a porta, mas sua passagem continuava bloqueada. Com o pavor já se transformando em desespero, ela gritou para o namorado:

– Gustavo, me ajuda! Ele está se aproximando. Por favor, me tire daqui!

A resposta dele foi rápida:

– Fique longe da porta!

Cláudia colocou-se ao lado da porta, de costas contra a parede, observando a figura ameaçadora em movimento. A porta estremeceu quando um forte impacto a atingiu. Porém, nada aconteceu. Mais duas pancadas se sucederam, o mesmo som se espalhando pelo ambiente, mas a porta continuava firme em sua posição.

A figura agora estava muito perto. Acuada contra a parede, ela não tinha para onde fugir. Seu último ato de desespero foi gritar mais uma vez para Gustavo:

– Ele está muito perto! Rápi...

Antes que pudesse terminar a frase, as duas mãos estendidas da figura misteriosa se fecharam em torno de seu pescoço com um leve aperto. Os rostos se aproximaram. Os olhares se encontraram. A expressão dele era de puro ódio. A dela, de puro medo. Por segundos que pareceram horas, ela pôde captar detalhes das feições de seu agressor: negro, barbudo, cabelos sujos e compridos e dentes podres. O mau hálito a deixou nauseada e ela teria vomitado se aquelas mãos fortes não a tivessem apertado mais e a levantado no ar.

Cláudia sufocava... não conseguia respirar. Seus pés se debatiam no ar enquanto ela apertava com as mãos os braços que a seguravam. Aquele homem, no entanto, era muito mais forte que ela e todo o seu esforço era em vão. "Esse *é* o fim", pensou. Aceitando a realidade, lágrimas escorreram pelo canto dos seus olhos. Sua visão estava ficando turva. Ela perdia as forças. A pressão nos braços que a mantinham suspensa se aliviou. Suas mãos se soltaram e caíram ao lado de seu corpo, pendendo inertes no ar.

Com um rosnado ameaçador, a figura a arremessou com violência para o centro do salão, como se ela não tivesse peso. Um grito longo saiu de sua garganta, antes de ser abafado pelo som de seu corpo caindo sobre a mobília. Cadeiras caíram. Depois foi o corpo de Cláudia, rolando por cima de uma mesa antes de bater violentamente contra o chão. Por fim, a mesa se virou sobre suas costas.

Deitada sob a mesa, entre as cadeiras tombadas, Cláudia usou o resquício de força que tinha para inspirar profundamente e tossiu algumas vezes. Colocou uma das mãos na garganta para ter certeza de que realmente estava livre daquela pressão mortal. Ela ainda estava viva. Mas a ameaça à sua vida ainda existia. Com sua visão voltando lentamente ao normal, apesar da escuridão, ela viu a silhueta do homem se aproximando, virando com violência todas as mesas que estavam no caminho. Por mais que o rosto dele não estivesse visível agora, ela podia sentir o ódio emanando de seus olhos.

Mesmo estando muito ferida, esperar ali seria como assinar seu atestado de óbito. Cláudia precisava fugir. E a única opção agora era a cozinha. Juntando todas as suas forças, ela apoiou os braços contra o chão para se levantar. O peso da mesa sobre suas costas tornava tudo mais difícil. Seus braços começaram a tremer. De cabeça baixa, olhando para o chão, os cabelos caindo ao redor do rosto, ela tossiu mais algumas vezes. Pelo canto dos olhos, viu, por entre as mechas de seus cabelos melados de sangue, as mesas virando enquanto a figura se aproximava.

Com um grito carregado de esperança e força, Cláudia se levantou, derrubando a mesa de suas costas. Rapidamente ela se ergueu e correu para a cozinha. Ao atravessar o batente, ela se virou a tempo de ver o homem correndo em sua direção, mais furioso ainda por ela ter fugido. Antes que ele a alcançasse, ela bateu a porta com violência e, mais por instinto de sobrevivência do que de forma consciente, ela arrastou a única mesa que estava ao lado da passagem contra a porta fechada, esperando que a barricada improvisada o impedisse de entrar.

A porta se mexeu violentamente, mas a mesa a segurou. Assustada, Cláudia deu alguns passos para trás, sem tirar os olhos da porta fechada, até bater de leve contra a pia às suas costas. Apoiando as mãos sobre o mármore, ela sentiu, com a ponta dos dedos da mão esquerda, o que parecia ser uma gaveta. Sem tirar os olhos da porta, abriu a gaveta e tateou dentro dela até encontrar qualquer coisa que pudesse ser usada como arma. Em meio a vários utensílios de cozinha, seus dedos se fecharam ao redor do cabo de uma faca, que ela rapidamente apontou em riste diante do corpo.

E esperou, ofegante. Seu olhar continuava fixo na porta fechada à sua frente, a faca apontada ao ar. Porém, nada mais aconteceu. A porta não se mexeu mais. Parecia que seu algoz havia desistido.

A cozinha tinha uma despensa à direita do lugar onde Cláudia estava, com geladeiras e armários parcialmente vazios estrategicamente distribuídos. Atrás dela, havia apenas a pia com duas cubas em uma bancada larga com armários e gavetas. À esquerda, um forno industrial e um fogão a lenha antigo, revestido de azulejos brancos com uma chapa de ferro na superfície e um vão inferior com uma abertura lateral, a cerca de trinta centímetros do chão, com uma portinhola de ferro, onde a lenha era colocada para abastecer o fogão.

Com a calmaria momentânea, Cláudia conseguiu controlar o seu medo. Sua respiração praticamente voltou ao normal. Tentando raciocinar mais claramente, ela se deu conta de que não poderia retornar ao restaurante. O agressor ainda poderia estar do outro lado da porta. Também não havia sentido. Todas as suas tentativas de voltar à recepção tinham sido em vão. Sua última esperança seria encontrar uma rota de fuga pela cozinha.

Mas não havia nenhuma janela ou qualquer outra rota de fuga além da porta à sua frente. Ela estava encurralada. O pânico voltou a tomar conta dela. Gotas de suor começaram a escorrer pelo seu rosto e, pela primeira vez desde que entrara ali, ela sentiu como se o lugar estivesse mais quente e iluminado. "Mas não há janelas", pensou. "De onde está vindo esta claridade, então? E de onde vem esse calor todo?". Aquilo deu a ela uma esperança, pois, se havia luz entrando naquele lugar, poderia haver uma passagem para o exterior. Ela só não tinha descoberto ainda por onde. Bastava encontrar a fonte de luz e tudo se resolveria. Ou ao menos acreditava nisso.

Mas sua esperança logo foi transformada em um sentimento amedrontador. Um estalo chamou sua atenção para um ponto à sua esquerda. Olhando, Cláudia percebeu que a luz e o calor vinham do fogão a lenha. A portinhola de ferro estava aberta, e a luminosidade das chamas bruxuleantes se concentrava na parede mais próxima.

Um pensamento pavoroso logo a invadiu com força: "Se o lugar está abandonado, por que o fogão à lenha está aceso?". Com medo da resposta, mas hipnotizada pela lenha queimando, ela fixou seu olhar na beleza do clarão emanado pelo fogo. Uma suave brisa acariciava seu rosto e balançava sutilmente seus cabelos. Seus ouvidos começaram a captar um som característico de madeira queimando misturado ao que pareciam ser batidas ritmadas de tambores. As chamas dançavam de forma veemente, seguindo o ritmo das batidas. Sem perceber, Cláudia largou a faca sobre a pia e começou a andar na direção do fogão a lenha, como se alguém, ou algo, a chamasse ali.

Conforme ela se aproximava, as batidas ficavam mais intensas, assim como as chamas. A brisa se transformou em um forte vento, movido por uma força misteriosa, que jogou Cláudia com violência de costas contra a parede. Com o impacto, ela soltou um gemido e todo o ar saiu de seus pulmões. Ela mal teve tempo de se recuperar, foi jogada violentamente contra o teto da cozinha. O som de costelas se quebrando ecoou pelo espaço vazio antes de ela cair de costas sobre a superfície de ferro quente. O cheiro da carne queimada espalhou-se rapidamente pelo ar. Cláudia gritou em agonia dolorosa quando sentiu as costas arderem. Rapidamente rolou para o lado, caindo de bruços no chão ao lado do fogão, próximo à portinhola aberta.

As costas de Cláudia estavam em carne viva. Ela gritava de desespero e dor. Pelo canto dos olhos, via as chamas da lenha ardente bem próximas de seus pés. O que antes parecia hipnotizá-la com sua beleza, agora, a enchia de pavor. O medo da morte estava mais vívido do que nunca dentro dela. O som dos tambores estava agora mais alto e rápido, como se o clímax do momento estivesse chegando.

E realmente estava. Da mesma forma que arremessara Cláudia no ar, aquela força misteriosa voltou a agir, desta vez puxando-a pelas pernas em direção à portinhola aberta, direto para o vão flamejante, alimentando o fogo com carne humana. Primeiro entraram seus pés e ela urrou de dor quando sua pele começou a queimar. Depois foram as pernas. E seus gritos iam se tornando cada vez mais altos à medida que seu corpo queimava.

Cláudia cravou suas unhas contra o chão numa última tentativa de se sustentar, mas a força que a arrastava lentamente para o fogo era mais forte. Enquanto seu corpo adentrava cada vez mais as chamas, aumentando a agonia da morte lenta, suas unhas deixavam marcas no chão, antes de se quebrarem com mais um grito agudo.

Perdendo a batalha contra aquela força misteriosa, ela implorou, desesperada, enquanto era arrastada para dentro do fogo:

– Não, não, não, não...

Rapidamente a cintura dela passou pela pequena abertura. A metade do corpo de Cláudia ainda livre do abraço mortal do fogo se contorcia no ar, mas por muito pouco tempo. A força misteriosa a puxou com mais violência e todo o tronco dela entrou de uma vez só para o interior do fogão à lenha. Para fora da fornalha, restavam apenas seus braços e sua cabeça.

Cláudia se contorceu em agonia uma última vez, no mesmo instante em que o derradeiro grito saiu por entre seus lábios. Então seus braços amoleceram e despencaram em direção ao chão, a ponta dos dedos tocando de leve o piso. Sua cabeça pendeu para o lado. Seus cabelos bagunçados e sujos caíram ao redor do rosto, escondendo sua face.

Os olhos abertos de Cláudia miravam o chão, imóveis. Sua visão escureceu. O som das batidas de tambores silenciou de repente. O cheiro da carne queimada se espalhava pelo ambiente enquanto o fogo consumia seu corpo inerte. Todas as dores e os sofrimentos daquela batalha que não poderia ser vencida foram finalmente aliviados. Depois de tantos momentos de medo e falsas esperanças, Cláudia finalmente encontrara a paz no abraço da morte.

20

Paulo correu em meio à escuridão de volta para a recepção do hotel. Parte da sua pressa se dava por querer sair logo da chuva torrencial que caía. A outra parte era puro temor pela vida de seus amigos. Quanto antes ele os encontrasse para que saíssem daquele lugar horripilante e mal-assombrado, melhor.

Paulo subiu correndo os degraus de acesso à recepção e se colocou sob o telhado da varanda. Protegido da chuva, o alívio tomou conta dele por ter retornado com vida depois de tudo que tinha acontecido; estava bem apesar dos ferimentos, que ainda doíam, principalmente quando ele se movimentava. Mesmo molhado, sentia-se grato também por estar limpo daquele pó misterioso, do barro e de seu próprio sangue, que agora não mais escorria de suas feridas.

Seu alívio, porém, durou apenas alguns segundos. A sensação de que algo estava errado o invadiu quando constatou que não mais ouvia a música do piano e, estranhamente, as luzes estavam todas apagadas. Depois do terror pelo qual passara, ele temia que seus amigos tivessem vivido algo similar. Ou pior. Esperava encontrá-los vivos, mas um sentimento inconsciente em seu mais profundo ser dizia o contrário, como se o preparasse para o pior.

Cauteloso, considerando que se algo tivesse acontecido com seus amigos o perigo ainda poderia estar na recepção, Paulo atravessou a porta, o coração batendo forte em seu peito. Assim que entrou, sentiu a temperatura do ambiente mais fria. Um calafrio, acompanhado de uma sensação de medo e morte, percorreu sua espinha. Ele parou a um passo do batente e aguardou que sua visão se acostumasse com a escuridão. Olhando ao redor, conseguiu distinguir a silhueta dos objetos, mas nenhum sinal de Gustavo ou Cláudia. "Mas para onde eles foram?", pensou. Parecia muito pouco provável que estivessem em algum quarto, apreciando momentos de intimidade. "E Júlia?", Paulo se perguntou. "Será que está em algum quarto com Rafael?"

A realidade era que seus amigos estavam desaparecidos. Ele poderia muito bem dar um jeito de ir embora. A caminhonete ainda estava lá do lado de fora. Só precisaria conseguir dar partida e abandonar aquele lugar com urgência. Mas Paulo não faria isso. Não enquanto houvesse a mínima possibilidade de resgatar seus amigos com vida.

Dominando seu medo, ele entrou na recepção com passos cautelosos, os olhos atentos a qualquer movimento inesperado. Não foi muito longe até tropeçar em algo que quase o derrubou. Retomando o equilíbrio, Paulo olhou para baixo e seu coração congelou ao ver duas pernas esticadas no caminho. Lentamente, temendo pelo pior, ele se agachou. Subindo o olhar das pernas para o tronco, ele reconheceu as roupas de Gustavo naquele corpo caído no chão. Levantando um pouco mais o olhar, Paulo colocou a mão na boca e, perdendo o equilíbrio, desabou para trás. Nem mesmo a tentativa de colocar as mãos contra o chão o impediu de cair sentado. Elas apenas amorteceram o impacto.

Sentado no piso de madeira, olhando fixamente para o corpo sem cabeça à sua frente, Paulo ficou aterrorizado. Suas calças, já molhadas pela chuva, pareciam estar agora encharcadas, e ele sentiu suas mãos se umedecerem com um líquido pegajoso. Ao levantá-las, ele viu que estavam com sangue, muito sangue. "Meu Deus! Como isso pode ter acontecido?", pensou. "E onde estaria Cláudia?"

Gustavo estava morto, e nada mais poderia ser feito por ele. Mas Cláudia, Júlia e Rafael ainda estavam desaparecidos. Ele teria de encontrá-los o quanto antes. Talvez ainda houvesse tempo de salvá-los. Agarrando-se a esse raio de esperança, Paulo se ergueu, parando por um momento diante do corpo do amigo caído no chão. Recuperado do choque causado pela terrível morte de Gustavo, falou:

– Desculpe, meu amigo. Descanse em paz.

Pelo canto dos olhos, Paulo viu surgir do nada a imagem de uma mulher atrás do balcão, parada de costas para ele e mirando a parede à frente dela. Ela não usava blusa. Suas costas estavam expostas e, estranhamente, a pele era quase toda enegrecida. Se não fosse pelos tons mais claros dos ombros e dos braços, Paulo poderia dizer com toda certeza que aquela mulher era negra. De imediato, as recordações do que tinha acabado de acontecer com ele do lado de fora do hotel dominaram sua mente. Ele estava decidido a não cometer o mesmo erro de se aproximar. Mas tanto os cabelos dela quanto suas roupas não pareciam em nada com a aparição anterior. Pelo contrário, ela se parecia muito com Cláudia, alguém que, em sua análise, estava bem viva. A atitude dela, porém, era muito suspeita. "Por que ela está sem roupa?", pensou. "E por que sua pele está tão escura assim?"

Da mesma forma que surgira, Cláudia desapareceu na escuridão, deixando Paulo intrigado. "Ninguém desaparece assim!", pensou. Ele sentia clamando dentro de si a necessidade de resolver aqueles mistérios todos. Porém, desta vez, de forma mais cautelosa. Com passos lentos e todos os seus instintos atentos a qualquer movimento ou sensação estranha, ele caminhou em direção ao local onde sua amiga misteriosamente desaparecera. No caminho, chutou de leve o lustre caído e sentiu a dor em seu pé. Agora ele entendia por que a recepção estava às escuras. Só não conseguia compreender como aquele pesado objeto havia se soltado do teto.

Paulo desviou com cautela do lustre e seguiu caminhando. Tateou o balcão à sua frente e o contornou. Do outro lado, ele parou, observando a parede. Ninguém some dessa forma. Deveria haver alguma passagem que, devido à escuridão, ele não podia ver. Uma passagem que, quando o ambiente estava iluminado, ele devia ter deixado passar despercebida. Passando as mãos pela parede, ele encontrou um vão entre a alvenaria e a madeira, que indicava a existência de uma porta. Tateou, então, à procura da maçaneta. Quando seus dedos tocaram a estrutura de metal, fina e gelada, Paulo a empurrou para baixo e a porta se abriu.

Um raio cruzou a janela bem à sua frente, seguido quase que instantaneamente por um trovão. A luz que invadiu o ambiente por um momento revelou que ali parecia ser uma biblioteca. Paulo acostumou os olhos e o ambiente não se revelou tão escuro como a recepção. No centro da sala, entre a porta e a janela, ele viu uma enorme mesa de madeira com várias cadeiras, duas maiores nas cabeceiras e as outras distribuídas nas laterais. Alguns livros com capa de couro escuro, grossos e com aparência bem antiga, estavam espalhados sobre a mesa, alguns fechados por uma tira lateral que terminava em um ferrolho parcialmente enferrujado. Os que estavam abertos expunham suas finas páginas amareladas preenchidas com uma caligrafia quase irreconhecível.

As paredes à direita e à esquerda de Paulo eram compostas por várias prateleiras repletas de livros. Um verdadeiro acervo que ele gostaria de ter tido tempo de verificar com calma, principalmente os livros que estavam abertos sobre a mesa. Para um lugar abandonado, aquela sala parecia ter sido recentemente usada. Mas não viu nenhum sinal de Cláudia. Tudo aquilo era muito estranho. "Para onde ela foi?", Paulo se perguntou. Em uma reação instintiva, chamou:

– Cláudia? – Seu tom de voz era carregado de dúvida e insegurança.

Uma resposta chegou aos seus ouvidos, não com palavras, mas sim com fortes batidas na parede, que ecoaram pela biblioteca. Pareciam ter vindo do seu lado direito, em algum lugar atrás da estante. De imediato, duas dúvidas assolaram sua mente. Primeiro, se era realmente Cláudia quem estava batendo. Podia não ser. Segundo, se havia outra sala ao lado daquela, com acesso pela recepção. Para ele, parecia ter. A grande questão era se ele se arriscaria a procurar pela origem do barulho. Depois do que havia passado, estava desconfiado de tudo.

Mas não deixaria o medo tomar conta dele. Havia prometido a si mesmo que só sairia de lá junto com seus amigos. Agora restavam Cláudia e Júlia. Bem, isso se elas não estivessem mortas. Ele concluiu que Cláudia poderia muito bem estar no quarto ao lado, ferida, precisando de ajuda, sem condições de gritar por ele. Sentia em seu mais profundo ser que não poderia ignorar essa possibilidade, por mais que se colocasse em risco.

Decidido, Paulo deixou a biblioteca com uma sensação de arrependimento que ele não podia explicar. Ao mesmo tempo em que sabia da necessidade de descobrir a origem das batidas na parede, se eram mesmo de Cláudia, a sensação de estar deixando algo para trás naquele ambiente o incomodava. Mas, no momento, o que importava era encontrar as duas amigas. Se depois de encontrá-las, vivas ou mortas, essa sensação persistisse, ele retornaria à biblioteca. Se fosse possível.

Paulo caminhou novamente a passos lentos pelo espaço entre o balcão e a parede, tateando na escuridão à procura de outra porta. Encontrou-a com facilidade e a abriu, revelando do outro lado um escritório bagunçado. Papéis estavam jogados desordenadamente sobre uma mesa que ficava no centro da sala, que continha também um computador bem antigo, uma luminária e um telefone. Uma velha cadeira, que outrora deveria ter sido bem confortável, estava caída de lado no chão, indicando a possibilidade de alguém ter abandonado aquele lugar às pressas. Mas não havia nenhum sinal de Cláudia por ali. "De onde, então, vieram aquelas batidas estranhas?"

Atrás da mesa, contra a parede, havia vários arquivos de ferro, alguns com as gavetas abertas, além de um pequeno móvel de madeira, perpendicular à mesa, que sustentava um aparelho de radioamador. À frente da mesa, na parede, uma pintura sombria do hotel fazenda, feita com tons escuros, retratando a construção em uma noite sem estrelas. Na parede oposta à porta, uma janela entreaberta deixava passar uma brisa gélida.

Paulo mexeu no interruptor ao seu lado para tentar acender a luz, mas não teve sucesso. Com um resmungo impaciente, caminhou pelo ambiente escuro, tomando cuidado para não tropeçar em nada que pudesse, eventualmente, estar jogado no chão. Ao chegar à mesa, ocupando o espaço entre ela e os arquivos, mexeu no interruptor da luminária. Surpreendentemente, a luz se acendeu após piscar rapidamente, sua fraca iluminação criando sombras assustadoras pelo escritório, mas também revelando muito mais do que ele esperava encontrar ali.

Sobre a mesa estavam espalhadas diversas pastas, e Paulo ficou intrigado ao vê-las ali. Aparentemente, elas tinham sido mexidas recentemente. A questão era saber quem tinha feito aquilo.

Só havia um jeito de descobrir. Paulo abriu a primeira pasta e dentro dela havia a foto de uma jovem desconhecida grampeada em um registro de estada no hotel, quando o lugar ainda estava ativo.

– Estranho – falou para si mesmo, pensativo.

Paulo abriu as outras pastas e encontrou mais algumas fotos de jovens desconhecidas com seus respectivos registros de estada. Rapidamente, a lembrança de Rafael falando sobre as moças desaparecidas aflorou em sua mente. Parecia que o sequestrador estava usando o hotel fazenda abandonado como esconderijo. "Talvez até como cativeiro", pensou. Era o local perfeito. Ninguém frequentava aquele lugar. E isso levava a várias questões. Ainda observando os arquivos espalhados, Paulo começou a pensar em voz alta:

– Onde será que essas vítimas estão escondidas?

E outra pergunta surgiu, tão importante quanto a primeira:

– Será que Rafael sabe que seu antro de amor é usado por um sequestrador? Ou será que Rafael é o sequestrador?

Lembrando o que passara do lado de fora da propriedade, o medo o invadiu por alguns segundos. Paulo continuou:

– E como explicar o que aconteceu comigo lá fora? Foi sobrenatural demais...

Independentemente de Rafael ser ou não um sequestrador, eles estavam no covil de um psicopata e precisavam sair o quanto antes para chamar a polícia. Os investigadores fariam o resto do trabalho, buscando as pessoas desaparecidas. Se ainda estivessem vivas. Infelizmente, para Gustavo, não havia mais esperança. Mas o assassino precisava ser capturado e julgado pelos seus crimes.

Perdido em seus pensamentos, Paulo derrubou sem querer algumas pastas, que se abriram ao cair no chão. Ao olhar o conteúdo, seu sangue gelou: ali estavam, entre outros, os arquivos de Júlia, Gustavo e Cláudia. Ele recolheu as pastas do chão e as olhou com mais atenção. Seus amigos já tinham se hospedado naquele hotel fazenda? Quanto a Cláudia, era possível, pois morava na cidade. Mas e quanto a Gustavo e Júlia? "Por que se hospedariam aqui? Nenhum dos dois nunca comentou nem sequer transpareceu já ter estado aqui." Sua cabeça fervilhava de pensamentos.

E a conclusão o encheu de medo: "É bem provável que o sequestrador, ou assassino, escolha suas vítimas usando estes registros".

Ao olhar todas aquelas pastas espalhadas, Paulo percebeu que Rafael não constava em nenhuma, o que pareceu muito suspeito para alguém que conhecia tão bem aquele lugar. Sua desconfiança sobre ele cresceu ainda mais. Para Paulo, seu anfitrião era o principal suspeito. Tudo começava a se encaixar. Ele só não conseguia explicar, por mais que tentasse, os acontecimentos classificados por ele mesmo como sobrenaturais, praticamente impossíveis de terem sido causados por uma pessoa, por mais inteligente que fosse.

Pensativo, tentando preencher as lacunas daquele mistério, o olhar fixo na parede à sua frente, a atenção de Paulo recaiu sobre o quadro pendurado. De onde estava, parecia que duas das janelas do hotel fazenda estavam pintadas em tons mais claros, como se as luzes de duas salas no interior da propriedade estivessem acesas. Recordando-se de quando passara rapidamente os olhos pela pintura, no momento em que entrara no escritório, ele se lembrou de ter visto apenas um ponto claro.

Intrigado, ainda com o olhar fixo na pintura, ele alcançou o interruptor da luminária e o desligou. Misteriosamente, um dos pontos luminosos do quadro desapareceu. Imediatamente ele se lembrou de Cláudia dizendo que aquele lugar era mal-assombrado. Depois de tudo o que tinha passado e visto, ele começava a acreditar que sim.

Sua crença se confirmou no momento seguinte, quando o radioamador ganhou vida, com todas as suas luzes se acendendo de uma única vez. Um sussurro chegou através do aparelho, ecoando pelo escritório, seguido quase que instantaneamente pelo som de estática. Paulo se assustou e estava mais do que disposto a sair logo daquele lugar. Para ele, parecia ser mais uma armadilha. Por outro lado, poderia ser alguém pedindo socorro. Atraído pela curiosidade da mensagem transmitida pelo radioamador, decidiu ficar. Ele precisava compreender aqueles sussurros.

Controlando-se para recuperar sua sanidade depois de tudo o que vira até aquele momento, ele se voltou para o equipamento. Sem saber muito o que fazer com os inúmeros botões, resolveu não mexer em nenhum. Depois de olhar um pouco para o aparelho, tentando entender como usá-lo, pegou o comunicador. Ele se lembrava de ter visto em algum filme como se fazia aquilo. Apertando o botão em sua lateral, chamou de volta:

– Não copiei sua mensagem. Pode repetir?

Minutos se passaram apenas com o som de estática. Paulo estava quase desistindo quando mais uma vez um sussurro chegou pelo equipamento. Preocupado com Cláudia, ele perguntou:

– Cláudia, é você? Não consigo entender nada do que você diz. Está tudo bem?

Mas desta vez a mensagem foi bem nítida:

– Cláudia está morta! – E, sem que fizesse uma pausa, a voz continuou: – Vocês todos vão morrer esta noite!

A risada que se seguiu deixou Paulo apavorado. As palavras foram tão intensas que era quase impossível não acreditar. Invadido pelo assombro, ele podia sentir em seu íntimo que Cláudia realmente estava morta. Já era o segundo assassinato naquela noite, outro amigo que perdia. De súbito, o medo e a tristeza se transformaram em raiva. Ele levantou o aparelho radioamador com as mãos, arrancando os fios que o conectavam à tomada na parede, e, com violência, jogou-o contra o chão. O barulho de madeira rachando ecoou pela sala, misturando-se ao som da risada amedrontadora que, mesmo com o equipamento estraçalhado, continuava.

Revivendo a mensagem repetidas vezes em sua cabeça, Paulo percebeu que a voz havia dito: "*vocês* todos vão morrer esta noite!". Isso o encheu de esperança quanto à Júlia. Ela ainda poderia estar viva. E talvez até Rafael, já que os dois estavam juntos.

Rafael. Paulo não conseguia parar de pensar nele e em qual seria o seu envolvimento em tudo isso. Fora ele quem os levara para aquele lugar. Fora ele que preparara o local para receber seus amigos. Para ele, seu anfitrião poderia muito bem estar envolvido nos desaparecimentos e nas mortes. Ele era um risco em potencial para a segurança de todos. Júlia, se ainda estivesse viva, como Paulo acreditava estar, precisava ser salva. Ele não suportaria mais essa perda em sua consciência. Não sem antes ter tentado de tudo.

Sem tempo a perder, Paulo se colocou em movimento para fora do escritório, determinado a tirar Júlia das garras de um possível assassino para finalmente irem embora daquele lugar maldito. Ele só não sabia como faria isso, pois dependiam de Rafael para deixar o local. E, o mais importante, como faria Júlia acreditar que o seu caso de amor de uma única noite poderia ter orquestrado a ida deles até aquele lugar com a pior das intenções. Ela estava envolvida demais com Rafael para acreditar em Paulo. E já tinha demonstrado isso antes.

Mas esse era um problema com o qual Paulo se preocuparia no futuro. Primeiro, precisava descobrir em qual quarto os dois se encontravam. O que indicaria com precisão onde eles poderiam estar seria o quadro, porém, quando ele olhou novamente para a pintura, todas as janelas estavam em tons claros, indicando, misteriosamente, que todos os quartos deveriam estar com as luzes acesas. Com isso, ele perdeu a referência de onde o casal poderia estar. E agora só haveria um jeito de descobrir: entrando em todos eles.

Correndo contra o tempo, Paulo saiu apressado do escritório. Assim que ele atravessou a porta, os pontos claros do quadro sumiram quase todos. Somente a janela do quarto em que o casal realmente estava se manteve identificado na pintura.

Paulo sabia que estava indo direto para uma armadilha. Só não sabia quem a havia armado, mas tinha quase certeza de ser algo sobrenatural, em que ele, Júlia e talvez até mesmo Rafael, por mais envolvido que estivesse na trama, não passavam de fantoches em um jogo muito maior. Mas não havia alternativa. Se ele quisesse resgatar seus amigos e sair de lá com vida, teria de enfrentar seus medos mais profundos. Ele teria de encontrar o seu verdadeiro eu, a sua verdadeira força, que, sem que soubesse, corria em suas veias.

21

Depois do prazer, Júlia se aconchegou nos braços de Rafael. Ela viu a tatuagem em seu corpo e, involuntariamente, começou a traçar os contornos com os dedos, causando nele um sutil estremecimento que percorreu todo o seu corpo.

– O que foi? – perguntou ela, virando-se na cama, de modo a ficar de frente para ele. Apoiando a cabeça em uma das mãos, perguntou: – Eu machuquei você?

– Não, não foi isso – respondeu Rafael. – Foi só uma sensação estranha que passou por mim.

– Hum... O que significa esse desenho? – perguntou Júlia, curiosa sobre a tatuagem.

A lembrança de como tinha ganhado aquela tatuagem ainda aterrorizava Rafael.

– Apenas um lembrete pessoal para tomar cuidado na hora de confiar nas pessoas – Rafael respondeu inocentemente, sem se dar conta do peso de suas palavras.

Júlia imediatamente se afastou, sentando-se na cama, de frente para ele. Cruzou as pernas e lançou um olhar sério, antes de perguntar:

– Isso me inclui?

Rafael percebeu que ofendera Júlia. Constrangido, ele se virou para ela, colocou a mão sob seu queixo e a olhou com ternura. Carinhosamente, passou os dedos com delicadeza pelo rosto dela, antes de tentar se desculpar:

– Desculpe, não devia ter falado assim. Claro que não inclui você!

– Mesmo assim, você falou – respondeu Júlia, séria. – Eu achei que você realmente gostasse de mim. Acho que me enganei. Nunca deveria ter entrado neste quarto com você.

– Mas eu gosto de você. – Rafael se defendeu, mas as palavras dele não a acalmaram.

– Depois de tudo, depois de me envolver com você, depois de começar a ter sentimentos por você, você vem me dizer que tem problema para confiar nas pessoas? – Júlia estava alterada. – Eu me sinto usada!

O silêncio reinou entre eles enquanto se olhavam. Júlia aguardava uma posição de Rafael, mas ele não sabia o que dizer para quebrar o gelo. Durante alguns segundos, que pareceram horas, os dois ficaram se encarando, apenas ouvindo o barulho da chuva caindo do lado de fora, até que o clima parcialmente hostil se quebrou pelo toque estridente do telefone sobre a mesa de cabeceira ao lado de Rafael.

Depois do terceiro toque, Júlia perguntou, gesticulando em direção ao aparelho:

– Você não vai atender?

Rafael não pretendia. Acreditava ser Paulo ou algum dos outros amigos dela chamando-a de volta. Talvez até querendo ir embora. Mas se viu forçado a atender quando os olhos de Júlia pareceram soltar faíscas por ele querer ignorar o toque do aparelho. Relutante, ele se virou na cama e tirou o telefone do gancho.

Antes que pudesse falar qualquer coisa, uma voz feminina soou em seus ouvidos:

– Eu te amava, Rafael. Tinha esperanças de que finalmente ficaríamos juntos. Por que me matou?

Rafael bateu o telefone com força no gancho e se sentou, pálido. Flashes de garotas em perigo, implorando pela vida antes de serem mortas, o atormentavam. Agoniado, ele colocou as duas mãos nas têmporas, o olhar fixo nos lençóis desarrumados à sua frente. Incomodado, soltou um gemido longo de terror.

Assustada com o comportamento dele, Júlia se desarmou; sua irritação pelo comentário feito por ele se transformou em preocupação. Temerosa, colocou a mão de leve sobre o ombro dele antes de perguntar:

– Rafael, você está bem? O que aconteceu? Quem era?

– Era... Era... – Rafael gaguejou.

Respirando fundo para se controlar, Rafael se virou para olhar Júlia e respondeu, tentando transparecer uma falsa sensação de calma, enquanto seu íntimo explodia em estranhas misturas de sensações:

– Era apenas uma brincadeira de um dos seus amigos.

Levantando-se da cama, ele falou enquanto se dirigia ao banheiro:

– Preciso de um banho. – Seu tom de voz não passava confiança.

– Está bem – respondeu Júlia. – Aproveita e enche a banheira para mim. Quando estiver pronta, você me chama.

Vestida apenas com suas roupas íntimas, Júlia se deitou na cama e puxou os lençóis. Fitou o teto do quarto por alguns segundos, tentando compreender o motivo da mudança súbita de comportamento de Rafael. Quando o barulho da água correndo alcançou seus ouvidos, ela fechou os olhos, concentrando-se em seus pensamentos, tentando encontrar alguma razão naquilo tudo. Ela relembrou os momentos de prazer que acabara de ter e como ele ficara tão frio com ela depois de tudo, principalmente depois de ter recebido aquela ligação. Quanto mais tentava entendê-lo, mais perdida ela se sentia. Havia muitos pontos desconexos na forma dele pensar e agir.

Os lençóis que cobriam Júlia foram lentamente puxados para baixo, descobrindo-a completamente. Antes que ela pudesse abrir os olhos, sentiu beijos carinhosos em seus pés. Dominada pelo prazer daqueles lábios que beijavam de leve suas pernas enquanto subiam em direção ao restante de seu corpo, ela não conseguiu se conter e soltou um gemido. Seus pensamentos duvidosos sobre Rafael desapareceram, substituídos por uma única verdade: ele sabia mesmo seduzir uma mulher.

Os beijos carinhosos chegaram em sua barriga. Com mais um gemido de prazer, Júlia colocou a mão sobre a cabeça de seu amante, mas, passando-a pelos cabelos dele, sentiu que estavam diferentes. Não pareciam os cabelos lisos de Rafael. Pelo contrário. Os cabelos eram grossos, secos e duros, completamente diferentes. No mesmo instante, ela começou a sentir também uma barba roçando de leve em sua pele a cada beijo.

Rafael não tinha barba. Não poderia, de jeito nenhum, ser Rafael. Assustada com o fato de alguém ter entrado no quarto, ela abriu os olhos. Um grito baixo de pavor saiu de seus lábios quando ela viu um homem negro sobre ela, com cabelos escuros, longos, densos e sujos, a barba comprida e os dentes podres aparentes em um sorriso macabro. O olhar dele era ameaçador, carregado de um ódio que ela nunca vira antes.

Chutando com as pernas, ela rapidamente se sentou na cama. Assustada e com a respiração ofegante, ela olhou ao redor. O homem negro havia desaparecido misteriosamente. Passando as mãos em agonia pelo rosto, Júlia começou a considerar a possibilidade de, sem perceber, ter adormecido e tudo aquilo não ter passado de um sonho ruim. Para ela, era mais provável ter sido um pesadelo do que qualquer outra coisa.

O som da água correndo no banheiro continuava chegando aos seus ouvidos, e isso a acalmou. Controlando novamente a respiração, ela voltou a se deitar, porém não fechou os olhos. Tinha medo de que aquele homem voltasse a perturbá-la em seus sonhos. Fitando o teto, as duas mãos apoiadas sobre a barriga, ela continuou tentando se convencer de que tudo fora um pesadelo, por mais estranho e real que pudesse ter parecido. Mas já havia passado. Não tinha motivo para continuar com medo de fechar os olhos.

Mais calma, ela voltou a fechar os olhos e respirou fundo uma última vez, antes de se virar de lado na cama, de costas para a porta do banheiro, colocando uma das mãos entre sua cabeça e o travesseiro. Quando abriu os olhos, seu coração disparou. O medo a invadiu novamente, desta vez de forma mais intensa do que antes. O homem negro estava deitado ao seu lado, virado em sua direção, com a cabeça apoiada no braço, encarando-a.

Júlia soltou um grito agudo de medo e se jogou para fora da cama, caindo de costas sobre o tapete. O barulho de sua queda ecoou pelo lugar. Do banheiro, Rafael ouviu seu grito e correu para o quarto, aflito.

Quando saiu do banheiro, ele viu Júlia caída no chão, o rosto cheio de pavor. Rafael se abaixou rapidamente ao seu lado e perguntou:

– Você está bem? O que aconteceu?

– Tem alguém aqui! – gritou Júlia, assustada, apontando para a cama.

Rafael acompanhou com o olhar para onde ela apontava e não viu nada além da cama desarrumada. Não havia ninguém ali. Voltando a olhar para Júlia, respondeu:

– Não tem ninguém ali. Acho que você dormiu e teve um sonho ruim. Foi só isso.

Com o olhar fixo na cama, os cabelos soltos caindo desarrumados pela lateral de seu rosto, ela respondeu:

– Eu tenho certeza do que vi! Eu não estava sonhando!

– Tudo bem, tudo bem – respondeu Rafael, um tom de sarcasmo na voz. – Por que você não se levanta enquanto eu termino de encher a banheira?

Ele estendeu a mão para ajudá-la se levantar. Júlia ignorou o gesto dele, levantando-se sozinha, com raiva por ele ter demonstrado aquele sarcasmo. Incomodado com a reação dela, Rafael fez menção de abraçá-la, mas ela simplesmente colocou a mão levantada entre eles e respondeu:

– Eu não preciso da sua ajuda. Obrigada.

Júlia virou-se de costas para Rafael e se aproximou da penteadeira à sua frente. Abaixou-se um pouco para poder se olhar no espelho oval, fingindo arrumar os cabelos enquanto, na verdade, tentava se acalmar e encontrar uma razão para o comportamento de Rafael. Precisava de uma explicação plausível para aquele homem negro ter aparecido duas vezes para ela. Se tivesse acontecido uma vez só, ela poderia até acreditar ter sido um sonho, por mais real que parecesse. Mas foram duas vezes seguidas. Era praticamente impossível acreditar nisso.

Quando Júlia se virou de costas, Rafael ainda a chamou duas vezes. Como ela o ignorou, ele simplesmente a deixou sozinha e retornou para o banheiro. Voltaria a chamá-la quando a banheira estivesse cheia. Talvez um banho quente servisse para quebrar o gelo entre eles, como um pedido de desculpas por ter sido tão frio.

Ao retornar ao banheiro, Rafael foi direto até a pia e apoiou as mãos em suas laterais. Com a cabeça baixa, ele tornou a se lembrar da ligação recebida e dos fragmentos de imagens despertados pela voz do outro lado da linha. Aquela voz feminina lhe era familiar e ativou a memória dele com uma garota naquele mesmo quarto. Por coincidência, era a mesma garota com quem ele havia sonhado. A mesma garota desaparecida cuja foto ele vira de relance no arquivo policial de seu pai: Cristina. Ele só não sabia dizer se essas lembranças que o invadiam eram do sonho ou se eram reais e, por algum motivo, ele não conseguia se lembrar.

O vapor da água quente que enchia a banheira se espalhou pelo banheiro. Em meio ao som da água corrente, um sussurro se fez ouvir:

– Rafael! Eu amava você! Por que me matou?

A voz daquela mulher o atormentava. Irritado, ele bateu algumas vezes com o punho cerrado contra a cabeça. Se ele pudesse arrancar Cristina de seus pensamentos a pancadas, ele o faria. Mas não adiantaria. Não enquanto, em sua ideologia perturbada, ele a eliminasse fisicamente. De novo. E de novo, se necessário. Ele o faria repetidas vezes, até ela parar de invadir seus pensamentos.

Em seu estado de loucura momentânea, o som da voz dela dentro do banheiro o fez pensar que ela pudesse estar escondida ali, em algum lugar em meio à névoa. Ele só precisava encontrá-la.

Mas foi ela quem o encontrou primeiro, sussurrando ao seu ouvido:

– Assassino!

Rafael se virou rapidamente, o punho levantado, pronto para acabar mais uma vez com o sofrimento dela. Assim que o fez, ele se viu a poucos centímetros da imagem do rosto dela em meio à névoa. Sua expressão era uma mistura de fúria e desejo de vingança, um sentimento que só seria aplacado quando ela o destruísse por completo, física ou emocionalmente.

– Assassino!

A voz dela chegou aos seus ouvidos segundos antes daquele rosto distorcido na névoa avançar sobre ele de forma ameaçadora. Rapidamente, ele fechou os olhos e cruzou os braços na frente de seu rosto em uma ridícula tentativa de se defender. Depois disso, apenas aguardou o impacto violento contra seu corpo. Uma agressão física que nunca chegou a alcançá-lo. Não naquele momento, pelo menos.

Depois de esperar por um instante, Rafael abriu os olhos. À frente dele não havia nada além de vapor. A imagem de Cristina havia se desfeito. A mente dele voltou a se aquietar, como se, naquele momento, ela tivesse resolvido deixá-lo em paz. Mas não antes de deixar uma mensagem.

Ao se virar novamente para a pia, uma palavra estava escrita com sangue no espelho, bem diante de seu rosto refletido: ASSASSINO. Dominado pela raiva, Rafael fechou o punho e socou a mensagem várias vezes, quebrando o espelho. Em meio aos estilhaços ensanguentados, seu reflexo se tornou fragmentado.

Retornando a si, ele olhou para sua mão cortada e dolorida. Imediatamente abriu a torneira da pia e a mergulhou sob a água fria, sentindo um leve ardor enquanto o líquido vermelho desaparecia pelo ralo.

Nesse momento, a voz de Júlia o alcançou, vinda do quarto:

– Rafael, está tudo bem? Que barulho foi esse?

– Não foi nada! – ele respondeu enquanto pressionava as feridas da mão, tentando parar o sangramento. – Eu chamo você quando a banheira estiver cheia.

Júlia deu de ombros e continuou a mexer involuntariamente em seu cabelo, retornando a seus pensamentos. Ela não conseguiu evitar um sorriso quando percebeu que ele estava disposto a se redimir. Mas sua tranquilidade momentânea não durou mais do que alguns minutos. Logo foi arrancada de seus devaneios quando a luz do abajur começou a piscar, primeiro bem lentamente, aumentando seu ritmo aos poucos até se tornar intenso. Não conseguindo mais se ver no espelho, ela se virou para olhar a lâmpada.

– Era só o que faltava! – reclamou.

Quando ela voltou a olhar para o espelho, sua imagem estava diferente. Seus olhos estavam negros como a noite. Seu rosto era fino e alongado. Seus cabelos eram compridos, uma mistura de fios escuros, bem escuros, com mechas grisalhas. Sua pele estava cheia de rugas, como se tivesse envelhecido muitos anos. Apesar de ser assustadora, Júlia não conseguia tirar os olhos daquela imagem. Pelo contrário, ela se sentia cada vez mais atraída. Inconscientemente, ela foi se aproximando do espelho, a atração se transformando em hipnose.

Com um movimento brusco, a imagem bateu a palma das mãos com violência contra o espelho. Com um barulho estridente, ele se quebrou. Estilhaços pontiagudos foram lançados em direção à jovem. Saindo do estado de hipnose, ela teve tempo apenas de virar o rosto para protegê-lo. Com um grito agudo e curto, ela sentiu sua carne sendo rasgada enquanto os estilhaços passavam de raspão por todo o seu corpo, abrindo feridas na pele e nos músculos, deixando no lugar longas linhas avermelhadas por onde seu sangue começou a escorrer.

Nem um único membro de Júlia havia sido poupado dos cortes superficiais causados pelos estilhaços, agora espalhados pelo chão do quarto, refletindo fragmentos de um rosto apavorado e de um corpo todo ensanguentado. O sangue que escorria começou a pingar no chão, sobre os pedaços do espelho, encobrindo parte da imagem fragmentada refletida com um vermelho vivo.

Quando Rafael entrou no quarto, assustado pelo grito dado por Júlia, ficou paralisado. Parada à sua frente, ela sangrava muito. Vendo os estilhaços pelo chão e o espelho quebrado atrás dela, ele deduziu o que tinha acontecido, por mais que não houvesse explicação racional para aquilo. Embora, para ele, os últimos eventos estivessem cobertos de uma irracionalidade inexplicável.

– Meu Deus!

– Rafael, me ajuda! – Júlia gemeu, em estado de choque, de forma quase inaudível.

Ela deu um passo em direção a ele e sua perna direita falhou, fazendo-a cambalear para a frente. Por sorte, Rafael conseguiu ampará-la em seus braços, antes que seu corpo chegasse ao chão, ajoelhando-se para mantê-la o mais confortável possível. Imediatamente sentiu os estilhaços do espelho perfurando seus pés e seus joelhos, fazendo seu sangue se misturar ao de Júlia pelo chão do quarto.

Ignorando a dor, Rafael passou carinhosamente os dedos da mão livre pelo rosto de Júlia, colocando seus cabelos para o lado. Desesperado, pediu:

– Fique comigo! Não desmaie!

Ele pensou em colocá-la na banheira. Precisava lavar o sangue que escorria para enxergar a extensão dos ferimentos e, se necessário, retirar os estilhaços de espelho que ainda estivessem cravados nela. Mas, quando fez menção de se levantar, carregando-a no colo, ela soltou um grito de dor.

Rafael olhou para a perna de Júlia e viu um grande estilhaço pontiagudo fincado na sua coxa. Pensou em arrancar o pedaço de vidro, mas decidiu fazer isso depois de lavar as outras feridas e estancar os sangramentos mais superficiais.

Rafael mudou a posição de seus braços, colocando-os longe do estilhaço que estava na perna de Júlia, e se levantou, carregando-a em seus braços. Mesmo com todo o cuidado, o movimento a fez gritar e, em reflexo, ela cravou as unhas na nuca dele, machucando-o. Nada, porém, comparado à dor causada pelos ferimentos no corpo dela. Ele a carregou até a banheira parcialmente cheia e, com muito cuidado, a colocou na água, deixando apenas a cabeça para fora, apoiada na borda. Rapidamente a água adquiriu uma coloração vermelha.

Júlia manteve o olhar no teto por alguns segundos, controlando sua respiração, tentando se acalmar. Porém, não estava conseguindo. Seu corpo todo ardia. Querendo se desligar de tudo à sua volta por um tempo, ela fechou os olhos, mas sua audição continuou captando os sons ao seu redor. Ela ouviu quando Rafael se sentou no chão, ao lado dela. Ouviu o barulho da água quando ele mergulhou a mão dentro da banheira. Sentiu quando ele pegou sua mão de leve. Um toque caloroso, carregado de calma, paz e conforto. Um leve sorriso se esboçou no rosto de Júlia.

Contudo, seu momento de paz durou pouco. De olhos fechados, a cabeça de Júlia foi lentamente escorregando para dentro da água, como se uma força invisível a empurrasse. Aos poucos, seu rosto começou a afundar. Primeiro o queixo, depois a boca...

Júlia abriu os olhos quando a água estava entrando em suas narinas. Com um movimento rápido, ela soltou a mão de Rafael e se segurou nas laterais da banheira, tentando se erguer. Porém, uma força maior a impedia e, em vez de conseguir se levantar, ela sentiu a cabeça ser empurrada com mais força ainda para baixo, afundando-a completamente na água.

Júlia começou a se debater sob a água, suas pernas espalhando o líquido avermelhado para todos os lados. Suas mãos se agarravam com força contra as laterais da banheira, tentando, em vão, trazer seu rosto à superfície. Ela tentou gritar, mas a boca se encheu de água.

Rafael se ajoelhou rapidamente quando percebeu que Júlia se afogava. Viu a agonia dela ao agarrar com força as laterais da banheira, um pouco antes de algumas bolhas atingirem a superfície da água avermelhada. Em reflexo, ele se debruçou sobre a banheira, mergulhando a outra mão dentro dela. Sem conseguir enxergar nada, tateou até encontrar as laterais do corpo de Júlia e a segurou com força, puxando-a para a superfície. Mas o corpo dela não veio. Parecia que alguma força a prendia submersa. Ele tentou de novo, desta vez com mais força, acompanhado de um grito longo. Porém, novamente não conseguiu movimentá-la nem um centímetro sequer.

Debaixo da água, Júlia sentiu o ar acabando. Começou a balançar a cabeça desesperadamente de um lado para o outro, movimentando a água. Rafael viu as ondas na superfície e, sem pensar, tomou a única atitude que lhe veio à mente naquele momento. Ele inspirou fundo e mergulhou sua cabeça, procurando pela boca de Júlia. Quando a encontrou, assoprou todo o ar inspirado, dando a ela mais alguns segundos de vida.

Quando seu ar estava acabando, Rafael tirou a cabeça da água, espalhando ainda mais daquele líquido avermelhado pelo chão do banheiro. Tentou mais uma vez puxá-la para cima, mas não teve sucesso. Quanto mais força ele fazia, mais resistência ele encontrava.

Desesperado e sem poder abandonar Júlia para pedir ajuda, Rafael apelou para um último recurso:

– Socorro! – gritou, na vã esperança de que alguém conseguisse ouvi-lo.

Rafael inspirou profundamente mais uma vez e mergulhou a cabeça, dando mais ar para Júlia. Tentou mais uma vez puxá-la para fora da água, mas não conseguiu. E ficou repetindo esse ciclo de movimentos, esperando que alguém ouvisse seus gritos de socorro.

Depois de muitas tentativas, ele mesmo já estava ficando cansado. Rafael não pretendia desistir, mas não sabia quanto tempo mais aguentaria. Mesmo assim, inspirou mais uma vez e mergulhou sua cabeça na água avermelhada.

Debaixo da água, Júlia reconhecia o esforço de Rafael, bem como a incapacidade dele de conseguir salvá-la. Ela já estava quase perdendo a consciência. A vontade de se entregar e deixar a água finalmente entrar em seus pulmões era muito forte. Sob essa perspectiva, um pensamento aterrorizante a invadiu enquanto se debatia em vão para tentar alcançar a superfície: "vou morrer!"

Então ela não resistiu mais. Quando Rafael mergulhou a cabeça pela última vez, ela o beijou com vontade. Quando as bocas se desencontraram, Júlia se entregou, engolindo o líquido avermelhado. Ela sentiu a água invadindo seus pulmões com uma ardência quase insuportável. Seu corpo começou a tremer, em choque. Logo depois, a ardência se foi, levando consigo seus outros sentidos.

22

De volta à recepção, Paulo caminhou no escuro, determinado a atravessar as portas que davam acesso aos quartos do hotel fazenda. Por mais que desconfiasse ser uma armadilha sobrenatural, ele precisava enfrentar seus maiores medos e encarar o desafio de uma vez por todas se quisesse salvar Júlia.

Paulo parou bem em frente às portas duplas e encostou levemente a ponta de seus dedos na madeira. Um arrepio carregado de medo tomou conta de seu corpo. Ele fechou os olhos e se concentrou em si mesmo, no que precisava fazer, buscando, em seu mais profundo ser, a coragem e a determinação necessárias. Uma onda de calor se espalhou por todo o seu corpo. Quando abriu os olhos, cheio de energia, ele empurrou as portas e as atravessou, abandonando qualquer sentimento que pudesse impedir o sucesso de sua empreitada.

Assim que cruzou as portas, Paulo parou, enquanto elas balançavam de um lado para o outro, acostumando seus olhos com a escuridão do longo corredor. Havia dez portas, cinco de cada lado, cada uma correspondendo a um quarto. Todas estavam numeradas, os números ímpares à direita e os pares à esquerda. Entre as portas de cada quarto havia uma mobília: ora um sofá, ora um aparador com algum adorno. Algumas estátuas de mulheres em tamanho real esculpidas em mármore estavam espalhadas pelo local em intervalos regulares. Cada uma trazia uma mensagem específica. A primeira delas fazia uma reverência, como se estivesse recebendo os hóspedes; a segunda tinha o dedo indicador na frente da boca, pedindo silêncio. Outras duas, uma de frente para a outra, seguravam livros em uma das mãos. A última estátua olhava maliciosamente para o comprido corredor, com os lábios abertos em uma espécie de sorriso jocoso. Apesar de cada uma trazer uma mensagem diferente, todas tinham algo em comum: a cabeça levemente virada de lado, olhando diretamente para o centro do corredor. Pareciam sentinelas atentas aos movimentos dos hóspedes do hotel fazenda. Na extensa parede, viam-se quadros de cavalos. Um tapete trabalhado cobria toda a porção central do corredor, das portas de acesso à recepção até a parede da extremidade oposta.

Ainda parado no início do corredor, Paulo se perguntou se as portas dos quartos estariam destrancadas. Ele esperava que sim. Mas só haveria um jeito de descobrir: tentando.

Ao tentar abrir a primeira porta, à direita, sua pergunta foi respondida. Ela estava destrancada e se abriu facilmente, revelando um quarto escuro e, até onde se podia ver, abandonado. A cama estava arrumada, o que significava que não era aquele. Paulo tinha mais nove quartos para percorrer. Correndo contra o tempo, ele deixou a porta aberta e se aventurou em direção ao primeiro quarto à esquerda.

O segundo quarto também estava vazio e ele nem precisou cruzar a porta para perceber que ninguém entrava ali havia muito tempo. Agora faltavam mais oito quartos. A ansiedade de encontrá-los estava aumentando. O tempo, porém, era escasso. Deixando a porta aberta, ele se dirigiu para o quarto número três, conforme indicado na porta.

A situação mudou quando ele entrou no terceiro quarto. Por mais que os lençóis estivessem arrumados, uma estranha claridade vinha da porta do banheiro, ao lado da cama, e parecia invadir o ambiente. Alguém tinha estado ali ou ainda estava e Paulo precisava descobrir se eram Júlia e Rafael. Se fossem eles, sua busca teria terminado e eles logo estariam em rota de fuga daquele lugar mal-assombrado.

Cauteloso, Paulo entrou no quarto e foi diretamente ao banheiro, seu olhar atento a qualquer movimento e seus ouvidos alertas para qualquer som misterioso que ecoasse pelo lugar. Ele contornou a cama lentamente e, a apenas alguns passos da porta por onde aquele brilho intenso passava, seus olhos recaíram sobre o colchão. O que viu o fez congelar no local. Sobre os lençóis, com as costas apoiadas na cabeceira da cama, jaziam três bonecas. Uma era negra e estava vestida com trajes africanos. A do meio tinha características europeias. A terceira parecia ser uma camponesa. Aparentemente, tudo parecia bem. Eram brinquedos de alguma criança, talvez esquecidos ali. No entanto, o que o intrigava e fazia seu sangue gelar era a camponesa. Ela o encarava com olhos frios. Sem tirar os olhos da boneca, Paulo chamou:

– Júlia? Você está aí?

Não obteve resposta. Não com palavras, pelo menos. Misteriosamente, a claridade que invadia o quarto, vinda do banheiro, começou a tremeluzir e se apagou, mergulhando o ambiente em completa escuridão. Sentindo que algo estava para acontecer, Paulo começou a recuar lentamente em direção à porta, o olhar fixo na boneca camponesa sobre a cama. Ele não queria fazer qualquer movimento brusco para não despertar nenhum mal adormecido ali dentro. Só esperava estar fazendo o certo. Conforme se aproximava do corredor, teve a sensação de que o rosto da boneca se virara sutilmente de modo a acompanhar seu movimento com o olhar. Mas ele não tinha certeza disso, tamanha a escuridão que o envolvia. Também não queria descobrir. Com o olhar ainda fixo na boneca, Paulo chegou à porta do quarto e saiu, fechando-a logo em seguida.

Assim que a porta se fechou com um leve estalo, Paulo respirou aliviado. Esse quarto apresentara uma ameaça real e ele; por sorte, conseguira sair ileso. Perdera, porém, tempo demais. Faltavam mais sete quartos. Quanto mais demorasse, menores eram as chances de encontrar Júlia e Rafael com vida. "Se eles ainda estiverem vivos", pensou.

Para seu alívio, o quarto de número quatro estava vazio e ele nem precisou entrar. Deixou a porta aberta e se dirigiu ao próximo.

Paulo também não precisou entrar no quarto seguinte. O barulho de um casal rindo em momentos íntimos o alcançou no momento em que ele se aproximou da porta. Um sorriso tranquilizador finalmente se abriu em seu rosto. Ele encontrara os dois. Estava na hora de ir embora.

Depois de uma batida rápida à porta, ele a abriu. O sorriso sumiu de seu rosto. A cama estava arrumada. Não tinha ninguém ali. Mas o som continuava chegando aos seus ouvidos e parecia vir do banheiro, o que era estranho, pois as luzes estavam todas apagadas. Paulo temia ser mais uma armadilha. Pensou em ignorar o som e continuar procurando nos outros quartos, mas, se os dois estivessem ali, ele perderia um tempo precioso. Um tempo que ele não tinha. Então, tomando coragem, deu o primeiro passo para dentro.

Paulo aguardou os olhos se acostumarem com a escuridão antes de contornar a cama. Ao chegar à porta do banheiro, os sussurros ficaram cada vez mais altos. Realmente tinha alguém ali. Paulo estagnou sob o batente e manteve os olhos fixos na silhueta de dois corpos se acariciando dentro da banheira. Com a escuridão, não conseguia identificar se eram Júlia e Rafael. Mas precisava descobrir. Então chamou, o tom de dúvida em sua voz:

– Júlia?

Não houve resposta. Eles estavam tão extasiados que tudo à sua volta parecia não existir. Nem mesmo o jovem parado ali, olhando para eles, ponderando se deveria ou não se aproximar mais. Paulo precisava chamar a atenção deles de algum jeito, mas nada parecia incomodá-los.

Enquanto observava o casal, Paulo não percebeu o perigo que surgia às suas costas. O lençol sobre a cama começou a ser puxado lentamente para o centro, e ali começava a tomar forma como se houvesse uma pessoa embaixo dele. A figura, que tinha o tamanho de um adulto, misteriosamente se moveu, descendo da cama, arrastando as extremidades do lençol branco pelo chão. Ela aproximou-se de Paulo pelas costas, parando a apenas alguns passos dele.

Tudo aconteceu muito rápido. Ainda com o olhar fixo na silhueta dentro da banheira, Paulo não percebeu o ataque a tempo. A mão de um negro, cheia de feridas e cortes, com unhas compridas, saiu de baixo do lençol e se esticou em direção ao jovem parado à sua frente. Os dedos arqueados estavam prestes a atingir o ombro direito dele. Nesse instante, Paulo sentiu um calafrio estranho em suas costas. Uma onda de medo desceu por sua coluna vertebral e o fez tremer. Sua consciência o alertou de algo atrás dele. Imediatamente, ele sentiu um peso sobre seu ombro, como se alguém o agarrasse com mãos fortes. Logo depois, sentiu uma dor aguda, como se agulhas o espetassem.

Ele rapidamente se virou, colocando a mão sobre o ombro, mas não havia nada ali. O quarto continuava do mesmo jeito. A cama continuava arrumada, como se nunca tivesse sido mexida. A sensação de medo misteriosamente desapareceu em seu íntimo, junto com os sussurros do casal.

Havia algo de muito errado naquele quarto. Alarmado, Paulo saiu do cômodo o mais rápido que pôde, fechando a porta atrás de si, marcando-o, dessa maneira, como um perigo em potencial, da mesma forma que fizera com o quarto das bonecas.

Do lado de fora, a dor no ombro continuava. Paulo olhou e, mesmo na escuridão, viu quatro furos na lateral superior de sua camisa por onde o sangue escorria das lacerações. Olhando para a parte posterior do seu ombro, mais um buraco na camisa e mais uma ferida. Agora, tudo fazia sentido: alguém, ou alguma coisa, o agarrara pelas costas e cravara suas unhas nele.

Cada vez mais, Paulo tinha a certeza de que havia alguma coisa muito errada com aquele hotel fazenda. Seguindo novamente pelo corredor, agora ele tinha a impressão de que todas as estátuas o encaravam de forma ameaçadora, acompanhando seus movimentos conforme ele caminhava. As paredes do corredor também estavam diferentes, e ele teve a sensação de que estavam se estreitando à medida que ele avançava, tornando o caminho à sua frente mais ameaçador. Sua confiança começou a ficar abalada a ponto de considerar esquecer a busca por Júlia e deixar aquele lugar o quanto antes.

Mas logo afastou esse pensamento, buscando dominar o próprio medo. Ele não iria embora sem sua amiga. Seria, porém, mais cauteloso. E foi com esse cuidado exacerbado que Paulo abriu a porta do quarto número seis. De imediato, uma forte ventania o alcançou, balançando seus cabelos e fazendo seu sangue gelar, tamanho o medo que sentia. O mistério aparente se resolveu quando seus ouvidos captaram o ruído do ventilador de teto ligado, quase ao mesmo tempo em que sua visão se acostumou com a escuridão no interior do quarto e conseguiu captar o contorno das pás girando. Como um forte indicativo de que o quarto estava sendo usado, apesar de não estar iluminado, ele deu um passo para dentro.

Olhando ao redor à procura de indícios de que alguém estivera ali, Paulo percebeu que a cama estava desarrumada. Júlia e Rafael deviam estar ali. Mas, ao chamá-los, não obteve nenhuma resposta. "Se eles estiveram aqui, para onde podem ter ido?", Paulo se perguntou.

Temendo por sua vida, não queria adentrar mais naquele quarto. Não sem necessidade. E, como parecia que seus amigos não estavam ali, seria perda de tempo. Disposto a sair, Paulo chegou a se virar de frente para a porta, mas uma força misteriosa o empurrou para dentro, fazendo-o cair deitado sobre a cama. Antes que ele pudesse reagir, a porta se fechou sozinha com um baque agudo.

Agora o medo tomava conta dele e sua respiração se tornara ofegante. Alguém ou alguma coisa o empurrara para dentro e fechara a porta. Temendo por sua vida, ele não podia ficar ali. Não tinha tempo a perder. Com um pulo, colocou-se para fora da cama e se dirigiu à porta, porém não conseguiu dar mais que um passo. Com uma série de barulhos sequenciais de algo se quebrando, sua visão captou, em uma fração de segundos, as pás do ventilador se soltando do rotor e sendo atiradas em sua direção de forma letal, como se fossem flechas disparadas. Sua única reação foi jogar seu corpo para trás, batendo as costas contra a parede e, involuntariamente, abrindo os braços contra ela, enquanto as pás se aproximavam dele, rasgando o ar com uma ferocidade incrível.

O próximo som que se ouviu foi o baque das três pás do ventilador cravando-se na parede, uma após a outra. Uma dor aguda tomou conta de todo o seu corpo. Sangue escorreu por cada uma das pás do ventilador, manchando-as de vermelho até começarem a pingar, gota a gota, no chão de madeira.

Assustado, Paulo arquejava, o olhar fixo no rotor girando sem nenhuma pá para movimentar o ar no interior do quarto. Em estado de choque, permaneceu estagnado, com medo de olhar para baixo e ver o estrago que aquilo havia feito em seu corpo. Decidiu, embora não estivesse em condições emocionais de optar por qualquer coisa naquele momento, manter seu olhar no teto até seu corpo se apagar.

Os segundos se transformaram em minutos e, em vez de a visão de Paulo ficar turva, ela apenas focalizava com mais exatidão os objetos à sua frente. A sua respiração se tornou mais controlada. O estado de choque estava passando. Sua consciência estava ficando mais nítida, em vez de se perder em pensamentos difusos ou simplesmente se desligar. Mesmo assim, ainda sem olhar para baixo, ele tentou mexer o corpo. Todos os seus membros respondiam quase que instantaneamente aos seus comandos, o que lhe causou uma leve dor em alguns movimentos.

Só então tomou coragem e olhou para baixo. Esboçou um leve sorriso quando percebeu a sorte que tivera. Duas das pás estavam cravadas na parede, uma de cada lado, entre seus braços e seu corpo. Um filete de sangue escorria também pela parede. A terceira pá estava cravada na parede entre suas pernas levemente abertas, de onde mais um filete vermelho descia em direção ao chão.

Lentamente, Paulo se afastou da parede, deixando as pás ali cravadas. Sentou-se na cama mal arrumada e olhou para o seu sangue manchado na parede. Involuntariamente, começou a rir, não acreditando na própria sorte. Depois do que passara do lado de fora do hotel fazenda e de encontrar o corpo de Gustavo, ele começava a acreditar que alguma força benéfica, superior, o estava protegendo de todo o mal que ali se instalara. Não era algo que ele podia explicar, mas apenas sentir.

Júlia, porém, poderia não estar com essa mesma sorte. Muito menos Rafael. Eles poderiam estar correndo sério risco nesse momento, enquanto Paulo estava ali parado, sentado na cama, rindo do que acabara de acontecer. Eles precisavam ser encontrados o quanto antes. E, o mais importante, todos tinham que sair daquele lugar o mais rápido possível.

O sorriso de Paulo desapareceu quando um grito vindo de algum lugar fora daquele quarto chegou aos seus ouvidos, confirmando suas suspeitas sobre o risco que Júlia e Rafael estavam correndo:

– Socorro! – Era uma voz masculina.

– Rafael! – Paulo sussurrou para si mesmo, já se colocando em movimento.

Paulo correu até a porta e a puxou com força. Ela não ofereceu nenhuma resistência, abrindo-se instantaneamente, acompanhada de um barulho de madeira se rachando. Ele logo se pôs para fora do quarto sem perceber que fora capaz de abrir uma porta trancada com um simples puxão.

O grito que ouvira estava muito nítido em sua mente e parecia ter vindo do último quarto à direita. Instintivamente, se pôs a correr. Não deu, porém, mais do que dois passos. Os sofás e aparadores recostados contra as paredes do corredor foram arremessados para o meio da passagem por forças sobrenaturais, impedindo-o de prosseguir.

– Mas que droga! – exclamou Paulo, pulando um dos sofás.

Nesse momento, um vento forte o alcançou pelas costas. Virando a cabeça para olhar por sobre o ombro ferido, Paulo viu a figura fantasmagórica de três homens negros, de cabelos e barbas longas, maltrapilhos, com inúmeras lacerações em seus corpos e buracos de bala nas cabeças, aproximando-se rapidamente dele, a expressão carregada de ódio. Assustado, ele se apressou e, com passos rápidos, passou por cima de todos os móveis bagunçados pelo meio do corredor. Conseguiu, finalmente, saltar o último deles, um aparador de madeira maciça, antes que aquelas figuras ameaçadoras alcançassem a metade do corredor.

Ao pousar novamente sobre o tapete, seus pés escorregaram enquanto a tapeçaria era puxada violentamente. Paulo caiu de costas no chão a tempo de ver, assustado, duas das estátuas de mármore sendo derrubadas em sua direção. Em resposta desesperada, ele apenas fechou os olhos e cruzou os braços na frente do rosto, as palmas das mãos abertas voltadas para o teto. Um grito amedrontado saiu involuntariamente de sua garganta. Um último pensamento atravessou sua mente: "Desculpe, Júlia, fiz o melhor que pude!". E esperou pelo impacto doloroso das estátuas.

Uma onda de calor passou por seu corpo, durando apenas alguns segundos. As estátuas se chocaram uma contra a outra e desviaram o ângulo de sua queda, caindo uma de cada lado de Paulo. O barulho do mármore se chocando foi seguido quase que instantaneamente pelo som da madeira do piso se quebrando.

Paulo, porém, saíra ileso. Mais uma vez. Relembrando os segundos anteriores à sua queda, sua preocupação recaiu novamente sobre as figuras fantasmagóricas se aproximando dele. Levantando a cabeça, ainda deitado no chão, ele olhou para trás e as viu atravessando os móveis espalhados pelo corredor como se não estivessem ali. Assustado, ele se levantou e correu o mais rápido que pôde em direção ao quarto de onde acreditava ter ouvido o grito de socorro.

Paulo abriu a porta com violência e a fechou logo em seguida, recostando-se contra ela, ofegante. Depois de ver as figuras fantasmagóricas atravessando pelo meio da mobília caída no corredor, tinha plena convicção de que aquela porta fechada não seria capaz de detê-las. Mas não custava tentar.

Controlando a respiração, ainda recostado contra a porta, Paulo olhou ao redor, procurando por Júlia e Rafael. Seu olhar recaiu sobre os cacos de vidro no chão, alguns manchados de sangue. Virando a cabeça para sua possível origem, ele viu o espelho da penteadeira quebrado.

O quarto, porém, estava vazio. Mas ele tinha certeza de que o grito viera dali. Racionalmente, só poderiam estar no banheiro. Mas, naquela noite, nada era racional naquele lugar. Mesmo assim, Paulo foi até lá, com medo de que algo lhe acontecesse novamente.

Esquecendo temporariamente as figuras fantasmagóricas que o perseguiram no corredor, Paulo caminhou pelo quarto em direção ao banheiro, os estilhaços do espelho estalando sob seus passos. Quando chegou à porta, ele viu a banheira cheia de sangue. Rafael estava ajoelhado no chão, os braços dobrados sobre as pernas, seu corpo arqueado. A respiração dele era ofegante. Não havia, porém, sinal de Júlia.

A desconfiança sobre Rafael se intensificou quando Paulo não viu Júlia com ele. Sua vontade naquele momento era a de acabar com a vida dele, mas foi pego de surpresa quando Rafael, percebendo sua presença, murmurou:

– Eu não consegui salvá-la.

Disposto a ouvir o que ele tinha a dizer, Paulo se aproximou de Rafael e o agarrou pelos braços, forçando-o a se levantar. Não houve resistência. Ele se deixou levar, sem sequer tirar os olhos do chão.

Mesmo estranhando a falta de resistência por parte de Rafael, Paulo não conseguiu controlar sua irritação, depois de tudo o que vira e passara, e deu um tapa no rosto dele, ordenando:

– Olhe para mim!

Rafael obedeceu, relutante. Olhando-o nos olhos, a expressão séria, Paulo indagou:

– O que você fez? Onde está Júlia?

Rafael olhou para a água ensanguentada na banheira. Paulo acompanhou o olhar e deduziu tudo. Júlia estava submersa. Afogada. Ele não sabia havia quanto tempo ela estava ali, mas não perderia tempo perguntando. Soltou Rafael e se inclinou para a banheira, mergulhando as duas mãos no líquido vermelho.

Livre dos braços fortes de Paulo, Rafael começou a andar de costas lentamente em direção à porta do banheiro. Quando estava sob o batente, porém ainda em movimento, falou, assustado:

– Eu... Eu preciso de um ar. Boa sorte.

Antes que Paulo pudesse dizer ou fazer qualquer coisa, Rafael, após vestir-se às pressas, já tinha se virado e corrido para fora do quarto, deixando-o sozinho para tentar salvar Júlia.

Se ela ainda pudesse ser salva.

23

Falar que necessitava de ar era apenas uma desculpa. Rafael precisava ir embora daquele lugar. Não só pelo medo. Nem porque sua vida valia mais do que a de todos que ele havia trazido àquele hotel fazenda só para ter uma noite de prazer com Júlia. Mas sim porque algo em seu subconsciente lhe dizia que sua missão estava cumprida.

O rapaz saiu correndo do quarto e tropeçou em uma das estátuas caídas, batendo o peito com violência contra a mobília atravessada no corredor. O baque ecoou pelo espaço deserto. O ar foi arrancado de seus pulmões. Ofegante e dolorido, ele praguejou. Então escalou os móveis que bloqueavam o caminho e se dirigiu à recepção.

Percebeu, ao longo do caminho, que alguns quartos tinham as portas abertas. Ele não se lembrava de estarem assim ao passar por ali com Júlia, mas nada disso importava agora. Seu foco estava nas portas duplas à sua frente e na saída da recepção do hotel fazenda, onde seu carro, seu porto seguro em meio ao terror daquela noite, o aguardava. Bastava chegar até sua caminhonete e deixar tudo para trás, de uma vez por todas.

Porém, outros planos estavam reservados para ele. Quando estava em frente a uma das portas abertas, uma voz o chamou em um sussurro assustador:

– Rafael!

O rapaz estagnou, um calafrio descendo por todo o seu corpo. Mirou a escuridão do quarto à sua direita, sentindo-se hipnotizado e atraído. O sussurro mais uma vez o alcançou, convidativo:

– Rafael! Venha até mim!

Involuntariamente, ele começou a se aproximar, o olhar fixo no breu absoluto do outro lado da porta. Rafael tentou não entrar, mas o convite parecia tão cativante e acolhedor que, mesmo querendo correr para longe, ele não conseguia deixar de se sentir atraído. Era como se precisasse daquele abraço ao mesmo tempo gentil e ameaçador das trevas à sua frente.

A imagem de uma mulher usando um vestido sujo e rasgado apareceu no interior do quarto, um contraste esbranquiçado no meio da escuridão, os cabelos escuros e compridos caindo pelo rosto, escondendo sua face. Os braços estavam estendidos em direção a ele, convidando-o para o doce abraço da morte.

Rafael a encarou pelo que pareceram horas. Repentinamente, ela levantou a cabeça e sorriu, os dentes sujos à mostra, e seu olhar encontrou diretamente o dele, atraindo-o com tanta veemência que ele só queria estar com ela.

Com um lampejo intenso em sua memória, como se recordasse de algo havia muito esquecido, Rafael pensou conhecer aquela mulher. Ela parecia a mesma do arquivo policial de seu pai. A mesma com quem havia sonhado naquela tarde. Porém, misteriosamente, ela estava mais pálida. Seus olhos estavam mais fundos. Sua boca havia perdido o brilho. Os cabelos estavam desarrumados e sujos.

– Cristina? – perguntou Rafael.

Da mesma forma que a imagem da mulher aparecera, também sumira, permanecendo ali apenas a escuridão do quarto deserto. Porém, Rafael não ficou sozinho. Mais uma vez o sussurro o alcançou, não mais vindo de dentro do quarto. Desta vez, parecia estar em todos os lugares ao seu redor, como se aquela mulher agora estivesse ao seu lado e falasse com ele diretamente em seu ouvido enquanto dava a volta por suas costas:

– Não me deixe mais sozinha, meu doce amado.

Uma risada aterrorizante se seguiu ao convite da mulher. Rafael rapidamente se virou em direção à origem da voz, mas não havia nem sinal dela. Ainda assim, ele não estava sozinho. Na escuridão do outro quarto, agora à sua frente, Renato Shinohara apareceu, suas roupas rasgadas e sujas. Sangue e terra avermelhada o deixavam praticamente irreconhecível.

– Você vai morrer esta noite!

Repentinamente, as portas dos quartos se fecharam com um estrondo, fazendo Rafael estremecer de susto. Seu coração imediatamente se acelerou e ele se viu livre daquele poder hipnotizante que até então o controlara. Liberto daquela força misteriosa, gritou para a escuridão ao seu redor:

– Vão embora... me deixem em paz!

O plano, no entanto, era atormentar Rafael até deixá-lo louco. E não faltava muito. Pelo canto dos olhos, à sua esquerda, ele viu todos os móveis atravessados no corredor começarem a tremer lentamente. O barulho deles batendo contra a madeira ecoava pelo ambiente, aumentando sua intensidade conforme a frequência da vibração.

Com um impacto de alguma coisa sob o piso, as mobílias foram arremessadas contra as paredes. A madeira do piso se abriu. Pelo buraco, surgia uma figura monstruosa que ganhava forma na escuridão conforme adentrava o corredor. Parecia ter olhos. Por sua boca aberta, uma língua bifurcada movia-se constantemente para fora por entre os dentes pontiagudos. Apesar de possuir um tórax musculoso similar ao de um ser humano, aquele demônio parecia se equilibrar sobre uma cauda de serpente.

O olhar de Rafael, vidrado e arregalado, registrou cada momento da ascensão daquela figura. Com um grito de pavor, ele se jogou violentamente contra as portas de acesso à recepção. Empurrou-as com violência e atravessou o mais rápido que pôde. Estava mais do que decidido a sair daquele lugar. Olhando para trás enquanto corria pela recepção, ele não viu o lustre caído em seu caminho e tropeçou.

Rafael tentou ainda manter o equilíbrio, mas o piso de madeira estava com tanto sangue que ele escorregou, caindo de costas. Suas roupas rapidamente se encharcaram com o líquido vermelho e pegajoso. O ar mais uma vez foi expulso de seus pulmões e sua cabeça bateu com violência contra a madeira. Por pouco ele não perdeu a consciência. Mas também não saiu ileso. Pequenos pontos de luz dançavam à frente de seus olhos, um contraste brilhante em meio à escuridão da recepção. Um enjoo revirava suas entranhas, exigindo que ele colocasse tudo para fora.

Mas ele foi obrigado a se conter. Pelo menos tentaria, já que o perigo continuava próximo. E muito mais do que ele imaginava. Seus ouvidos captaram o sibilar daquele demônio se aproximando. Mesmo com a visão desfocada, Rafael se ergueu. Sentindo-se tonto, cambaleou em direção à saída, apenas alguns passos à sua frente. Segurando-se na porta para não cair, ele atravessou o batente e chegou à varanda. Sem conseguir se sustentar em pé, ele caiu de joelhos, vomitando tudo o que havia consumido naquela noite.

Sentindo-se um pouco melhor do enjoo e da tontura, Rafael se agarrou ao batente e levantou. Caminhou o mais rápido que pôde em direção à caminhonete, ignorando a chuva que lavava todo o sangue de suas roupas. Entrou e sentou-se ao volante. Ainda apavorado, mas não ouvindo mais o sibilar daquela figura monstruosa, ele fechou a porta com violência, trancando-se dentro do carro.

Rafael agora se sentia seguro. Fechou os olhos por alguns instantes, apenas ouvindo o som da chuva intensa cair sobre o veículo. Respirou fundo algumas vezes antes de abrir os olhos. Com as mãos ainda trêmulas, buscou a chave em seu bolso e tentou encontrar o buraco da ignição para dar a partida. Suas mãos tremiam tanto que era quase impossível conseguir encontrá-lo.

– Calma, Rafael! – falou para si mesmo. – Está tudo bem agora.

Rafael passou a mão pelo rosto, tentando tirar o excesso de água da chuva que o impedia de enxergar direito. Com a visão um pouco mais limpa, ele olhou para baixo e juntou as mãos para firmá-las, direcionando a chave para a ignição. Ele sorriu e virou a chave. O motor vibrou, tentando dar a partida, mas apagou logo em seguida.

Rafael tentou de novo e o motor estremeceu, mas não ligou.

– Mas que droga! – gritou Rafael dentro do carro, batendo as mãos violentamente contra o volante. Ele girou mais uma vez a chave, pedindo, ao mesmo tempo: – Vamos, vamos, por favor!

Em vez da vibração natural do motor, ouviu-se um barulho ensurdecedor, acompanhado quase que imediatamente de um clarão repentino, intenso o suficiente para quebrar a escuridão da noite, numa disputa momentânea com os raios que ainda cruzavam o céu. Depois veio o calor explosivo, envolvente e acolhedor. Então, o grito de desespero e dor de Rafael. E, por fim, o silêncio.

Dentro do hotel fazenda, o corredor por onde Rafael tinha acabado de passar havia apenas alguns minutos, em sua fuga frenética, estava do mesmo jeito que antes: as estátuas continuavam caídas no chão e as mobílias ainda estavam atravessadas no centro do corredor, bloqueando a passagem. O piso de madeira estava intacto. Não havia nenhuma figura demoníaca emergindo do chão e muito menos rastejando pelo ambiente. Não havia nenhum sibilo. Tudo aquilo não passara de uma alucinação.

24

Paulo viu Rafael sair correndo e nada pôde fazer para detê-lo. Precisava tentar salvar Júlia. Isso se ela já não estivesse morta. Mas, mesmo sem saber por quanto tempo ela estivera ali, submersa, ele não a deixaria para perseguir o jovem. Apegando-se a um fio de esperança, Paulo tentou tirar sua amiga da água tingida de vermelho.

Debruçado sobre a banheira, com as mãos mergulhadas no líquido avermelhado, sem poder enxergar através dele, Paulo tateou até sentir a lateral do corpo dela. Envolvendo-a com as duas mãos, ele a puxou com força em direção à superfície. Sentiu o corpo dela reagir ao seu esforço, movendo-se apenas alguns centímetros.

Paulo sentiu uma força contrária mantendo-a embaixo d'água. Para ele, era a mesma força que havia matado Gustavo na recepção e o atacara anteriormente. Era a mesma força que atirara as pás do ventilador contra ele. Era a mesma força que tentara impedi-lo de chegar aonde estava agora. Mas ele não iria se entregar. Já perdera um amigo. Cláudia estava desaparecida, possivelmente morta. Ele não perderia Júlia.

Ajustando a posição dos braços por baixo do corpo de Júlia, Paulo entrelaçou os dedos e, com um grito longo, beirando a fúria, puxou-a para cima com toda sua força. Repentinamente, seus olhos se estreitaram e emanaram um brilho azul. Uma sensação estranha percorreu sua coluna, aquecendo o seu corpo antes de se concentrar no ponto exato onde Raquel o tocara. A energia o percorreu por inteiro. A força que segurava Júlia debaixo da água não resistia mais com tanta intensidade. A jovem estava finalmente chegando à superfície.

O rosto de Júlia emergiu. Seus olhos estavam fechados. Seu peito não se mexia. Paulo não parou de puxá-la até seu corpo passar pela borda da banheira. Nesse momento, a resistência que a segurava submersa desapareceu, junto do brilho azul nos olhos de Paulo. A sensação da energia se movimentando dentro dele também desaparecera.

Devido à força que ainda fazia, Paulo caiu para trás, encharcando o banheiro de água vermelha. Júlia caiu sobre ele, protegida do impacto violento contra o chão.

Sem perder tempo, ele a deitou no chão molhado e se aproximou para sentir sua respiração. Nada.

– Não, não, não, não, não! – Paulo estava desesperado.

Ele inclinou a cabeça de Júlia para trás, abriu sua boca e assoprou o ar diretamente nos pulmões. O peito dela se elevou, mas logo voltou a ficar imóvel. Com as mãos sobrepostas, ele o pressionou três vezes, tentando forçar o coração a voltar a bater.

– Vamos, Júlia! Vamos! Não me deixe!

Paulo repetiu o processo mais algumas vezes, sem resposta. Ele já estava perdendo as esperanças. Até onde tinha conhecimento e recursos, só havia mais uma coisa a fazer. Assoprou mais uma vez o ar pela boca de Júlia e, em vez de pressionar o peito dela com as mãos sobrepostas, ele bateu sua mão cerrada com força contra o peito da garota.

Júlia tossiu, engasgada, e rapidamente Paulo a virou de lado. Ela começou a cuspir água e sangue, misturando-se ao líquido avermelhado que já estava espalhado pelo chão. Quando a tosse dela se tornou seca, ele a virou para cima. Júlia abriu a boca, inspirando ruidosamente o ar.

Aliviado e ao mesmo tempo sem forças, Paulo relaxou, apoiando a cabeça dela em suas pernas, e passou carinhosamente as mãos em seus cabelos encharcados:

– Está tudo bem agora! – falou ele.

Júlia abriu os olhos. As primeiras imagens estavam desfocadas. Aos poucos, foram ganhando foco. Seu corpo, até aquele momento alheio às sensações externas, começou a recuperar a sensibilidade. Ela sentiu o carinho em seus cabelos quase ao mesmo tempo em que seus olhos focaram a imagem de Paulo. Um leve estremecimento de conforto a invadiu.

– Paulo! – ela sussurrou com a voz rouca e o abraçou com a pouca força que tinha, enquanto repousava a cabeça no ombro dele. – Obrigada.

Paulo a abraçou também. Um novo estremecimento passou pelo corpo de Júlia, agora acompanhado de um gemido de dor. Imediatamente ele a soltou, repousando novamente a cabeça dela sobre suas pernas. Não foi preciso perguntar o que ela estava sentindo. Bastou uma rápida olhada pelo seu corpo para Paulo perceber as escoriações causadas pelos estilhaços do espelho, agora apenas riscos avermelhados que não sangravam mais; porém, havia o fragmento fincado na coxa dela. Agora ele entendia o porquê daqueles cacos de vidro espalhados pelo chão do quarto. Júlia também fora atacada pela mesma força que aterrorizava a todos naquela noite sombria.

– Bem, isso não é bom – Paulo afirmou, olhando para o ferimento dela. – Temos de remover esse estilhaço e estancar o sangramento o quanto antes.

Paulo passou uma das mãos sob as pernas dela, com muito cuidado para não encostar no fragmento do espelho e agravar mais a situação, enquanto a outra a segurava por debaixo das costas. Então se levantou, segurando-a no colo. Ela continuou com a cabeça encostada no ombro dele enquanto suas mãos o seguravam pela nuca.

Paulo passou com cuidado pela porta do banheiro e a colocou sentada na cama. Como ela tremia de frio e de dor, ele puxou o lençol e o envolveu sobre seus ombros. Sua atenção se voltou para o estilhaço cravado na perna dela.

Paulo tirou sua camisa e a colocou sobre a cama. Depois segurou com a mão o pedaço do espelho. Olhou para Júlia e falou:

– Isso vai doer.

– Eu aguento. Confio em você. Pode tirar – respondeu ela, fechando os olhos.

– No três – ele orientou.

Júlia balançou a cabeça afirmativamente e travou a mandíbula. Então Paulo começou a contar:

– Um...

E puxou de uma vez, retirando o estilhaço inteiro. O sangue jorrou pela ferida aberta. Júlia soltou um grito agudo de dor e jogou o corpo contra a cama, sua cabeça batendo com força no colchão. Rapidamente Paulo pegou sua camisa e enrolou acima do ferimento, amarrando-a o mais apertado que pôde para estancar o sangramento.

– Pronto – Paulo falou. – Agora temos de ir embora deste lugar insano.

– Onde estão Gustavo e Cláudia? – perguntou Júlia.

Paulo não respondeu. Sua expressão se transformou em tristeza e ele apenas olhou para baixo. Júlia compreendeu a reação dele e não perguntou mais nada. Apenas chorou em silêncio.

– E Rafael? – Júlia perguntou, em meio às lágrimas.

– Ele nos deixou aqui – disse Paulo, furioso. E, antes que ela falasse qualquer coisa sobre a atitude covarde de Rafael, completou: – Mas, acredite, foi melhor assim!

Júlia abaixou a cabeça, cortando o contato visual com o amigo. Por um instante, Paulo achou ter visto um lampejo de culpa nos olhos dela. Culpa por ter levado seus amigos para lá. Culpa por estarem mortos. Culpa por todo o sofrimento causado.

– Tudo isso está acontecendo por minha causa. – Suspirou, em meio a toda essa culpa. – Se eu não tivesse trazido vocês aqui, por puro egoísmo meu, nada disso estaria acontecendo.

De certa maneira, Paulo entendia o que ela estava dizendo. Havia muita coisa que ela precisava explicar. Ele sabia que Júlia já estivera naquele hotel fazenda antes. Ele tinha visto os registros de hóspedes. Só não conseguia entender o motivo de ela nunca ter falado sobre já conhecer a cidade. E a relação dela com Rafael era muito estranha e misteriosa. Havia algo ali que Paulo não compreendia. Depois que estivessem longe de qualquer perigo, eles teriam uma conversa longa. Ela devia isso a ele. Mas, por ora, precisavam sair de lá. E o comportamento dela não estava ajudando.

Paulo precisava fazer alguma coisa para trazê-la à realidade. Quando ele tentou contestar as palavras dela, Júlia colocou seu dedo indicador sobre a boca dele, pedindo que a deixasse falar.

– Eu não mereço viver – disse ela, por fim. – Agradeço o que fez por mim, mas agora me deixe aqui. Eu mereço todo esse sofrimento.

– Está bem – respondeu Paulo. – Se você vai ficar aqui, eu também fico.

– Você não devia... – Júlia tentou falar.

Mas agora quem a impediu de falar foi Paulo. Ele continuou:

– Eu prometi que não deixaria mais ninguém para trás. Ou você vem comigo ou eu fico com você. A escolha é sua.

– Não faça isso, por favor – pediu Júlia, a vergonha em sua voz. – Eu não mereço.

– Não é você quem decide. – A resposta de Paulo foi rápida e cheia de autoridade.

Júlia refletiu sobre o que ele disse. Apesar da culpa que sentia, nada do que tinha acontecido poderia ser mudado. Ficar se remoendo não resolveria nada. Ela deveria agradecer por ainda estar viva. Mas o perigo continuava à sua volta, e só se sentiria completamente segura quando estivesse bem longe daquele lugar. Depois de ter sido abandonada por Rafael, o que nunca esperava acontecer depois de tudo o que tiveram, Paulo era a pessoa certa para ela estar junto. Pelo menos era o único que realmente se importava com ela. E o único que, por motivos desconhecidos, conseguira sobreviver até agora.

Mudando de opinião, deixou-se contagiar pela frágil confiança em Paulo. Havia algo nele que realmente poderia tirá-la de lá. E ela usaria isso a seu favor. Com um sorriso malicioso, Júlia levantou a cabeça, secou as lágrimas e pediu:

– Está bem. Pode me ajudar com minha roupa?

Paulo pegou as roupas dela que estavam espalhadas pelo quarto e a ajudou a se vestir. Então perguntou:

– Consegue andar?

– Acho que sim – respondeu Júlia.

Paulo a ajudou a se levantar da cama e passou o braço dela por sobre seu ombro. Depois a segurou pela cintura, sustentando-a.

– Agora que Rafael nos abandonou, como pretende sair daqui? – perguntou ela. – Nós precisávamos do carro dele para fugir.

– Não faz muito tempo que ele saiu. Talvez ainda dê tempo de alcançá-lo – Paulo respondeu.

Júlia voltou a segurar em Paulo firmemente e juntos saíram do quarto. Ela se assustou quando viu as estátuas caídas e os móveis arrastados para o centro do corredor.

– Mas que diabos aconteceu aqui?

– É uma longa história – disse Paulo. – Mas agora não temos tempo para isso.

Contornaram com muita dificuldade os móveis espalhados pelo corredor, perdendo um tempo precioso na tentativa de alcançar Rafael antes que ele partisse com o carro. Com o corredor livre,

Paulo agarrou Júlia novamente pela cintura e, agora com pressa, acelerou o passo. Ela tentava acompanhar o ritmo dele, ignorando a dor lancinante que sentia na perna ferida.

Enquanto se apressavam para chegar à recepção, a única esperança era a de que Rafael ainda não tivesse partido. Se ele os deixasse ali, dentro da limitação do momento, tudo estaria perdido e, mais cedo ou mais tarde, a morte os alcançaria. A única opção possível, então, seria escolher como morrer: de forma lenta ou rápida.

25

Apesar da escuridão na recepção, era possível enxergar os obstáculos no caminho em direção à porta da saída. Júlia, apoiada em Paulo, agora caminhava com dificuldade, mal encostando a perna ferida no chão. Ao chegarem perto do corpo caído de Gustavo, ele pediu:

– Não olhe para baixo.

Mesmo relutante, Júlia obedeceu. Paulo a ajudou a se desviar do corpo, com um passo mais largo que ela teve de dar. Uma dor aguda a invadiu com o movimento, refletindo em seu rosto contorcido por alguns segundos, junto a um repentino gemido. Mas logo a dor aliviou e ela pôde continuar.

Os dois chegaram à porta aberta a tempo de ver Rafael dentro da caminhonete tentando dar a partida. Eles se entreolharam, intrigados. Precisavam alcançá-lo a tempo de forçar uma carona para longe daquele lugar. Porém, eles tinham que ser rápidos. Ainda havia uma esperança de fugirem e, de quebra, exigirem uma explicação de Rafael para todos aqueles estranhos acontecimentos. Seu envolvimento em tudo aquilo seria finalmente esclarecido. Seria perfeito. Tão perfeito que ele se permitiu até sorrir.

Mas, como nem tudo que é perfeito dura, Paulo e Júlia conseguiram dar apenas um passo pela varanda antes de verem a caminhonete explodir repentinamente. O clarão intenso os cegou momentaneamente e o estrondo os deixou praticamente surdos por alguns instantes. Em reflexo, o jovem tentou proteger sua visão, colocando a mão livre em frente ao rosto, porém já era tarde.

A força da explosão impulsionou os dois para trás, de volta para a recepção escura. Eles se soltaram, cada um sendo arremessado para um lugar. Júlia bateu as costas contra as poltronas à sua direita, derrubando-as contra o piso de madeira. A força do impacto fez a jovem passar por cima delas, caindo no chão do outro lado. Sua cabeça bateu com força contra o piso, o som do impacto na madeira ecoando em seus ouvidos. Sua visão se escureceu. Seu corpo ficou imóvel no mesmo instante. O sangue começou a se acumular debaixo de sua cabeça, transformando-se, em questão de minutos, em uma poça avermelhada.

Paulo também não fora poupado. Ele voou pelo ar e bateu as costas contra o balcão da recepção. Seu tronco se dobrou estranhamente para trás, os ossos de sua coluna se quebrando no ponto de impacto. Uma dor agonizante o atravessou como um choque elétrico, de forma intensa e rápida. Depois disso, ele já não sentia suas pernas.

Depois do choque, o corpo de Paulo rolou por cima do balcão antes de cair do outro lado. O piso de madeira, porém, não suportou sua queda. Uma placa retangular do chão cedeu quando recebeu o impacto, revelando a entrada de um porão desconhecido. Paulo e boa parte do piso caíram juntos para a escuridão abaixo, quebrando com um estalo característico, em seu caminho, a escada de madeira; seus pedaços se misturando à carne e aos destroços em queda.

Uma parte do piso de repente cedeu, e o balcão caiu com um baque surdo logo depois que o jovem atravessou o buraco no assoalho, cobrindo a passagem e isolando-o do resto do hotel fazenda.

Paulo se manteve consciente durante a queda ao porão. Seus braços e pernas estavam involuntariamente lançados para cima enquanto seu corpo, estranhamente arqueado, apoiado contra a madeira que outrora fora o assoalho, caía bruscamente. O impacto contra o piso de terra fofa foi parcialmente amortecido, levantando no ar uma densa nuvem de poeira que se misturou à escuridão por alguns minutos.

Apesar da queda amortecida, Paulo bateu a cabeça contra a placa de madeira que havia caído junto com ele. Tudo se escureceu na mesma hora. No lugar, apenas sangue escorrendo antes de se fundir com a terra e formar uma massa escura.

A situação no hotel fazenda era surreal. No porão mergulhado na escuridão, um corpo sangrava. Na recepção, dois corpos estavam caídos em meio à mobília destruída. Um deles, sem cabeça. Na cozinha, restos mortais de um corpo ainda queimavam nas chamas do fogão à lenha. Do lado de fora, no gramado, um carro em chamas brilhava intensamente em meio à chuva que caía. Era um cenário de pós-guerra.

Mas a batalha estava longe de chegar ao fim.

Mais ao longe, apenas mato e escuridão. Toda a região ao redor estava deserta. Até mesmo a viatura da polícia abandonara seu posto por causa da tempestade. A estrada de terra que levava ao hotel fazenda transformou-se em um lamaçal. Nenhum cidadão normal se arriscaria a sair nessas condições. Nem mesmo se aventurar para locais inóspitos. E muito menos para um local amaldiçoado.

Mas nem todos pensavam assim. Muita coisa estava em jogo naquela noite. E um terreno difícil de ser atravessado não seria impedimento. Na estrada enlameada, dois faróis dançavam na escuridão de um lado para o outro, sob a chuva pesada que caía. Um carro patinava ao tentar, com muita dificuldade, alcançar o seu destino: o hotel fazenda.

Um pouco mais além, no coração da cidade, uma jovem desacordada no leito de um córrego ainda se recuperava dos ferimentos de uma batalha perdida.

26

Em estado crítico, entre a vida e a morte, Paulo foi levado a lugares inimagináveis. Em seus delírios, viu escravos se rebelando em uma fazenda. Presenciou muitos deles sendo executados sem a menor misericórdia. Ficou assustado com o cântico entoado pelos negros na entrada de uma caverna. Sentiu o ar sumir e os olhos lacrimejarem quando um pó negro foi assoprado contra o rosto de um dos executores. A sensação de suas entranhas estarem sendo corroídas por dentro logo o consumiu, fazendo-o cair de lado sobre a terra seca, seus dois braços abraçando sua barriga.

Quando levantou a cabeça, a sensação de mal-estar o abandonou tão rapidamente como começara; o cenário havia mudado. Ele estava em um ambiente estranhamente familiar e acolhedor. Uma brisa quente e repleta de amor o alcançou quando uma mulher respirou aliviada ao seu lado, segurando uma adaga na mão. De onde estava, pôde ver, em uma fração de segundos, símbolos dourados brilhando na lâmina prateada. Sem saber explicar o porquê, ele reconheceu o poder sagrado daquele artefato. Todo o seu corpo vibrava em ressonância àquela adaga. Estranhamente, sentiu como se as feridas em seus braços, pernas, tronco e cabeça, até aquele momento despercebidas por ele, se fechassem e seu sangue parasse de escorrer.

Um choro desesperado chegou até ele. Seus olhos pousaram sobre uma mulher negra segurando um bebê no colo. Ele podia sentir o medo emanando daquele pequeno ser. E então sentiu o calor de um abraço caloroso conforme a mulher que usara a lâmina pegava o bebê no colo. Depois, a dor em seu tornozelo o fez se encolher. Olhando para o local da dor, viu o piso de madeira se transformar em um gramado banhado pela luz da lua.

Repentinamente, ele sentiu a brisa fria em seu rosto, como se estivesse em velocidade. Seus olhos captaram, de ambos os lados, casas de madeira passando por ele como se fossem borrões. Sentiu seu corpo inteiro vibrar antes de chamas surgirem em meio a homens ameaçadores. Sem saber explicar o que estava acontecendo, sentiu sua coluna vertebral se mexendo sozinha em seu interior, como se estivesse se refazendo.

Sua atenção, porém, foi desviada quando uma forte dor abdominal o fez cair novamente de joelhos, as mãos cruzadas sobre o local.

O cenário mudou mais uma vez. Ele estava agora em uma estrada de terra, ao lado da mulher da adaga. Ela estava caída. Sentiu mais uma vez aquela vibração estranha percorrendo todo o seu corpo enquanto a mulher movia seus lábios de forma quase imperceptível. Uma onda de energia atravessou o corpo antes de desaparecer em algum ponto às suas costas. Em seu interior, sentiu sua medula se reconstituindo.

Virando-se para acompanhar o destino daquela onda de energia, seus olhos captaram duas figuras fantasmagóricas no alto do vale que circundava a estrada, uma delas tentando chegar até o lugar onde a mulher estava caída, mas o homem foi impedido por algum tipo de energia que o prendia na propriedade. Sentiu medo daqueles olhos frios que o atravessavam. Era um medo familiar, um medo que ele havia sentido muitas vezes nas últimas horas, mas não conseguia explicar.

Pelo canto dos olhos, viu quando luzes se aproximaram, seguindo a margem do vale, pela estrada. A ajuda das fazendas vizinhas estava chegando. Imediatamente sua atenção se voltou para o bebê nos braços da mulher. Era uma menina. E estava a salvo. Uma felicidade o invadiu depois de vivenciar tudo aquilo, e ele sorriu enquanto se ajoelhava ao lado da mulher, aparentemente sem vida. Comovido com a situação, falou para a menina:

– Calma, doce criança. Está tudo bem. A ajuda já está chegando.

Invadido por mais uma onda de energia, que parecia emergir de seu íntimo, Paulo soltou estas palavras sem pensar:

– Você está a salvo, tataravó!

"Tataravó?", pensou. Então tudo aquilo era verdade. Até aquele momento, ele pensava que tudo havia sido imaginação de sua cabeça. Apenas um sonho, um pesadelo, e que ele logo acordaria seguro em sua cama, quando, na verdade, eram lembranças de acontecimentos vividos por seus antepassados mais distantes. Ele finalmente descobrira a verdade sobre sua linhagem.

No instante seguinte, a mulher e a bebê haviam desaparecido. A estrada não existia mais. O chão fofo de terra se transformou em um piso duro. O mato à sua volta foi substituído por paredes.

A escuridão deu lugar a luzes de cores variadas. O silêncio se quebrou. Uma música alta o deixava quase surdo. O espaço vazio à sua volta se encheu de gente. A pressão de alguém se encostando carinhosamente nele ficou mais vívida. Seus braços envolviam a cintura de uma garota. Seus lábios tocavam os lábios dela em um beijo ardente. A mão dela foi diretamente à sua nuca.

Uma sensação de picada o tirou do beijo, fazendo-o se afastar. A garota abriu os olhos e perguntou, assustada:

– O que foi?

"Raquel!", Paulo pensou. Não teve tempo, porém, de responder. Rapidamente o cenário mudou e ele estava no banco de trás de uma caminhonete, percorrendo a estrada em que estivera havia apenas alguns segundos, mas que parecia ter sido havia uma eternidade. Era a mesma estrada onde ele vira a sua ancestral morrer enquanto segurava sua tataravó no colo. Ele agora sabia estar retornando para o mesmo lugar onde tudo começara.

"Eu não posso entrar aqui!", pensou, agoniado. Uma dor aguda na nuca o dominou, idêntica à de alguns segundos atrás, na boate, fazendo-o colocar a mão no local com força enquanto contraía o rosto. Quase ao mesmo tempo, os músculos de seus ombros tremeram de forma perceptível e involuntária, e uma sensação de calafrio percorreu sua coluna.

Sua coluna. Ela estava regenerada. Aquele calafrio era prova viva disso. Ele precisava vivenciar essa sensação novamente para ter certeza de que tudo estava voltando ao normal.

Mas ainda não acabara. Com mais uma mudança rápida de cenário, ele começou a sentir falta de ar. A pressão sobre seu corpo aumentava conforme a terra pegajosa o envolvia. Quase consciente, ele estava revivendo o momento de maior terror que passara naquela noite. Apenas não entendia o propósito de tudo aquilo. Mas acreditava que estava prestes a descobrir.

E a resposta foi rápida. Ele viu alguém, muito parecido com ele, jogar uma corda luminosa em sua direção. Até mesmo a voz era muito parecida com a dele.

A verdade, então, recaiu sobre Paulo de uma vez, um turbilhão que ele agora conseguia assimilar sem dificuldade: ele vinha de uma linhagem de magos e bruxas. A magia estivera dentro dele o tempo todo. Sempre estivera em seu DNA. Ele apenas não a tinha acessado ainda. Não voluntariamente, pelo menos.

Quase completamente soterrado, Paulo ainda precisava voltar à superfície. Desta vez, porém, o seu retorno seria marcado por uma nova realidade: a descoberta de seu novo ser e do que podia fazer.

Mais do que isso. A descoberta de sua verdadeira missão: lutar contra aquela força maligna que assombrava o lugar, contra aquela magia negra que fora colocada sobre sua família.

Energizado, Paulo presenciou o cenário mudar pela última vez. Ele sentiu seu corpo sendo arremessado no ar pela explosão da caminhonete. Não sentiu, porém, o impacto contra o balcão. Também não sentiu o choque de seu corpo contra a placa de madeira no chão. Tudo o que ele sentia era seu corpo arqueado em queda em direção ao porão, os braços esticados para a abertura acima dele.

Ele esperava pelo menos um impacto: o de seu corpo em queda contra o chão de terra. Mas o impacto não veio. Em vez disso, Paulo abriu os olhos.

27

A escuridão ao redor deixou Paulo desorientado a ponto de não saber se estava realmente acordado ou se tudo aquilo ainda fazia parte dos delírios reais demais para serem simplesmente descartados e desacreditados por uma mente racional. Suas últimas lembranças concretas eram a explosão da caminhonete, seu corpo sendo arremessado para trás, Júlia escapando de seus braços, um impacto forte em suas costas, a dor intensa e rápida e uma queda mais longa do que o esperado.

A terra fria sob suas mãos, porém, trazia a sensação de que tudo era real. Sua respiração pesada e o movimento quase imperceptível de seu peito davam-lhe a certeza de estar vivo. O som de um trovão chegou aos seus ouvidos, confirmando o que ele já sabia.

Lentamente, Paulo se sentou, a dor de sua coluna se quebrando no impacto contra o balcão ainda vívida dentro dele. Até onde sabia, ele não deveria conseguir mexer as pernas. Mas, para sua surpresa, elas obedeceram ao seu comando e, segundos depois, o sustentavam de pé sobre a terra fria.

Sua consciência vagou pelas experiências mágicas pelas quais passara em seus devaneios, trazendo a certeza de que tudo fora real. A cada vibração que o atravessava, seu corpo físico realmente se recuperava das escoriações e lesões sofridas. Ele renascera. Ganhara uma segunda oportunidade. Descobrira o poder até então oculto em seu íntimo. Agora sua missão era usá-lo para o bem, começando por exterminar de uma vez por todas aquela ameaça maligna no hotel fazenda.

Primeiro, ele precisava saber onde estava. Paulo tentou olhar ao redor, girando o corpo, sem sair do lugar, mas a escuridão era tão intensa que enxergar um palmo à frente em qualquer direção era impossível. "Um pouco de luz seria bom!", pensou.

Quase que imediatamente após seu pensamento, uma onda de calor atravessou seu corpo e seu desejo foi atendido. Uma a uma, as lamparinas a querosene penduradas nas paredes ao seu redor começaram a se acender. O porão se tornou parcamente iluminado. Não era o que Paulo esperava, mas já era o suficiente para ter noção de como o espaço subterrâneo era enorme, sem divisões em ambientes menores, como era o hotel acima dele. Colunas de sustentação se espalhavam a intervalos regulares, fixadas em bases de concreto que adentravam profundamente a terra batida. Algumas das colunas possuíam ganchos de ferro com uma ponta fina voltada ameaçadoramente para cima. As paredes ao redor, onde as lamparinas estavam penduradas, eram de alvenaria, com pequenos recortes retangulares em sua porção superior, espalhados regularmente, onde grades grossas de ferro pintadas em azul permitiam que o ar circulasse pelo amplo espaço, impossibilitando, ao mesmo tempo, a passagem de qualquer pessoa. O teto era a outra face das tábuas de madeira do piso do hotel fazenda, sustentadas por grossas vigas de madeira sobrepostas às colunas de sustentação.

Assim que seus olhos se adaptaram à penumbra, o sangue de Paulo congelou com a visão que surgiu adiante. Pendurados por ganchos presos às fortes vigas de madeira, corpos jaziam inertes a intervalos regulares entre as colunas de sustentação.

Com o susto, Paulo deu alguns passos para trás e tropeçou em algo atravessado no chão, algo que ele ainda não tinha percebido. Tentou manter o equilíbrio, mas caiu de costas entre dois corpos em condições similares aos demais pendurados: a pele enrugada, descorada, com manchas de sangue seco espalhadas, os olhos fundos vidrados no nada e os cabelos esbranquiçados. Todos pareciam em estado de decomposição, mas, misteriosamente, não emanavam o odor característico. Era como se a vida de cada um deles tivesse sido lentamente sugada.

Repentinamente, Paulo sentiu a mão de um dos corpos agarrar seus pés. De imediato, sentiu tontura e fraqueza, como se sua energia vital estivesse sendo drenada em uma velocidade absurda. Desesperado, ele se sentou no chão e chutou a terra na tentativa de se livrar do cadáver que o segurava e se afastar dele o máximo possível.

Paulo não teve dificuldade em se livrar do cadáver e se arrastou até sentir o frio do concreto de uma das colunas em suas costas, colocando-se a uma distância segura. Aquele corpo esquelético, porém, não se deu por vencido; virando-se em direção ao jovem, começou a rastejar com muito esforço. A cada movimento, porém, novas rugas rasgavam seu rosto e seu corpo, ao mesmo tempo em que as já existentes se aprofundavam ainda mais. De algumas delas escorriam filetes de um líquido espesso e avermelhado. Sua pele perdia cada vez mais a coloração, um contraste vívido com o sangue escorrendo. Aos poucos, o tom da derme do cadáver tornava-se da mesma cor dos demais.

A boca daquela figura se mexia de forma quase imperceptível, como se quisesse dizer algo, mas som nenhum saía de suas cordas vocais. Paulo, no entanto, não precisou ouvir nada para entender o que ela dizia:

– Me ajuda!

O corpo rastejante ficou imóvel. A cabeça apoiada contra um dos braços esticados. A pele agora estava exatamente da cor dos outros corpos. Das rugas profundas, dos olhos e das narinas, o sangue escorria, manchando os cabelos longos esbranquiçados e escorrendo para o chão de terra.

Com o cadáver à sua frente, Paulo não conseguiu desviar o olhar. Apesar de estar todo deformado, havia algo de familiar naquela pessoa. Ele achava que já tinha visto aquele semblante em algum lugar. E realmente tinha: em uma fotografia no escritório do hotel fazenda.

Levantando a cabeça para os corpos pendurados, Paulo foi invadido pela convicção de que todas aquelas pessoas cujos arquivos com fotografias ele vira estavam ali. Pelo menos, quase todas. Gustavo jazia no chão da recepção, e Cláudia poderia estar ali, irreconhecível entre aqueles cadáveres, por mais que ele achasse improvável. Apesar das possibilidades indicarem o contrário da mensagem recebida pelo rádio amador, ele queria acreditar que ela estava apenas desaparecida. Rafael era seu principal suspeito para tudo o que ocorrera naquela noite.

Ainda sentado, olhando aterrorizado para todos aqueles corpos, Paulo se perguntou o que teria acontecido com eles. Ele não fazia ideia de como um corpo entrava em decomposição e ficava daquela maneira, sem exalar o odor característico de putrefação. E o que o deixou ainda mais intrigado foi o cadáver que se arrastara em sua direção; ele não conseguia imaginar como um corpo naquele estado ainda poderia se mexer.

A lembrança da tontura e da fraqueza que sentira acendeu dentro dele uma chama elucidativa capaz de explicar a causa da morte, resumida em duas palavras: energia vital. De alguma maneira, a energia vital daquelas vítimas fora lentamente roubada de seus corpos. Aquela era, com certeza, a pior morte que se podia imaginar, pois, enquanto ainda houvesse um lampejo de energia dentro delas, a vida continuaria a animar o corpo deteriorado. As únicas dúvidas que lhe restavam eram: para quê e por quem. Não acreditava que Rafael tivesse a capacidade, nem o conhecimento necessário para tal.

Mas não seria sentado ali que ele chegaria a essas respostas. Muito menos encontraria a saída daquele lugar amaldiçoado.

Colocando-se de pé, ele caminhou por entre os corpos pendurados de volta ao lugar dos escombros e olhou para localizar por onde havia caído. Para ele, era a saída mais provável. Talvez a única. Percebeu a escada quebrada sob o piso e viu o balcão tampando o buraco de acesso à recepção. Mas isso não seria um problema para ele. Ainda mais porque o balcão não cobria todo o buraco. Havia uma área livre onde, com um salto, Paulo conseguiria se agarrar e, com muito esforço, puxar o corpo para cima.

Ao chegar bem embaixo da passagem parcialmente bloqueada, Paulo sentiu uma brisa suave, fria, que entrava pela única fresta entre o buraco e o balcão caído. Ignorando o fato, ele pulou para cima, com os braços esticados. Seus dedos quase alcançaram a beirada do buraco antes de seu corpo cair em pé sobre a terra fofa.

Paulo tentou mais algumas vezes. A cada tentativa, porém, seus dedos ficavam cada vez mais distantes da superfície. Era como se ele estivesse perdendo as forças. Ele não percebeu, no entanto, que era a força daquela brisa que aumentava de forma inexplicável, tornando-se uma resistência praticamente imperceptível à sua tentativa de fuga.

Ele, porém, não desistiria. Precisava sair de lá. Ajoelhando-se e apoiando as mãos contra o chão de terra, Paulo fechou os olhos e tentou canalizar a energia em seu corpo. Sentiu um fluxo diferente fortalecendo suas pernas e braços. Quando abriu os olhos, eles emitiam um estranho brilho azul. E saltou.

A brisa que atravessava o pequeno buraco também aumentou e tornou-se uma corrente de ar forte a ponto de emitir um assobio característico conforme atravessava a fresta. O deslocamento do ar era tão intenso que Paulo não foi simplesmente impedido de alcançar a superfície; ele foi jogado com violência contra uma das pilastras no interior do porão. Assim que se deu o choque, o gancho pendurado na pilastra atravessou pelas suas costas, a ponta saindo pelo seu ombro esquerdo, deixando-o suspenso, desacordado e com um filete de sangue escorrendo pelo canto de sua boca.

A ventania agora invadia todo o porão. Era tão forte que as lamparinas presas às paredes foram arremessadas contra o teto, contra os corpos pendurados e contra as pilastras, caindo ao chão, o impacto quebrando os vidros que envolviam o fogo em seu interior. As chamas que caíram na terra logo se apagaram, porém, as que atingiram a madeira e os corpos iniciaram um fogaréu que rapidamente se alastrou.

Paulo despertou rapidamente, assustado. Seu corpo transpirava pelo calor. A dor em seu ombro era lancinante. Seus olhos viram as chamas que o cercavam por todos os lados. Ele tentou se mexer, mas a forte dor o impediu de sair do lugar. Ao ver a ponta do gancho saindo pelo seu ombro, ele entendeu que estava pendurado da mesma forma que os outros cadáveres.

Mas não se entregaria. Não se permitiria ser mais uma vítima daquela magia negra. Ignorando a dor quase insuportável, Paulo levantou os braços e se agarrou à viga sobre sua cabeça, cada braço passando por um lado. Seus dedos se cruzaram e ele puxou seu corpo para cima.

A ponta do gancho atravessado em seu ombro desapareceu para dentro de seu corpo tão logo ele deu o impulso. Tamanha foi a dor que Paulo soltou um grito longo e agonizante conforme o metal se mexia lentamente dentro dele. Seus dedos, suados, escorregavam. Seus braços, tremendo por causa da força que ele fazia, não aguentaram o peso de seu corpo e se soltaram da viga. Seu corpo voltou a cair. O gancho rasgou mais carne e pele ao atravessá-lo novamente. Os braços caíram soltos ao lado do seu corpo. Ele cuspiu sangue no chão antes de sua cabeça pender para o lado.

Paulo recobrou a consciência alguns segundos depois. O fogo já havia consumido boa parte do porão, inclusive parte do caminho que dava acesso ao buraco no teto. Ele sabia que teria de procurar outra saída, mas primeiro precisava se livrar daquele gancho. E teria de ser rápido. A fumaça começava a tomar conta do ambiente.

Deixando-se levar por uma nova onda de energia e determinação, Paulo se agarrou novamente à viga sobre sua cabeça e tentou levantar o corpo. Lançou o mesmo grito de dor agonizante quando o gancho se mexeu. Seus braços novamente fraquejaram e começaram a tremer. Mas ele não se entregaria. Colocando toda a sua energia naquele grito, ele estreitou os olhos, um brilho intenso de azul surgindo neles, enquanto o gancho atravessava a ferida. Fortalecido, continuou se impulsionando para cima.

Naquele momento, Paulo não tinha consciência. Ele não sentia nada. Ele não via nada. Naquele momento, ele era pura magia.

O gancho saiu por completo de suas costas, restando apenas o sangue fresco. Os braços enfraquecidos se soltaram da viga e ele caiu de joelhos no chão, o corpo se arqueando enquanto a mão direita ia direto até o ombro perfurado. Uma sensação de irritação em sua garganta o dominou e ele começou a tossir, cuspindo mais sangue sobre a terra.

Ele precisava mais uma vez conjurar um feitiço de cura. Mas não tinha tempo. O fogo já havia tomado quase tudo ao seu redor. A única saída que conhecia estava bloqueada pelas chamas. Um pedaço do teto caiu praticamente ao seu lado, mostrando a ele que o fogo já chegara ao hotel acima dele. Olhando ao redor, procurando uma saída, seus olhos recaíram sobre a janela mais próxima, selada por uma forte grade de ferro com pequenos vãos onde caberiam apenas seus dedos. O tamanho da passagem era muito justo, mesmo com o braço esticado, mas era sua única opção. Ou então morreria ali.

Paulo se levantou com dificuldade e correu, desviando de pedaços de madeira em chamas que caíam do teto enquanto ele avançava. Com um salto, conseguiu atravessar seus dedos pelos vãos da grade. Com os pés apoiados contra a parede, seu corpo todo transpirando por causa do calor, seu ombro perfurado pelo gancho lhe trazendo uma dor agonizante que tentava ignorar, ele puxou a grade com toda sua força. Sentiu-a se mover alguns centímetros antes de travar. Colocando ainda mais força, seus dedos vermelhos em decorrência da pressão que fazia, alguns até se cortando superficialmente entre a grade de modo a tingi-la com um vermelho vivo, Paulo deixou um grito escapar involuntariamente por sua boca e conseguiu arrancá-la do lugar, abrindo passagem para o gramado encharcado pela chuva do lado de fora.

Paulo jogou a grade de ferro no chão e pulou, agarrando-se na estreita janela, que agora estava aberta. Com muito esforço, puxou seu corpo para cima, rente à parede pelo lado de dentro. Quando sua cabeça alcançou a abertura, ele mudou um dos braços de posição, atravessando-o pela pequena abertura e agarrando-se na extremidade superior e oposta da passagem. Depois fez o mesmo com o outro braço, sentindo a parede interna roçar suas costas enquanto se impulsionava para fora do buraco.

A dor no ombro e nas costas não existia mais. Sua determinação em sobreviver era maior. Pelo menos por enquanto. Com muito esforço, ele passou a cabeça. Depois o tronco. E, por fim, as pernas.

Livre do porão infernal, Paulo se deitou no gramado molhado, deixando a chuva cair sobre seu rosto. Aquela sensação era muito prazerosa. Ele finalmente tinha se livrado do perigo. Mais uma vez havia escapado da morte e estava, finalmente, fora daquele lugar amaldiçoado. Agora, tudo o que precisava era se levantar e encarar a longa caminhada de volta à cidade de Cafelândia, provavelmente como o único sobrevivente. Felizmente, o hotel ardia em chamas e a partir de agora ninguém, nunca mais, colocaria os pés ali.

Mas, diferente do que Paulo pensava, ainda não havia terminado. Em meio ao barulho da chuva, ainda deitado no gramado, Paulo ouviu passos de alguém se aproximando. Pelo canto dos olhos, uma figura com forma humana, porém envolta em uma luz alaranjada, parecendo em chamas, mas sem o calor emanado pelo fogo, se aproximou dele a passos rápidos e parou ao seu lado.

Muito ferido, Paulo tentou se levantar para enfrentar aquela nova ameaça. Apoiou os joelhos flexionados e os braços esticados contra o chão, seus dedos encravados na terra molhada, a cabeça baixa, olhando fixamente para a grama entre seus braços, enquanto juntava forças para se levantar.

– Você nunca se dará por vencido? – Paulo ouviu uma voz lhe perguntar.

Sem ter a chance de responder, Paulo sentiu o impacto da mão daquele ser estranho contra o seu queixo. Seu corpo desabou no chão. Sua respiração ficou mais pesada. Paulo viu quando seu agressor parou bem ao seu lado, levantando um dos pés de forma ameaçadora antes de descê-lo rapidamente sobre seu rosto. Depois disso, sentiu apenas o doce abraço da inconsciência.

28

Foi muito difícil atravessar a estrada enlameada, mas Leonardo finalmente conseguiu chegar ao hotel fazenda. Seu alívio, porém, foi momentâneo. Quando viu a caminhonete em chamas, a sensação de que algo estava errado o invadiu. O que era para ser apenas uma simples missão de resgate agora parecia algo muito maior. Algo que ele não esperava, mas que também não o faria desistir. Ele não podia fracassar. Muita coisa dependia do sucesso de sua missão. E toda sua experiência agora seria necessária.

Parando o carro a certa distância das chamas, Leonardo conferiu suas armas: duas pistolas semiautomáticas presas aos coldres, cada uma em uma perna, ao alcance das mãos. Não sabia o que tinha acontecido ali, mas também não podia se arriscar. Depois de se munir adequadamente, pegou uma bolsa preta e passou a alça em diagonal por sobre a cabeça, deixando-a caída em suas costas. Abriu a porta do veículo e desceu com uma das pistolas apontada para a porta da recepção. Ficou um tempo parado, sob proteção da porta aberta do carro, enquanto seus olhos procuravam por alguma atividade hostil. Nada, porém, chamou sua atenção. Somente então se permitiu avançar.

Com a arma ainda apontada, Leonardo se aproximou lentamente do carro em chamas, seus olhos varrendo toda a escuridão à procura de qualquer movimento. Chegando ainda mais perto, notou que a porta do motorista estava aberta, indicando que alguém ainda estava lá dentro ou saíra após a explosão. Sua experiência indicava a grande possibilidade de encontrar um corpo, possivelmente carbonizado, no interior do veículo em chamas ou, pelo menos, nos arredores.

Flexionando um pouco os joelhos, olhou para o interior do veículo. Nada. Seus olhos começaram a varrer o chão à procura de um possível corpo. O que viu, porém, foi mais alarmante do que encontrar alguém morto: havia marcas no chão que indicavam alguém se arrastando para longe do carro. Leonardo acompanhou o sulco formado na grama molhada até o rastro gradativamente se transformar em pegadas, como se uma pessoa tivesse rastejado para longe e, misteriosamente, se levantado e começado a andar.

Intrigado, Leonardo pegou uma lanterna em seu bolso e iluminou a pegada. Agachando-se ao lado dela, colocou a mão sobre a grama amassada. Imediatamente sentiu seus dedos esquentarem um pouco. A marca da pegada no solo estava mais quente que o terreno em volta dela. Um olhar mais atento revelou ainda a grama chamuscada, como se a pessoa estivesse ardendo em chamas enquanto caminhava.

Leonardo se levantou e seguiu lentamente, acompanhando as pegadas em direção à entrada do hotel. Imaginava que encontraria um corpo caído logo mais à frente. Porém, ao alcançar o concreto, as marcas no chão simplesmente desapareceram. Nenhum corpo foi encontrado.

– Mas o que está acontecendo aqui? – Leonardo se perguntou.

Segurando a arma em uma das mãos e a lanterna na outra, os braços esticados e os punhos cruzados, Leonardo iluminou o interior da recepção enquanto caminhava lentamente em direção a ela, seus olhos experientes varrendo todo o ambiente, atento a qualquer perigo que o espreitasse nas sombras.

Ao atravessar a porta, Leonardo iluminou o local com a lanterna. O lugar estava uma bagunça. O balcão estava caído, as poltronas viradas, o lustre estraçalhado no chão e um corpo caído perto da entrada. Sob suas botas havia uma poça de sangue.

Leonardo direcionou o feixe de luz para o corpo caído ao lado do piano. Não parecia ser aquela pessoa o objetivo de sua missão. Seu alvo estava acompanhado de alguns amigos, e aquele poderia muito bem ser um deles. Mas, se, eventualmente, fosse o objeto de sua missão, ele nada mais poderia fazer. Havia, porém, algo muito errado ali e, para que não fracassasse totalmente, caso seu alvo já estivesse morto, ele tentaria ao menos descobrir o que acontecera. Seu contratante merecia isso.

Desviando o foco de sua lanterna, passou o feixe de luz pelo lustre caído antes de alcançar as poltronas viradas. Um brilho rápido e avermelhado chegou aos olhos de Leonardo logo após a mobília tombada: mais sangue. Intrigado, verificou se aquela mancha vinha do corpo caído próximo ao piano. Porém, ao passar a lanterna pelo piso, percebeu que não havia qualquer ligação entre as duas manchas de sangue. Com a mente fervilhando de possibilidades, desconfiou de que alguém pudesse ter se ferido ali seriamente, mas talvez ainda estivesse vivo em algum lugar.

Um assobio repentino tirou Leonardo de seus pensamentos. Rapidamente, ele dirigiu o feixe de luz em direção ao balcão caído, de onde vinha o estranho barulho. Com a arma apontada naquela direção, caminhou lentamente, atento a qualquer possível movimento. Contornou a mobília virada e percebeu que, além da luz de sua lanterna, uma outra fonte de luz vinha de algum lugar abaixo dele, atravessando uma estreita fenda no chão, sob o balcão tombado.

Leonardo se ajoelhou ao lado do buraco e colocou a mão perto da passagem. Sentiu a força do vento que atravessava aquele vão, passando pela fenda estreita, para o que parecia ser um porão. Desconfiado, manteve-se ali em silêncio por alguns minutos, esperando ouvir algum possível sinal de vida. Porém, tudo o que ouvia era o som do vento passando pela fresta.

Não havia ninguém ali. Para Leonardo, o lugar parecia mais uma casa mal-assombrada do que qualquer outra coisa. Pensou seriamente na possibilidade de não haver ninguém vivo ali dentro. Mas, antes, precisava ter certeza disso.

Ao se levantar, a luz da lanterna acompanhando os movimentos rápidos de suas mãos, Leonardo descobriu ao seu lado uma porta aberta que, até aquele momento, havia passado despercebida. Direcionando a lanterna e com a arma empunhada, ele caminhou a passos lentos até se aproximar do batente, onde parou para perscrutar a sala com seu olhar treinado.

Percebendo que não havia perigo, Leonardo entrou. O ambiente se parecia com uma biblioteca. Sobre a mesa comprida ele viu livros espalhados, alguns abertos, outros fechados por tiras laterais que terminavam em um ferrolho enferrujado. Um sorriso imediatamente se abriu em seu rosto. Aqueles livros se pareciam muito com os que um outro cliente havia pedido. Só precisava ter certeza de que eram aqueles.

Leonardo colocou a arma sobre a mesa e, segurando a lanterna com a mão esquerda, pegou seu celular, onde pôde ver as fotos enviadas pelo solicitante. Comparou as imagens com os livros à sua frente. Aqueles que estavam fechados batiam exatamente com os apresentados nas fotos. Fechando os livros abertos com cuidado, percebeu que também eram idênticos aos exemplares que seu contratante solicitara. Sorriu com a sorte de ter encontrado todos no mesmo lugar, de forma tão fácil. Ele já podia ver o dinheiro fácil chegando em sua conta bancária.

Porém, ao observar as fotos novamente, Leonardo percebeu que um dos livros estava faltando. Bufou ao apontar a lanterna para as inúmeras prateleiras. Para completar essa missão, ele teria de olhar estante por estante. Faria isso depois de guardar os livros sobre a mesa na bolsa presa ao seu corpo.

De maneira descuidada, Leonardo pegou o primeiro livro. Porém, o alerta de seu solicitante reverberou em sua mente: "Esses livros contêm um poder inimaginável. Saiba que a capa deles foi forjada com pele humana de sacrifícios voluntários. Não subestime o poder que eles contêm. Guarde-os com muito cuidado e de forma bem protegida".

Lembrando as recomendações, ele abriu a bolsa e retirou alguns sacos de tecido preto. Agora com mais cautela, Leonardo pegou cada livro, ensacou individualmente e só então os colocou, com muito cuidado, dentro da bolsa.

Quando terminou, gotas de suor escorriam pelo seu rosto. A princípio, ele pensou ser por causa da tensão de mexer com aqueles artefatos tão perigosos. Mas um ouvido mais apurado, somado a treinamento e experiência, o alertou para a possibilidade de um perigo ainda maior, até então invisível para ele. Mantendo o silêncio e a concentração, ele ouviu o estalo característico de madeira seca queimando. Um cheiro de queimado alcançou suas narinas. Apurando um pouco mais seus sentidos, ele percebeu como a biblioteca estava mais quente do que antes.

Seus olhos se arregalaram quando o pensamento ameaçador lhe invadiu a mente: "O lugar está em chamas!".

Leonardo passou novamente a tira da bolsa por sobre o ombro e sentiu o peso dos livros quando a colocou em suas costas. Rapidamente guardou o celular no bolso do colete, pegou a arma e se dirigiu à porta, decidido a abandonar o local o quanto antes. Ele havia dado apenas dois passos quando o piso de madeira à sua frente cedeu. Chamas subiram pelo buraco aberto.

Sem tempo de frear seu movimento, Leonardo saltou. Sentiu o calor das chamas muito perto enquanto passava por cima do buraco. Quando seus pés pousaram em segurança sobre o balcão virado, ele se permitiu respirar um pouco mais aliviado. Fora pego de surpresa por aquele inimigo inesperado, mas, com habilidade, conseguira vencer o obstáculo. Agora, o caminho para a saída estava livre.

Pelo menos era o que ele pensava. Ao pular de cima do balcão e pisar com firmeza no chão, a madeira cedeu sob seus pés, formando uma espécie de rampa, por onde Leonardo escorregou de lado, seu braço esticado para a superfície cada vez mais distante, em direção às chamas do porão.

Pensando de forma rápida, Leonardo largou a lanterna e sua arma para se agarrar, com apenas uma das mãos, à beirada, torcendo para que a outra extremidade do frágil piso aguentasse seu peso. Surpreendentemente, ela se manteve firme; a parte era sustentada por uma viga e uma pilastra parcialmente intactas.

Porém, devido ao impacto brusco e ao peso dos livros, a tira da bolsa que Leonardo trazia atravessada em seu corpo se rompeu. Ambicioso, com medo de perder aqueles objetos que valiam muito dinheiro, Leonardo esticou o braço livre e conseguiu agarrar a tira da bolsa antes que as chamas a engolissem.

Suspenso sobre as chamas por uma de suas mãos e segurando a alça da bolsa com a outra, Leonardo se permitiu respirar mais aliviado. Mas apenas por alguns segundos. Um ruído acima de sua cabeça chamou sua atenção e fez seus olhos se arregalarem. Ele pensava que a outra extremidade estava começando a se romper, não aguentando o peso extra, mas a realidade era bem pior. O lustre caído no chão, até alguns segundos atrás equilibrado entre o piso plano e a placa de madeira tombada, agora cedera para a parte inclinada e ganhava velocidade em sua direção.

Em uma atitude desesperada, ainda segurando a bolsa, Leonardo puxou seu corpo para cima com apenas uma das mãos. Quando metade do seu peito estava sobre a plataforma inclinada, o lustre já estava muito perto dele. Mas daria tempo. "Tem que dar!", pensou. Com um esforço além do comum, Leonardo se impulsionou ainda mais sobre o plano inclinado e se soltou, esticando a mão livre para alcançar a superfície firme e plana do piso da recepção.

Seus dedos alcançaram a superfície, dando a Leonardo uma segurança parcial, a bolsa ainda pendurada em sua mão. Quase no mesmo instante, o lustre alcançou a extremidade onde Leonardo estivera havia apenas alguns segundos. Quando o pesado objeto caiu, a parte inclinada do piso, sustentada apenas por uma das extremidades, cedeu e aquele pedaço também mergulhou nas chamas.

Suando e com a respiração ofegante, Leonardo fez mais um esforço para jogar a bolsa de volta ao piso firme acima dele. Depois, se impulsionou para cima, saindo do buraco por muito, muito pouco. Mas ainda não tinha acabado. O piso, frágil por causa do fogo, poderia se romper novamente a qualquer momento. Ele precisava sair dali.

Leonardo se levantou rapidamente, agarrou a bolsa e correu para o lado de fora. Pulou os dois degraus da varanda e continuou correndo em direção ao seu carro. Quando se aproximou do veículo, longe dos riscos trazidos pelo fogo, o mercenário, ainda segurando a bolsa, gesticulou com a mão livre enquanto gritava para a casa consumida pelas chamas:

– Você tentou me impedir de sair com estes livros, mas eu sou mais forte do que você!

Então soltou um urro de comemoração. Leonardo não chegou a encontrar o alvo, mas, depois de tudo o que tinha visto dentro daquele hotel, não havia como aquele garoto ainda estar vivo. Pelo menos aqueles objetos valiosos lhe renderiam um ótimo valor. E isso, para ele, era mais do que suficiente. Nem o livro perdido, consumido pelas chamas, o único que faltava na coleção espalhada sobre a mesa, trazia a ele a sensação de que falhara.

Ainda em êxtase, Leonardo colocou a sacola com os livros dentro do carro e, antes de entrar no veículo, olhou mais uma vez para o lugar em chamas a tempo de ver o telhado cair quase por inteiro, aumentando momentaneamente as labaredas.

Sem se aguentar, ainda gritou:

– Eu venci!

Leonardo entrou no carro, deu partida e tomou o rumo de volta à cidade, acreditando ter um retorno mais tranquilo, agora que a chuva tinha parado. Era, porém, uma crença vazia.

29

Depois de horas de trabalho intenso, movido pela forte determinação de ter sua esposa de volta ao seu lado, Daniel finalizou todos os preparativos conforme as indicações do misterioso livro. No chão, ele fizera uma circunferência perfeita com seu próprio sangue, retirado de um corte comprido e profundo na palma da mão esquerda, feito intencionalmente com a adaga. Dentro do círculo, ele ainda desenhou um pentagrama e algumas inscrições misteriosas, conforme o desenho no livro o orientava a fazer. Por fim, o catre onde o caixão de Irene descansava foi colocado no centro da circunferência, a cabeça voltada para o lado do pedestal onde o livro se encontrava.

Terminado o desenho e posicionado o caixão, Daniel distribuiu cinco velas ao redor do círculo, cada uma em uma cor específica, posicionando-as no lugar exato onde cada ponta do pentagrama encontrava a circunferência. Ainda conforme o livro, ele encontrou uma tigela de barro, um item necessário para a realização do ritual, a encheu com água e a colocou no catre ao lado do caixão.

Com a sala preparada conforme a indicação das páginas amareladas do livro, Daniel vestiu o manto escuro e colocou o capuz sobre sua cabeça. A sombra que cobriu o seu rosto naquele momento lhe trouxe uma vibração esquisita e prazerosa ao mesmo tempo. Ele se sentia o homem mais poderoso de todo o universo.

Pegou a adaga e, mais uma vez, foi ao livro, tomando ciência do que deveria fazer na sequência. Decorando as palavras escritas, Daniel se aproximou da primeira vela. Ele deslizou a lâmina pela palma da mão esquerda, fazendo o corte já exposto sangrar novamente. Fechando a mão cortada em punho sobre a vela, ele fez uma gota de sangue escorrer, ao mesmo tempo em que entoava as palavras decoradas do livro. Quando a gota de sangue atingiu a vela, ela se acendeu, trazendo a ele uma sensação de pavor. Uma brisa leve acariciou o seu rosto, transformando o pavor em estranho prazer. Um sussurro atormentado, carregado de lamento, sofrimento e dor, alcançou seus ouvidos, fazendo aumentar ainda mais a sua sensação de prazer. Não se contendo com tamanho poder em suas mãos, ele se permitiu abrir um sorriso. Estava gostando daquilo.

Caminhando no sentido anti-horário por dentro da circunferência, Daniel repetiu o procedimento nas outras quatro velas dispostas ao redor dele e do caixão, cada uma trazendo-lhe novas sensações de prazer pelo poder que estava à sua volta. Algo lhe dizia que, para ele conseguir fazer esse ritual e trazer sua tão bela amada de volta, pessoas tiveram de ser sacrificadas. Mas isso não o incomodou nem um pouco. Pelo contrário, ele agora conseguia dar razão ao prazer. Ter em suas mãos o poder de decidir quem deveria viver e quem deveria morrer era maravilhoso. Tamanha era sua satisfação que seu sorriso doentio se transformou em uma gargalhada carregada de pura satisfação maldosa.

Quando a última vela foi acesa, todas as luzes do ambiente começaram a piscar de forma frenética até que todas as lâmpadas estouraram, espalhando cacos de vidro para todos os lados e mergulhando o ambiente em uma escuridão natural. Porém, por pouco tempo. Quase que imediatamente, a circunferência e as linhas de sangue que formavam o pentagrama brilharam intensamente, refletidas na expressão de pura satisfação que, naquele momento, marcava as feições de Daniel.

A primeira etapa do encantamento estava concluída. O sigilo estava fechado. Agora era hora de iniciar a segunda fase.

30

Deitada no leito do córrego sob o céu escuro, sem chuva, a cabeça apoiada sobre a pedra na qual batera ao cair, somente com o rosto acima da superfície, os cabelos negros dançando suavemente no fluxo da correnteza, Raquel mantinha os olhos fechados enquanto canalizava a energia de cura até sua completa recuperação. As feridas não sangravam mais. As escoriações pelo corpo já estavam quase todas fechadas. Mesmo assim, ela ainda não estava pronta para retomar a batalha.

Repentinamente, uma sensação estranha a atravessou, tirando-a de seu estado de meditação. Raquel abriu os olhos, assustada. Era como se todo o ar à sua volta tivesse sido sugado. Imediatamente, ela reconheceu aquela oscilação em seu campo energético. Alguém, em algum lugar da cidade, estava fazendo uso de magia negra. Era uma magia muito poderosa, que ela jurara combater com sua vida, se fosse necessário.

Ela não podia mais ficar ali, ausente da batalha, enquanto um ritual de magia tão poderosa estava sendo realizado nos arredores. Mesmo não estando pronta, ela precisava se apresentar novamente na linha de frente. Ela precisava cumprir o seu juramento perante à Ordem das Rosas Negras e defender aquele mundo contra a energia das trevas. Recuperar-se por completo não era mais uma opção diante da urgência do momento. Ela precisava retornar.

Com o corpo frágil preenchido pela determinação, fortalecido por um juramento, Raquel sentou-se no leito do córrego, seus cabelos encharcados caindo pelas suas costas. Imediatamente sentiu uma forte tontura. Tentando se recuperar, ela piscou os olhos até o mundo ao seu redor parar de girar.

Fortalecendo seus sentidos, ela sentiu o frio em seu corpo. A água tocando sua pele ao percorrer lentamente pelo leito do riacho se tornava mais evidente a cada segundo, conforme o mundo ao seu redor parava de girar. A sensação de suas pernas ainda submersas aos poucos retornou a ela. Estava na hora de se levantar.

Com um esforço, Raquel mergulhou uma das mãos no riacho e se apoiou sobre as pedras do fundo, sentindo uma pressão desconfortável enquanto sustentava todo o peso de seu corpo para se levantar. De pé, sentindo a leve correnteza passando por suas pernas, ela olhou para cima. Uma escalada a aguardava pela lateral inclinada do vale antes de retornar ao local onde fora derrotada.

Determinada, ela se aproximou da margem. Olhou para cima e, com um suspiro carregado, começou a subida em meio ao terreno lamacento.

31

Raquel não foi a única que sentiu a vibração maligna pairando sobre a cidade de Cafelândia. Deitada em sua cama improvisada em uma das salas da escola agrícola, Roberta também sentiu a energia e acordou num sobressalto. As luzes piscavam freneticamente, tornando o ambiente caótico. Suas mãos agarravam com força a beirada da cama e suas pernas balançavam agitadamente de um lado para o outro, enquanto imagens assustadoras surgiam na rápida escuridão formada entre o piscar das lâmpadas.

Primeiro, uma sala fracamente iluminada por velas de diversas cores espalhadas ao redor de um caixão. Depois, um brilho intenso, de coloração avermelhada, que emanava da circunferência traçada com sangue no chão, onde um pentagrama vibrava sua energia maligna sob um caixão. No catre, além do caixão, uma tigela de barro. Ao lado, um pedestal com um livro de magia que ela rapidamente reconheceu. Por fim, uma pessoa vestindo um manto escuro se deliciava com o poder emanado, sua mão segurando uma adaga cerimonial.

As luzes repentinamente pararam de piscar e se estabilizaram acesas, iluminando agora uma Roberta perdida em pensamentos, a expressão séria e preocupada. Seu sangue praticamente congelara em suas veias. Ela, mais do que ninguém, tinha o conhecimento e o dom ancestral para saber que algo muito ruim estava acontecendo. Sentiu as forças malignas se concentrando sobre o que parecia ser um local de velório bem próximo ao centro da cidade. Alguém brincava com magia negra, um incauto sem treinamento nem conhecimento suficiente para fazer aquilo. Se algo desse errado, e era bem provável que isso acontecesse, pois a magia praticada por uma mente despreparada era muito perigosa, toda a existência estaria em risco.

Seu telefone celular tocou imediatamente. Roberta nem precisou olhar no identificador de chamadas para saber quem era e do que se tratava. Assim que atendeu, falou:

– Eu senti também. Não se preocupem, vou cuidar disso. – E desligou.

Roberta guardou o celular e, voltando a agarrar com força a beirada da cama improvisada, perdeu-se no turbilhão de pensamentos que a assolava. Agora ela tinha dois problemas urgentes para resolver: impedir o uso indevido de magia negra e encontrar seu filho, que, até onde ela sabia, ainda estava perdido na cidade ou, no máximo, em seus arredores. Tentando organizar tudo o que passava por sua mente naquele instante, pensou: "Leonardo já teve tempo demais para encontrar meu filho. Por que ele ainda não veio me chamar?".

Desconfiada de que algo estivesse errado, Roberta se levantou e saiu de sua sala como um furacão. Com esse mesmo ímpeto, adentrou a sala adjacente, onde a equipe trabalhava na localização de seu filho. Pelo menos era o que ela pensava. Quando passou pela porta, no entanto, logo viu o agente morto na cadeira, seus olhos vazios fixos no nada. Sobre seu corpo e ao redor da cadeira onde jazia, uma poça vermelha.

Não havia, porém, sinal de Leonardo. Ela poderia até pensar que ele também fora assassinado por alguém, ou levado dali contra a vontade, mas algo lhe dizia que, na verdade, ele executara aquele jovem e se esquivara para longe sem alertá-la. O porquê ela não sabia. Também não queria descobrir. Ela não aceitava esse tipo de traição. Se ela o encontrasse de novo, prometeu a si mesma, o faria pagar da forma que seus ancestrais faziam havia séculos.

Com a responsabilidade da decisão pesando sobre seus ombros, ela teria de escolher entre focar suas energias para encontrar Paulo ou descobrir e eliminar a ameaça de quem estivesse praticando aquele ritual poderoso de magia negra. Apesar de as consequências de abandonar a busca por seu filho serem graves, ignorar o perigo do uso indevido de magia negra seria desastroso para toda a humanidade.

Forçada a fazer uma escolha, mesmo a contragosto, Roberta se pôs a correr. Desceu as escadarias em velocidade, pulando os degraus de dois em dois, às vezes até de três em três, um feito que surpreenderia qualquer um, considerando sua idade. Ao atravessar as portas duplas e sair do prédio da escola agrícola, ela ficou aliviada ao constatar que a chuva finalmente havia parado e seguiu pela larga estrada de pedra, margeada de árvores, em direção ao portão. Antes de alcançar o pórtico ela notou que as grades estavam completamente abertas. Sinal de que Leonardo havia deixado o local de carro. Ao sair, Roberta olhou para a rua iluminada à sua frente à procura de um veículo que pudesse "pegar emprestado". Quando encontrou o primeiro carro estacionado em frente a uma casa com as luzes apagadas, ela sorriu. Aquele serviria.

Ignorando o fato de estar roubando um carro, Roberta se aproximou da porta do motorista. Encostou a palma de sua mão direita sobre a fechadura, enquanto seus lábios se moviam de forma quase imperceptível, emanando um sussurro. Com um estalo, a porta se abriu e ela entrou. Sem perder tempo, fechou-a sem barulho e colocou a mão sobre a ignição; proferiu novas palavras em tom bem baixo, os lábios quase não se mexendo. Outro estalo, e o motor deu partida.

Preocupada, Roberta se colocou em movimento com o carro em direção à região da cidade onde acreditava ser o ponto de origem daquela vibração carregada de energia destrutiva.

32

Raquel e Roberta não foram as únicas na cidade de Cafelândia e em seus arredores a sentir a presença de magia negra em movimento. Paulo sentiu a energia como se uma alta voltagem atravessasse seu corpo, fazendo-o despertar do estado inconsciente em que ficara após ter sido atacado por aquele ser misterioso, brilhando em tom de laranja vivo.

Em meio à escuridão ao seu redor, Paulo olhava para cima e via passar rapidamente vários galhos de árvores, enquanto era arrastado pelo pé; seu brilho alaranjado sendo o único ponto de referência luminosa em meio àquela floresta estranha. Mesmo vendo-o pelas costas, ele o reconheceu: era Rafael. Por mais que já esperasse por isso, o fato de ter suas suspeitas confirmadas o atingiu como um soco no estômago.

Conforme seu corpo era arrastado pelo chão lamacento coberto parcialmente pelas folhas secas que caíam da copa das árvores, pedras e galhos muito finos ao seu redor ocasionalmente batiam em seu rosto e corpo, rasgando sua pele, deixando cortes por onde um filete de sangue começava a escorrer. A chuva, porém, não o castigava mais com tanta violência, devido à proteção natural oferecida pelas copas das árvores.

A dor no ombro e nas costas, onde o gancho havia atravessado, não lhe trazia mais nenhum desconforto. De alguma maneira, mesmo inconsciente, ele fora capaz de se recuperar da séria lesão. O mesmo, porém, ele não podia dizer de Júlia, que estava sendo carregada desacordada sobre o ombro de Rafael. "Será que ela ainda está viva?", ele se perguntou em silêncio.

Antes que Paulo pudesse fazer qualquer tentativa para se livrar, o caminho da floresta se abriu para uma clareira e ele foi arremessado de forma violenta contra o tronco de uma árvore. Ao bater as costas, todo o ar em seu pulmão foi expulso repentinamente com um gemido característico; em seguida, ele caiu no chão lamacento. Seu braço esquerdo pendia em um ângulo diferente, como se houvesse ali uma inclinação muito íngreme no terreno.

A raiva por Rafael ter matado seus amigos e todas aquelas pessoas crescia dentro de Paulo. A vontade era a de partir para a agressão com toda sua energia, mas ele sabia que não seria a melhor estratégia. Ele precisava de um plano, e rápido. Ainda caído, levantou a cabeça suja de barro e correu os olhos ao redor à procura de algum ponto de vantagem para a batalha que estava prestes a começar.

A clareira estava iluminada pelos tons alaranjados que emanavam de Rafael, e Paulo pensou conhecer aquele lugar. Ele já o vira antes, só não conseguia lembrar onde. Não precisou, no entanto, fazer muito esforço. A lembrança lhe veio naturalmente. Aquele era o mesmo lugar onde os escravos haviam sido executados na visão que ele tivera do passado. O vão íngreme onde seu braço pendia perigosamente para uma escuridão absoluta era a entrada da caverna. Acima de onde estava caído, um arco de pedra, tomando quase toda a extensão da clareira, reinava imponente contra o céu tão negro quanto o interior da caverna abaixo dele. A árvore às suas costas, em que batera com violência, estava estranhamente inclinada para o vão negro do interior da caverna. Suas raízes rasgavam a terra, tanto na superfície plana como no terreno inclinado, indicando que estava prestes a cair.

Rafael largou Júlia no chão de qualquer jeito, como se ela não significasse nada. O corpo caiu de forma estranha sobre a lama, as pernas dobradas de lado, o tronco virado de bruços, com os braços abertos. Seu rosto estava de lado, contra a lama. E ali ela ficou, imóvel.

Rafael se virou para Paulo e caminhou lentamente na sua direção, a cada passo diminuindo mais o brilho ao redor do seu corpo até apenas sua mão direita permanecer com a coloração laranja. Sem aquela luz forte, a clareira ficou toda escura.

Paulo se levantou com dificuldade, preparando-se para o seu desafio final. Havia chegado a hora de acabar com os planos de Rafael. Era claro que seu objetivo era trazer o caos e a morte para quem cruzasse o seu caminho naquela região aparentemente tão pacata. Mantendo a perigosa inclinação à sua esquerda, a apenas um passo da escuridão do fundo da caverna, ele fechou os punhos e avançou.

Ao ver seu inimigo se aproximando a passos rápidos, de punhos cerrados, Rafael abriu um sorriso malicioso, com os dentes parcialmente à mostra, antes de se colocar em movimento em direção a Paulo; seu corpo se iluminando todo novamente, como se ele vestisse uma armadura alaranjada de pura energia.

O encontro deles foi violento, tamanha a fúria que ambos sentiam. Paulo, porém, não estava preparado para enfrentar aquela força maligna e ficou facilmente à mercê de seu inimigo. Rafael, valendo-se da vantagem de seus poderes, fechou os dedos de sua mão direita em volta do pescoço do jovem, o levantou no ar e bateu o corpo de Paulo com força contra a árvore. O barulho da madeira rachando e das raízes rasgando o solo enquanto ela cedia um pouco mais para o interior da caverna chegou ao ouvido de ambos.

Rafael apertou ainda mais a garganta de seu inimigo, levantando-o ainda mais, raspando as costas dele contra o tronco de madeira. Em desespero e com dificuldade para respirar, Paulo desferiu socos contra o braço que o apertava, porém sem efeito nenhum. Seus pés se agitavam no ar, debatendo-se sem direção nenhuma, enquanto sua visão começava a ficar turva. Rafael ria e se enchia de energia conforme via o crescente medo da derrota refletido nos olhos arregalados de Paulo.

Não muito distante, Júlia recobrou a consciência. Piscou algumas vezes na escuridão, sem saber onde estava. Sua última lembrança era a explosão da caminhonete, ela e Paulo sendo arremessados no ar, cada um para um lado. Depois disso, o forte impacto da sua cabeça contra o chão e a escuridão total. A sensação do barro entre os seus dedos lhe dizia que ela não estava mais na recepção do hotel fazenda. "Mas onde estou, então?", ela se perguntou.

Com muito esforço, Júlia conseguiu se sentar. A cabeça girava e doía muito. Sem pensar, colocou a mão cheia de barro no local mais dolorido. Ela sentiu seus cabelos grudados pelo sangue seco e um grande calombo perto da nuca, mas não parecia mais estar sangrando. A dor, porém, era lancinante. E a tontura era a pior sensação de todas.

Uma claridade chegava aos seus olhos em um estranho contraste com toda a escuridão ao seu redor. Erguendo a cabeça para o local de onde vinha a luz, ela viu Rafael. Ele brilhava. Iluminado pelo brilho alaranjado, Paulo cerrava os dentes, os olhos arregalados, tentando lutar desesperadamente contra o estrangulamento em sua garganta.

Mesmo fraca, Júlia se colocou de pé. Ela precisava fazer alguma coisa para salvar seu amigo. Ou pelo menos tentar. Cambaleando, a cabeça ainda girando, ela seguiu com dificuldade em direção à luta; caiu algumas vezes no caminho, mas levantou-se novamente e continuou.

Ao se aproximar, sua atenção recaiu sobre a tatuagem de Rafael. Ela pulsava, emanando muita energia. Ela imediatamente compreendeu que aquele era o centro de força de todo o mal no interior do jovem. Decidida a tomar uma atitude e ajudar Paulo, ela avançou contra Rafael para tentar cravar as unhas na tatuagem, na esperança de atingir de alguma maneira aquele fluxo de energia.

Porém, seu intento não foi bem-sucedido.

Ao sentir a presença de Júlia, Rafael girou de lado, sem afrouxar o aperto no pescoço de Paulo, e levantou a mão esquerda a tempo de agarrar com força o punho de Júlia, os dedos dela flexionados como se fossem garras prontas para abrir uma ferida nas suas costelas. Ela tentou se livrar daquele aperto, movimentando seu braço em todos os sentidos, mas ele realmente era mais forte.

Júlia, porém, não se deu por vencida e colocou em prática o último recurso que lhe veio à mente. Caindo de joelhos ao lado de Rafael, seu punho ainda pressionado pela forte mão dele, tentou alcançar a tatuagem com a boca aberta, os dentes perigosamente à mostra. Bastava uma mordida para, em sua crença, ela enfraquecer ou até acabar com todo aquele poder.

Ao perceber sua intenção, Rafael largou o punho de Júlia e, com um movimento rápido e violento, seu punho cerrado encontrou com força o rosto da moça, quebrando seu nariz, por onde muito sangue começou a escorrer, antes de ela cair sentada no chão, urrando de dor. Suas mãos agora cobriam todo o seu rosto em uma expressão de desespero, não só pela dor e pelo sangramento, mas também pela sua impotência diante daquela situação alarmante.

Com um olhar de súplica, em meio aos prantos, ela implorou, a voz abafada por suas mãos:

– Rafael, não faça isso!

Rafael não respondeu. Ele estava aproveitando demais o momento para se deixar levar pelas lamúrias de um ser insignificante. Mas, mesmo ferida, como um último ato de desespero, Júlia tirou as mãos do rosto e estendeu-as em direção a Rafael:

– Por favor, dê uma chance a ele!

Rafael, então, dirigiu o olhar para ela e, abrindo um sorriso carregado de maldade, perguntou:

– A ele ou a você?

Mesmo quase perdendo seus sentidos, a pergunta de Rafael chegou aos ouvidos de Paulo, deixando-o confuso. Por mais que ela tentasse salvá-lo, havia algo estranho ali.

Paulo, porém, não teve tempo de pensar nisso diante da estranha situação que se seguiu. Deliciando-se com o momento, o rosto de Rafael começou a se transfigurar rapidamente em outros rostos. Todos negros, de cabelos compridos (alguns mais do que outros) e barbas longas, algumas grisalhas, outras bem escuras. Apesar das diferenças físicas, todos traziam em suas feições o mesmo sorriso malicioso de Rafael, carregado de deleite, como se estivessem aproveitando cada minuto daquele momento.

De início, Paulo não os reconheceu, apesar de uma estranha similaridade com os rostos que apareceram durante as suas visões. Repentinamente, ele se deu conta de quem eram: os escravos executados pelo seu ancestral. Quem manipulava Rafael, levando-o a sequestrar e matar pessoas inocentes, foi finalmente revelado. Todo esse tempo, o jovem não passara de um mero elo de ligação entre os dois mundos, uma força motriz para os espíritos dos escravos mortos alcançarem seus desejos.

Com uma onda de energia atravessando seu corpo agonizante, Paulo agora compreendia tudo: os escravos executados queriam vingança e não parariam até que o último descendente estivesse aniquilado. O terror e o medo da morte rapidamente tomaram conta dele. Não havia como lutar com tamanho poder. A sede de vingança era uma locomotiva poderosa, quase impossível de ser freada.

Tamanho era o deleite daqueles seres malignos possuindo o corpo de Rafael que os dedos ao redor do pescoço de Paulo se afrouxaram um pouco, aliviando a pressão a ponto de permitir uma possível reação. Agarrando-se a uma linha tênue de esperança, não se entregando sem ao menos lutar, Paulo segurou o braço que o mantinha no ar, a ponta de seus dedos pressionando violentamente a pele de Rafael. Usando esse apoio, ele desferiu diversas joelhadas contra o seu agressor, porém nada fazia efeito. Pelo contrário, controlando a sensação de prazer que sentiam através da possessão de Rafael, os espíritos voltaram a intensificar a sua força.

A consciência de Paulo começou a desvanecer. A intervalos curtos, sua mente oscilava entre o sorriso prazeroso de Rafael à sua frente e a escuridão total. Seus dedos, ainda cravados no braço estendido, começaram a perder a força. Depois, seus braços enfraqueceram e caíram ao lado de seu corpo, balançando involuntariamente para a frente e para trás.

Paulo não tinha mais como lutar. O intervalo de escuridão entre os pontos de lucidez estava aumentando. Estava sem ar. Por mais que abrisse a boca desesperadamente à procura de oxigênio, seus pulmões não se enchiam. Seu coração estava disparado. A pressão em sua cabeça lhe trazia fortes dores. Ele tinha certeza de que era o seu fim.

Buscando suas últimas energias, ele desviou os olhos para Júlia, ainda chorando no chão lamacento, e pronunciou com dificuldade:

– Sinto muito.

33

Em êxtase com todo o poder adquirido, Daniel deu início à segunda parte do ritual para trazer de volta à vida sua doce amada. Aproximando-se do caixão, ele se debruçou sobre o corpo de Irene e, carinhosamente, com o olhar cheio de ternura, passou a mão esquerda pelo rosto dela, falando:

– Sinto muito por fazer isso, meu amor.

Correndo seus dedos pelo braço dela, depois de deslizá-los pelas curvas do pescoço e do ombro, Daniel agarrou o punho dela com força, levantando-o alguns centímetros do revestimento acolchoado do caixão. Com a adaga na mão, ele cortou o dedo polegar dela com um movimento rápido e preciso. Com o mesmo carinho de antes, apoiou novamente o braço dela dentro do caixão, pegou o dedo cortado e o colocou dentro da tigela com água.

Agora viria a parte mais difícil, mas necessária. Com um movimento rápido, Daniel passou a lâmina da adaga em seu punho esquerdo, decepando sua mão. Seu rosto estremeceu, suas feições demonstrando ao mesmo tempo um misto de dor e prazer, sustentado por uma determinação doentia.

A mão amputada caiu no chão. Ele não precisava mais dela. O que lhe importava era o sangue escorrendo da ferida aberta. Apoiando seu punho sobre a tigela, ele esperou o sangue jorrar até tingir todo o líquido de vermelho, a adaga em sua mão direita mergulhada nele, girando no sentido anti-horário para misturar todos os componentes. Enquanto realizava o procedimento, Daniel entoava um cântico aterrorizante.

Quando o dedo cortado de sua falecida esposa afundou em meio ao caldo avermelhado que engrossava, Daniel parou de girar a adaga dentro do líquido. A mistura estava pronta. Mantendo o cântico, com a ponta da adaga molhada com sangue da tigela, ele começou a fazer desenhos por todo o corpo de sua amada, conforme o livro lhe mostrava.

Depois de finalizar, Daniel colocou a adaga de lado e segurou a tigela. Terminando o cântico, ele levou o recipiente à boca e bebeu todo seu conteúdo, não sobrando nada em seu interior, nem mesmo o pedaço do dedo de Irene.

Uma onda de calor intenso o atravessou. A circunferência e o pentagrama desenhados no chão brilhavam ainda mais intensamente. Sobre o caixão, um vórtice se formou a partir de uma nuvem negra que ocupava exatamente o diâmetro do círculo, próximo ao teto. Conforme descia ao encontro do corpo inerte de Irene, um forte vento girava pelo interior do sigilo desenhado no chão, carregado de sussurros de medo e desespero.

Quando a menor extremidade do vórtice tocou a face de Irene, um clarão desceu pelo seu centro em direção a ela. Assim que aquela luz desapareceu no corpo inerte, o vórtice perdeu sua forma, condensando-se no alto em uma esfera negra pulsante de puro poder no meio do sigilo traçado.

Com a mão que lhe restava, Daniel jogou o capuz para trás, deixando-o pendurado em suas costas, para olhar a esfera acima dele. Ele ria loucamente diante de tamanho poder. Agraciado pela energia pulsante, o manto vibrando com a força do vento que girava pelo interior da circunferência desenhada no chão, ele gritou para aquela forma:

– Isso é maravilhoso!

Por um segundo, aquela esfera sugou todo o ar do interior do sigilo e, no instante seguinte, dissipou toda a energia acumulada, derrubando Daniel no chão.

Virando o catre que sustentava o caixão, a energia dissipada da esfera fez com que o corpo de Irene caísse de bruços, inerte. O pedestal que segurava o livro também não resistiu e tombou; na queda, o livro se fechou. O sigilo se rompeu. Imediatamente as linhas traçadas no chão pararam de brilhar. As velas se apagaram. A ventania cessou. O silêncio reinou no interior do ambiente. A magia não estava mais ali.

Contudo, ela não havia se encerrado. Pelo contrário, ganhara força e agora se espalhava como uma onda pela cidade de Cafelândia.

34

A onda de energia perambulava pela cidade e entrava em cada uma das casas, atravessando corpos adormecidos e deixando em cada habitante um fragmento de pura maldade.

Raquel sentiu a energia negra atravessando seu corpo enquanto escalava a lateral íngreme do córrego. Perdendo suas forças, ela não conseguiu se segurar e escorregou pela encosta. Seus pés mergulharam novamente na margem e as águas se revoltaram, a correnteza aumentando.

Arfando, não pelo esforço da escalada, mas por sentir sua energia sugada, ela olhou ao redor e conseguiu ver a onda se espalhando. Ela sabia muito bem o que aquilo significava. Não havia mais tempo. Agora, mais do que nunca, ela precisava ser rápida para chegar ao topo. O mal finalmente fora liberado. A batalha estava prestes a começar. Ela não poderia mais perder tempo.

Determinada, Raquel recomeçou sua escalada.

†††

Não muito longe do vale, Roberta dirigia o carro roubado pelas ruas desertas de Cafelândia, seu olhar e sentidos atentos a qualquer vibração que pudesse indicar o epicentro daquele ritual de magia negra. Quando o encontrasse, acabaria de uma vez com aquela brincadeira perigosa.

Porém, antes que ela chegasse ao seu destino, a energia a encontrou. Ela sentiu cada músculo se retesar quando aquela onda a atravessou. Todo o sistema elétrico do carro se apagou e o motor desligou. O veículo deslizou por alguns metros até parar em meio à rua deserta.

Roberta pegou seu celular e tentou fazer uma chamada de urgência. Precisava reportar o ocorrido o quanto antes. O aparelho, no entanto, estava mudo. O sistema de comunicação havia sido cortado; pelo menos o dos meios convencionais. Mas, para ela, havia outra maneira de se comunicar.

Roberta passou o dedo indicador por todo o contorno do pequeno espelho retrovisor central do carro, seus lábios se mexendo de forma quase imperceptível na escuridão. Nada, porém, aconteceu.

Invadida pela realidade que a cercava, Roberta bateu violentamente seus punhos cerrados contra o volante do carro. Todo tipo de comunicação estava sendo bloqueado por aquela onda de magia que a atravessara havia apenas alguns minutos. Ela estava isolada. A cidade toda estava sitiada, separada do restante do mundo.

Por sorte, ela estava ali e ainda podia fazer alguma coisa para restaurar a ordem no lugar. Estava, porém, sozinha.

†††

A onda de energia passou pela boate no auge da música eletrônica. Em meios às luzes piscantes, rostos ameaçadores surgiam e desapareciam em questão de segundos. Os jovens, já alucinados, se entregaram ao frenesi do momento, energizados. Em vez de se assustarem com as misteriosas aparições, eles gritavam de satisfação pelos efeitos especiais e se soltavam ainda mais ao som psicodélico.

O que eles não sabiam era que aquela onda de energia deixara dentro de cada um deles um fragmento de si mesma, uma bomba-relógio prestes a explodir.

†††

Dirigindo em direção à saída do hotel fazenda, Leonardo viu rostos ameaçadores surgirem repentinamente e se chocarem contra o para-brisa segundos antes de o carro apagar. Uma onda de pura energia o atravessou, fazendo seu lado mais maligno e tenebroso se revirar em seu íntimo, querendo tomar o controle de sua mente e de seu corpo.

Seu olhar repentinamente recaiu sobre a bolsa ao seu lado, com os livros guardados. Sem saber explicar, ele sentiu a vibração daquele material, como se o chamasse para algo muito maior do que ele mesmo, que, até o momento, não tinha capacidade de compreender.

Ele sempre lutara para que essa parte da sua personalidade se mantivesse contida em seu íntimo. Agora, no entanto, agraciado por essa energia maligna, ele não podia ignorar aquele chamado maior.

Com um sorriso malicioso, ele deu novamente a partida no carro. Não ficou surpreso quando ele voltou a funcionar normalmente, como se nada tivesse acontecido.

E, assim, retomou o seu caminho para fora do hotel fazenda.

†††

Paulo, Júlia e Rafael também não foram poupados daquela onda de energia.

Quando a energia atravessou o corpo de Júlia, ela pôde sentir seu medo se esvair, como se tudo fosse se resolver, de uma forma ou de outra. Sua determinação e coragem se fortaleceram e ela sentiu que, depois das coisas horrendas que vivera naquela noite, passaria por cima de tudo e de todos para sair daquele lugar medonho.

Paulo sentiu uma vibração estranha e fechou os olhos, lutando, mesmo em seus momentos finais, contra aquilo que tentava dominá-lo e, de certa maneira, subjugá-lo. Ele não se renderia àquilo, mesmo que lhe custasse seu último suspiro, já que sua vida estava quase terminando.

Rafael sentiu aquela vibração como uma onda de prazer; os espíritos que o possuíam se deleitaram. Levantando a cabeça e olhando para o alto, ele se deixou levar por aquela sensação negra maravilhosa e exclamou:

– Está feito!

†††

Da mesma forma que se condensara e explodira o sigilo ao seu redor, rápida e misteriosa, a onda de energia se dissipou. Ela agora residia no íntimo de cada corpo que atravessara, vivo ou morto. O caos estava apenas começando na pacata cidade de Cafelândia.

35

Quando a onda rompeu o sigilo, a sala do velório voltou a ficar quieta. O vento parou. O poder se dissipara, deixando em seu lugar apenas destruição e caos. Em meio a tudo isso, Daniel, sentado no chão, segurava seu braço do qual a mão fora decepada, o sangue escorrendo sobre o manto, manchando-o. Seu corpo estava parcialmente dobrado sobre si mesmo, balançando lentamente para a frente e para trás, enquanto seu choro descontrolado era o único som naquele ambiente mergulhado nas trevas. Lágrimas escorriam por seus olhos fechados.

Uma pequena parte desse choro era pela dor causada por seu grave ferimento. Mas o que mais machucava Daniel era ver o corpo de Irene ainda caído à sua frente, morto, os olhos vidrados fixos nele, mas sem nada enxergar. Ela já devia ter se levantado, mas seu corpo continuava imóvel. O feitiço dera errado. Tudo o que ele fizera fora em vão. Todo o seu sacrifício não fora válido, apenas o enchera de falsas esperanças. Aquela figura misteriosa o enganara. E agora ele teria de conviver com isso.

Pelo menos era o que ele pensava. Mas tudo mudou em uma fração de segundos. Mãos carinhosas tocaram em seus joelhos, fazendo com que ele abrisse os olhos novamente, trazendo uma visão que o encheu de prazer e fez o seu choro, até aquele momento de tristeza e decepção, se transformar em lágrimas de pura alegria. Um sorriso se abriu em seu rosto. À sua frente, Irene rastejava, seus dedos encostando de leve na perna de Daniel.

Feliz por ter sua esposa de volta à vida, Daniel puxou-a de encontro a ele para abraçá-la. Irene se deixou levar, apoiando a cabeça contra o peito de seu amado, enquanto ele a envolvia com o braço decepado.

– Finalmente tenho você de volta para mim! – Daniel exclamou, sua voz transmitindo todo o êxtase do momento. – A nossa história ainda não acabou!

Irene se soltou do abraço dele e endireitou seu corpo, ainda sentada no chão. Olhando com ternura para o marido, ela colocou suas mãos abertas em torno do rosto dele, antes de falar:

– Meu querido, eu estava em um sono tão tranquilo. Meu corpo estava jovem. Meus cabelos eram compridos de novo. Minha pele não estava mais enrugada. Não havia dor nem sofrimento. Muito menos escuridão. Tudo era luz. Eu me sentia muito feliz onde estava.

Os olhos de Daniel se arregalaram quando ela disse tais palavras. Ele não conseguia acreditar no que ouvia. Depois de tudo o que fizera, de seu sacrifício, ele esperava ao menos gratidão de sua mulher por estar novamente com ele. Abriu sua boca para tentar convencê-la do prazer que sentia ao estar com ela novamente, mas Irene o impediu:

– Não fale nada! – E completou: – Eu estou tão feia aqui. Não quero que você me veja assim! – E virou o rosto de lado, tentando escondê-lo.

– Você continua linda, como sempre. – Daniel tentou encorajá-la. – Eu...

Porém, ele não conseguiu terminar sua frase. Com um movimento rápido, Irene virou a cabeça dele ao contrário. O estalo do pescoço quebrando ecoou pela sala. O corpo de Daniel caiu de lado no chão, o olhar fixo no nada às suas costas.

Imediatamente Irene se colocou de pé. Ainda olhando para o corpo de Daniel caído aos seus pés, revelou a verdade até o momento não dita:

– Uma vida por outra vida.

Irene, porém, não pretendia parar em sua primeira vítima. Todo o prazer por ter tirado uma vida fazia seu corpo vibrar. Matar a enchera de satisfação. Nunca se sentira tão poderosa. Ela queria mais. Muito mais.

Movida exclusivamente pelo prazer de matar, Irene arrastou os pés pela sala até alcançar a grade fechada. Lentamente, envolveu seus dedos ao redor dela e a empurrou para o lado. O cadeado se rompeu com facilidade e a grade correu pelo trilho até bater com força contra a parede no final de seu curso, o som de metal ecoando pelo ambiente e adentrando a noite. Pendurada à grade, a corrente balançava de um lado para o outro, o som do metal batendo tornando-se cada vez mais baixo, até desaparecer.

Irene pisou na calçada e olhou para cima, sentindo a brisa da noite. Ela finalmente estava livre.

36

Nos arredores da pequena cidade, dois rapazes malvestidos, o mais velho com pouco mais de vinte anos, enquanto o mais novo não parecia ter mais do que quinze, pularam o muro baixo do cemitério de Cafelândia na intenção de saquear túmulos, à procura de dentes de ouro, placas de bronze ou joias que os familiares às vezes colocavam junto dos mortos, no caixão, por questões emocionais. Qualquer outra coisa de valor, até mesmo roupas ainda bem conservadas, também era alvo dos ladrões, tamanha a miséria em que viviam.

O cemitério ficava em um bairro afastado, nos arredores da cidade, alocado em um amplo terreno que ocupava o quarteirão todo. Além de seus portões, havia um enorme estacionamento. Mais além, uma estrada separava a morada dos mortos da civilização.

Como era o único cemitério da cidade, pessoas de todas as classes sociais estavam enterradas ali. Os mais pobres tinham túmulos mais simples, uma estreita construção de cimento, às vezes adornada com azulejos de cores variadas, onde os caixões eram colocados de maneira bem desordenada. Já os mais ricos possuíam túmulos sofisticados, com divisórias para acomodar toda a família. Alguns ainda tinham uma pequena capela para as orações de seus parentes que iam ali em visitas regulares. Como após a morte a riqueza e a pobreza material não importavam mais, os túmulos dos ricos e dos pobres se misturavam em um contraste bem visível ao longo dos três largos corredores calçados de paralelepípedos, interligados entre si por caminhos estreitos de pedra irregular.

Era essa imaterialidade dos mortos que permitia a profanação que aqueles dois rapazes cometiam. Eles viam toda aquela riqueza como uma doação indireta para pessoas como eles, pobres, que não estariam roubando se houvesse outra forma de se sustentarem. Pelo menos – justificavam a si mesmos – não estavam roubando dos vivos. Muito menos cometendo um latrocínio.

Assim que colocaram os pés no cemitério, caminharam juntos pelas construções baixas e chegaram ao primeiro corredor. O mais velho, um mulato alto e magro, de cabelos crespos e escuros, seguiu ao lado de seu parceiro até parar em frente a um túmulo refinado que aparentava ter alguma coisa de valor em seu interior. Fazendo uso da linguagem de libras, passou as orientações para o outro enquanto as sussurrava, um hábito que adquirira ao longo dos anos:

– Você tem meia hora para abrir este túmulo e pegar tudo o que for de valor. Quando terminar, me encontre perto do muro por onde entramos. Você entendeu, Pedro?

Pedro, o irmão mais novo de João, respondeu que sim com a cabeça, seus longos cabelos crespos balançando. Tirando o fato de seus cabelos serem mais compridos, ele e João eram muito parecidos fisicamente.

Caçula da família, Pedro nascera com deficiência auditiva e afonia, e por isso nunca ouvira nem falara. Para ele, a linguagem de libras sempre fora seu meio de comunicação. Devido à sua condição, nunca conseguira estudar. Em uma cidade pequena como Cafelândia, a única escola municipal não estava preparada para lidar com esse tipo de deficiência. Consequentemente, aprender um ofício, qualquer que fosse, ficara impossível, ainda mais porque os moradores não tinham paciência com aqueles que tinham necessidades especiais, como Pedro. Fora João quem sempre cuidara do irmão caçula e quem, na dificuldade de conseguir um prato de comida ou um lugar simples para morar que não fosse uma barraca de lona furada, colocara Pedro no caminho da profanação de túmulos.

Sem perder tempo, Pedro se colocou a trabalhar, alheio ao fato de que o irmão permaneceu parado no lugar por um minuto, olhando orgulhoso para o adolescente. Apesar do orgulho que sentia pelo caçula, ele pedia perdão mentalmente por tê-lo envolvido nessa vida de crimes, mas não havia outra saída. Eles precisavam sobreviver.

Pedro conseguiu abrir a portinhola de acesso às prateleiras dos caixões sem grandes esforços; era apenas um pequeno quadrado na base do mausoléu. Deitando-se no chão, ele se arrastou para dentro, o feixe de luz de sua lanterna desaparecendo no estreito espaço no interior daquela construção.

Ao ver o irmão iniciar o trabalho, João o deixou. Ele tinha um outro túmulo para roubar e ficar ali apenas olhando-o não encheria a barriga deles. Muito menos daria a eles um lugar melhor para viver.

João contornou uma série de túmulos até chegar a outro corredor, seu caminho iluminado apenas pela fraca luz de sua lanterna. Parou em frente a uma construção ostentosa, um mausoléu enorme, de granito preto, com portas duplas de ferro trabalhadas com desenhos de anjos. Aquele seria seu alvo naquela noite. Segurando a lanterna com a boca, colocou a ponta do pé de cabra na junção entre as duas portas e, depois de muito esforço, conseguiu quebrar a tranca.

Ao abrir a porta e adentrar o mausoléu, onde a imagem de Jesus na cruz estava presa à parede sobre um altar com flores recém-colocadas, João sorriu. Entrara no lugar certo. Aquela era sua noite de sorte. Ele tinha a certeza de que sairia dali com o bolso repleto de itens valiosos.

Dando continuidade ao seu trabalho, João se agachou até ver a comprida chapa de ferro, toda trabalhada em alto relevo com anjos tocando trombetas. Diferente das portas duplas da entrada do mausoléu, essa portinhola estava trancada apenas com um cadeado parcialmente enferrujado. Seria fácil quebrá-lo. Bastou uma pancada forte do pé de cabra para o túmulo se abrir.

João abaixou a chapa de ferro com cuidado e puxou o caixão de madeira para fora. Colocando uma máscara para se proteger do mau cheiro, ele o abriu. O odor de putrefação invadiu o mausoléu. O corpo, aparentemente de um homem, vestido com um terno escuro, camisa branca, gravata azul-clara e sapatos pretos desbotados, foi revelado. Olhando bem para o cadáver, João estranhou o fato de os cabelos dele ainda estarem enegrecidos e estranhamente curtos para o tempo que ele supunha estar morto. A pele também estava levemente corada. Os olhos, estranhamente abertos e intactos, pareciam olhar diretamente para o profanador de túmulos.

O rapaz, porém, não se apegou a nenhum desses detalhes. Eles não dariam dinheiro. O relógio de ouro que ele usava no punho, esse, sim, tinha muito valor. Enquanto tirava o objeto do cadáver, ele teve a impressão de estar sendo observado. Um calafrio percorreu o seu corpo quando lhe pareceu que os olhos do morto o acompanhavam enquanto ele o roubava.

– Depois de tanto tempo fazendo isso, vai começar a imaginar coisas, João? – ele se perguntou, sua voz ecoando pelo mausoléu.

Ao retirar o relógio do cadáver, João o examinou rapidamente, avaliando seu valor, antes de guardá-lo em seu bolso. Tateou o cadáver à procura de mais algum objeto de valor, porém não encontrou nada. Faltava, no entanto, mais um lugar para olhar.

João voltou a atenção para o rosto do morto e abriu sua boca. Com a lanterna, iluminou os dentes, à procura de algum que fosse de ouro. E havia um. O último da arcada superior à direita. Sorrindo, ele pegou de seu bolso um pedaço de espelho quebrado e um pequeno alicate para extrair o dente.

Debruçando-se sobre o corpo, João ajeitou o espelho próximo à boca do defunto, de modo a conseguir enxergar em seu interior. Com sua própria boca, ele segurava a lanterna para ajudar. Com a outra mão, ele inseriu o alicate, fechou a ferramenta ao redor do dente de ouro e começou a forçar, mexendo-o de um lado para o outro, tentando arrancá-lo. Conforme movimentava o alicate, a cabeça do cadáver se mexia de um lado para o outro.

Em meio àquele processo, João estranhou quando o espelho embaçou. Considerando que aquele homem estava morto, aquilo não deveria ter acontecido. Mas faltava tão pouco para conseguir arrancar aquele dente que ele ignorou a estranheza da situação e continuou a extração.

Quando o dente se soltou da arcada, um sopro gélido vindo da boca do cadáver arrepiou os pelos de suas mãos antes de atingir de leve o rosto de João. Assustando-se, deu um impulso para trás e se afastou da boca do cadáver. Ele havia conseguido. Ou pelo menos achava que sim. Com o susto, o dente de ouro se soltou do alicate ainda dentro da boca do morto.

– Droga! – João reclamou.

Iluminando a cavidade oral com a lanterna, João viu o dente sobre a língua, quase caindo para a garganta do morto. Por mais que estivesse fundo, ainda era possível pegar. Ou pelo menos tentar. Movido pela ganância, ele colocou, com muito cuidado, dois dedos dentro da boca do cadáver, tentando prender o dente de ouro entre eles e, assim, puxá-lo para fora.

Quando seus dedos encostaram no dente de ouro, um gemido agudo saiu da garganta do morto. João se encheu de pavor e puxou a mão para trás. Porém, foi muito lento. O morto fechou a boca com força, arrancando sangue dos dedos de João. Com um rosnado, aquele homem, que deveria estar morto, começou a balançar a cabeça de um lado para o outro, apertando ainda mais os dedos de João entre seus dentes.

João gritava de dor enquanto tentava puxar a mão da boca do morto. Com a mão livre, ele tateou o chão até encontrar o pé de cabra e, quando seus dedos se fecharam ao redor da barra de ferro, ele começou a bater com toda a sua força contra a cabeça do morto-vivo, abrindo várias feridas e deformando seu rosto todo, os olhos saltando para fora da cavidade ocular, ficando pendurados apenas pelos nervos ópticos. Finalmente, com uma dor quase insuportável, seus dedos escaparam daquela mordida voraz.

O rapaz caiu de costas no chão de paralelepípedos do cemitério, enquanto suas pernas ainda permaneciam dentro do mausoléu, dividido entre o alívio por ter seus dedos livres, finalmente, e a dúvida pavorosa acerca do que estava acontecendo ali. Sob o olhar assustado do jovem, o cadáver, calmamente, colocou as mãos nas bordas do caixão, dedo por dedo, e se sentou, os olhos fixos na parede do mausoléu à sua frente, como se João não estivesse ali.

Repentinamente, ele virou o rosto com uma velocidade incrível, os olhos pendurados fulminando João. Ele abriu a boca lentamente e cuspiu os dois dedos de João no chão. Com um grito de pavor, o jovem olhou para a própria mão. Ela sangrava muito. No lugar onde seus dedos deveriam estar, não havia mais nada.

Assustado e com dor, João se arrastou de costas contra o chão até sair completamente do mausoléu. Num pulo, ele ficou de pé e se pôs a correr, seu corpo um pouco arqueado ao segurar a mão ferida enquanto se afastava do morto-vivo sem ao menos olhar para trás. Em sua mente desesperada, apenas dois objetivos: pegar seu irmão e sair daquele lugar amaldiçoado.

Conhecendo muito bem o cemitério, resultado de muitas noites de profanação, João se manteve o máximo possível fora dos corredores principais, cortando caminho por entre os túmulos em direção ao local onde deixara seu irmão.

Seu caminho, no entanto, não foi fácil. Conforme corria entre os túmulos, mais mortos-vivos se levantavam. Alguns tentavam, em vão, agarrá-lo, caindo no chão com um gemido logo depois. Outros, porém, conseguiam segurá-lo, derrubando-o. Desesperado, João se debatia até se soltar e rapidamente se levantava, voltando a correr, a cada passo chegando mais perto do corredor onde deixara seu irmão. Ele esperava que Pedro estivesse bem.

O corredor onde Pedro tinha ficado estava deserto. Não havia qualquer sinal de mortos-vivos ali. Mesmo assim, ele não diminuiu o ritmo de sua corrida. Precisava chegar logo ao seu irmão para saírem dali. Quanto antes, melhor.

Alheio a tudo, Pedro retornou à superfície, contente pelos objetos que encontrara. Ele havia atravessado apenas metade do corpo para fora quando, pelo canto dos olhos, viu alguém correndo em sua direção, parcialmente debruçado sobre si mesmo, uma das mãos junto de seu corpo enquanto a outra gesticulava alguma coisa. Com a escuridão e a grande distância que os separava, ele não conseguiu identificar a pessoa e muito menos os significados daqueles gestos desconexos.

Não teve, porém, muito tempo para pensar. Repentinamente, mãos fortes agarraram suas pernas ainda penduradas no interior do túmulo, cravando as unhas compridas, rasgando pele e carne, por onde sangue começou a escorrer. A dor foi muito intensa. Se não fosse mudo, Pedro teria gritado para a noite.

Junto da dor, veio o desespero. Tentando se livrar daquelas mãos que começavam a puxá-lo para dentro do túmulo, Pedro chutou loucamente até conseguir se livrar delas e se arrastar pelo chão do corredor do cemitério. Colocando-se sentado por um instante e olhando para o buraco na tentativa de ver quem o agarrara, ele se assustou e se jogou para trás quando o rosto deformado de um morto-vivo repentinamente surgiu pelo vão, a mão esticada tentando pegar a todo custo as pernas do jovem.

Apavorado, Pedro ficou de pé num salto e começou a correr desesperadamente pelo largo corredor na direção oposta ao estranho homem que gesticulava em meio à escuridão.

Vendo seu irmão disparar adiante no corredor, João tentou correr mais rápido. Precisava alcançá-lo. Seu irmão precisava dele. Ele tinha de ajudá-lo a todo custo. Não conseguiu, porém, ir muito longe. Ao passar pelo cruzamento com um dos caminhos estreitos perpendiculares ao corredor principal, muitos mortos-vivos irromperam das sombras e o derrubaram no chão, alguns caindo junto com ele.

Desesperado, ele tentou se levantar, mas muitos dos defuntos o cercaram, todos cravando as unhas pelo corpo de João enquanto o agarravam, sedentos por sangue. Com um grito de agonia, dor e medo, ele esticou o braço em direção ao seu irmão, na vã tentativa de pedir socorro.

O grito que rasgava a noite se tornou mais intenso, carregado de muita dor, quando, um a um, os membros de João foram arrancados pelos mortos-vivos que, vez ou outra, brigavam entre si pela oportunidade de participar daquela chacina contra um único homem. Em questão de segundos, suas entranhas foram rasgadas, seus membros arrancados, seu sangue jorrado para todos os lados.

Para João, era o fim. Quando a horda se afastou, tudo o que sobrou dele foram restos dilacerados de seus membros, espalhados sobre os paralelepípedos, em meio a muito sangue.

Sem olhar para trás, Pedro corria desviando-se dos mortos-vivos que irrompiam dos túmulos ao seu redor, tentando agarrá-lo. Alguns deles conseguiram cravar suas longas unhas no jovem, na tentativa de pegá-lo, rasgando pele e carne por onde mais sangue começou a escorrer. O jovem chegou a se desequilibrar algumas vezes com as investidas, mas apoiava as mãos no chão, recuperando rapidamente o equilíbrio e voltando a correr o mais rápido que podia.

Com muita dificuldade, Pedro conseguiu chegar ao portão do cemitério. Tentou abri-lo, mas estava trancado por fortes correntes e um enorme cadeado. Ele estava preso ali, cercado por mortos-vivos.

Mas ainda havia uma esperança. Não muito longe da entrada, uma viatura da polícia em ronda se afastava lentamente. Desesperado, Pedro se agarrou em duas grades e começou a balançar o portão freneticamente, esperando que o barulho do ferro batendo chamasse a atenção dos policiais. Esperançoso, ele viu o carro fazer a volta lentamente e retornar em sua direção.

Seu momento de alívio não durou muito, transformando-se em dor quando um morto-vivo cravou as unhas no meio de suas costas. Com o impacto, seu rosto e seu peito foram pressionados contra o portão. Em uma última tentativa de pedir socorro, Pedro esticou um dos braços por entre as grades, em direção à viatura que se aproximava lentamente. Com seu rosto prensado, ele abriu desesperadamente a boca, tentando emitir algum som que chamasse a atenção daqueles homens. De sua boca, porém, saía apenas o gesto de um grito inexistente de pavor.

Quando o policial iluminou com o potente farolete o portão do cemitério, não havia ninguém ali. O homem ainda passou o feixe de luz pelo interior do cemitério à procura de algo anormal, mas, sem encontrar nada, desligou o farolete e a viatura se afastou lentamente. Se tivesse olhado direito, focando sua atenção no portão, ele teria visto o sangue que escorria por entre as grades e formava uma pequena poça avermelhada no chão.

Pedro foi arrastado de bruços, pelos pés, pelo mesmo morto-vivo que o atacara anteriormente. Em seu silêncio desesperador, ele tentava a todo custo se agarrar às irregularidades dos paralelepípedos.

Mesmo com o esforço, ele continuava sendo arrastado pelo corredor do cemitério.

Quando o morto-vivo soltou seu pé, Pedro tentou rapidamente se levantar e correr, ignorando a dor que tomava conta de quase todo o seu corpo, mas, quando ainda estava agachado, mãos fortes o agarraram pelo colarinho de sua camisa rasgada e o levantaram. Seus pés balançavam soltos no ar enquanto sangue escorria de suas inúmeras feridas e começavam a manchar o chão.

O morto-vivo aproximou o seu rosto do de Pedro. A expressão dele era de puro ódio. A do jovem, de puro medo. Os olhares se encontraram. O odor de putrefação daquele homem o deixou nauseado. Ele teria vomitado se o terror não fosse maior. Com muito medo do que estava para acontecer, ele balançou a cabeça de um lado para o outro, querendo pedir misericórdia.

– Profanador de túmulos! – balbuciou o morto-vivo, sem saber que o jovem não podia ouvir. O hálito dele era insuportável.

Mesmo não sendo poupado da morte, Pedro não teve sua história encerrada da mesma forma que o irmão. Seu corpo, depois que o sopro da vida se esvaísse, permaneceria intacto para seus familiares o velarem.

Se ele fosse encontrado.

Depois de sentir seu corpo todo tremer de medo perante o olhar inquisidor e fulminante do morto-vivo, Pedro foi jogado dentro de um caixão aberto. Com a força da queda, a tampa se fechou sobre ele, mergulhando-o na escuridão. Muito assustado, ele tentou empurrar a tampa para cima, mas ela nem sequer se mexeu. Desesperado, começou a bater contra a madeira acolchoada, esperando que alguém o ouvisse.

O som de suas batidas dentro do caixão, no entanto, quase não ultrapassava o túmulo de cimento acima dele. Muito menos chegava aos ouvidos do morto-vivo que o colocara lá e que caminhava lentamente para longe, deliciando-se com o terror que levara àquele profanador de túmulos.

Ele, porém, queria mais. Juntando-se aos muitos mortos-vivos que caminhavam pelos corredores do cemitério em direção ao portão, ajudou a horda a romper a grade que os aprisionava. Quando ela caiu para o lado de fora com um barulho ensurdecedor, os mortos se aventuraram pela estrada rumo à cidade de Cafelândia, buscando atender a uma única necessidade: o prazer de matar.

37

Depois que a onda de energia atingiu os três jovens na floresta, Rafael começou a perder suas forças. Um a um, os espíritos malignos que o possuíam, motivados exclusivamente pela vingança, foram deixando seu corpo e mergulhando na escuridão da caverna. O tom alaranjado em torno do jovem começou a perder a intensidade. O aperto no pescoço de Paulo começou a enfraquecer. Seu corpo, agora pesado para o braço que o mantinha no ar, começou a descer lentamente, suas costas roçando no tronco da árvore enquanto seus pés se aproximavam cada vez mais do chão. Sua consciência começou a voltar lentamente, o longo hiato de plena escuridão terminou, dando novamente espaço ao ambiente à sua volta.

O brilho ao redor de Rafael desapareceu por completo após o último e mais perverso espírito deixar seu corpo: o Feiticeiro finalmente se fora. Naquele momento, a tatuagem nada mais era do que uma marca decorativa em seu corpo. Livre da possessão, ele piscou algumas vezes, tentando recobrar sua consciência após muito tempo subjugado. Tudo ainda estava escuro demais para sua visão. Era como se estivesse temporariamente cego. Ele não sabia onde estava nem o que estava fazendo.

Os pés de Paulo logo tocaram o chão. Sua consciência havia voltado quase completamente. O aperto agora era insignificante, fácil de se libertar. Com um movimento rápido, ele empurrou Rafael para trás, soltando-se de vez da mão que o segurava. Livre, Paulo caiu de joelhos, uma das mãos apoiada contra o chão para sustentar o seu corpo enquanto a outra massageava sua garganta. Sem acreditar que ainda estava vivo, ele inspirou com dificuldade, sentindo muita dor conforme o ar entrava em seus pulmões. Não conseguindo controlar o mal-estar que crescia dentro dele, tossiu algumas vezes.

Com a visão alternando entre a escuridão e as imagens que surgiam, flashes eram captados pelo cérebro de Rafael: uma árvore torta à sua frente; um terreno íngreme à sua direita, para onde a árvore ameaçava despencar a qualquer momento; Júlia caída ao seu lado, com os braços esticados em sua direção; Paulo caído à sua frente, passando a mão pelo pescoço...

A imagem de Paulo caído à sua frente o aterrorizava. O que ele havia feito? O que estava acontecendo? Onde ele estava?

Focando seu olhar em um ponto específico, Rafael se aproximou de Paulo e tateou o ar até conseguir apoiar sua mão direita sobre as costas dele. Debruçando-se um pouco para se aproximar do jovem ajoelhado, perguntou:

– Paulo, você está bem?

Paulo virou a cabeça para o lado e viu, pelo canto dos olhos, Rafael se aproximar, tocando em suas costas e perguntando se estava tudo bem, como se nada tivesse acontecido. Estreitando o olhar, transparecendo toda a raiva que lhe percorria o corpo como uma corrente elétrica de pura maldade, Paulo rapidamente se levantou, agarrou Rafael pelo colarinho e o jogou com violência de costas contra a árvore. Sem pensar, cerrou os punhos e começou a desferir socos contra o rosto dele. No primeiro golpe, o nariz de Rafael se quebrou. No segundo, sangue escorreu pelo canto de sua boca. Dois socos depois, um dos olhos dele estava tão inchado que se fechou e Rafael não conseguiria ver nada, mesmo que recobrasse a consciência em sua plenitude. Paulo deu o quinto e último golpe contra o rosto de Rafael e ele caiu de bruços no chão.

Paulo, porém, não aliviou. Extravasando toda a sua ira, chutou Rafael várias vezes, sem se importar com o local onde acertava. A cada chute, uma a uma, a imagem das vítimas, incluindo Cláudia e Gustavo, invadia a mente de Paulo, enchendo-o ainda mais de ódio. Tudo o que queria era descontar a sua fúria naquele jovem, que, possuído ou não, era para ele o responsável direto por tudo o que vinha acontecendo no hotel fazenda havia um tempo.

Júlia, caída de joelhos, ao ver a fúria de Paulo sobre Rafael, gritou:

– Paulo, para!

Paulo ignorou o chamado e continuou chutando o jovem caído. Para evitar um desastre maior, Júlia se ergueu com dificuldade e empurrou Paulo, colocando-se entre os dois, mantendo Rafael às suas costas enquanto encarava o amigo. Mesmo temendo aqueles olhos carregados de ódio, ela o empurrou novamente e berrou:

– Paulo, para! Você vai matá-lo!

Aproveitando que os golpes haviam dado uma trégua, Rafael tossiu algumas vezes e cuspiu sangue. Com muito esforço para que sua voz saísse o mais alto possível depois de tanto apanhar, perguntou:

– Por que você está fazendo isso? O que eu fiz a você?

Paulo avançou novamente, dominado pela raiva. Ele ainda não estava satisfeito. Para ele, Rafael ainda não tinha sofrido o bastante. Júlia tentou segurá-lo, empurrando-o pelo peito com os braços esticados, enquanto seus lábios se moviam urgentemente ao gritar:

– Talvez ele não se lembre de nada!

Paulo a ignorou e a empurrou para o lado, fazendo-a cair e bater a cabeça contra o chão. Não foi o suficiente para ela perder a consciência, mas tudo ao redor de Júlia começou a girar loucamente. Ela até tentou ficar de pé para impedir que Rafael apanhasse mais, mas seus pés não sustentaram seu peso. Desorientada, ela caiu novamente, um sussurro saindo por seus lábios em meio à respiração ofegante:

– Para. Por favor.

Com o caminho livre, Paulo agarrou Rafael novamente pelo colarinho. Levantou-o com toda sua força e o empurrou de costas contra a árvore. Com o olhar ainda carregado de ódio, ele aproximou seu rosto o máximo que pôde da face ensanguentada e deformada do jovem espancado, soltou uma risada irônica de congelar os ossos de qualquer um e perguntou entredentes:

– Você ainda tem coragem de perguntar?

Rafael não teve tempo de responder. Alguma coisa pegajosa irrompeu das profundezas da caverna ao lado da árvore e agarrou um de seus pés, puxando-o para baixo. Perdendo o equilíbrio enquanto escorregava pela encosta íngreme e lamacenta, ele se segurou naquilo que estava mais próximo a ele: Paulo. Rafael estava sendo engolido e levando-o consigo em direção à escuridão.

Paulo ainda tentou se segurar nas raízes externas da árvore, mas o peso de Rafael, agora apertando desesperadamente suas pernas, o puxava para baixo. Ele tentou chutá-lo, mas seus braços não aguentaram o peso e os dois mergulharam escuridão abaixo.

Mesmo desorientada, Júlia viu Rafael e Paulo caindo na caverna. Seu coração batia forte, tenso, apavorado pelo que acabara de acontecer. Tentou mais uma vez se levantar, mas novamente suas pernas não sustentaram seu corpo. Caindo de bruços no chão, ela optou pela única possibilidade: rastejar em direção à entrada íngreme da caverna.

Ao se ver deslizando para dentro da caverna, Paulo rapidamente tateou o solo lamacento à procura de um ponto de apoio. Não muito abaixo da beirada, suas mãos encontraram uma das raízes da árvore que rasgava o solo íngreme, e ele se agarrou, permanecendo suspenso a apenas alguns metros da superfície. Rafael, no entanto, não conseguira se manter agarrado às pernas de Paulo e escorregara mais para baixo.

Tateando desesperadamente, seus dedos se agarraram à ponta de uma enorme pedra que rasgava a superfície da encosta íngreme, sustentando sua queda. No silêncio que se fez nos segundos seguintes, mas que pareceram horas, gemidos alcançaram seus ouvidos, como se houvesse algo vivo abaixo dele. Seu sangue congelou quando o gemido seguinte se revelou mais próximo do que ele esperava, como se algo ameaçador se aproximasse rapidamente dele.

Apavorado, Rafael tentou subir pela encosta íngreme e lamacenta, mas seus pés escorregavam conforme ele os debatia, tentando encontrar um ponto firme capaz de impulsioná-lo.

Acima dele, Paulo também ouviu o gemido e ficou aterrorizado. Para ele também havia algo lá embaixo, aproximando-se com incrível velocidade. Depois de tudo o que passara, ele sabia que aquilo que estava subindo a encosta não era coisa boa. Rapidamente, ponderou se Rafael merecia o castigo de estar à mercê do sofrimento e talvez até da morte.

Tomando uma decisão, por mais difícil que fosse, Paulo se agarrou melhor à raiz que o mantinha pendurado e esticou a mão esquerda em direção a Rafael.

– Pegue minha mão! – gritou, olhando para baixo.

Seus olhos, misteriosamente, conseguiam enxergar o jovem abaixo dele. Ele viu com clareza a expressão de medo marcada no rosto todo machucado de Rafael. Viu quando o rapaz, batendo os pés contra a encosta lamacenta, esticou o braço em sua direção, tentando alcançar sua mão esticada. Seus dedos estavam muito próximos, quase se tocando.

Mas, repentinamente, um rosto surgiu em meio à escuridão, próximo de Rafael. A pele estava pálida, deformada, cheia de buracos, como se estivesse em decomposição houvesse tempos. Os olhos eram fundos, inexpressivos. Os cabelos, longos e grisalhos. A boca putrefata entreaberta, cercada por uma barba comprida, emanava um gemido de sofrimento misturado com prazer. As roupas, muito antigas, eram trapos. O cheiro que emanava daquela figura não era nem um pouco agradável, confirmando sua suspeita de que aquele ser deveria estar morto. Mas, se realmente estivesse morto, por que estava se mexendo? E, o pior, com uma agilidade incrível.

Paulo nada pôde fazer quando o morto-vivo agarrou Rafael e começou a puxá-lo para baixo. Desesperado, ele gritava:

– Paulo, não me deixe, por favor! Me ajude! Não quero morrer!

Paulo tentou se esticar ainda mais. Seus dedos e os de Rafael quase se tocavam novamente. Faltava muito pouco. Não era, no entanto, o suficiente para puxá-lo para cima. Logo abaixo, o morto-vivo alcançara as pernas do jovem e, cravando suas compridas unhas em carne macia, por onde sangue começou a escorrer, passou a escalar com mais rapidez. Um grito de dor saiu da garganta de Rafael ao sentir seu corpo se rasgando. Agora estava muito mais difícil para ele conseguir vencer aqueles poucos centímetros que o separavam do braço esticado de Paulo.

E o que já era muito difícil se tornou impossível quando mais três mortos-vivos irromperam das sombras, todos muito parecidos com o primeiro, e cravaram suas unhas em Rafael enquanto escalavam seu corpo. Com quatro daqueles seres fedorentos subindo por ele, o jovem começou a se debater. Com o pesc daqueles cadáveres agarrados ao seu corpo e pelo movimento dos socos proferidos no ar, tentando acertar as criaturas, os dedos de Rafael começaram a escorregar da pedra que o mantinha suspenso. Ele estava prestes a cair.

Cair. Em meio à dor daquelas unhas rasgando sua pele, Rafael não via outra saída. O gemido que subia do fundo da caverna indicava que mais daqueles seres horripilantes escalavam a encosta em direção à superfície. Logo chegariam até Paulo também.

Por mais que, para ele, aquele fosse o fim, ainda poderia salvar Paulo... e Júlia também, que por enquanto estava na segurança do terreno plano. Rafael ergueu a cabeça e olhou para Paulo, tentando mais uma vez esticar o braço para alcançá-lo, e gritou:

– Não sei o que eu fiz para você estar com tanto ódio de mim, mas aqui está a minha remissão.

Olhando para baixo, tentando alcançar Rafael de qualquer maneira, Paulo gritou:

– Rafael, não!

Porém, ele não o ouviu. Ou apenas o ignorou. Rafael deu um grito e se soltou da pedra, desaparecendo na escuridão enquanto escorregava pela encosta, levando com ele todos aqueles mortos-vivos agarrados ao seu corpo. Seu grito ainda foi ouvido por alguns segundos, ecoando pela caverna, tornando-se cada vez mais fraco conforme ele caía nas profundezas. Depois, desapareceu.

Paulo não poderia fazer mais nada para salvar Rafael, mas poderia honrar sua morte heroica saindo dali antes que aqueles mortos-vivos escalassem novamente a encosta até ele. E, pelos gemidos que ouvia ecoando pela escuridão, não tinha muito tempo.

Ele esticou um dos braços desesperadamente, tentando alcançar a superfície, enquanto ainda se segurava à raiz com a outra mão. A ponta de seus dedos encostava na superfície, mas o terreno estava tão lamacento que ele não conseguia encontrar um ponto fixo ao qual pudesse se agarrar para, então, voltar para cima. Se soltasse a raiz antes de conseguir um apoio, cairia.

Com o desespero o dominando, conforme os gemidos chegavam mais perto, Paulo continuou tateando o solo à procura de algo fixo. Repentinamente, ele sentiu um toque caloroso e acolhedor em sua mão, que logo pressionava seus dedos, segurando-o. No momento seguinte, o rosto de Júlia apareceu. O olhar dela o alcançou no mesmo instante, trazendo a ele uma sensação de segurança. Então ela esticou o outro braço, a mão aberta pronta para segurá-lo.

– Me dê sua mão! – ela pediu.

Paulo se soltou da raiz. Seu corpo balançou perigosamente pela encosta íngreme até encontrar a outra mão de Júlia. Quando suas mãos se encontraram, ela contraiu o rosto, sentindo o peso dele enquanto o segurava com todas as suas forças. Um sorriso se abriu no rosto dela. Aliviado, por mais que ainda estivesse pendurado, ele também se permitiu sorrir.

Mas o sorriso e a sensação de alívio duraram apenas alguns segundos. Com uma mudança repentina na expressão de Júlia, seu sorriso se desfez e seu olhar se estreitou, fulminando-o. Os lábios da garota se moveram suavemente, emitindo apenas duas palavras:

– Sinto muito.

E então ela o soltou.

38

A imagem de Paulo caindo na caverna até desaparecer na escuridão não saía da cabeça de Júlia, enquanto mancava perdida pela floresta, tentando encontrar o caminho de volta para a cidade de Cafelândia. Apesar das dores que sentia, principalmente na perna, ela não conseguia deixar de sorrir pelo que havia feito. Havia muito ela ansiava pela oportunidade de colocar sua vida nos trilhos novamente, mesmo que para isso fosse necessário se entregar a um mal maior, obscuro, porém com poder para atender aos seus mais sombrios e egoísticos desejos. Mesmo que para isso ela tivesse de entregar seu grande amigo para as trevas. Mesmo que para isso ela tivesse de matar.

Contudo, parte dela ainda sentia um temor muito grande. A cada barulho vindo da natureza, fosse o som das gotas de água caindo da copa das árvores no chão, ou o farfalhar das folhas ao vento, ou mesmo o som da relva estalando sob seus pés, ela se assustava, como se Paulo tivesse escapado e a perseguisse, cada vez mais perto.

Parando por um momento, Júlia se apoiou contra uma árvore com uma das mãos. Com a respiração ofegante por causa do medo e da dor, ela flexionou um pouco os joelhos e apoiou sua mão livre sobre um deles. Olhando para baixo, inspirou profundamente algumas vezes. Tentando se controlar, falou para si mesma:

– Calma. Está tudo bem.

Mesmo pensando que estava tudo bem, seus outros sentidos começavam a lhe pregar peças. Júlia sentiu algo roçando de leve seu pulso, como se caminhasse por sua pele. Levantando a cabeça, viu uma aranha andando sobre a mão que ela apoiava contra a árvore. Com um movimento rápido, endireitou seu corpo e a agitou desesperadamente, tirando aquele bicho horrível de cima dela. Depois, olhou novamente para sua mão, à procura de uma possível picada. Não havia nada.

No entanto, não teve tempo para se acalmar. O estalo de um galho se quebrando chegou aos seus ouvidos, vindo de algum lugar no meio da floresta. Antes que tivesse tempo de fazer qualquer coisa, pelo canto dos olhos, viu um vulto passar muito rápido em meio às árvores, próximo a ela. Imediatamente seu coração se acelerou e ela se pôs a andar mais rápido, mancando, mas ignorando tanto a dor em sua perna como as chicotadas dos finos galhos batendo contra seu rosto.

Desesperada para fugir, ela não prestava atenção ao chão da floresta. Tudo o que ela desejava no momento era sair daquele lugar infernal o quanto antes. Mas, para seu azar, essa distração lhe custou caro. Com um estalo e uma forte dor, seu joelho se esticou no ar e, logo depois, seu corpo rolava pela encosta íngreme, lamacenta, que margeava a floresta.

Em meio à queda, Júlia tentou se colocar de pé, mas a encosta estava tão escorregadia que era quase impossível manter o equilíbrio. Assim, ela continuou rolando até o terreno abaixo se tornar plano.

39

Leonardo dirigia pela estrada lamacenta de volta à cidade de Cafelândia. Os livros que encontrara a pedido de seu cliente repousavam tranquilamente no banco do passageiro enquanto o carro escorregava de um lado para o outro, a luz dos faróis dançando na escuridão. Mesmo com a estiagem, estava muito mais difícil de atravessar todo aquele barro agora, em comparação com a sua ida ao hotel fazenda. Por esse motivo, sua atenção à estrada estava redobrada.

Repentinamente, o corpo de uma mulher surgiu na frente do carro, rolando pela encosta íngreme que margeava a estrada. Com um susto, Leonardo conseguiu desviar, as rodas do veículo passando a centímetros da cabeça da moça. Com a guinada brusca, o carro patinou no barro, sua traseira sendo jogada de um lado para o outro. Por fim, com muita dificuldade, o mercenário conseguiu retomar o controle e parou atravessado na estrada, o farol iluminando o barranco a poucos metros à sua frente.

Ainda assustado e com a respiração ofegante, Leonardo tirou rapidamente a arma do coldre e a colocou em seu colo. Não podia correr riscos. Ponderou se deveria ou não ajudar aquela moça. Por um lado, algo lhe dizia para deixá-la para trás e seguir para a cidade, pois já estava com os livros. Por outro lado, aquela pessoa poderia fazer parte de sua outra missão, ainda incompleta. Se não fosse, pelo menos saberia contar tudo o que havia acontecido no hotel fazenda.

Mesmo em dúvida sobre haver escolhido ou não a coisa certa a fazer, Leonardo desceu do carro. Seguindo fielmente a cartilha, apontou a arma e o feixe de luz da lanterna para a pessoa caída no meio da estrada, ainda imóvel. Caminhou a passos lentos em direção a ela, não sabendo o que esperar, mas decidido a não hesitar e disparar ao primeiro sinal de perigo.

Ao chegar mais perto, Leonardo percebeu que era uma jovem. Suas roupas estavam rasgadas. Seu corpo estava sujo e machucado, a lama se misturando com sangue. Ela definitivamente precisava de ajuda urgente.

Leonardo colocou a lanterna no chão e se ajoelhou ao lado dela. Ela estava com os olhos fechados, talvez morta. Para ter certeza, ainda com a arma apontada, ele pousou a mão livre sobre o pescoço da garota. Sentiu sua pulsação. Ela estava viva.

Repentinamente, ela arregalou os olhos e, soltando um grito de susto, começou a bater em Leonardo com as mãos abertas enquanto tentava desesperadamente rastejar para longe dele. Percebendo o terror da jovem, ele não tentou segurá-la. Pelo contrário, colocou-se de pé e, com as mãos levantadas, uma delas segurando a arma, recuou alguns passos ao mesmo tempo em que tentava acalmá-la:

– Calma, está tudo bem. Você está a salvo agora.

Júlia, em seu desespero doentio, também se colocou de pé com muita dificuldade. Com os olhos arregalados, os cabelos desarrumados caindo ao redor da face e a expressão de louca, ela gritou:

– Quem é você? O que está fazendo aqui?

Abaixando os braços lentamente para não assustar mais a jovem, mas ainda segurando a arma caso alguém surgisse em meio à escuridão, Leonardo escolheu as palavras com cuidado:

– Fui contratado para encontrar Paulo. Você o conhece? Sabe onde ele está?

A imagem de Paulo mergulhando na escuridão da caverna novamente voltou à mente de Júlia. Não se contendo, ela caiu de joelhos e colocou as mãos no rosto. Chorando de alívio por ser resgatada, ela respondeu:

– Ele está morto. Todos estão mortos. Eu sou a única sobrevivente.

Leonardo balançou a cabeça afirmativamente, parcialmente tocado com o desespero dela. Pelo estado em que se encontrava, devia ter passado por muita coisa. Mas agora tudo estava acabado.

– Qual o seu nome?

– Júlia – respondeu ela, tirando a mão do rosto.

– Júlia, você está a salvo agora. Pode confiar em mim. – Leonardo a acalmou. – Mas não podemos ficar aqui no meio da estrada. Posso me aproximar de você?

Júlia apenas movimentou a cabeça afirmativamente. Leonardo guardou a arma no coldre e se aproximou dela cuidadosamente. Uma vez ao seu lado, ele a segurou delicadamente pelos braços e a ajudou a se levantar. Passou o braço dela por cima de seu ombro e a segurou pela cintura, ajudando-a a caminhar até o carro.

Capítulo 39

No caminho, ela falou aliviada:

– Obrigada. – Sua voz não passava de um sussurro.

Leonardo abriu a porta de trás do carro e a colocou deitada no banco. Em seguida, sentou-se ao volante e, com muito cuidado para não atolar, manobrou o veículo. No minuto seguinte, seguia novamente com todo o cuidado pela estrada rumo à cidade.

– Vou levar você para um hospital – falou, dirigindo pela estrada lamacenta.

– Não, hospital não! – respondeu Júlia, alarmada. – Eu só quero ir embora deste lugar! Eu só quero ir para casa!

Leonardo reconheceu que ela estava em estado de choque. "Deve ter passado por muita coisa aterrorizante", pensou. Querendo saber um pouco mais, perguntou:

– Você quer me contar o que houve?

– Não... – Júlia respondeu.

Leonardo não pressionou. Não era o momento. Ela estava em estado de choque e qualquer pressão só iria piorar a situação. Porém, não a deixaria ir antes de saber tudo o que tinha acontecido. Ele precisava saber detalhes do fim que Paulo tivera. E ela devia isso a ele.

40

Paulo escorregou de bruços pela encosta íngreme em direção ao fundo da caverna, tateando o barro na vã tentativa de se segurar em alguma coisa. Nada, porém, era forte o bastante para sustentá-lo. Nem mesmo os mortos-vivos que escalavam para a superfície. Desesperado, ele tentou se segurar neles, não se importando com o risco. Qualquer coisa era melhor do que descobrir o que estava lá embaixo. Conforme Paulo se agarrava a qualquer membro deles, eles acabavam escorregando também de volta para o fundo da caverna.

Para ele, alcançar o fundo da caverna em meio à escuridão pareceu levar horas, mas, na verdade, durou apenas alguns segundos. Conforme o terreno voltou a ficar plano, ele ainda deslizou mais alguns metros, até parar. Desorientado e perplexo, virou-se e ficou imóvel, mirando a escuridão ao seu redor, perdido em pensamentos enquanto seus sentidos se adaptavam ao breu.

"Por que Júlia fez isso?", foi o primeiro pensamento que o invadiu. Será que, no fim das contas, era ela quem realmente estava por trás de tudo? Ou, assim como Rafael, ela era mais um peão em um plano muito maior e complexo? E que plano seria esse? "E onde eu me encaixo nisso tudo?" Parecia ser muito mais do que mera vingança. Mas, se ele quisesse descobrir toda a verdade, teria de sair dali primeiro. A grande questão era como. Não havia a mínima possibilidade de escalar a encosta lamacenta até a superfície. Ele esperava que aquela caverna tivesse outra saída. Caso contrário, ficaria preso ali.

Gemidos chegaram aos ouvidos de Paulo; vinham de todos os lugares ao seu redor, tirando-o de seus pensamentos perturbadores. Seu corpo começou a vibrar, uma sensação conhecida e associada ao uso inconsciente da magia que corria em suas veias. Cada som passou a se comportar de uma maneira bem esquisita, gerando imagens desconexas em sua mente, como se ele fosse capaz de transformar a vibração sonora em visão. As imagens então começaram a ganhar forma, tornando-se, aos poucos, independentes do som ao seu redor. Agora ele era capaz de enxergar quase que perfeitamente no escuro.

De início, ele viu os mortos-vivos em círculo, brigando entre eles por alguma coisa. Eram muitos. Em intervalos regulares, o gemido se transformava em um rosnado agressivo, quando um deles resolvia partir para a agressão. Quando um espaço surgiu entre aqueles seres que brigavam, o motivo pelo qual eles o ignoravam se tornou bem claro, deixando Paulo enojado: Rafael estava em pedaços. As partes maiores, como braços e pernas, eram motivo de disputa, com mortos-vivos puxando os membros dos dois lados, como um cabo de guerra, até a articulação não resistir e se romper, fragmentando as partes em diversos pedaços menores.

A vontade de Paulo de vomitar era enorme. Mas teve de se controlar. Os mortos-vivos ainda não haviam percebido sua presença ali. Estavam ocupados com o corpo de Rafael. Graças a ele, mais uma vez, Paulo tinha a chance de se salvar. Mas para onde deveria ir? Escalar de volta à superfície estava fora de cogitação.

Restando apenas uma possibilidade, Paulo rastejou para o fundo da caverna, tentando fazer o mínimo de barulho possível. E estava indo bem, até seus braços, involuntariamente, mergulharem em um lago que surgia à sua frente e desaparecia sob as rochas. O barulho de água espirrando alertou os mortos-vivos para a presença de mais alguém ali. Com um rosnado, eles largaram os pedaços de Rafael e correram em direção ao lago, encurtando a distância rapidamente.

Diante de uma real ameaça, Paulo se colocou de pé. Cercado, só havia duas possibilidades de fuga: ou ele mergulhava sob as rochas e torcia para não ser um percurso tão longo ou tentava atravessar a horda lutando. Tendo de decidir rapidamente, ele optou pela água. Se tudo desse errado, seria melhor morrer afogado do que destroçado, como Rafael.

Paulo mergulhou no lago e nadou rapidamente pela superfície até chegar ao paredão de pedra. Respirando algumas vezes, tomando ar para atravessar um percurso subaquático desconhecido, ele se permitiu olhar uma última vez para os mortos-vivos. Eles haviam parado à beira do lago, aparentemente com medo de entrar na água.

Paulo se permitiu sorrir. Fizera a escolha certa. Mas seu sorriso se desfez quando um dos mortos-vivos abriu espaço entre a horda e tomou a dianteira. Seus olhos se encontraram por alguns segundos.

Imediatamente Paulo reconheceu aquela figura, apesar de seu estado de decomposição parcialmente avançado, porém não muito, considerando o tempo que ele estava morto. Ele era o mesmo escravo que lançara o feitiço em seu tataravô. O mesmo escravo que matara sua tataravó. O mesmo escravo que aguardara pacientemente pelo retorno de Paulo, motivado exclusivamente pela vingança. O mesmo escravo que possuíra Rafael para orquestrar aquele encontro entre eles. E talvez tivesse até manipulado Júlia para que ela o jogasse para dentro da caverna, no fim das contas.

A lembrança daquele homem entoando um cântico em uma língua estranha e assoprando um pó no rosto de seu executor se tornou vívida. Juntando os fatos com o conhecimento que inconscientemente adquirira naquela noite, Paulo sabia que só havia uma maneira de aqueles escravos executados terem corpos parcialmente conservados: magia.

Não havia, no entanto, muito tempo para pensar sobre isso. Da mesma forma que surgira em seu rosto, o sorriso desaparecera quando o Feiticeiro entrou na água e incitou os outros a segui-lo. Desesperado, Paulo inspirou profundamente uma última vez e mergulhou. Surpreendeu-se quase que de imediato. Ainda podia enxergar em meio à água escura e barrenta.

Submerso, Paulo contornou a coluna de pedra, entrando de vez na caverna submersa. Agora era tudo ou nada. Nadou com braçadas longas e rápidas. Pouco a pouco, Paulo girava seu corpo e encostava a mão contra o topo da caverna acima dele, ansiando por um vão para poder respirar ou, o que lhe daria ainda mais alegria, pelo fim dela. Não encontrando qualquer abertura, ele se virava novamente e voltava a nadar com a mesma velocidade de antes.

Seu ar agora estava acabando. Ele precisava urgentemente encontrar um vão para respirar. O intervalo entre as braçadas e o tatear na pedra acima de sua cabeça diminuíra. Suas braçadas ficaram desconexas, não o levando mais tão longe. A pressão em seus pulmões era enorme. A vontade de inspirar era muito grande, quase insuportável. Ele não conseguia mais prender o ar. Paulo estava se afogando.

Com o desespero tomando conta dele, Paulo se virou mais uma vez para o topo da caverna acima dele e começou a tatear, seus dedos arranhando a pedra enquanto seu corpo, pelo impulso da última braçada, ainda se movia lentamente pela água.

Em meio a todo aquele desespero, seus dedos não sentiam mais a rocha. Em vez de arranhar a pedra, seus dedos se afundaram quase que completamente em uma superfície macia. Barro. Depois raízes. Por último, a liberdade do terreno acima dele. Ainda havia uma esperança.

Agarrando-se a esse fio de esperança, Paulo cavou com as mãos a superfície macia, abrindo um pequeno buraco, por onde conseguiu tirar apenas o nariz e a boca para fora da água. Aliviado, ele expirou todo o gás carbônico preso em seus pulmões. Respirou fundo mais algumas vezes antes de prender a respiração e continuar nadando, agora com o mesmo vigor de quando mergulhara pela primeira vez.

Nadando o mais rápido que podia, Paulo se assustou quando o ambiente subaquático ficou claro por alguns segundos. No início ele não compreendeu de onde vinha aquela luz, mas logo sua mente lhe deu a resposta: era um raio. E, se a claridade de um raio o iluminava debaixo da água, ele não estava mais nadando sob a caverna. Ele finalmente podia emergir.

Enchendo-se de energia, Paulo irrompeu na superfície, renovando o ar em seus pulmões. Cansado, ele atinou seus sentidos à procura de qualquer som capaz de entregar a posição de seu perseguidor, caso ele também chegasse à superfície. Percebeu, de imediato, que apesar da estiagem, os raios ainda riscavam o céu.

Olhando ao redor, a respiração ainda ofegante, ele se viu no centro de um lago. Atrás dele, por onde viera, e à sua esquerda, erguia-se a floresta de forma imponente. À sua direita, havia um enorme barranco para escalar. À sua frente, o lago se tornava mais raso até acabar em terra molhada. Além da lama, grama.

Paulo nadou até o local onde o lago ficava mais raso e saiu dele cambaleando. Suas pernas não respondiam mais aos seus comandos como deveriam. Ao alcançar a terra firme, ele se jogou de costas no chão, os braços abertos bem esticados. Seus dedos remexiam a terra ainda molhada, fazendo buracos nela. A sensação era prazerosa demais. Olhando para o céu sem estrelas enquanto alguns raios iluminavam tudo ao seu redor por alguns segundos, Paulo respirou fundo, não acreditando estar vivo. Ele conseguira.

Ainda deitado, pontos luminosos em meio à escuridão chamaram a sua atenção. Ao longe, próximo da floresta, algo parecia pegar fogo.

De imediato, ele pensou na caminhonete de Rafael, mas descartou a hipótese rapidamente. O fogo era intenso demais, grande demais. Só poderia ser o hotel fazenda. Aquelas chamas eram para ele agora como um farol, indicando o caminho para deixar a propriedade de uma vez por todas.

Seu alívio, no entanto, durou pouco. Com o barulho de água se espalhando na beirada do lago, o Feiticeiro emergiu ameaçadoramente. Paulo tentou se levantar, mas o morto-vivo foi mais rápido. Com apenas dois passos, ele saíra da água e, com mais um passo, já estava sobre o jovem, o joelho flexionado sobre o peito de sua vítima, impedindo-o de se levantar. Antes que Paulo pudesse fazer qualquer movimento, o agressor colocou sua mão espalmada contra o rosto dele, empurrando-o contra o chão lamacento até parte de sua cabeça ficar enterrada na lama.

Com os dedos abertos para que Paulo conseguisse enxergá-lo e a palma da mão cobrindo sua boca de modo que não pudesse falar, o Feiticeiro perguntou:

– Você realmente achou que podia escapar de mim? – Sua voz era grave, beirando a rouquidão.

Paulo acreditava que sim e tentou tirar o morto-vivo de cima dele com todas as suas forças. Mas, quanto mais se mexia, mais a pressão do joelho sobre seu peito aumentava. Não havia como tirar aquela figura ameaçadora de cima dele. Ele já havia tentado de tudo, mas todas as vezes seus movimentos eram impedidos.

Quando Paulo desistiu de lutar, pelo menos temporariamente, o Feiticeiro perguntou:

– Já acabou? Que pena! Eu estava me divertindo tanto! – Ele sorria de satisfação e, adotando uma expressão um pouco mais séria, continuou: – Eu guardei um presentinho para vocês por mais de um século.

Sob o olhar arregalado de Paulo, o Feiticeiro dirigiu a mão livre até o buraco de bala em sua testa e afundou os dedos nele. Quando os tirou, ele trazia preso entre eles a bala que o matara, havia mais de um século. Segurando-a sobre a palma de sua mão aberta, ele continuou:

– Eu gostaria de te dar o prazer de uma morte rápida. Mas eu esperei por tantos anos por isso que não quero terminar tudo logo. Quero aproveitar cada grito seu.

Enquanto falava, o Feiticeiro empurrou a bala para dentro do ombro de Paulo. Um grito abafado se fez ouvir. Paulo cerrou os olhos, tamanha a dor. Lágrimas escorreram pelos cantos. Sua consciência oscilou entre clareza e escuridão. Em meio à dor, implorou mentalmente: "Se eu for morrer, que seja rápido".

Sua tortura, porém, estava apenas começando. Do mesmo modo que retirara a bala de sua cabeça, o Feiticeiro caçou-a dentro do buraco no ombro de Paulo e, enquanto ele procurava por ela em meio a tecido vivo, mexendo seus dedos desajeitadamente dentro da ferida, o sangue escorrendo até pingar no chão, o jovem gritou mais uma vez. Era um grito longo e abafado, carregando toda a dor que sentia naquele momento.

– Encontrei – falou o Feiticeiro, sorrindo. – Acho que isso aqui vai doer um pouco.

Muito lentamente, o Feiticeiro retirou seus dedos de dentro da ferida de Paulo, que ainda urrava de dor. Sangue escorreu do buraco no ombro até o chão lamacento enquanto a bala saía, tingida de vermelho.

Aproveitando o momento e querendo fazê-lo durar, o Feiticeiro manteve a palma da mão aberta, mostrando a bala tingida de vermelho, enquanto perscrutava com os olhos outros possíveis lugares não letais:

– Vamos ver onde mais eu posso colocar esta bala.

Com o olhar arregalado, carregado de terror, Paulo olhava para a palma da mão onde a bala se encontrava. Desesperado, resmungou alguma coisa, inaudível com a pressão que a mão do Feiticeiro fazia sobre seu rosto.

– Entendi. Você quer escolher – falou o Feiticeiro, sorrindo ainda mais. – Está bem. Vou te dar duas opções.

O Feiticeiro segurou a bala novamente entre os dedos e a encostou de leve sobre o outro ombro de Paulo.

– Pode ser aqui ou... – Mudando rapidamente a mão de lugar, o Feiticeiro encostou a bala sobre o braço de Paulo antes de continuar: – ...aqui. – E, deliciando-se com o momento, perguntou: – Onde você prefere?

Em vez de escolher, Paulo fechou os olhos e, mesmo com a pressão em sua cabeça, conseguiu virá-la um pouco de lado. Percebendo que o rapaz tentava evitar enxergar sua própria tortura, o Feiticeiro cravou de leve as unhas sobre as pálpebras dele e o forçou a abrir os olhos, falando, ao mesmo tempo:

– Não faça isso. Não tem graça se você não olhar o que estou fazendo com você.

Paulo gemeu de dor, mas acabou cedendo. Ao abrir os olhos, a primeira coisa que viu foi o buraco que seus dedos haviam aberto na terra havia apenas alguns minutos. Reparou imediatamente que a água fugia do buraco por inúmeros filetes, seguindo seu curso natural em direção ao lago. Logo aquele buraco estaria seco novamente.

Aquela visão repentinamente lhe trouxe uma ideia. Voltando a olhar para o rosto do Feiticeiro, Paulo tentou falar, mas a palma da mão do morto-vivo ainda o impedia. Acreditando que ele já escolhera onde a bala seria enfiada, o agressor afrouxou de leve a pressão de sua mão enquanto se debruçava para conseguir ouvir melhor. Paulo, então, falou:

– Você só se esqueceu de uma coisa. Quando os espíritos retornaram para seus corpos, a magia enfraqueceu.

Dito isso, Paulo colocou rapidamente as mãos abertas em volta do rosto do Feiticeiro e, com um rápido e violento movimento, o girou. O estalo do pescoço se quebrando foi alto. A pressão da mão sobre sua face se desfez enquanto o corpo caía de lado, sem vida.

– Bem-vindo de volta ao mundo dos mortais – completou Paulo.

Com dificuldade, Paulo se colocou de joelhos e levou a mão direto ao ombro. A dor era lancinante, mas teria de suportar. Outros mortos-vivos emergiram do lago e, tão rápido quanto o Feiticeiro, alcançaram a margem. Em poucos segundos, Paulo se viu no centro de um círculo macabro. Todos traziam no olhar uma fúria surpreendente por ele, o último descendente daquela família marcada por gerações, ter eliminado o homem que, com magia, os protegera do abraço da morte para executarem sua vingança.

Entre eles havia uma mulher negra, com longos cabelos negros e ondulados caindo sobre os ombros, cujos olhos fixos no cadáver do Feiticeiro ardiam em ódio. Paulo se lembrou dela de quando o segredo de seus antepassados lhe fora revelado nas visões. Era ela quem estava ao lado do Feiticeiro no alto do vale enquanto sua tataravó morria na estrada. Colocando-se em pé com dificuldade, a respiração pesada, ele se preparou para o que estava por vir.

Quando os olhos daquela mulher saíram do cadáver e o atravessaram, os dentes dela à mostra em uma expressão insana de puro ódio, seus ombros subindo e descendo visivelmente a cada respiração ruidosa, Paulo sentiu muito mais medo que do próprio Feiticeiro. Ela trazia um desejo doentio de matar. Ela procurava uma morte muito lenta, sofrida. Ela queria muito mais do que dor. Ela queria torturar a sua alma.

Os lábios da mulher se mexeram raivosamente, e partículas de água eram dispersadas no ar enquanto ela dava a ordem aos outros mortos-vivos. Sua voz gelada, sem qualquer outro sentimento além de ódio, fez o corpo de Paulo tremer.

Três mortos-vivos adentraram o círculo e se aproximaram de Paulo, cada um por um lado. Houve luta, mas o jovem não era capaz de lidar com os três. Ele conseguiu eliminar um deles, quebrando-lhe o pescoço como fizera com o Feiticeiro, o que alimentou ainda mais o ódio na mulher, mas não resistiu à investida dos outros dois. Logo ele foi contido, cada um daqueles seres repugnantes o segurando por um lado, seus braços imobilizados, abertos como se estivesse em uma cruz. A mão de um deles o segurava pela nuca, enquanto a do outro descia por cima de seu ombro e pressionava seu peito. Paulo tentou se livrar, mas estava em desvantagem. Lançando um olhar de superioridade, a mulher ordenou:

– Ajoelhe-se.

Paulo relutou e, por mais que sentisse muito medo, manteve o olhar desafiador nos olhos dela. Forçando-o a obedecer à ordem, os dois mortos-vivos cravaram suas unhas compridas na pele do jovem. Com um grito de pura agonia, seus joelhos cederam.

– Muito bom! – falou a mulher, adentrando o círculo.

Ela se aproximou de Paulo e o agarrou pelo queixo, forçando-o a levantar a cabeça. Curvando-se levemente de modo a ficar apenas a alguns centímetros do rosto dele, ela voltou a falar, o hálito gélido e fétido de morte trazendo a ele medo e tontura:

– Você matou o líder de nossa tribo, o homem que nos manteve vivos e motivados pela vingança por todo o mal que fizeram a nós. O homem que nos trouxe de volta à vida. – Aproximando-se mais para falar diretamente em seu ouvido, ela continuou: – Sua ancestral sempre me tratou muito bem. Eu fui forçada a entrar na promessa de vingança contra toda a sua linhagem. Mas, agora, esta vingança se tornou pessoal. Você matou nosso Feiticeiro. É meu dever, pelas tradições de minha tribo, proclamar vingança.

Afastando a boca do ouvido dele, ela apertou ainda mais a mão no queixo de Paulo e o forçou a levantar a cabeça novamente. Ela encostou o indicador no rosto do jovem e sua unha comprida se afundou em um ponto abaixo do seu olho direito. Sangue escorreu pelo rosto de Paulo. No instante seguinte, ela movimentou lentamente seu dedo para baixo, a unha rasgando pele e carne enquanto ele gritava de dor.

Assim que terminou o corte, a mulher se levantou e se afastou. Os dois mortos-vivos que o seguravam o soltaram. Livre, mas com muita dor, Paulo se dobrou sobre si mesmo, seus antebraços encostados pesadamente contra o chão lamacento. Sangue escorria de todas as suas feridas.

De costas para ele, a mulher continuou, sua voz agora alcançando um tom bem alto para todos ao seu redor ouvirem:

– Meu desejo é matar você bem devagar. – Virando-se rapidamente de modo a olhar diretamente para Paulo, ela completou: – E acredite, rapaz, sou muito boa nisso. Mas, para o crime que você cometeu, existem regras entre o meu povo. Cabe a eles escolherem o tipo de morte que você terá.

Caminhando pelo interior do círculo, olhando para cada um dos homens e mulheres, ela continuou seu discurso inquisidor:

– Já vimos que sua magia ancestral o protegeu da terra e da água. – Levantando o olhar de seu povo até as chamas distantes, ela perguntou: – Mas será que ela vai proteger você do fogo também?

Imediatamente, alguns gritos surgiram em meio aos mortos-vivos que presenciavam toda aquela cena:

– Morte por fogo! – gritou um homem.

– Quero ver ele queimar! – gritou uma mulher.

Em uníssono, todos ao redor começaram a exclamar a mesma ordem, enquanto movimentavam seus braços de forma ritmada, socando o ar com os punhos cerrados:

– Fogo! Fogo! Fogo!

A mulher parou novamente em frente a Paulo, o corpo ereto. Levantou os braços e, com um movimento das mãos, pediu silêncio. Quando todos se calaram, ela declarou a sentença:

– Morte por fogo!

Eles vibraram. Paulo arregalou os olhos, o medo corroendo suas entranhas mais intensamente do que nunca. Mãos fortes o agarraram pelos ombros, cravando suas unhas, e o fizeram se levantar. Cercado pelos mortos-vivos, ele foi conduzido de volta ao hotel fazenda, onde as chamas de sua pira funerária já ardiam, esperando ansiosamente para consumir sua carne.

41

Paulo foi jogado no chão com violência em frente ao hotel em chamas. A claridade bruxuleante do fogo iluminava seu rosto apavorado, enquanto o calor lambia sua face. Ao seu redor, os mortos-vivos formavam um semicírculo, impedindo-o de fugir para qualquer lado. Não havia para onde correr. Somente então a mulher se adiantou alguns passos e ordenou:

– Vamos, garoto. Entre nas chamas.

Paulo se levantou com dificuldade. Seu corpo doía. Mesmo com dor, agonia e medo, ele procurou dentro dele a força ancestral que percorria suas veias. De todos os terrores que havia passado naquela noite, esse era o momento em que mais precisava dela. Mas não conseguia sentir aquela vibração percorrendo seu corpo, enchendo-o de energia. Parecia que ela o havia abandonado.

Ele estava por si só. Mesmo assim, enchendo-se de coragem, Paulo desafiou. Ainda virado de costas, cerrou os punhos e falou, tentando transparecer confiança:

– Não. – Sua voz, no entanto, o traíra.

– Como quiser – a mulher respondeu.

Com um gesto de desdém, ela ordenou aos mortos-vivos que o jogassem nas chamas. Quatro deles se adiantaram para executar a sentença, adentrando o semicírculo.

Ouvindo os passos de seus executores às suas costas, Paulo fechou os olhos. Ele até poderia conseguir derrubar um ou dois, mas nunca conseguiria escapar de todos os mortos-vivos que o cercavam. Mesmo assim, não morreria sem lutar, por mais inútil que fosse.

Quando seus algozes o agarraram pelo ombro, a familiar vibração voltou a percorrer todo o corpo de Paulo. Seus lábios começaram a se mover de forma inconsciente, lançando ao ar palavras em uma língua estranha. A onda de energia extravasou de cada célula de seu corpo, expandindo-se por todo o seu ser, a vibração tornando-se mais intensa ao se distribuir uniformemente. Não conseguindo conter a energia, Paulo abriu os olhos. Eles brilhavam intensamente em um tom azulado.

Inconsciente, levado apenas pelo poder ancestral vibrando dentro dele, Paulo se virou. Com os braços caídos ao lado de seu corpo, ele abriu as mãos, as palmas viradas em direção aos mortos-vivos à sua volta, e uma forte ventania começou a girar ao redor do semicírculo, formando um redemoinho em torno de todos eles. Com a voz cheia de autoridade, ele repetiu:

– Não!

Uma onda de energia emanou de seu corpo, derrubando os quatro corpos próximos a ele. Passou pela mulher, que também não conseguiu se manter em pé, e atravessou todos os mortos-vivos no semicírculo, fazendo-os caírem no chão de forma desordenada.

Como toda magia demanda um sacrifício compatível com sua complexidade, Paulo foi cobrado e caiu de joelhos, exausto. Assim como a onda de energia que ele havia emanado se dispersara, a vibração em seu mais profundo ser cessara. Mas tinha cumprido sua função. Todos os mortos-vivos estavam caídos, desorientados. Espaços se formavam entre o que outrora fora um semicírculo cerrado. Aquela era sua oportunidade de fugir.

Com a respiração ofegante, Paulo se levantou e correu por entre os mortos-vivos caídos. Seu desejo era sair da propriedade, confiando no selo colocado por seu ancestral. Porém, cansado como estava, ele não chegaria muito longe, ainda mais porque os seus inimigos começavam a se levantar. Só havia um lugar onde ele poderia se proteger.

Correndo pelo gramado em direção à porta fechada da construção que ficava ali perto, Paulo tropeçou algumas vezes. Ele não sabia o que tinha do outro lado, mas ela parecia forte o suficiente para segurar por um tempo os mortos-vivos que começavam a persegui-lo, cambaleantes. Entre eles, a mulher gritava ordens de morte.

Paulo chegou à porta corrediça. Sentando-se rapidamente sobre seus calcanhares, ele agarrou a alça e a empurrou para cima. O ruído metálico se perdeu no ar enquanto ela se abria para um ambiente mergulhado na escuridão.

Ao entrar, a suspeita de Paulo de que aquele lugar era uma garagem se confirmou. Ele só não esperava encontrar uma caminhonete de cabine dupla ali dentro, em meio à escuridão. Estranhou de início. “Por que um carro novo como esse está em um hotel fazenda abandonado há anos?”, pensou. “Com certeza devia ser de alguma das vítimas de Rafael." Mas isso não importava agora, o universo estava novamente conspirando a seu favor. Ainda que estivesse com a lateral amassada, indicando que alguém havia sofrido um grave acidente, aquela caminhonete era tudo o que ele precisava para fugir daquele lugar. Mudando rapidamente seus planos, ele deixou o portão aberto. Correu para a cabine, entrou pelo lado do motorista e fechou a porta.

O sangue seco espalhado por todo o painel, inclusive no volante, apontava para as sérias lesões que o motorista provavelmente sofrera no acidente. Aquilo, no entanto, seria pouco relevante se a chave estivesse no contato e quase insignificante se o motor ainda estivesse em condições de dar partida.

Por sorte, a chave estava, sim, na ignição. Com um sorriso, ele a girou. As luzes do painel se acenderam, sinal de que ainda havia resquícios de bateria e confirmando suas suspeitas de que não estava guardada ali havia tanto tempo. O som da tentativa de partida do motor ecoou pela garagem escura, mas logo se perdeu no ar, levando consigo a vibração característica de seu insucesso.

Enquanto ele girava a chave novamente para dar a partida na caminhonete, a mulher, líder daquela horda de mortos-vivos, parou em frente à garagem, seus olhos atentos a qualquer movimento em meio à escuridão que pudesse indicar a presença de Paulo. Vendo através do para-brisas parcialmente empoeirado a mulher parar bem à sua frente, ele se deitou sobre o banco dianteiro do veículo, torcendo para a escuridão da garagem o manter escondido.

Outros mortos-vivos se juntaram à mulher e alguns deles a seguiram para dentro da garagem escura, ajudando-a na busca por sua presa. As unhas deles arranhavam a lataria da caminhonete amassada enquanto a contornavam, aproximando-se cada vez mais da cabine.

O som das unhas arranhando o metal encheu Paulo de pavor. Ele sabia, pelo som, que os mortos-vivos estavam se aproximando. Se não fizesse algo logo, seria descoberto ali dentro. Tentando não fazer barulho e torcendo para que eles não tivessem ouvido o ruído do motor tentando dar a partida, ele se arrastou por entre o vão dos bancos dianteiros e se deitou no assoalho, na parte de trás. Sua respiração, porém, se tornou rápida e ruidosa, um reflexo de todo o medo que sentia. Preocupado, ele colocou as mãos contra a boca, tentando se controlar.

A mulher e mais um morto-vivo contornaram a caminhonete, cada um de um lado, as unhas passando pela lataria. Ao chegarem às janelas das portas traseiras, eles subiram ao mesmo tempo no estribo do veículo e olharam para dentro pelo vidro parcialmente empoeirado, seus rostos deixando marcas em meio à sujeira.

Paulo prendeu a respiração quando os rostos apareceram no vidro empoeirado e, mesmo muito assustado, esperou. O jovem só voltou a respirar quando os rostos desapareceram e o ruído das unhas arranhando a lataria voltou, aparentemente seguindo em direção à traseira do veículo. Se quisesse sair de lá, aquele seria o momento.

Com um movimento rápido, ele se sentou novamente à direção do veículo e girou a chave, implorando:

– Liga, liga, por favor, liga!

Paulo respirou aliviado quando o motor vibrou. Seu alívio, porém, durou apenas alguns segundos. No momento em que ele engatou a marcha, mãos fortes quebraram o vidro ao seu lado e cravaram as unhas compridas em seu peito. Com um grito de dor e desespero, ele acelerou a caminhonete, o capô atravessando a entrada da garagem o mais rápido que aquele motor conseguia responder.

O morto-vivo, no entanto, continuou agarrado a ele enquanto o veículo se movimentava. Porém, não por muito tempo. Conforme o veículo passou por baixo do portão, mais estreito que o restante da garagem, aquela figura sombria se chocou contra a parede de concreto. Um estalo de ossos se quebrando foi ouvido segundos antes de seu corpo ser jogado para trás, enquanto a caminhonete saía por completo da garagem. Pelo retrovisor, Paulo viu o morto-vivo rolar pelo gramado.

Porém, ainda não havia acabado. Precisava atravessar a horda de mortos-vivos que ainda se recuperavam da onda de energia emanada por ele. Alguns ainda estavam desnorteados, cambaleando ao tentar se levantar, enquanto outros continuavam caídos. Não seriam um problema tão sério assim, no final das contas. Sem se importar, Paulo passou por cima de alguns, o veículo pulando desajeitadamente, enquanto outros eram jogados para o lado após o impacto contra a caminhonete em movimento.

Deixando uma confusão de corpos para trás, alguns ainda cambaleando na tentativa de se agarrar à carroceria ou seguir a caminhonete, Paulo contornou a recepção em chamas e se dirigiu à saída do hotel fazenda. Depois de muito terror, ele finalmente deixaria aquele lugar infernal para trás, despreocupado, pois tinha certeza de que o selo mágico lançado por sua tataravó os prenderia ali. O destino deles seria continuar vagando por aquelas terras, presos a uma vingança impossível de se cumprir.

Completamente aliviado, não esperando mais surpresas, Paulo soltou um grito de puro êxtase. Ele não sabia, porém, que o seu destino também estava ligado àquelas terras. A partir do momento em que atravessasse o portal e ganhasse a estrada de terra que retornava à Cafelândia, o selo se quebraria, liberando os mortos-vivos daquele domo invisível que os prendia ali.

Permitindo-se relaxar, Paulo estava desatento ao que acontecia ao seu redor. Se tivesse prestado atenção, teria visto que não estava sozinho na caminhonete. Na carroceria, uma figura se levantava em meio às sombras, os cabelos esvoaçantes. Em seu rosto, um ódio muito maior do que o apresentado até aquele momento. Ela não deixaria Paulo escapar.

42

Dirigindo pelo mesmo caminho que levara ele e seus amigos até a entrada do hotel fazenda, Paulo viu o pórtico crescendo adiante conforme ele se aproximava da suave descida que o levaria para a estrada de terra. Com dor e todo sujo de sangue e terra, ele não via a hora de chegar à cidade.

Repentinamente, o vidro retangular da janela que separava a cabine da carroceria se quebrou, espalhando os cacos sobre o banco traseiro. Mãos fortes o agarraram, as compridas unhas se cravando em seu peito, tentando puxá-lo pela abertura. Seus olhos se arregalaram de medo quando o rosto da mulher que o sentenciara à morte refletiu rapidamente no espelho retrovisor do veículo, debruçada para dentro. Ela aparentava estar mais sedenta por sangue do que nunca.

Com uma força descomunal, Paulo começou a ser puxado para trás em direção à abertura por onde parte do corpo da mulher adentrava a cabine. Seus braços esticados tentavam a todo custo segurar o volante enquanto a caminhonete dançava de um lado para o outro, saindo da pequena estrada e batendo nos barrancos laterais antes de retornar para o centro do caminho.

Em meio à luta contra a mulher que o puxava para a carroceria e à tentativa de dirigir a caminhonete, Paulo viu o pórtico se aproximando. Se conseguisse atravessá-lo, ele estaria livre daquela ameaça de uma vez por todas. Pelo menos era o que ele pensava, motivado pela lembrança ancestral de sua tataravó lançando um feitiço mágico ao redor da propriedade, capaz de prender todos os espíritos malignos ali dentro. Se continuasse, porém, naquele ritmo, com a caminhonete reduzindo enquanto seus pés escorregavam do acelerador, ele nunca conseguiria atravessar a barreira.

Esticando-se o máximo possível, Paulo acelerou. Segurando o volante apenas com a ponta dos dedos, enquanto braços fortes ainda tentavam puxá-lo, ele não conseguiu manter a caminhonete reta. Quando passou por baixo do pórtico e iniciou a descida até a estrada, o veículo estava de lado, com a frente apontando perigosamente para o barranco na margem do caminho. Desestabilizada pelo declive, a caminhonete tombou. Em seu interior, Paulo foi jogado com violência contra a porta do passageiro. As fortes mãos se soltaram de seu peito quando a mulher também foi jogada para o lado.

Tudo aconteceu tão rapidamente, e a adrenalina de Paulo estava tão alta, que ele não sentiu a dor na nuca, mais forte e intensa quando comparada à que sentira ao entrar no hotel fazenda, algumas horas antes. E tampouco conseguiu perceber um brilho intenso e rápido contrastar com a escuridão ao redor quando o selo imposto por sua ancestral se rompeu.

Tombada de lado contra um terreno em declive, a caminhonete virou mais uma vez, ficando com as rodas para cima sobre a terra fofa. Paulo foi jogado contra a capota da cabine, enquanto a mulher teve suas pernas esmagadas pelos paralamas da carroceria. O grito emitido por ela tornou-se quase inaudível em meio ao barulho de metal amassando, enquanto a caminhonete capotava.

O veículo continuou girando até o fim do declive, que terminava na estrada de terra. Paulo foi jogado violentamente contra a outra porta, que se abriu conforme a caminhonete girava mais uma vez até parar sobre as quatro rodas, toda amassada. Se ele não tivesse se segurado ao volante, teria sido jogado para fora do carro.

Em estado de choque, o rosto todo ensanguentado pelos cortes na cabeça, com fortes dores por todo o seu corpo, Paulo se viu jogado sobre os bancos dianteiros, ainda agarrado ao volante com todas as suas forças. Com a respiração rápida e os olhos arregalados de susto e medo, ele ouviu o barulho do motor da caminhonete ainda funcionando. Milagrosamente, ela poderia levá-lo até a cidade. Suspirando longamente, ele relaxou o corpo por um instante, procurando se recompor.

Não muito distante, a mulher rastejava pela estrada de terra em direção à caminhonete, as pernas quebradas. Em uma delas, os ossos estavam expostos. Paulo ainda não sabia, mas, ao contrário do que pensava, o selo de proteção conjurado por sua tataravó se rompera no momento em que ele atravessara o pórtico da propriedade, permitindo que a mulher, mesmo muito ferida, mas sedenta por vingança, alcançasse o estribo amassado e começasse a escalar para dentro da cabine.

Deitado desajeitadamente sobre os bancos, tentando se controlar depois do capotamento, Paulo se assustou quando dedos fortes se fecharam ao redor de seus tornozelos. Levantando a cabeça, seu sangue gelou quando ele viu a mulher escalando para dentro da cabine. “Ela deveria ter ficado presa dentro da propriedade”, pensou. “Como ela escapou?”

Essa pergunta talvez nunca lhe fosse respondida. Ele também não poderia se prender a isso enquanto ela tentava novamente matá-lo. Forçado a se recuperar do choque, Paulo abriu a porta e se jogou para fora da caminhonete pelo lado do passageiro, virando uma cambalhota de costas antes de cair sobre a terra barrenta na margem da estrada.

A mulher se arrastou rapidamente pelos bancos do veículo até alcançar o outro lado. Sedenta por vingança, ela começou a descer, primeiro colocando seus braços para fora para apoiar seu corpo contra o estribo da cabine. Depois, foi a cabeça que saiu.

Vendo que a mulher descia da caminhonete pelo lado do passageiro, Paulo, ainda caído, gritou:

– Você não desiste nunca?

Dito isso, Paulo chutou a porta. Ela se fechou com violência contra o rosto da mulher, prensando-a contra o batente. Instantaneamente, a cabeça dela pendeu para baixo. Seus braços balançavam de um lado para o outro. Seu corpo parou de se mexer. Para o jovem, ela finalmente estava morta.

Com muita dor, Paulo se levantou, agarrando-se à porta aberta. Por todo o seu corpo, sangue e barro se misturavam. Deixando-se dominar pela raiva, ele agarrou a mulher pelos cabelos e levantou sua cabeça. Um gemido saiu de sua boca:

– Acabe com meu sofrimento, por favor.

Paulo não acreditava no que estava ouvindo. Depois de tudo o que ela e seu povo haviam feito para ele e seus familiares mais distantes, ela ainda pedia por clemência. Movido pela raiva, ele desejava a ela uma morte lenta e dolorosa. Mesmo assim, seria pouco perto do sofrimento que ela causara a ele. Ela merecia algo muito pior.

Paulo estava pronto para jogá-la no chão e deixá-la morrer lentamente à margem da estrada quando ela balbuciou:

– Eu sinto muito por todo o sofrimento que causei.

Quando ela falou isso, Paulo se lembrou de todo o terror que passara naquela noite. Com um grito carregado de ódio e dor em sua alma, ele bateu a porta da caminhonete várias vezes contra a cabeça dela, esmagando-a contra o batente. Por mais que tivesse sido uma morte rápida, comparada a ficar jogada ali na estrada, sofrendo, seu fim tinha sido bem violento.

Mesmo assim, Paulo achou ter ouvido um sussurro em meio à leve ventania que por alguns segundos balançou seus cabelos:

– Obrigada.

A leve brisa trouxe muito mais do que o sussurro. Ela trouxe mais gemidos. Levantando a cabeça para olhar a propriedade, seus olhos se arregalaram enquanto os outros mortos-vivos atravessavam o pórtico. Rapidamente, ele agarrou o corpo da mulher e o deslizou pelo banco para fora da cabine, jogando-o a seus pés, à margem da estrada.

Lançando um último olhar para os mortos-vivos que se aproximavam, o seu desejo era o de enfrentar todos eles, mas não tinha forças para isso. Quando chegasse à cidade, avisaria a polícia e deixaria as autoridades cuidarem daquele problema.

Sem perder tempo, Paulo entrou na caminhonete e bateu a porta. Pulou para o banco do motorista e fechou a outra porta também. Sem olhar para trás, acelerou e arrancou com a caminhonete a toda velocidade. Os pneus patinaram no barro antes de colocarem o pesado veículo em movimento pouco antes de um dos mortos-vivos chegar à carroceria. Controlando o carro com muita dificuldade enquanto escorregava de um lado para o outro pelo barro à margem, ele conseguiu retornar para o centro da estrada.

O pesadelo havia acabado, deixado para trás em uma estrada de terra deserta. Um novo destino surgia adiante: a cidade de Cafelândia, onde sua vida voltaria ao normal.

Pelo menos, ele achava isso.

43

Os mortos-vivos chegaram a uma cidade praticamente adormecida. Quando a estrada de acesso ao cemitério se abriu para as ruas, a horda se dividiu em todas as direções, passando de casa em casa, matando todos que encontravam pela frente, independente de sexo ou idade. A cada morte, o prazer se incendiava dentro deles. Insaciáveis, eles continuaram se espalhando, grupos grandes se dividindo em bandos cada vez menores enquanto tomavam primeiro o lado leste da cidade.

Ao passarem pela Santa Casa, o único hospital da cidade, toda a equipe médica foi exterminada. Quando deixaram o local, nada restou ali além de muito sangue e cadáveres.

Nem mesmo a delegacia de polícia foi poupada. Com a invasão dos mortos-vivos, os poucos policiais sacaram suas armas e atiraram, derrubando alguns deles. Os invasores, porém, estavam em maior número. Quando saíram da delegacia, tudo que ficou para trás foi destruição, morte e muito sangue derramado.

Se a delegacia não conseguiu deter a horda que a invadiu, muito menos as poucas viaturas em ronda, cada uma com apenas dois policiais. Pobres coitados.

Conforme se aproximavam do centro da cidade, os pequenos grupos de mortos-vivos iam se juntando, aumentando, assim, o bando de corpos em marcha, todos sedentos por sangue. Atrás deles, apenas morte e destruição. À frente, a promessa viciante de mais vítimas.

Aos poucos, Cafelândia se transformava em uma cidade fantasma.

44

Leonardo entrou na cidade dirigindo em alta velocidade, percorrendo o caminho de volta para a escola agrícola o mais rápido possível. Ao virar à direita em uma rua, seus olhos se arregalaram quando viu um bando de pessoas espalhadas pela via, caminhando em direção à praça matriz da cidade, onde a catedral se erguia imponente. Ele estava tão rápido que sua reação imediata foi tentar desviar, para depois iniciar a freada do carro.

A primeira guinada, porém, foi suficiente para Leonardo perder o controle do carro, rodar e bater o lado do passageiro contra um poste. Com o impacto, os vidros arrebentaram para o interior do veículo, enquanto as rodas do lado esquerdo foram levantadas um pouco no ar, como se o veículo fosse capotar, mas voltaram a bater com força no chão, os pneus estourando. No banco traseiro, Júlia foi jogada com violência contra a porta, batendo a cabeça. Leonardo, preso pelo cinto de segurança, não saiu do lugar, mas seu rosto estava todo cortado pelos fragmentos do vidro. A bolsa com os livros caiu no assoalho do carro.

– Mas que diabos essas pessoas estão fazendo no meio da rua a essa hora? – Leonardo se perguntou, irritado.

Era uma pergunta retórica, uma tentativa de encontrar uma justificativa para sua própria imprudência. Virando-se para Júlia, ele perguntou:

– Você está bem?

Sangue escorria de um corte profundo na cabeça dela. Júlia colocou a mão sobre ele e tentou se levantar. Uma forte dor se abateu sobre sua perna, fazendo-a cair deitada novamente no banco traseiro.

– Minha perna... – respondeu, arfando de dor. – Minha perna está presa.

Leonardo soltou seu cinto de segurança e se virou. Seu olhar caiu diretamente sobre a perna dela, presa entre o banco do motorista, que saíra do trilho, e o banco traseiro. Querendo ajudá-la, ele apenas encostou na perna, mas Júlia gritou de dor. Virando-se para ela, falou:

– Eu acho que está quebrada.

– Não diga! – respondeu ela, ironicamente, entredentes.

– Vamos ter que soltá-la. Isso vai doer.

Pegando a bolsa com os livros do assoalho do carro, ele a colocou entre os dois bancos e estendeu a ela a tira rasgada:

– Morda isto.

Júlia obedeceu. Leonardo pulou para o banco do lado, ajoelhando-se sobre os cacos de vidro, e tentou mover o banco que pressionava a perna dela. O banco chegou a mover alguns centímetros. O grito abafado pela tira entre seus dentes invadiu todo o interior do carro. O espaço criado, no entanto, não foi suficiente para tirar a perna da garota.

Ele precisava de mais espaço. Então fez mais força. Seus braços tremiam. Seu rosto estava todo vermelho, tamanho o esforço que fazia. Seus dentes estavam cerrados, mas, mesmo assim, ele conseguiu falar:

– Puxe a perna.

Com um grito de dor muito alto, Júlia conseguiu soltar a perna, colocando-a sobre o banco traseiro. Leonardo soltou o banco, que voltou para a posição de antes. Suando, ele olhou para a jovem e perguntou:

– Você está bem?

Júlia cuspiu a alça que estava entre seus dentes e se sentou. Olhando para a perna ferida, ela respondeu, irritada:

– Minha perna está quebrada! O que você acha?

Leonardo não respondeu. Não teve tempo para isso. Sua atenção foi desviada quando algo bateu contra a lataria do carro. Virando-se rapidamente, seus olhos se arregalaram quando viu as pessoas que ele quase atropelara se aproximando, praticamente cercando o veículo avariado. Não conseguindo acreditar no que via, ele esfregou os olhos. Ao olhar novamente para aquelas pessoas, nada havia mudado. Elas continuavam com as mesmas feições. A expressão delas era de puro ódio. Com certeza eram hostis. Pior que isso. Elas pareciam estar mortas. Mas caminhavam. "Como isso é possível?", ele se perguntou.

Com medo, sabendo que o carro não era mais um lugar seguro, Leonardo tirou a arma do coldre, pegou a bolsa com os livros e abriu a porta do motorista com um chute. Seu desespero para sair do veículo era tão grande que ele não pensou em pegar as outras armas na sacola que trouxera consigo. Antes de sair, Leonardo olhou para a jovem ferida, deitada no banco de trás, e falou:

– Sinto muito.

– Não me deixe aqui! – Júlia tentou protestar. E, mesmo com ele já fora do carro, ela implorou: – Por favor.

Não adiantava implorar. Leonardo corria para longe, atirando na cabeça dos mortos-vivos que se aproximavam dele. Ela fora abandonada ali. Para morrer.

45

Leonardo matou o máximo de mortos-vivos que conseguiu. Trocou o pente de sua arma duas vezes. Porém, as balas acabaram bem antes de conseguir limpar o seu caminho. Logo, muitas daquelas figuras aterrorizantes se aproximaram dele, cercando-o, sem deixar a ele nenhum espaço para onde correr.

Para Leonardo, só havia uma opção: tentar entrar em alguma casa. Encontrando ainda algum espaço, empurrando para longe mãos que buscavam agarrá-lo, ele correu pela calçada, tentando abrir os portões das residências, esperando a sorte grande de encontrar algum destrancado. Não foi daquela vez, porém, que a sorte lhe sorriu. Ele teria de arrombar.

Com muita dificuldade, Leonardo alcançou uma casa, cujo portão era uma grade de ferro fechada por um cadeado. Com a arma, ele bateu contra o cadeado várias vezes, tentando arrebentá-lo, mas não teve sucesso. O cadeado não quebrava de jeito nenhum.

Sua atenção estava tão desesperadamente voltada para a tentativa de abrir o portão que ele só se deu conta de que os mortos-vivos estavam próximos demais quando unhas compridas foram cravadas em suas costas. Caindo de frente contra as grades do portão, ele gritou de dor. O silêncio da noite foi quebrado pela mistura dos sons de ferro batendo e do grito agonizante de Leonardo.

O morto-vivo, deliciando-se com aquele grito, aproximou sua boca da orelha de Leonardo e falou:

– Grite mais.

Dito isso, aquele ser monstruoso pressionou ainda mais suas unhas contra as costas de Leonardo até seus dedos afundarem na carne, rasgando tudo o que encontravam pela frente. Não satisfeito, passou a mexer lentamente os dedos dentro do corpo de Leonardo, causando uma destruição sem precedentes aos seus órgãos. Sangue escorria das feridas. A dor era tão insuportável que ele gritou ainda mais, para o deleite de seu torturador.

Outros mortos-vivos se aproximaram de Leonardo, ansiando por participar de sua morte, mas foram rechaçados:

– Ele é meu! – O rosnado do morto-vivo estava carregado de tanta raiva que Leonardo estremeceu de medo.

Voltando a atenção para sua vítima enquanto os outros se afastavam, o morto-vivo rapidamente tirou seus dedos de dentro das costas de Leonardo. Sangue escorreu da ferida pelas pernas do mercenário antes de começar a formar uma poça no chão. Com muita dor e um grito, ele caiu de joelhos, as mãos ainda agarradas às grades do portão.

Mesmo apavorado e ferido, Leonardo não era o tipo de homem que morria sem lutar. Na hora certa, contra-atacaria.

O morto-vivo agarrou Leonardo pelos cabelos e puxou sua cabeça para trás. Ignorando a dor, o mercenário puxou uma faca militar da bainha, presa a seu peito. Com um movimento rápido, rasgou o punho que o segurava. Livre, a faca ainda em sua mão, ele se pôs a correr pela calçada, cambaleando, deixando para trás um rastro de sangue.

Os mortos-vivos rechaçados que observavam a tortura, ansiosos por uma oportunidade de participar, rapidamente se colocaram em perseguição ao fugitivo.

Para a sorte de Leonardo, ele viu um lugar com uma grade de correr, que estava aberta. Ele rapidamente entrou no ambiente escuro e, com um som característico de metal correndo pelo trilho, fechou-a atrás de si. Apesar do perigo, ele sorriu quando seus olhos pousaram sobre a corrente ainda pendurada em torno da grade. O cadeado, porém, estava arrebentado. Mas isso não seria problema. Lutando por sua vida, ele jogou a bolsa no chão, às suas costas, enrolou a corrente na grade fechada, uniu os elos e atravessou sua faca entre eles, trancando-se para dentro.

Sentindo-se seguro, Leonardo arqueou o corpo, apoiando as mãos contra os joelhos. Sangue escorria pela ferida que latejava enquanto ele tentava respirar.

Repentinamente, mãos fortes atravessaram pelas grades de ferro, tentando pegá-lo a todo custo. Com o susto, Leonardo endireitou o corpo e caminhou para trás, encarando os mortos-vivos enquanto se afastava deles.

Caminhando de costas, seus pés tocaram de leve em alguma coisa. Desviando a atenção da entrada para olhar o que estava no chão, viu o corpo de um homem, a cabeça virada ao contrário, próximo a um catre tombado e um caixão caído, aberto, sobre um desenho estranho onde cinco velas de diferentes cores estavam colocadas. Para o mercenário, parecia muito com uma estrela de cinco pontas envolta por uma circunferência. O que aquilo significava, ele não sabia exatamente, mas coisa boa não deveria ser.

Havia algo mais no chão que lhe chamou a atenção e, por mais que estivesse muito ferido, o encheu de energia. Perto do caixão aberto, havia um livro fechado, com uma cruz invertida em sua capa. Aproximando-se dele, Leonardo o pegou nas mãos. Era o livro que faltava na coleção que ele encontrara no hotel fazenda. Ele só não sabia o que estava fazendo ali. Mas também não queria saber. Tudo o que lhe importava agora era que ele receberia uma grande quantidade de dinheiro por ter concluído com êxito aquela missão.

Guardando o livro na bolsa junto com os outros, Leonardo sentou-se em uma cadeira, tirou seu colete e levantou a camiseta. Se quisesse sobreviver para entregar aquela encomenda tão valiosa, ele teria primeiro de estancar o sangramento da ferida em suas costas. Para tal feito, as velas no chão não seriam má ideia. Depois, pensaria em um jeito de sair dali.

46

Dos mortos-vivos que cercaram o carro batido, alguns foram mortos por Leonardo e outros o seguiram. Cheia de pavor, ainda deitada no banco traseiro do carro, Júlia ouviu os tiros. Depois, silêncio. Para ela, ou ele estava morto ou as balas haviam acabado. Qualquer que fosse o motivo, ela estava por conta própria.

Júlia percebeu outros mortos-vivos se aproximando do carro, batendo contra a lataria já amassada ou contra os vidros ainda intactos, tentando entrar a qualquer custo. Alguns deles caminhavam em direção à porta do motorista, aberta. Ainda havia uma vida ali dentro e eles estavam sedentos por tirá-la.

A porta que Leonardo havia deixado aberta era um convite mais do que bem-vindo para os mortos-vivos entrarem no carro e pegá-la. Júlia precisava fechá-la o quanto antes, se quisesse ter uma pequena chance de sobreviver. Com um grito de dor ao movimentar a perna, lágrimas escorrendo por seu rosto, ela se mexeu no banco traseiro, debruçando-se por entre os bancos da frente, o braço esticado tentando a todo custo fechar a porta. Seus dedos roçavam o puxador interno, mas não encontravam firmeza para alcançá-lo.

Repentinamente, os mortos-vivos se espremeram pelo espaço da porta aberta, os braços esticados para dentro do carro agarrando Júlia por onde conseguiam alcançar. Uma das mãos agarrou seu braço e começou a puxá-lo para fora. Seu corpo, prensado entre os bancos dianteiros, não se movia nem um centímetro. Outra mão a agarrou pelo pescoço. Outra ainda conseguiu puxar seus cabelos, fazendo seu pescoço estranhamente virar de lado. Uma quarta mão a segurava pelo ombro, por onde também tentava puxá-la para fora. Sentindo muita dor, ela gritava.

Mas não se entregou. Tentando se livrar, ela puxou o braço esticado e se jogou novamente para o banco de trás do carro. As mãos que a seguravam não resistiram e escaparam, deixando no lugar longos riscos por onde sangue escorria. Uma das mãos ainda ficou com tufos de cabelo loiro enquanto Júlia caía deitada no assento traseiro, com um grito ainda mais intenso saindo de sua garganta, conforme sua perna fraturada batia contra o banco do motorista à sua frente.

De volta no banco de trás, agora contra sua vontade, ela tentou se levantar, mesmo sentindo muita dor em sua perna. Não conseguiu, no entanto, sequer ficar sentada. Rapidamente, um morto-vivo entrou pela porta aberta, a expressão de ódio em seu olhar a atravessando de forma ameaçadora. Seus dedos se agarraram à lateral do banco do motorista conforme ele se puxava ainda mais para dentro, determinado a atravessar o vão entre os dois assentos e mergulhar sobre Júlia.

Desesperada, Júlia chutou a porta traseira diversas vezes com a perna que ainda estava boa, mas ela nem sequer se mexeu. Por mais que tentasse, ela não se abria. Um morto-vivo bateu seus braços com violência contra o vidro, quebrando-o. Os cacos voaram para o interior do veículo, enquanto as pernas da garota eram agarradas.

Debatendo-se com os pés, ignorando a dor da perna fraturada, Júlia tentou se arrastar pelo banco para a outra porta. Tateou pelo interior dela até encontrar a maçaneta. Quando a puxou, ela se encheu de esperança conforme a porta abria. Ela finalmente sairia do carro.

A porta, no entanto, travada pelo poste onde o carro havia batido, não abriu o suficiente para que ela conseguisse sair. Desesperada, Júlia empurrou com mais força, mas não teve sucesso. Ela nunca conseguiria passar por aquele espaço.

Havia, no entanto, uma última alternativa. Com o morto-vivo atravessando pelo espaço entre os bancos, Júlia se sentou e colocou os braços para o lado de fora da janela, segurando-se na capota do carro. Tentando ignorar a dor em todo o seu corpo, ainda se debatendo com os pés para se livrar das fortes mãos que tentavam agarrá-la pela outra janela, ela se puxou para fora do carro.

Praticamente metade do seu corpo havia saído pela janela quando fortes mãos a agarraram pelos pés. Com um grito de dor pela pressão sobre a perna quebrada, ela tentou se arrastar ainda mais para fora do carro, mas seus braços se enfraqueceram.

– Não, não, não! – Júlia implorou.

Não conseguindo mais se segurar, Júlia foi puxada de volta para dentro, um curto grito de desespero saindo de sua boca.

Assim que ela voltou para dentro, o morto-vivo terminou de atravessar pelo espaço entre os bancos e se jogou sobre ela. Rapidamente, ele cravou suas unhas nas laterais do corpo de Júlia, abaixo das costelas. Mais um grito de agonia saiu de sua garganta, enquanto seu inimigo se deitava sobre ela, deleitando-se com o sofrimento que lhe impunha.

Júlia ainda tentou lutar, mas não tinha mais forças para isso. Ela tinha certeza de que não escaparia daquele carro. Ali seria o seu túmulo.

47

Paulo só desacelerou a caminhonete e respirou aliviado quando a estrada barrenta se transformou em asfalto. Ele esperava encontrar a viatura ainda parada ali, mas a ausência dela não foi o suficiente para decepcioná-lo. Ele procuraria por ajuda no centro de Cafelândia. Tentando seguir seu senso de direção, lembrando-se vagamente do caminho feito por Rafael antes daquela noite de puro terror começar, ele seguiu em meio às ruas desertas, por onde se perdeu.

Ao virar à direita em uma via, Paulo freou a caminhonete bruscamente. Seu alívio o abandonou de imediato quando viu, pelo para-brisa sujo, um bando de mortos-vivos espalhados pela rua. Alguns deles se aglomeravam em frente a uma casa, duas esquinas adiante. Outros cercavam um carro batido contra um poste, brigando entre si para entrarem dentro do veículo.

– Não pode ser! – Suspirou Paulo, desanimado, no interior do veículo. Quando achava que tudo tinha acabado, um novo perigo surgia bem à sua frente.

Tudo o que ele queria era ficar longe daqueles mortos-vivos. E só havia uma solução para isso: abandonar a cidade o quanto antes e torcer para que aquela ameaça estivesse concentrada apenas em Cafelândia. Disposto a se afastar, ainda mais porque ele não havia sido notado, Paulo começou a voltar de ré pela rua.

Porém, um grito agudo, parecendo vir do interior do veículo batido, o fez parar. Ainda havia alguém vivo ali. A agonia tomou conta de Paulo, esfregando seus cabelos sujos enquanto decidia se deveria ou não salvar aquela pessoa. Por um lado, ele queria ir embora. Por outro, ele não se sentia confortável em deixar alguém assim para morrer. "O que eu faço?", ele se perguntou.

Paulo engatou a primeira marcha, mas, antes de colocar a caminhonete em movimento, mordeu os lábios, pensando sobre sua atitude pela última vez.

– Eu devo estar ficando louco – falou para si mesmo.

E pôs a caminhonete em movimento, acelerando o máximo que conseguiria naquele curto trajeto até seu alvo: os mortos-vivos no meio da rua, próximos ao carro batido.

Com um grito, Paulo atropelou os mortos-vivos que estavam próximos ao carro. Seus corpos foram arremessados para o lado e por cima da caminhonete. Alguns ainda foram derrubados no chão. Com um salto inesperado conforme as rodas passavam por cima dos corpos, o jovem perdeu o controle do veículo e sua frente guinou repentinamente para a esquerda, batendo em diagonal na traseira do carro, levando consigo o morto-vivo que tentava entrar pela janela de trás.

Após a batida, a caminhonete mudou seu ângulo, sua lateral raspando pela lataria do carro, enquanto Paulo freava. Assim que parou totalmente, o jovem tateou pelo banco traseiro até pegar um pedaço grande de vidro quebrado, pontiagudo. Não se importando com a dor enquanto um filete de sangue escorria por entre seus dedos, abriu a porta e pulou para fora. Com passos rápidos, ele chegou ao morto-vivo debruçado dentro do carro, o puxou pelos cabelos longos e grisalhos e rapidamente passou o estilhaço de vidro pelo pescoço dele, como uma faca, até a cabeça se soltar completamente do corpo.

Quando o corpo do morto-vivo exterminado caiu no chão, Paulo largou sua cabeça de forma displicente. Após um baque surdo ao bater contra o asfalto, ela rolou um pouco até parar ao lado das pernas do cadáver.

Paulo largou o estilhaço ensanguentado no chão e mergulhou para dentro do carro, o braço estendido, a mão aberta em direção à vítima, sem se dar conta de quem era.

– Vem comigo, rápido!

Quando seus olhos caíram sobre a pessoa, Paulo foi invadido por uma mistura de compaixão e ódio.

– Júlia?

– Paulo! Como você...? – Ela estava surpresa.

Recuperando-se do choque, ela continuou:

– Graças a Deus você está vivo. – E agarrou a mão estendida em sua direção.

Paulo estava tão surpreso quanto ela. Parte dele não queria salvá-la. Ela não merecia, depois do que tinha feito. Mas outra parte lhe dizia que havia algo muito maior agindo ali, que ele mesmo desconhecia. Mas agora não importava, ele já havia feito sua escolha, já havia se colocado em perigo e, ao contrário do que ela havia feito com ele, ele não a deixaria ali para morrer.

Vendo que alguns dos mortos-vivos atropelados se levantavam, ele rapidamente se voltou para Júlia:

– Vamos, temos que ser rápidos!

Paulo a ajudou a sair do carro. Segurou-a pela cintura, enquanto Júlia colocava uma das mãos sobre seu ombro. Pulando sobre o pé que ainda estava bom e sustentando-se sobre o amigo, ela se deixou conduzir até a caminhonete.

Com o rosto contraído e um grito de dor, Júlia se jogou para dentro da cabine e pulou para o banco do passageiro. Paulo subiu logo depois, fechou a porta e saiu a toda velocidade, atropelando outros mortos-vivos que iniciavam uma nova investida.

Trafegando por ruas desertas, perdido em meio às vias iguais da pequena cidade enquanto procurava a saída para a estrada, Paulo perguntou:

– Você está bem?

– Não. Não mesmo – respondeu Júlia, parcialmente esticada de lado no banco da caminhonete, o corpo largado.

Paulo estava prestes a perguntar por que ela havia feito tudo aquilo com ele quando Júlia, parecendo ler seus pensamentos, se mexeu no banco, com o rosto contraído de dor, de modo a olhar para o amigo.

– Paulo, você devia ter me deixado morrer naquela banheira. Ou dentro daquele carro. Eu não merecia ser salva. Não depois de tudo o que eu fiz com você.

– Deveria mesmo! – Paulo respondeu, seu tom de voz atravessando Júlia como se fosse uma faca. – Mas eu não conseguiria ficar em paz com minha consciência sabendo que eu poderia ter salvado uma pessoa e, mesmo sabendo que não merecia, a deixasse para morrer.

Tirando os olhos das ruas, Paulo olhou rapidamente para ela. Naquele momento, Júlia sentiu por ele uma ternura que nunca, em toda a sua vida, havia sentido antes. Então, voltando a atenção para o caminho, ele exigiu:

– Mas você me deve uma boa explicação.

Júlia mordeu os lábios, pensativa. Ele tinha razão, ela sabia disso. Pensou seriamente em não contar toda a verdade. Mas, depois de tudo o que ele fizera por ela, Júlia sentia, em seu mais profundo ser, que deveria ser totalmente sincera.

– Paulo, eu estou morrendo.

– Você não vai morrer agora! Vou levar você para um hospital. Você vai ficar bem – ele respondeu assustado, olhando para ela, pensando que ela se referia aos seus ferimentos.

– Hospital nenhum pode me salvar – respondeu Júlia, secamente. E, antes que Paulo pudesse dizer qualquer coisa, ela continuou: – Bem antes de tudo isso acontecer comigo – gesticulou, mostrando seus inúmeros machucados –, eu já estava morrendo. Eu tenho leucemia. – Estas palavras deixaram Paulo chocado. – Os médicos não me deram mais do que alguns meses de vida.

Paulo balançou a cabeça afirmativamente, os olhos fixos na rua.

– Desesperada, eu procurei ajuda... – Júlia continuou. – E acabei tentando em um lugar bem pouco convencional, vamos dizer assim. Na sessão, prometeram que eu receberia a cura completa se eu levasse você para aquele hotel fazenda. Se eu entregasse você para aquelas entidades malignas. – Enchendo-se de remorso, ela continuou: – Mas eu fui enganada! Eu não fui mais do que um peão no jogo daquelas sombras.

Gemendo de dor, ela se virou no banco da caminhonete e apoiou sua cabeça sobre o ombro de Paulo.

– Sinto muito.

Paulo percebeu a sinceridade dela. Depois de tudo o que os dois haviam passado naquela noite, sentir o arrependimento e o carinho dela o enchia de energia. Não tinha como não perdoar. Tirando os olhos da rua por um instante, ele estava prestes a responder algo quando ela gritou:

– Cuidado!

Olhando repentinamente para a frente, após fazer uma curva, Paulo arregalou os olhos quando viu a rua repleta de mortos-vivos. Eles caminhavam em direção à praça matriz da cidade. Aquela horda intransponível estivera ali o tempo todo, mas não fora vista imediatamente porque o jovem estava distraído, olhando para Júlia ao seu lado. Agindo por instinto, mais por causa do grito dela do que por ter visto o perigo à frente, ele freou fortemente. O veículo derrapou alguns metros até parar, atropelando corpos das últimas fileiras daquela procissão aterrorizante, alguns sendo jogados por cima do capô, outros caindo em ambos os lados e outros, ainda, para baixo do veículo.

Enquanto os mortos-vivos ao redor se viravam em sua direção, sedentos por sangue, Paulo tentou voltar de ré. A caminhonete recuou um pouco, mas logo ficou presa no aglomerado de corpos que estava no chão.

– Droga! – exclamou Paulo.

Não desistindo de imediato, Paulo forçou a fuga. Permanecer na caminhonete era o meio mais seguro de percorrer as ruas da cidade à procura de possíveis rotas para sair dali. As rodas patinavam, tentando vencer os obstáculos em seu caminho. Com solavancos desconfortáveis, o veículo subia e descia sobre os corpos caídos no chão, mas não se deslocava mais do que poucos metros. Eles estavam presos.

– O que foi? – perguntou Júlia, endireitando-se no banco, preocupada.

– Estamos presos! – respondeu Paulo, ainda tentando sair com a caminhonete daquela situação aterrorizante, em que os mortos-vivos começavam a se aproximar perigosamente da cabine.

Agora, permanecer na caminhonete seria suicídio. Conformando-se com o fato de que teria de abandoná-la, Paulo pulou por entre os bancos dianteiros em direção à janela de acesso à carroceria, deixando o motor ainda ligado e os faróis acesos.

– Temos que sair daqui! – falou rapidamente para Júlia enquanto mergulhava pela janela para a carroceria.

Colocando-se de joelhos assim que saiu, rapidamente se debruçou para o interior da cabine. Com os braços esticados, ele alcançou Júlia e começou a puxá-la para fora pelo mesmo vão por onde ele passara. Enquanto a arrastava, os mortos-vivos à frente avançavam perigosamente, fechando o cerco ao redor da caminhonete, as palmas das mãos batendo ruidosamente contra a lataria toda amassada.

Metade do corpo dela já havia atravessado pela abertura quando dois mortos-vivos esticaram os braços pelas janelas quebradas das portas dianteiras, debruçando-se por elas, tentando agarrar as pernas de Júlia. Um terceiro, mais sedento que os outros, subiu pelo capô do veículo. Com passos rápidos e o som do metal amassando sob o seu peso, ele se jogou pelo vidro dianteiro, atravessando-o para o interior da cabine, os braços esticados mirando as pernas de Júlia.

Por muito pouco não conseguiram agarrá-la. Paulo fora mais rápido em tirá-la antes que os ameaçadores braços esticados chegassem até ela. Com a força do movimento, os dois caíram para trás, um ao lado do outro no interior da carroceria.

Os mortos-vivos atropelados, inclusive os que estavam debaixo da caminhonete, começaram a se levantar e se misturaram aos companheiros na caçada aos jovens, enquanto outros continuavam batendo na lataria do veículo conforme avançavam. Em pouco tempo, eles praticamente haviam cercado o veículo, fazendo toda a carroceria balançar para cima e para baixo. Só havia uma saída para Paulo e Júlia, uma brecha que ainda não havia sido fechada. Quando a horda ocupasse aquele espaço, não haveria mais para onde correr.

Colocando-se de pé rapidamente, Paulo ajudou Júlia a se levantar. Abraçando-a pela cintura e passando o braço dela por sua nuca, de modo a sustentar o seu peso e evitar que a sua perna fraturada encostasse no chão, ele falou:

– Sei que vai ser desconfortável e dolorido, mas eu preciso de sua ajuda.

Júlia apenas balançou a cabeça afirmativamente, concordando. Juntos, os dois caminharam o mais rápido possível pela carroceria da caminhonete, Júlia mancando, praticamente pulando com o pé bom, apoiada no amigo. Três passos depois, a jovem colocava a perna sobre o tampo traseiro e, abraçada ao amigo, pulava.

O pouso, entre alguns mortos-vivos que já chegavam à traseira da caminhonete, foi complicado para Júlia. Ela soltou um grito de dor quando sua perna ferida tocou mais do que deveria no chão, sustentando parte de seu corpo. Se não fosse pelos braços fortes de Paulo segurando sua cintura, ela teria se desequilibrado e caído, tornando-se uma vítima fácil, sem condições de defesa.

Por mais que ela estivesse machucada, os dois não poderiam parar agora. Teriam de correr para longe dos mortos-vivos que fechavam o cerco, os braços esticados na direção de ambos. Ignorando os gemidos de dor de Júlia, Paulo começou a correr para longe da ameaça, conduzindo-a pela cintura enquanto ela mancava, cada passo acompanhado de um grito de dor.

Tendo conseguido escapar dos mortos-vivos que cercavam a caminhonete, Paulo virou a rua seguinte à esquerda, seguindo pelo mesmo caminho que passara havia apenas alguns minutos, um lugar que ele sabia estar vazio. Pelo menos, ele achava que estava vazio. Quando virou a esquina, percebeu o quanto se enganara. A rua estava cheia daquelas figuras horripilantes que caminhavam a passos rápidos em sua direção.

Os dois pararam de correr e se viraram, tentando voltar, mas os mortos-vivos que cercavam a caminhonete já haviam tomado o quarteirão todo. Eles estavam cercados. Preocupado, Paulo começou a olhar para os dois lados da rua, procurando por uma saída, enquanto o cerco se fechava ainda mais ao redor de ambos. Foi Júlia quem os salvou.

– Ali, a casa de Cláudia! – E apontou para o lugar.

"Que coincidência estranha!", Paulo pensou. Era como se, de alguma forma, ele estivesse sendo manipulado por uma força maior para estar de volta àquela casa. Ele só não conseguia entender o motivo. Não havia tempo, no entanto, para pensar sobre isso. Eles precisavam sair da rua o quanto antes e, independentemente de qualquer coisa, a casa de Cláudia parecia muito acolhedora.

Júlia suava frio ao seu lado, seu corpo levemente arqueado para a frente. Seus dentes estavam trincados de tanta dor na perna ferida. Paulo compreendia a dor dela, mas, se quisessem sobreviver, ela teria de fazer o sacrifício de aguentar o sofrimento mais um pouco. Eles estavam muito próximos do portão.

Sustentando Júlia pela cintura, Paulo correu em direção ao portão da garagem, as mãos dos mortos-vivos que os cercavam raspando de leve em seus ombros conforme eles passavam. Eles sabiam que o portão não estava trancado. Antes de saírem, eles haviam combinado de deixá-lo destrancado caso algum deles quisesse estender um pouco mais a noite ou, na pior das hipóteses, voltar mais cedo para casa.

Paulo abriu o portão e os dois atravessaram. Rapidamente, ele o fechou e passou a tranca, esperando que aquela barreira segurasse os mortos-vivos do lado de fora. Bastou o primeiro impacto da horda contra a chapa de metal para os dois perceberem que o portão não resistiria por muito tempo. Com o cerco em torno da casa, o plano de fugir com seu carro, rapidamente formado na mente do jovem, foi aniquilado. Dentro das circunstâncias, só havia uma possibilidade: precisavam se refugiar dentro da casa, cuja porta também havia sido deixada destrancada. Enquanto permanecesse intacto, o portão fechado daria a eles o tempo necessário.

Da rua, os mortos-vivos socavam e pressionavam violentamente o portão, tentando entrar. Alguns se chocavam de ombro contra o metal, fazendo-o estremecer. Aos poucos, o trinco começou a entortar. Outros ainda tentavam escalar o alto muro e pular para dentro. Eles estavam tão determinados que nem a cerca elétrica seria suficiente para segurá-los. Quando tocassem nela, o choque não seria mais do que cócegas para eles. Nesse caso, os fios eletrificados não passariam de um mecanismo capaz de oferecer uma falsa sensação de segurança.

Com uma vantagem pequena, mas sem tempo a perder, os dois correram rampa acima até a cobertura da laje, onde o carro estava estacionado. Rapidamente subiram a pequena escada, Júlia usando o apoio do amigo para pular degrau por degrau. Por fim, entraram na casa. Assim que atravessaram a porta, Paulo a trancou na vã esperança de que isso segurasse a horda por mais um tempo do lado de fora.

Com muita dor, Júlia se recostou contra a parede do corredor e deixou seu corpo cair até se sentar no chão, a perna ferida esticada. Paulo, cansado, permaneceu próximo à porta trancada, olhando para o portão pelo vidro retangular. Para seu espanto, a barreira se rompeu mais rápido do que imaginava, permitindo que os mortos-vivos adentrassem o terreno. Espremendo-se pela brecha, eles começaram a atravessar, um a um. Outros, tendo alcançado a extremidade do muro, pulavam para dentro.

Sem tempo a perder, o jovem se agachou, agarrou Júlia novamente pela cintura e passou o braço dela por cima de seus ombros. Colocando-a de pé, falou:

– Não podemos ficar aqui! Temos de nos esconder!

Paulo e Júlia começaram a subir as escadas, tentando se colocar o mais longe possível dos mortos-vivos. Mesmo com dor, arrastando uma das pernas pelos degraus cobertos pelo tapete vermelho, ela conseguiu subir os dois lances até chegar ao segundo andar.

No piso inferior, a porta balançou freneticamente enquanto os mortos-vivos tentavam entrar na casa. A frágil barreira chegou até a resistir por um tempo, mas logo a madeira se quebrou. Ao mesmo tempo, o som do vidro estilhaçando ecoou pelo ambiente quando alguns passaram a quebrar as janelas. Com as barreiras derrubadas, a horda entrou na casa, espalhando-se rapidamente pelos cômodos na caça aos dois jovens.

No topo da escada, Júlia olhou para Paulo e perguntou, assustada:

– E agora?

– Eu ainda não sei – respondeu Paulo, olhando ao redor.

Havia algo muito estranho ali. A casa parecia estar vazia. Mais do que isso. A casa estava mais fria que o normal. Uma energia estranha, maligna, pulsava naquele lugar. Misteriosamente, as luzes do segundo andar estavam acesas, como se alguém, ou algo, os aguardasse. Mas não parecia haver nenhum sinal dos pais de Cláudia. "Onde será que eles estão?", Paulo se perguntou. "Por que eles deixaram as luzes do corredor acesas?"

Repentinamente, todo o terror pelo qual passara no hotel fazenda o invadiu, trazendo um pensamento perturbador: "Será que eu saí de um lugar maligno para chegar a outro ainda pior? O que está acontecendo aqui?".

Paulo não teve tempo de responder. A horda já dominara todo o piso inferior da casa e começava a subir as escadas. Se ele fosse fazer alguma coisa, teria de ser agora, antes que os mortos-vivos chegassem ao segundo andar. Não havia tempo a perder.

Os dois se apressaram pelo corredor mal iluminado, onde sombras ameaçadoras cresciam de seus cantos, Paulo ainda segurando Júlia pela cintura. Ela mancava. O plano de fuga era pularem pela vidraça no final do corredor, saindo, assim, para a laje. Para onde iriam depois, Paulo ainda não sabia, mas pensaria no momento em que estivessem do lado de fora, em parcial segurança.

Quando já haviam percorrido parte do longo corredor, uma forte ventania soprou de algum ponto em suas costas, levantando os cabelos de ambos. Aterrorizados, eles pararam e, abraçados, olharam para trás. Um calafrio fez seus corpos tremerem enquanto o vento acariciava ferozmente seus rostos. Ele parecia carregar sofrimento e morte. Quase imediatamente, todas as luzes começaram a piscar freneticamente.

Sem qualquer aviso, a luz do hall à frente deles, onde a escada terminava no segundo andar, se apagou, mergulhando a área em escuridão. Logo em seguida, a primeira luminária do corredor se apagou. Depois mais uma. Segundos depois, outra. O desespero se abateu sobre eles.

– Corre! – gritou Júlia.

Os dois correram o mais rápido que puderam pelo corredor ainda iluminado, Júlia apoiada em Paulo, mancando, uma onda de dor atravessando todo o seu corpo a cada vez que tocava o pé ferido no chão. Atrás deles, uma a uma, as luzes se apagavam, perseguindo os jovens em fuga enquanto a escuridão engolia aos poucos o corredor. De algum lugar atrás deles, ouvia-se o gemido raivoso dos mortos-vivos, como se o breu não fosse empecilho nenhum para seguirem com seu plano.

Em meio à fuga desesperada, com a vidraça do fim do corredor ainda um pouco distante, Júlia soltou um grito agudo de dor e agonia quando sua perna fraturada encostou com força no chão. Perdendo o equilíbrio, ela caiu sobre o tapete vermelho, quase derrubando Paulo junto.

Ao sentir sua amiga escapar de seus braços, Paulo recuperou seu equilíbrio e se virou na direção dela, ajoelhando-se ao seu lado, já a agarrando pelos braços para levantá-la. Atrás deles, as luzes do corredor ainda se apagavam, a escuridão ganhando terreno rapidamente, trazendo com ela o gemido raivoso dos mortos-vivos.

– Vamos! – falou Paulo, tentando levantar Júlia.

Olhando para trás, Júlia viu o quanto a escuridão estava perto e, voltando-se para o amigo, disse:

– Não há tempo! Você precisa me deixar!

– Não! – Paulo gritou. – Eu não vou te deixar!

– Eu deixaria – confessou ela, deixando-se levar pelo amigo.

– Ainda bem que eu não sou você – respondeu Paulo, abrindo um sorriso vacilante, numa tentativa de quebrar o clima de desespero.

Mais algumas luminárias se apagaram enquanto Paulo a forçava a se levantar, a ameaçadora escuridão muito mais perto do que eles imaginavam. Não tendo como resistir ao amigo, Júlia, com um grito de dor, se agarrou com mais firmeza ao pescoço dele e sentiu quando ele envolveu sua cintura. Logo ela estava novamente de pé.

No momento em que conseguiu levantar Júlia, a escuridão se aproximou. Havendo muito do corredor para percorrer até chegar à janela, ele pesarosamente reconheceu que sua amiga tinha razão, no final das contas. Não havia mais tempo.

Aceitando seu destino, Paulo a abraçou fortemente pela cintura. No mesmo instante em que os braços de seu amigo a envolveram, Júlia também se entregou, abraçando-o e encostando sua cabeça contra o peito dele, ouvindo as últimas batidas de seu coração.

Colocando uma das mãos sobre os cabelos dela, mirando ameaçadoramente para a escuridão absoluta que chegava, Paulo pediu:

– Não olhe.

Júlia fechou os olhos, encontrando finalmente uma paz que ela havia muito não sentia. Seus ouvidos, então, ouviram suas últimas palavras:

– Sinto muito.

Depois disso, a escuridão os envolveu.

48

Alheios a tudo o que tinha acontecido no hotel fazenda e à onda de destruição trazida pelos mortos-vivos para Cafelândia, os jovens da cidade se divertiam na boate, dançando, bebendo, falando besteira, beijando, tudo o que normalmente faziam nos finais de semana. Para um grupo de quatro amigas, no entanto, aquela data era mais do que especial. Elas comemoravam o aniversário de 18 anos de Jéssica D'Ávila, uma jovem morena, de baixa estatura e um pouco, muito pouco mesmo, acima do peso. Vestida com uma blusa preta de alça, uma saia vermelha sobre meia-calça preta e saltos altos, ela jogava seus cabelos escuros e lisos conforme mexia levemente a cabeça de um lado para o outro, acompanhando o ritmo da música eletrônica. Seus olhos negros estavam atentos à sua irmã, Janaína, comprando quatro doses de tequila.

Janaína D'Ávila, vestida com calças jeans, sapatilhas baixas e uma blusa estampada, não era muito mais alta do que sua irmã, dois anos mais nova que ela, mas seu corpo esbelto chamava a atenção dos rapazes, principalmente quando seus olhos castanho-escuros se fixavam em seu alvo enquanto ela mordia os lábios carnudos, seduzindo a distância. Naquela noite, no entanto, ela não usava seu charme. Estava ali para comemorar o aniversário da irmã e não queria, de modo algum, se envolver com ninguém.

Assim que pegou as quatro doses de tequila e se virou, as meninas rapidamente esticaram seus braços, cada uma pegando um copo. Vanessa da Costa, uma jovem de baixa estatura, usando um vestido preto curto por baixo de uma jaqueta de couro e salto alto, levantou o copo para o centro do círculo e, com seus olhos azuis passando por todas as amigas em um convite ao brinde, aguardou. Quando os copos se tocaram, ela bebeu todo o líquido de uma só vez. Vanessa sentiu seu corpo todo se aquecer com a bebida e começou a balançar a cabeça freneticamente de um lado para o outro, ao ritmo da música eletrônica, seus lisos e compridos cabelos loiros sendo jogados para todos os lados enquanto seu corpo magro se movia.

Simone Gomes, uma jovem de estatura média, magra, de cabelos negros e curtos, a mais relaxada de todas, se vestia de forma bem casual, como se estivesse visitando uma amiga ou um parente. Ou como se fosse ao mercado fazer compras. Para ela, tanto fazia. Sair para a boate não era seu costume. Muito menos beber. Ela só estava ali por consideração à aniversariante. Sem querer, no entanto, fazer desfeita para Jéssica, ela aceitou a bebida e, como as outras, virou a dose. O líquido desceu queimando por sua garganta. Seu estômago remexeu. A vontade de vomitar era quase insuportável. Mas, para não passar vergonha, ela colocou a mão sobre a boca e correu para o banheiro. Por sorte, seu acesso ficava ao lado do bar e o caminho, inacreditavelmente, estava vazio.

Ao ver a amiga se afastar apressada em direção ao banheiro, Jéssica fez menção de ir atrás para ajudá-la. Ela havia dado apenas um passo quando Janaína a segurou pelo braço e falou:

– Hoje é seu aniversário. Deixa que eu cuido disso. – E se afastou, deixando ali apenas sua irmã e Vanessa.

†††

Simone entrou apressada no banheiro mal iluminado, um lugar simples e pequeno com três cabines à esquerda, todas vazias, e duas pias à direita, abaixo de um espelho. Na parede oposta à porta, sobre o toalheiro, havia uma janela, com um espaço insuficiente para renovar o ar fétido. Para a infelicidade da jovem, preocupada com sua imagem em uma cidade pequena, onde tudo era comentado, o lugar não estava vazio. Para piorar a situação, estavam ali as duas garotas mais populares de Cafelândia, ou pelo menos se achavam ser, ambas retocando a maquiagem no espelho enquanto falavam sobre garotos.

Assim que Simone entrou apressada no banheiro, elas se viraram em direção à porta. Uma delas imediatamente cutucou a amiga e fez um comentário:

– Veja só! É a menininha dos olhos da cidade.

– Tão certinha sempre. Imagino que ainda deva ser virgem – endossou a outra maldosa.

As duas riram. A risada se transformou em xingamento quando Simone, ainda com a mão na boca, alheia aos comentários maldosos das duas, passou pelo meio delas, trombando em ambas com o ombro enquanto corria para a privada.

– Ei! – uma delas reclamou ao receber o impacto no ombro e virou-se para segui-la, querendo briga.

Simone correu para um dos boxes, ajoelhou-se no chão sujo e abraçou a privada, onde vomitou. Atrás dela, a jovem, procurando briga, contorceu o nariz.

– Que nojo! Vamos sair daqui! – falou.

– Tem gente que não sabe beber – retrucou a amiga.

Com o telefone celular, as duas tiraram uma foto da situação precária de Simone e saíram rindo do banheiro. Em poucos minutos, aquela foto já circulava pelas redes sociais, a situação deprimente da jovem sendo espalhada por toda a cidade de Cafelândia.

Alheia à maldade, Simone só queria se livrar daquela sensação horrível. Quando terminou de colocar tudo para fora, limpou a boca com as costas da mão, o gosto da tequila ainda a incomodando, mesmo depois de vomitar a bebida, junto de outras que já havia consumido e, para sua surpresa, seu jantar.

†††

Ao entrar no corredor de acesso aos banheiros, Janaína passou ao lado das duas garotas mais desprezíveis da cidade, na sua concepção, ambas digitando rapidamente alguma coisa em seus celulares, dando risinhos maliciosos. Virando-se para olhar as adolescentes caminhando despreocupadamente, logo se misturando à multidão frenética na pista de dança, ela se perguntou: "O que vocês fizeram dessa vez?".

Preocupada com a amiga e com o que as duas poderiam ter aprontado, Janaína entrou no banheiro. O cheiro de vômito era forte e a deixou nauseada. Sua vontade era a de sair dali antes que ela mesma passasse mal. Mas não poderia deixar sua amiga abandonada. Ela precisava saber se Simone estava bem, principalmente depois daquelas duas garotas terem saído do banheiro.

Janaína chamou pela amiga enquanto abria as portas das cabines do banheiro, uma a uma, até encontrar Simone ajoelhada no chão, abraçada ao vaso. Preocupada, ela se aproximou, tentando não olhar enquanto seu próprio estômago dava voltas, e perguntou:

– Simone, você está bem?

Simone girou um pouco a cabeça até ver, pelo canto dos olhos, Janaína parada de lado logo atrás dela, evitando olhar para dentro, e respondeu:

– Eu vou ficar. Só me deixe sozinha.

Arriscando uma rápida olhada, a palidez de Simone a preocupou. Desviando o olhar logo em seguida e procurando uma desculpa para sair do banheiro antes que ela mesma vomitasse, Janaína falou:

– Vou pegar água para você.

E se afastou sem nem ao menos esperar uma resposta. Quando estava próxima da porta, o som de Simone novamente vomitando chegou aos seus ouvidos. Aliviada por não ter visto aquilo, Janaína saiu rapidamente do banheiro.

Do lado de fora, ela se encostou na parede ao lado da porta, fechou os olhos, levantou um pouco a cabeça e inspirou profundamente, numa tentativa desesperada de controlar sua própria ânsia. Enquanto tentava dominar aquela horrível sensação, uma forte desconfiança de que algo estava muito errado, desconexo, a abateu. A música havia parado, mas a boate não estava em silêncio. Vindo de todos os lados, ela ouviu o som de gritos, alguns carregados de medo, outros de desespero e outros, ainda, de agonia e sofrimento.

Janaína abriu os olhos quando sua irmã agarrou com força seu punho e a puxou pelo corredor mal iluminado, levando-a de volta para a pista de dança. Pensando em Simone dentro do banheiro, ela ofereceu resistência e tentou protestar, mas se calou quando sua irmã simplesmente se virou, transparecendo nervosismo e urgência, e gritou:

– Temos que sair daqui agora! – Jéssica falava rápido, praticamente cuspindo as palavras. – Confie em mim!

Em dúvida, Janaína lançou um último olhar em direção à porta do banheiro. A urgência de sua irmã não deveria ser nada de mais. Ela já fizera algo parecido quando um jovem estava com segundas intenções e ela queria se livrar dele. Mesmo relutante, pois o bem-estar de suas amigas vinha em primeiro lugar, Janaína se deixou levar. Simone ficaria bem. Não ficaria?

Logo à frente, havia um corre-corre de jovens, todos se espremendo e se empurrando em direção às portas duplas da saída de emergência, na extremidade oposta à parede onde o túnel de entrada da boate se abria para a pista de dança. Naquela confusão toda, alguns adolescentes caíam no chão e, sem querer, eram pisoteados enquanto a multidão tentava a todo custo se salvar.

"Mas se salvar do quê?", Janaína se perguntou, ao mesmo tempo em que sua irmã apertava ainda mais os dedos ao redor de seu pulso e mergulhava na multidão, empurrando as pessoas com o braço livre, tentando, em vão, abrir espaço em meio a adolescentes desesperados.

Não foi preciso muito esforço para descobrir. Margeando a aglomeração, seu braço ainda agarrado pela irmã, que a puxava, tentando chegar o mais próximo possível das portas abertas, Janaína finalmente viu, pelo canto dos olhos, o motivo de tanto desespero. Corpos de adolescentes estavam espalhados pelo chão da boate, a maioria mortos. Os que ainda estavam vivos, porém feridos, não duravam muito tempo. Ao primeiro indício, fosse um gemido, uma respiração difícil ou qualquer movimento, eles eram estripados ou esquartejados. Sangue escorria pelo chão enquanto entranhas e pedaços de membros decepados eram jogados displicentemente pela boate.

O desespero contagiante de todos ao seu redor, inclusive o de sua irmã, se transformou em pânico quando, após ser banhada com o sangue de um garoto estripado praticamente ao seu lado, ela conseguiu ver algumas características do homem que executava o jovem. De imediato, ela soltou um grito carregado de pavor, tentando, em vão, sair da aglomeração. Todas as suas crenças e dogmas foram desafiados quando ela se deu conta de que os assassinos pareciam estar mortos, porém, ao mesmo tempo, vivos e sedentos por sangue. Ela já havia visto algumas coisas *diferentes* antes, mas nada como aquilo. E, para piorar, quanto mais gritos chegavam aos ouvidos dos mortos-vivos, mais eles matavam, mais eles se compraziam e, para o azar dos adolescentes, mais mortes eles queriam.

O terror era geral. Os jovens aglomerados tentando chegar à porta de saída eram alvos fáceis. Conforme os muitos mortos-vivos avançavam boate adentro, corpos sem vida eram deixados para trás. A oferta era tanta que nenhum deles se preocupava em prolongar a vida de suas vítimas. Eles simplesmente matavam e seguiam em frente. E assim investiram contra a multidão já aterrorizada, agarrando adolescentes pelo braço, pescoço ou qualquer parte que conseguissem segurar, puxando-os para fora do aglomerado e matando-os rapidamente, na maioria das vezes com um único golpe.

Aos poucos, os mortos-vivos foram entrando no meio dos jovens amontoados, levando-os a uma onda ainda maior de terror e morte.

Quando achava que o terror não poderia ficar pior, uma adolescente à frente de Janaína foi agarrada por um dos mortos-vivos e puxada para fora da aglomeração. A garota, em sua luta desesperada pela vida, tentou segurar em qualquer coisa que encontrasse pela frente. Para o azar de Janaína, seu braço foi escolhido.

Janaína tentou ao máximo se soltar, gritando por socorro para as pessoas em volta dela, mas ninguém a ajudou. Pelo contrário, com um empurrão em suas costas, ela foi colocada ainda mais para fora da aglomeração, ficando à mercê dos mortos-vivos. Ali, com a garota desesperada ainda agarrada ao seu punho, ela era um alvo fácil.

Jéssica não conseguira segurar sua irmã. Separadas pela multidão, ela tentou voltar, empurrando os jovens desesperados que tentavam alcançar a saída. Era, no entanto, como nadar contra a maré. Por mais que tentasse o contrário, cada vez mais se afastava de Janaína, levada pelo fluxo contra sua vontade, até perdê-la completamente de vista.

Tentando recuperar o equilíbrio após o empurrão em suas costas, Janaína escorregou no sangue dos jovens mortos e caiu de costas no chão, entre alguns cadáveres. Por pouco não bateu a cabeça. Por sorte, a queda inesperada fez a garota largar o seu braço. Ela estava livre. Porém, rodeada de mortos-vivos, que agarravam mais jovens da aglomeração. Parecia que eles não haviam percebido sua presença ali. Porém, se ela se levantasse ou fizesse qualquer movimento brusco, com certeza estaria morta em instantes.

Pensando rapidamente e segurando o enjoo que sentia, em uma tentativa desesperada de não ser apanhada, ela puxou o cadáver de um adolescente para cima de seu corpo, de modo que ele ficasse de bruços sobre ela. Quando o fez, sangue e tripas escorreram da barriga aberta do garoto, sujando toda a sua blusa. O cheiro era quase insuportável, mas ela teria de aguentar se quisesse sobreviver.

Deitada no chão, escondida sob o cadáver, a mão sobre a boca para não gritar e denunciar sua posição, Janaína viu toda a carnificina de perto. A jovem que agarrara seu braço por alguns segundos foi jogada no chão ao seu lado, o rosto dela virado em sua direção, encarando-a. Os olhos fixos agora eram totalmente inexpressivos, sem vida. Em sua garganta, sangue escorria por um corte quase de orelha a orelha, misturando-se ao líquido viscoso e avermelhado dos outros adolescentes mortos.

Janaína prendeu a respiração quando os pés do morto-vivo pararam ao lado de sua cabeça. Nesse instante, mais do que nunca, ela precisava controlar o seu pânico, a começar por sua respiração. Para não denunciar sua presença, ela inspirou profundamente e prendeu o ar, sua mão ainda cobrindo a boca.

Seus olhos se arregalaram quando o morto-vivo se agachou ao lado dela. De onde estava, ela só conseguia ver os joelhos dele, mas não sabia o que ele estava fazendo. Não demoraria muito, porém, para que ela descobrisse.

Com um movimento rápido, o morto-vivo tirou o corpo do garoto de cima dela, deixando-a exposta. Desesperada, ela se agarrou à sua única possibilidade de sobrevivência: fingir estar morta. Ainda prendendo a respiração, ela manteve o olhar fixo na garota morta ao seu lado, controlando-se ao máximo para não piscar nem mexer um músculo sequer. Por sorte, o sangue do garoto manchara suas roupas e, apesar do nojo, parte do intestino dele ficara sobre ela. Janaína parecia realmente ter sido estripada.

Mesmo assim, o morto-vivo não estava convencido. Ainda agachado ao lado dela, ele a agarrou pelo pescoço e reclinou-se, colocando seu rosto a apenas alguns centímetros do dela. Um leve rosnado saiu de sua garganta enquanto ele a cheirava.

"Não se mexa, Janaína!", ela pensou, tentando controlar seu pânico. "Ele logo vai deixar você em paz." Ela tinha esperanças. Mais do que isso. Ela precisava que ele se afastasse. Ela não conseguia mais prender o ar. A pressão em seus pulmões era enorme. Em breve, muito em breve, seu próprio corpo faria com que ela respirasse. Não havia como evitar. Mas, se ela o fizesse, estaria morta.

Com um rosnado de raiva, o morto-vivo empurrou o pescoço dela displicentemente, fazendo todo o corpo de Janaína balançar, e a soltou. Colocando-se de pé, ele caminhou para fora do campo de visão dela, em direção ao local onde os adolescentes ainda se aglomeravam para atravessar a porta.

Janaína fechou os olhos e respirou, aliviada. O pior havia passado. Mesmo assim, ela não podia mexer sequer um músculo. Até os mortos-vivos saírem da boate, ela teria de ficar ali, imóvel, fingindo estar morta. Como a gritaria dos adolescentes ainda chegava aos seus ouvidos e os corpos continuavam caindo sem vida ao seu redor, ela sabia que não iria conseguir sair dali tão cedo.

O terror, porém, não havia acabado. Ele apenas mudara de endereço para um pequeno corredor, não muito distante. Ele apenas mudara de personagem. Seu nome? Simone.

49

Simone caminhou pelo corredor de volta à pista da boate, tão desorientada a ponto de nem sequer perceber que a música havia parado, que os gritos ecoavam pelo ambiente e que os adolescentes se aglomeravam em direção à saída de emergência enquanto muitos deles eram assassinados por um bando de mortos-vivos. Ela nem havia percebido o sangue manchando o chão de vermelho e os cadáveres espalhados.

Simone somente se deu conta da realidade quando, ao alcançar a extremidade do corredor, chutou o cadáver de um jovem. Ao olhar para baixo e descobrir o que estava em seu caminho, ela rapidamente colocou a mão na boca. Assustada, recuou alguns passos e se virou, encostando-se contra a parede ao mergulhar parcialmente na escuridão.

Controlando sua respiração, Simone apenas virou a cabeça de lado para ter um panorama superficial do que estava acontecendo. O lugar estava praticamente vazio. Uma pequena aglomeração de jovens ainda se empurrava diante da porta na tentativa de sair da boate. Os mortos-vivos os cercavam, sedentos por mais sangue. Alguns ainda adentravam no meio dos adolescentes, matando todos que encontravam pelo caminho. No restante da boate, inúmeros corpos jaziam espalhados, muitos deles estripados. O sangue dos mortos escorria pelo chão em meio a cadáveres, membros decepados e pedaços de órgãos internos, como estômago e intestinos. Essa visão a deixou ainda mais nauseada, mas ela não tinha mais o que vomitar.

Toda a relativa calmaria conquistada ao longo desses minutos de observação, por mais que o terror à sua volta lhe instigasse o contrário, foi arrancada de Simone quando, ainda passando rapidamente os olhos pelos cadáveres, ela viu Janaína caída entre eles. Olhando fixamente para o corpo da amiga, sem acreditar que ela estava morta, algo lhe chamou a atenção. Havia alguma coisa muito estranha para uma pessoa que estava morta.

Ainda caída no mesmo lugar que o morto-vivo a deixara, fingindo ter morrido, Janaína viu sua amiga parcialmente escondida nas sombras do corredor. Quando seus olhares se cruzaram, ela movimentou seus lábios, sem emitir som algum para não denunciar sua situação, repetindo inúmeras vezes a mesma palavra numa tentativa desesperada de salvar Simone:

– Corra.

Simone não compreendeu o que ela dizia. Mas também não se importou. Ela estava tão feliz com o fato de Janaína estar viva que perguntas como "por que ela está caída no meio dos cadáveres?" e "por que ela não foge?" não passaram por sua mente. Sem pensar nas consequências, Simone saiu da segurança das sombras e se aventurou pelo corredor, alcançando rapidamente o espaço aberto da pista de dança. Seu destino era justamente a amiga caída. Ela estava disposta a se arriscar para salvá-la, sem saber que, na verdade, Janaína estava ali, imóvel, porque era a única forma de continuar viva.

Ao ver Simone sair de seu esconderijo e correr em sua direção, colocando-a novamente na mira dos mortos-vivos, algo de que ela conseguira se livrar com muito sacrifício, Janaína se desesperou. Fulminando a amiga com o olhar, mas ainda se mantendo imóvel, ela sussurrou:

– Volta! Volta!

Simone, no entanto, ignorou o alerta e continuou avançando a passos rápidos pela boate em direção à amiga. Se ela chegasse até Janaína, ambas estariam mortas. Isso não poderia acontecer. De jeito nenhum. Algo deveria ser feito para evitar esse encontro, mesmo que isso significasse uma sentença de morte para a jovem exposta no meio da pista de dança.

Desesperada, Janaína fechou os olhos e lágrimas escorreram pelo seu rosto até pingarem no chão ensanguentado. Dividida entre o remorso da atitude que iria tomar e o alívio pela convicção na eficiência de seu plano, ela gritou o mais alto que pôde, esperando que sua voz superasse o barulho dos adolescentes aglomerados na fuga frenética e, o mais importante, que fosse ouvida pelos mortos-vivos. No instante seguinte, ao se calar, Janaína voltou ao seu estado de fingimento, torcendo em silêncio para que tivesse chamado atenção suficiente para não ser descoberta e, em última instância, pela vida de Simone.

O grito de Janaína surtiu o efeito desejado. Antes mesmo de se calar, alguns mortos-vivos se viraram para o interior da boate, seus olhares aguçados recaindo quase instantaneamente sobre Simone. Para eles, aquela jovem tinha sido a responsável pelo som. Sedentos por sangue, alguns se colocaram em movimento, encurtando rapidamente a distância entre eles e a jovem.

Dividida entre o desespero pelos mortos-vivos correndo em sua direção e a raiva por Janaína ter gritado, colocando-a em risco, Simone tentou se virar para correr de volta ao banheiro. Seus pés escorregaram, deixando um rastro em meio ao líquido viscoso avermelhado que encharcava o chão, e seu corpo despencou em queda, chocando-se de bruços contra o chão. Vendo a aproximação dos mortos-vivos pelo canto dos olhos, ela rapidamente tentou se levantar e correr. Seus pés patinavam no sangue conforme ela tentava fugir. Suas mãos, apoiadas contra o chão, tentavam erguer o resto do corpo. A cada escorregão, ela se aproximava um pouco mais do corredor parcialmente escuro à sua frente, mesmo que ainda distante. Aos poucos, ela conseguiu recuperar seu equilíbrio e endireitou o corpo enquanto corria o mais rápido que podia para longe da pista de dança, segundos antes de mãos com unhas afiadas rasgarem o ar onde ela havia pouco estivera. Para sua sorte, eles também escorregaram no sangue.

Simone correu de volta para o banheiro. Por mais que tivesse conseguido abrir uma distância parcialmente segura, a ameaça ainda não estava extinta. Os mortos-vivos recuperavam o equilíbrio após terem escorregado no sangue e reiniciavam sua perseguição, adentrando a passos rápidos o pequeno corredor no momento em que a jovem abria a porta do banheiro. Seu plano era permanecer ali até todos eles desistirem e a deixarem em paz.

Colocando seu plano em prática, Simone trancou a porta do banheiro assim que passou por ela. Ofegante, mais pelo medo do que pela curta corrida desesperada, ela se recostou contra a porta, torcendo para que ela aguentasse. Sentiu o primeiro impacto em suas costas quando os mortos-vivos tentaram entrar, sem sucesso. Logo depois, mais uma investida, tão forte que ela mesma foi deslocada por alguns segundos. Preocupada, ela abriu os braços, os dedos de suas mãos tocando os azulejos gelados e sujos do banheiro, como se aquilo fosse fazer alguma diferença.

Sua expectativa, no entanto, se mostrou frustrada na terceira investida, quando a madeira da porta começou a rachar em volta da fechadura. Ela não aguentaria muito tempo, não importava o quanto Simone tentasse segurá-la com seu corpo. Ela precisava de um novo plano. Olhando rapidamente ao redor, seus olhos recaíram sobre a janela. Era um pequeno corte retangular na parede, mas daria para passar. Tinha que dar. Ela só precisaria subir na pia e...

Mais uma pancada contra a porta. Um buraco se abriu em torno da fechadura, mas ela não havia se rompido. Ainda. Os mortos-vivos do lado de fora jogavam seus corpos contra a porta enquanto seus braços atravessavam pela abertura irregular da rachadura. O braço de Simone, para seu azar, estava esticado exatamente sobre a fenda aberta na madeira, um alvo fácil. Várias mãos se fecharam sobre ele, as unhas rasgando pele e carne. Seu sangue começou a escorrer.

Com um grito curto e agudo, o braço de Simone foi puxado pela fenda com tanta força que atravessou totalmente o buraco, somente parando quando ela, girando sobre si mesma de modo a ficar de frente para a porta, bateu o ombro e o rosto contra a madeira. Um corte se abriu em seu braço ao roçar violentamente contra a superfície irregular da rachadura, por onde muito sangue escorria, manchando tanto a porta quanto o chão.

Desesperada e com muita dor, aos gritos, Simone tentou puxar seu braço de volta pela fenda, mas os mortos-vivos do outro lado eram tão fortes que ela não conseguia sequer afastar alguns centímetros o seu rosto da porta. Para ajudar, ela apoiou a mão livre contra a parede ao seu lado. Aos poucos, as mãos que a agarravam começaram a escorregar por causa do sangue, soltando-a completamente.

Livre, Simone caiu sentada no chão do banheiro, com muito sangue escorrendo pelo seu braço. Antes que ela fizesse qualquer coisa, um dos mortos-vivos se abaixou, pelo lado de fora, colocando seu rosto em frente ao buraco aberto para vê-la. Tudo acontecia de forma muito rápida, mas, para Simone, parecia estar em câmera lenta. Por segundos, que mais pareceram horas, os dois se encararam. Pareceu a ela, antes de ele sumir de seu campo de visão, que o morto-vivo sorria, como se aquela perseguição fosse divertida para ele.

Repentinamente, a porta tremeu novamente quando os mortos-vivos se jogaram contra ela, quase a escancarando. Simone tinha certeza de que na próxima investida eles entrariam no banheiro. Se ela fosse fazer alguma coisa, teria de ser agora. Não havia mais tempo a perder.

Levantando-se rapidamente do chão, ignorando a dor em seu braço, a garota se colocou em movimento, agarrando-se à última esperança de sobrevivência. Com um salto desajeitado, ela subiu na pia e esticou seus braços para a abertura acima dela. Segurando firmemente o batente da janela com seus dedos, ela se puxou para o alto. Primeiro passou a cabeça. Olhando ao redor do lado de fora, se viu em um corredor escuro, a céu aberto, onde ficavam as lixeiras. À esquerda, um portão parcialmente enferrujado. Depois dele, a rua. Tudo o que ela precisava era chegar até lá. Faltava pouco. Muito pouco.

Enchendo-se de esperança, ela terminou de atravessar seus braços pela abertura. Trocando seu apoio, seu corpo começou a passar pela janela. Ela estava quase livre.

Atrás dela, mais um impacto e a porta se rompeu. Quatro mortos-vivos entraram no banheiro, reduzindo rapidamente o espaço até a jovem em fuga, agarrando-a pelas pernas que balançavam no ar. Simone soltou um grito de dor quando unhas compridas foram cravadas em sua pele, por onde filetes de sangue começaram a escorrer. Desesperada, ela começou a chutar o ar, tentando se livrar daquela ameaça, enquanto se agarrava com mais força contra a parede do lado externo.

Seu grito de dor se transformou em desespero quando, apesar de todo o seu esforço, ela não aguentou e começou a ser arrastada lentamente de volta para o banheiro. Apesar das chances de se manter viva diminuírem rapidamente, um acontecimento inesperado a encheu de esperanças novamente.

Gritos de jovens em fuga chegaram aos seus ouvidos, vindo de algum lugar da rua. Logo depois, ela viu, por cima do portão, alguns deles correndo do outro lado. Sem perder tempo, ela gritou o mais alto que pôde:

– Socorro! Me ajudem, por favor!

A maioria dos jovens passou correndo pela rua sem ao menos olhar para o lado. Um deles, porém, um adolescente moreno, de cabelos bem escuros e baixa estatura, aparentando não ter mais do que 15 anos, parou e se esticou de modo a olhar por cima do portão. Ao correr o olhar pelo ambiente mal iluminado, ele viu Simone pendurada na janela. Pensando em ajudá-la, o jovem deu um passo em direção ao portão fechado.

Simone, ao perceber que fora notada e que a ajuda estava chegando, lutou com ainda mais forças para se manter firme na janela. Mas suas esperanças de resgate foram aniquiladas quando o jovem repentinamente interrompeu sua marcha em direção ao portão, olhou para sua direita e, com uma expressão de medo tomando conta de seu rosto, voltou a correr pela rua, deixando-a ali.

Com os braços tremendo, já enfraquecidos pela tentativa de oferecer resistência, Simone não conseguiu mais se segurar. Entregando-se, ela foi puxada de volta para dentro do banheiro. Com a queda, ela bateu a cabeça na pia antes de cair de bruços no chão, todo o ar sendo arrancado de seus pulmões com um gemido abafado.

Da ferida em sua cabeça, sangue escorria, manchando seu rosto de vermelho. Sua visão oscilava entre escuridão e claridade. Seus ouvidos alternavam entre silêncio total e o sussurro ameaçador dos mortos-vivos próximos a ela. Em meio a tanta dor e confusão, Simone sabia estar morrendo. De certa maneira, ela agradecia por ser dessa forma e não estripada ou com a garganta rasgada, como ela supunha ter acontecido com os demais cadáveres na pista de dança.

Simone, no entanto, estava enganada. Mãos fortes de mortos-vivos a tiraram de seus devaneios de paz e de boa morte quando a puxaram pelos curtos cabelos, fazendo-a se virar sobre si mesma. Olhando para o teto, ela viu o rosto de um deles entrar em seu campo de visão segundos antes de sua mão forte a agarrar pelo pescoço, levantando-a um pouco no ar e empurrando-a contra a parede, onde bateu suas costas com violência. Uma forte dor a invadiu quase no mesmo instante. Com um gosto muito ruim em sua boca e a sensação de engasgo, ela cuspiu sangue.

O morto-vivo se aproximou do rosto de Simone, segurando-a pelo pescoço. Os outros três, querendo participar da chacina, a agarraram pelas pernas e a puxaram, intensificando o aperto em sua garganta, enforcando-a. No entanto, o morto-vivo que a segurava pelo pescoço queria a vítima só para ele. Para se livrar dos outros, sem sequer afrouxar o aperto, ele se virou para encará-los e, com um rosnado agressivo, os fez correr para fora do banheiro.

Livre do sufocamento, mas não da mão ao redor de seu pescoço, Simone tossiu, aliviada por ainda estar viva. Por quanto tempo mais, ela não sabia, mas, enquanto o sangue corresse em suas veias, ou jorrasse pelas inúmeras feridas, ela lutaria.

Voltando sua atenção para Simone, o morto-vivo passou o dedo indicador pelo sangue que escorria da sua boca e lambeu, fechando os olhos de prazer. Ao abri-los, ele a encarou e balançou a cabeça negativamente, dizendo:

– Vocês nunca aprendem! Não têm como fugir!

Simone sentiu a raiva na voz dele e ficou aterrorizada. Seu medo se tornou ainda mais intenso quando o morto-vivo a agarrou novamente pelos cabelos e a arrastou pelo banheiro até o box mais próximo. A privada cheia de vômito rapidamente apareceu à sua frente. O cheiro e a visão daquela pasta nojenta a deixaram nauseada. Ela sabia o que estava para acontecer e, buscando uma última tentativa desesperada de sobrevivência, agarrou-se ao vaso, oferecendo resistência.

Sua força, no entanto, não era páreo para seu agressor. Por mais que tivesse tentado, sua luta estava perdida. O morto-vivo mergulhou a cabeça de Simone na privada cheia de vômito e a segurou, impedindo-a de se levantar. A jovem tentou lutar com todas as forças que ainda lhe restavam, debatendo-se contra o chão. Com os braços agarrados firmemente contra a privada, ela tentava se empurrar para longe. Fazendo o máximo de força que conseguia com os músculos do pescoço, ela tentava a qualquer custo erguer sua cabeça para respirar.

Tudo em vão. Aos poucos, os movimentos de Simone foram ficando mais espaçados e fracos. Mais alguns segundos e ela quase não reagia mais. Tremores involuntários tomaram conta de todo o seu corpo. Por fim, ela ficou imóvel. Suas pernas relaxaram. Seus braços caíram inertes ao lado da privada. Sua cabeça não oferecia mais resistência.

Simone se afogara no próprio vômito.

50

Jéssica tentou voltar para buscar sua irmã, mas o fluxo de jovens desesperados para sair era tão grande que ela foi praticamente arrastada para fora. E mesmo se tivesse conseguido, de nada adiantaria. Sozinha e desarmada, ela nada poderia fazer contra os mortos-vivos que atacavam a aglomeração, escolhendo suas vítimas aleatoriamente. Muito menos contra aqueles que permaneciam dentro da boate, onde uma pilha de corpos começava a crescer.

Atravessando os portões da saída de emergência aos gritos, Jéssica ficou parada por um tempo, disposta a voltar quando tivesse chance. Conforme os adolescentes se dividiam pela rua, cada um correndo em uma direção, finalmente surgiu um espaço para ela retornar. Porém, ela estagnou um passo depois, sua determinação se transformando em medo quando os mortos-vivos irromperam pelos portões atrás dos jovens em fuga.

Jéssica desistiu de entrar na boate. Qualquer tentativa seria morte na certa. Deixando sua irmã momentaneamente para trás, mas sem perder as esperanças de vê-la novamente, ela arrancou os sapatos e os jogou para o lado de forma displicente. Sentindo-se mais à vontade, se pôs a correr rua abaixo, em meio a outros jovens em fuga. Os mortos-vivos que irromperam da boate se dividiram em grupos menores, cada um deles iniciando sua própria perseguição pela cidade.

Conforme corria rua abaixo, em direção ao córrego, Jéssica via jovens sendo aniquilados ao seu redor. Ela tropeçou em alguns corpos, quase caindo, mas recuperou seu equilíbrio e continuou correndo em meio a outros sobreviventes. Logo atrás dela, um dos mortos-vivos, muito próximo, a perseguia com os braços estendidos, os dedos quase tocando seu ombro. Bastava um leve empurrão, por mais sutil que fosse, para derrubar a jovem em velocidade e parcialmente desequilibrada pela inclinação da rua.

Com um sexto sentido, Jéssica pressentiu a presença ameaçadora às suas costas. Agindo por puro instinto, ela repentinamente mudou de direção, afastando-se temporariamente do morto-vivo que a perseguia. Ela buscou abrigo no restaurante onde horas antes ela estivera com suas amigas. No mesmo lugar onde Cláudia levara seus amigos antes de todo o terror começar. No mesmo restaurante onde todos os jovens se encontravam e que ainda deveria estar aberto, iluminado e cheio de gente. Porém, ele se encontrava vazio e às escuras. Para ela, seria o lugar perfeito para se esconder.

O restaurante possuía dois ambientes, um fechado, normalmente destinado às famílias, e um aberto, onde os jovens se reuniam, embalados pela música ao vivo nos finais de semana. Ao redor, havia dois estacionamentos, um menor na frente e um bem grande aos fundos, cujo acesso se dava pela rua que margeava o córrego. Um pouco além do estacionamento dos fundos, havia um enorme gramado, mergulhado em escuridão. Além dele, ficava a rodoviária da cidade, um prédio mantido desnecessariamente iluminado, pois normalmente não havia chegada ou saída de nenhum ônibus intermunicipal ou interestadual durante a madrugada.

Jéssica correu para o ambiente fechado do restaurante, torcendo para que as portas de vidro estivessem destrancadas, uma vez que o estabelecimento parecia estar fechado. Ao alcançá-la, seus dedos envolveram a maçaneta e ela tentou abri-la, puxando-a para o lado. A porta correu, para o alívio da jovem. Porém, não o suficiente para que ela conseguisse atravessar, travando alguns centímetros depois no trilho enferrujado, um problema de muitos anos que ainda não havia sido consertado pelo dono do estabelecimento.

Jéssica continuou forçando a porta, fazendo-a correr mais alguns centímetros antes de travar novamente no trilho enferrujado. Desesperada, pois sabia que seu perseguidor não desistiria, continuou tentando abrir a porta, colocando agora toda sua força. Seu desespero se transformou em pânico quando movimentos refletidos no vidro chamaram sua atenção. Virando o rosto para enxergar melhor, ela arregalou os olhos. O morto-vivo não estava tão distante assim e, para piorar, trazia mais alguns companheiros em seu encalço.

Apavorada, Jéssica se espremeu de lado pela pequena passagem aberta entre a porta de vidro e o batente. Primeiro ela passou o braço. Depois, parte de seu corpo. Tudo estava indo perfeitamente bem, até ela ficar presa. Lutando pela vida, ela tentou empurrar ainda mais a porta com as duas mãos enquanto forçava seu corpo para dentro do restaurante. Mas não se moveu um centímetro sequer.

Com uma rápida olhada para os mortos-vivos que não estavam muito distantes, Jéssica soltou um grito e empurrou a porta com toda a força. Com um barulho de metal arranhando, a porta correu mais um pouco pelo trilho, soltando seu corpo preso. Aliviada por estar livre, ela rapidamente passou pela pequena abertura, no momento exato em que os mortos-vivos se chocaram contra o vidro, seus braços esticados entrando no restaurante pelo pequeno espaço.

Com o susto, Jéssica recuou alguns passos rapidamente, encarando os mortos-vivos pelo vidro, e tropeçou em algo estendido no chão às suas costas; com um grito, caiu sentada. Tirando os olhos de seus perseguidores do lado de fora, ela tentou ver no que tropeçara. Apesar da escuridão, ela viu a silhueta de uma pessoa morta, toda ensanguentada e com o rosto desfigurado.

Desesperada, ela se arrastou para longe do corpo. Mas sua mão repentinamente se apoiou em algo gélido e macio. Virando-se para olhar, ela soltou um grito ao ver a silhueta de mais um cadáver. Rapidamente se colocou de pé e girou sobre si mesma para ter uma visão geral do que estava à sua volta.

O restaurante estava um caos. As mesas estavam todas bagunçadas. Algumas viradas. As cadeiras estavam jogadas para todos os lados. O chão estava tingido de vermelho. Em meio àquele sangue espalhado, jaziam diversos corpos – homens, mulheres e até crianças.

Aquela visão deixou Jéssica com muita raiva. A vontade dela era a de matar todos os mortos-vivos que encontrasse pelo caminho, a começar por aqueles que estavam ali, do lado de fora. Movida por essa emoção explosiva, ela tateou por cima do balcão sujo de sangue até encontrar uma faca comprida e bem afiada. Armada, ela caminhou até os mortos-vivos que batiam contra o vidro ao redor de toda a área interna do restaurante, loucos para entrar.

Segura pelo vidro que a separava daquelas criaturas, Jéssica os encarou e gritou:

– Eu vou matar todos vocês! Vocês se acham muito poderosos! Vocês não são nada! Vocês não passam de meros covardes que se aproveitam do fato de que estão em maior número para causar terror!

A cada frase proferida por Jéssica, os mortos-vivos batiam contra o vidro com mais violência, não mais movidos somente pela necessidade de matar, mas pelo desafio lançado por ela. Era muito fácil ser corajosa quando havia uma barreira diante da ameaça.

– Venham me pegar, seus desgraçados!

Mais uma investida violenta e o vidro se quebrou. A coragem rapidamente abandonou Jéssica. Em vez de enfrentá-los, ela correu para longe, desviando das mesas viradas e pulando os cadáveres enquanto os mortos-vivos a perseguiam, seus olhos com um brilho intenso de raiva. Diferente dela, seus perseguidores não se preocupavam nem um pouco em desviar dos obstáculos em seu caminho. Eles simplesmente jogavam as mesas e cadeiras para os lados, abrindo um caminho direto em direção à jovem que os desafiara.

Jéssica atravessou pelo estreito espaço que dava acesso à parte de trás do balcão e correu pelo corredor. Um dos mortos-vivos, louco para pegá-la, pulou por cima da estrutura de alumínio, seus braços abertos ameaçadoramente, prontos para rasgar pele e carne com suas unhas afiadas. Seu alvo estava bem abaixo dele.

Jéssica, no entanto, foi mais rápida e o morto-vivo rasgou apenas o ar com suas unhas antes de cair desajeitadamente no chão. Desesperada, ela continuou correndo por trás do balcão para a outra extremidade do restaurante, ainda segurando a faca em uma das mãos.

Sem esperar, mais um morto-vivo passou por cima do balcão, fechando sua passagem. Por sorte, ela conseguiu parar a tempo, escapando por muito pouco de cair nos braços frios da morte. Os olhos dele ferviam de raiva enquanto caminhava lentamente na direção da jovem, suas unhas afiadas mandando uma mensagem de terror ao arranharem a superfície metálica do balcão. Ela, por sua vez, recuava, preocupada, pois sabia que outro morto-vivo estava às suas costas, não muito distante.

– Onde está sua coragem agora, garota? – perguntou o morto-vivo à sua frente. Sua voz era intimidadora.

Desesperada, Jéssica virou-se de frente para o amplo restaurante, ficando de lado entre os dois mortos-vivos. Sua ideia era pular por cima do balcão e correr para longe, porém ela logo se deu conta de que não seria possível. Outros agressores se aproximavam pela frente. Não percebendo o pequeno corredor escuro que levava a cozinha às suas costas, ela se viu cercada.

– Pense, Jéssica, pense! – exigiu de si mesma, tentando, desesperadamente, manter uma distância segura dos mortos-vivos que se aproximavam pelos dois lados.

Repentinamente, ela foi agarrada pelas costas, um dos braços a envolvendo pelo peito enquanto a outra mão tapava sua boca, impedindo-a de gritar. Assustada, os olhos arregalados, ela foi arrastada para a escuridão. Os mortos-vivos, vendo sua presa desaparecer no breu, foram atrás dela, rosnando de raiva.

Jéssica foi arrastada pelo corredor escuro, desorientada. De repente, ela foi jogada contra uma parede, a mão em sua boca ainda a impedindo de gritar, sem saber onde estava. Seu coração estava disparado. O medo a dominava. Mas ela não se entregaria. A faca ainda estava em sua mão. Apertando o cabo com força, ela atacou, mirando desajeitadamente, em meio ao breu ao seu redor, onde a barriga daquela pessoa deveria estar.

Seu braço, porém, foi agarrado com força, impedindo a faca de perfurar a carne de seu agressor. Quase no mesmo instante, o rosto de Vanessa se aproximou do dela, sua silhueta tornando-se bem clara em meio à escuridão.

– Shh! – sussurrou Vanessa. – Sou eu. Fique calma.

Vanessa soltou o braço e a boca de Jéssica, que suspirou invadida pelo alívio.

– Não sabia que você era tão forte assim! Como você se salvou? Onde estamos exatamente? – Jéssica sussurrava suas perguntas freneticamente, reflexo de seu desespero.

– Shh! – Vanessa novamente mandou-a se calar.

Coincidentemente, ambas estavam descalças, provavelmente para ter mais agilidade na hora de correr. Vanessa encostou seu corpo contra o de Jéssica, pressionando-a contra a parede até que ambas mergulhassem na escuridão quando um morto-vivo entrou na cozinha do restaurante onde elas estavam escondidas entre duas estantes de suprimentos. O perseguidor caminhou lentamente pelo corredor entre os fornos e fogões industriais apoiados contra a parede à sua direita e as longas mesas metálicas à sua esquerda, olhando para todos os lados à procura das duas. A cada passo, ele batia em alguma coisa em seu caminho, denunciando que sua visão não era boa na escuridão.

Mas seu olfato era. Levantando a cabeça, o morto-vivo farejou o ar por alguns segundos. De onde estava, Jéssica viu e se perguntou por que aquela estranha figura levantava a cabeça daquele jeito, como se farejasse o ar. "Será que ele consegue sentir o cheiro do sangue pulsando em minhas veias?", ela se perguntou. "Ou seria outra coisa?"

Jéssica prendeu a respiração, em pânico, quando o morto-vivo abaixou repentinamente a cabeça, seu olhar voltado para a escuridão entre as estantes. "Ele encontrou a gente!", ela pensou, desesperando-se enquanto aquela figura ameaçadora contornava a mesa metálica para adentrar o corredor onde ela estava escondida, presa pelo corpo de Vanessa, que a pressionava contra a parede.

Pelo canto dos olhos, Vanessa viu a movimentação estranha do morto-vivo. Ela também já havia percebido que a escuridão não fora capaz de escondê-la. Algo no ar denunciara seu esconderijo. Ela só não sabia o que era. Mas também não tinha tempo para pensar nisso. Explicações não salvariam sua vida naquele momento. A ação, sim. E ela precisava fazer algo rápido, ou ambas estariam mortas.

Pensando rapidamente em um plano, Vanessa pegou a faca da mão de Jéssica e sussurrou diretamente no ouvido dela:

– Espere aqui!

– Aonde você vai? Não me deixe... – Jéssica se desesperou, sua voz saindo mais alta do que um sussurro.

– Shh! – Vanessa a repreendeu por ter falado alto demais. E então continuou: – Confie em mim!

Lançando um olhar para o morto-vivo, ela percebeu como ele se aproximava rapidamente, contornando a bancada de metal na extremidade da cozinha em direção ao corredor entre as estantes de suprimentos onde estavam escondidas. Para seu azar, ele estava praticamente em frente à porta de serviços, por onde normalmente o lixo era tirado pelo estacionamento dos fundos.

Se quisesse sobreviver e sair do restaurante, Vanessa tinha de se apressar. Com um movimento rápido, ela atravessou o corredor e se escondeu sob a bancada segundos antes de o morto-vivo terminar de contorná-la e adentrar o corredor onde elas estavam. Iluminado fracamente pela luz que entrava no ambiente pela porta às suas costas, o perseguidor caminhou pelo espaço entre a mesa e as estantes, farejando o ar. As unhas de sua mão esquerda arranhavam o metal da comprida bancada conforme ele encurtava a distância até as garotas, deixando-as em pânico.

Sua caminhada lenta e ameaçadora se interrompeu entre as duas estantes. O barulho de suas unhas arranhando o metal parou. Jéssica, escondida na escuridão a menos de um metro do morto-vivo, prendeu a respiração. Se ela fizesse qualquer barulho, poderia denunciar sua posição. Imatura, ela não sabia que seu esconderijo já havia sido descoberto e ficar em silêncio não adiantava mais nada. Como ela fora descoberta? Acreditava ter sido por causa do sangue das pessoas mortas no saguão do restaurante, impregnado em seus pés.

Com um movimento rápido, o morto-vivo mergulhou sua mão na escuridão ao seu lado, seus dedos se fechando ferozmente ao redor do pescoço de Jéssica. Com um susto, ela soltou um grito agudo e curto. Lentamente, seu agressor a arrastou para fora das sombras, trazendo-a para o ambiente fracamente iluminado pela claridade que adentrava pela porta dos fundos. Em questão de segundos, o rosto dele estava praticamente colado ao dela. A expressão dele era de ódio. A dela, de puro medo e dor.

Vanessa viu tudo acontecer de muito perto. Sua amiga realmente desempenhara um excelente papel como isca. Agora era sua vez de desempenhar sua função. Saindo rapidamente do espaço sob a bancada, ela cravou a comprida faca na nuca do morto-vivo com toda a força, afundando-a até o cabo. A ponta da lâmina saiu pela garganta da figura e cravou na mão que segurava Jéssica pelo pescoço, atravessando-a e perfurando superficialmente a pele da garota, por onde um filete de sangue começou a escorrer. Por pouco, muito pouco, a jovem não teve sua garganta perfurada também.

Os olhos do morto-vivo se arregalaram. As pupilas dilataram. A expressão de raiva se suavizou. O aperto no pescoço de Jéssica se tornou leve. Os dedos dele a soltaram enquanto o seu corpo caía no chão, o baque surdo ecoando pelo restaurante. Atrás dele, Vanessa surgiu no campo de visão de Jéssica, respirando ofegante, mas com um sorriso no rosto.

Jéssica ficou com muita raiva de Vanessa por ter sido usada como isca. Ela quase morrera. Virando um tapa no rosto da amiga, gritou:

– Você me usou como isca!

Vanessa não revidou. Apenas abriu mais o sorriso e respondeu:

– Deu certo, não deu?

Jéssica ficou com mais raiva ainda com esse comentário. Ela não estava disposta a deixar isso barato. Estava prestes a dar mais um tapa em Vanessa, mas não teve tempo. Não se quisesse sobreviver. Com rosnados agressivos, os mortos-vivos espalhados pelo restaurante à procura delas entraram apressados na cozinha.

Preocupada com a ameaça, Vanessa deu um leve tapa no ombro de Jéssica e se pôs a correr em direção à porta da cozinha, dizendo ao mesmo tempo:

– Temos que sair daqui!

Jéssica começou a correr logo atrás da amiga, tentando superar sua raiva por ter sido usada como isca. Afinal de contas, ela só estava viva por causa de Vanessa.

Vanessa abriu a porta da cozinha com um empurrão e pulou os dois degraus para o estacionamento dos fundos, com Jéssica logo atrás. Juntas, correram até o gramado à sua frente, em direção à rodoviária iluminada. Atrás delas, os mortos-vivos estavam sedentos por sangue e vingança pelo companheiro morto.

51

Por mais rápido que tentassem correr, Vanessa e Jéssica logo seriam alcançadas pelos mortos-vivos. Ficar em campo aberto era o mesmo que cometer suicídio. Elas precisavam de um lugar seguro para se esconder. A rodoviária ainda estava muito longe. Naquele ritmo, se tentassem, seriam mortas bem antes de alcançarem o prédio.

– Venha comigo! – Vanessa chamou a amiga e mudou de direção, correndo pelo gramado aberto rumo à rua que margeava o córrego.

Jéssica a seguiu. As duas atravessaram a rua correndo e se dividiram, cada uma se escondendo atrás de uma das muitas árvores que margeavam o córrego. Protegidas pelas sombras das copas das árvores, elas esperavam ter despistado os mortos-vivos que as perseguiam.

Elas, porém, haviam se esquecido de um detalhe. Os mortos-vivos pareciam farejar sangue e, para o azar delas, Jéssica sangrava pelo minúsculo corte da ponta da faca em seu pescoço, além de suas roupas e pés estarem impregnados com o sangue de algumas das vítimas do restaurante. Esconder-se era inútil. Mais cedo ou mais tarde, elas seriam encontradas.

Muito assustada, Jéssica estava paralisada, as mãos abertas contra o tronco frio. Sua respiração estava ofegante e seus olhos transpareciam todo o medo e o terror que sentia. Escondida atrás da árvore ao seu lado, Vanessa estava mais controlada. Apoiada com um dos ombros contra o tronco, ela mirava os mortos-vivos no gramado aberto. Eles caminhavam de cabeça erguida farejando o ar, a fim de encontrarem o rastro das garotas. Repentinamente, um deles emitiu um rosnado e fixou o olhar diretamente nas árvores onde elas se escondiam.

Vanessa imediatamente puxou seu rosto para trás do tronco e se virou, encostando as costas e a cabeça contra ele.

– Droga! – sussurrou ela.

– O que foi? – perguntou Jéssica ao seu lado.

Vanessa não respondeu. Nervosa, ela fechou os olhos e começou a bater a parte de trás de sua cabeça contra o tronco repetidas vezes. Perguntas como "eles não desistem nunca?" e "como vamos sair daqui?" martelavam em sua mente. Elas ainda estavam longe da rodoviária. Não daria para correr até lá. Mas continuar ali também não era uma opção viável. O rosnado dos mortos-vivos estava cada vez mais perto. Logo estariam ali.

Batendo os punhos cerrados contra o tronco da árvore, Vanessa abriu os olhos e sussurrou:

– Pense, Vanessa, pense.

Inesperadamente, o ar em torno das garotas começou a ficar mais denso, adotando um tom estranho de cinza. Minutos depois, uma misteriosa névoa cobria toda aquela região da cidade. Vanessa já não conseguia mais distinguir os traços de Jéssica, nem Jéssica conseguia ver Vanessa. Agora, ambas, escondidas atrás da árvore, não passavam de uma silhueta sombria.

"Este é o momento!", Vanessa pensou. Se elas corressem para a rodoviária, não seriam vistas pelos mortos-vivos. Virou-se rapidamente, na tentativa de instruir a amiga sobre seu plano.

– Jéssica! Nós vamos...

– Vocês não vão a lugar nenhum! – Uma voz feminina surgiu em meio à névoa em algum lugar ao redor delas, deixando-as amedrontadas.

"De onde veio essa voz?", Vanessa se perguntou, olhando para a silhueta de Jéssica atrás da outra árvore.

"O que é essa névoa misteriosa?", Jéssica se perguntou, conseguindo controlar o seu medo. Ela virava de lado para tentar enxergar a silhueta de Vanessa, mas não conseguia.

Repentinamente, um brilho arroxeado, parecendo muito com dois olhos, surgiu em meio à névoa, fazendo as duas soltarem um grito curto e agudo de susto. Virando-se para encarar Vanessa, deixando-a pela primeira vez paralisada de terror, a voz feminina rasgou o denso ar:

– Não saiam daqui! Eu volto logo!

Dito isso, a silhueta feminina se afastou delas, atravessando rapidamente a rua até o gramado do outro lado. Curiosas, as duas garotas tiraram apenas a cabeça de trás da árvore para tentar ver o que estava acontecendo. Mas elas não enxergavam nada em meio à névoa. Seus ouvidos atentos, no entanto, ouviram quando a mulher gritou:

Capítulo 51

– Demônios! Voltem para o inferno de onde saíram!

Gritos ecoaram em meio à névoa. Os rosnados se transformaram em gemidos de morte. Depois disso, silêncio total.

Olhando em direção ao gramado, as duas garotas viram a silhueta da mulher retornando. Seus olhos ainda brilhavam naquele tom estranho de roxo. Não eram, porém, apenas os olhos que brilhavam. As mãos dela também emitiam o mesmo brilho arroxeado. "Mas o que está acontecendo?", Vanessa se perguntou.

Conforme a mulher misteriosa caminhava ao encontro das duas garotas, o brilho arroxeado misteriosamente desaparecia. A névoa começou a se dissipar. A silhueta passou a ganhar forma. Ela era jovem, morena, de estatura mediana. Seus olhos, havia pouco em um roxo bem intenso, agora estavam negros. Seu cabelo comprido, liso e escuro estava todo bagunçado às suas costas e sobre seus ombros. Para Vanessa e Jéssica, aquela mulher era estranhamente familiar, por mais que ela não fosse da cidade. As duas só não conseguiam se lembrar de onde a conheciam.

Quando ela parou entre as duas árvores, a névoa se dissipou completamente. Olhando para Jéssica e em seguida para Vanessa, Raquel perguntou:

– Vocês estão bem?

52

Janaína não saberia dizer quanto tempo ficou deitada no chão da boate, fingindo-se de morta. Depois que os mortos-vivos saíram do banheiro, juntaram-se ao restante da horda que ainda caçava os poucos jovens aglomerados na porta. Com medo de se mexer, ela apenas ouvia e imaginava o que acontecia ao seu redor. Os gritos foram ficando cada vez mais distantes, indicando que a perseguição e a chacina continuavam do lado de fora. Somente quando tudo ficou em silêncio ela teve coragem de se mexer.

Primeiro virou a cabeça e levantou os olhos para tentar avistar a porta da boate. Não havia nenhum morto-vivo. Segura, ela se sentou e, com muito nojo, passou as mãos pelos restos do cadáver que ela colocara sobre seu corpo momentos antes, tirando-os de cima dela. Mesmo livre das tripas, o sangue e o cheiro desagradável continuavam a incomodando.

Lentamente, Janaína se colocou de pé e olhou ao redor. Por toda a boate, havia corpos espalhados e sangue, muito sangue, tingindo o chão outrora quadriculado em preto e branco. Segurando a vontade de vomitar, ela caminhou vacilante até a porta. Mas, antes de sair, tomou o cuidado de colocar somente a cabeça para fora e olhou em volta. Ao mínimo sinal de ameaça, ela voltaria.

A rua estava deserta. No chão, concentrados em frente ao portão e adiante cada vez mais espalhados conforme se afastavam da boate, havia corpos jogados. O sangue manchava o asfalto cinzento de vermelho-escuro. Aparentemente, não havia nada ameaçador que pudesse colocar sua vida em risco. Ela estava livre para sair.

Pela primeira vez desde que se fingira de morta, Janaína pensou na irmã. “Será que ela está viva? Se estiver, onde será que ela se escondeu?” Janaína precisava encontrá-la. Ela poderia estar em qualquer lugar. Não havia como saber para onde ela fugira. Mas havia um lugar por onde sua busca poderia começar. Sempre que saíam, as duas deixavam combinado um ponto de encontro, caso se perdessem. Nunca, até aquele fatídico dia, elas precisaram fazer uso desse local. Naquela noite, no entanto, ele seria muito bem usado.

Cautelosa, pois os mortos-vivos ainda estavam espalhados pela cidade, Janaína olhou para os dois lados da rua. Ela gostaria muito de fazer o caminho mais curto, descendo a rua em direção ao restaurante, porém o número de mortos no chão era muito maior naquela direção do que do outro lado, a rota mais longa. Subir a rua e virar à direita parecia, a princípio, mais seguro.

Controlando seu medo, Janaína se colocou em movimento, desviando, quando necessário, dos corpos espalhados pelo meio da rua. Ao chegar à esquina, ela parou e se encostou contra o prédio. Cautelosa, colocou apenas a cabeça para além da curva, tendo uma visão generalizada de seu caminho antes de seguir adiante.

A rua iluminada estava deserta. Alguns corpos estavam caídos, sem vida. O caminho estava livre. Segura, ela entrou na rua e continuou subindo, seus olhos atentos a qualquer movimento ou som ameaçador. Nada, porém, a colocou em risco naquele quarteirão. A sua cidade, tão amada, parecia uma cidade fantasma.

Uma brisa fria passou por Janaína, despertando-lhe medo. O caminho, porém, continuava deserto. Sentindo seu corpo todo se arrepiar por causa do frio, Janaína cruzou os braços e friccionou de leve os dedos por sua pele na tentativa de se aquecer. No entanto, todo esse esforço para se esquentar foi em vão. Só havia um jeito de realmente se aquecer: chegar logo ao ponto de encontro.

Sentindo mais frio do que medo, Janaína se tornou desatenta. Quando chegou ao primeiro cruzamento, mirando apenas o chão, ela nem sequer se preocupou em levantar a cabeça para olhar se havia alguma ameaça e simplesmente começou a atravessar a rua. Para sua sorte, aquela rua também estava deserta. E, quando luzes vermelhas passaram rapidamente por seu rosto, por uma fração de segundos, ela se permitiu sorrir. A polícia. Ela estava salva.

Seu sorriso rapidamente desapareceu quando ela levantou o olhar. A viatura estava batida. Horas antes, o carro em alta velocidade havia subido as largas escadarias do prédio dos correios, na esquina, e batera de frente com o concreto do lado direito da grade de metal. Um dos policiais fora arremessado pelo vidro e seu corpo jazia sobre o capô amassado. O outro policial estava morto ao lado da porta aberta, seu sangue escorrendo escada abaixo. Em sua mão, a arma.

Janaína se colocou rapidamente em alerta e subiu cautelosamente as escadas do correio, olhando para todos os lados, atenta a qualquer movimento ou barulho. Ao se aproximar do corpo do policial, ela se abaixou e pegou a arma. Colocou-a nas costas, enfiada nas calças jeans, e jogou a blusa por cima. Só então se levantou e se aproximou do policial morto sobre o capô do carro, por onde escorria sangue. Ao chegar perto, Janaína não conseguiu reconhecer o rosto do homem em meio a tanto sangue. Desviando o olhar, ela pegou a arma do coldre e se afastou, segurando-a na mão enquanto descia novamente as escadas para retomar o caminho em direção ao ponto de encontro.

Assim que ela terminou de descer, um rosnado chegou aos seus ouvidos, vindo de algum lugar além da viatura batida. Preocupada, ela se virou em direção ao som, a arma apontada, já pronta para disparar ao primeiro sinal de qualquer movimento.

Nada, porém, apareceu. Mas ela precisava ter certeza. Ainda com a arma apontada, ela gritou:

– Eu estou armada! Saia já daí!

Imediatamente após ter terminado de falar, ela ouviu um barulho. Logo depois, um estranho rosnado, muito mais próximo do que da primeira vez. Por fim, um cachorro de pequeno porte e pelagem branca saiu das sombras. O animal caminhou em direção a Janaína e parou.

Percebendo ser apenas um cachorro abandonado, Janaína abaixou o braço da arma e se agachou, a mão livre batendo de leve contra o chão enquanto chamava:

– Vem, garoto. Você não pode ficar aqui. Tem...

Com um rosnado, o cachorro mostrou os dentes e avançou. Com o susto, Janaína caiu sentada no chão. Rápida e institivamente, ela apontou a arma e disparou. O som do tiro ecoou pelo quarteirão deserto. O rosnado do animal se transformou em um único ganido de sofrimento conforme a bala atravessava sua cabeça. Seu corpo pequeno caiu sem vida no chão, praticamente aos pés da jovem.

Assustada, Janaína se ergueu num salto e olhou fixamente para o corpo do animal morto. Algo estava muito estranho. Ele não sangrava. Uma dúvida imediatamente surgiu:

– Será que...

Janaína não teve tempo de responder. Outros rosnados chegaram aos seus ouvidos. Assustada, ela levantou os olhos. O que ela viu a deixou em pânico. Adiante, quatro cachorros da raça Rottweiler mostravam seus dentes ameaçadores. De suas bocas escorria uma baba asquerosa. Seus olhos estavam brancos. Eles, definitivamente, não estavam vivos.

Em pânico, mesmo estando armada, Janaína se pôs a correr. Ela subiu a rua o mais rápido que pôde. À frente dela, a gigantesca praça matriz e a enorme catedral da cidade, seu ponto de encontro com a irmã, cresciam conforme ela se aproximava. Se ela conseguisse chegar até as pesadas portas de madeira, que ficavam abertas 24 horas por dia, atravessá-las e fechá-las, estaria a salvo dos cachorros que a perseguiam, aproximando-se rapidamente.

Quando ela entrou em velocidade na praça, pelo lado mais distante das portas da catedral, arriscou um olhar para trás. Os cachorros estavam muito perto. Ela não conseguiria. A não ser que fizesse algo.

Ainda correndo, Janaína esticou o braço para trás e disparou todas as balas da arma, o som dos tiros se espalhando pelo espaço aberto ao redor. Por sorte, acertou os quatro cachorros que, com um ganido, caíram mortos no chão da praça, perfurados inúmeras vezes. Por fim, não tendo mais utilidade carregar aquela arma, ela displicentemente jogou-a de lado.

Mesmo livre dos cachorros que a perseguiam, Janaína não reduziu seu ritmo de corrida, uma vez que o som dos tiros atraíra muitos mortos-vivos para a praça. Pequenos grupos deles chegavam por todas as ruas e a cercavam. Agora, mais do que nunca, não havia mais para onde correr, a não ser o interior da catedral. Ela só esperava conseguir chegar a tempo, já que o cerco se fechava.

Janaína alcançou as escadas centrais da porta principal da catedral ao mesmo tempo em que grupos de mortos-vivos iniciavam a subida pelas escadarias laterais. Se ela não fosse rápida, eles se encontrariam na plataforma em frente à porta e tudo estaria acabado.

Com a adrenalina alta, a garota acelerou ainda mais a corrida e chegou à plataforma antes dos mortos-vivos. Com mais dois passos, ela alcançou a porta dupla e empurrou uma delas com toda sua força. As dobradiças rangeram conforme ela se movia, abrindo apenas o suficiente para que a jovem pudesse atravessar.

Assim que Janaína mergulhou na escuridão da catedral, fechou a porta atrás de si segundos antes dos mortos-vivos se chocarem contra ela. Rapidamente, ela passou a tranca, esperando que fosse capaz de segurar a horda do lado de fora. Insegura, ela recuou alguns passos, os olhos fixos na passagem fechada. A cada pancada forte contra a madeira, ela se assustava, achando sempre que naquela última investida seus perseguidores entrariam na catedral.

Um grito agudo e curto escapou de sua boca quando a madeira da porta começou a rachar ao redor da tranca. Ela sabia que as portas não aguentariam por muito tempo, só não imaginava que quebrariam tão facilmente. Ela precisava encontrar um lugar para se esconder.

Virando-se, Janaína passou os olhos pelo interior da catedral, procurando um lugar onde pudesse se esconder. Os inúmeros e compridos bancos de madeira, dispostos em duas longas fileiras ao longo de toda a nave central, estavam vazios. "Afinal, quem iria à igreja durante a madrugada?", ela se perguntou. Regularmente espalhados pelas paredes de ambos os lados da nave principal, estavam os confessionários de madeira, todos vazios e escuros.

Caminhando pelo corredor central, entre as fileiras de bancos, o som de seus passos ecoando pelo teto abobadado, Janaína fixou o olhar na imagem de Jesus crucificado, acima do altar iluminado apenas por velas. Mesmo em desespero, precisando se esconder o mais rápido possível, ela fez uma oração, pedindo proteção tanto para ela quanto para sua irmã, perdida em algum lugar da cidade.

Janaína chegou ao altar e se dirigiu rapidamente para a porta da sacristia à esquerda. Estava trancada. Desesperada, ela chutou a porta algumas vezes, esperando conseguir arrebentar a fechadura. A porta, no entanto, resistiu às suas investidas.

– Droga! – praguejou, mesmo estando dentro da igreja. – Percebendo o que fizera, rapidamente olhou para a imagem de Cristo e falou: – Desculpe.

As batidas incessantes dos mortos-vivos nas portas trancadas voltaram a chamar sua atenção. A madeira havia rachado mais um pouco ao redor da tranca, mas ainda resistia, milagrosamente. Não por muito tempo. Ela precisava encontrar logo um lugar onde pudesse se esconder.

Olhando ao redor, havia duas opções de esconderijo: a porta do outro lado do altar, se estivesse aberta, que levava para a escadaria da torre da catedral, ou dentro de um dos confessionários. Nenhuma das duas opções lhe agradava, mas, diante das circunstâncias, ela precisava escolher uma delas.

Decidindo-se pelo confessionário, Janaína correu até a cabine mais próxima, praticamente em frente ao acesso à escadaria da torre, e entrou pela porta lateral, destinada ao padre, fechando-a em seguida. Em meio à escuridão, ela tateou a porta até encontrar um trinco e, movendo-o, sentiu uma ínfima sensação de segurança. Muito assustada, ela se sentou no chão e abraçou os joelhos.

Com o som da madeira quebrada reverberando pela nave central, as portas foram arrebentadas. Muitos mortos-vivos entraram na catedral e rapidamente se espalharam, à procura da garota. Seus rosnados ferozes se tornavam ainda mais assustadores quando ecoavam pelo ambiente. Suas sombras projetadas nas paredes pelas velas eram ameaçadoras. Em meio a tudo isso, a jovem aterrorizada, perdendo as esperanças a cada movimento de seus perseguidores, começava a rezar.

Sua oração foi repentinamente interrompida quando um morto-vivo colocou a cabeça para dentro do confessionário onde ela estava, farejando o ar. Em pânico, temendo ser encontrada, Janaína prendeu a respiração e permaneceu imóvel. Ela viu a silhueta de seu perseguidor se movimentar por todos os lados, como se a procurasse.

Depois de alguns segundos, que mais pareceram horas, o morto-vivo tirou a cabeça do confessionário. Aliviada, Janaína respirou fundo. O perigo havia passado. Mais uma vez, ela seria obrigada a aguardar aquela horda se afastar. Ela só esperava e rezava para que sua irmã não fosse até a catedral na expectativa de encontrá-la. Se Jéssica aparecesse por lá, ambas seriam mortas.

Seu alívio, no entanto, não durou muito tempo. Suas esperanças de que tudo ficaria bem foram aniquiladas quando o mesmo morto-vivo que adentrara o confessionário, segundos antes, derrubou toda a estrutura no chão de pedra da catedral. O som do impacto reverberou por toda a nave central. Um grito curto e agudo escapou involuntariamente pela boca de Janaína e ecoou pelo ambiente, revelando seu esconderijo.

Presa dentro do confessionário tombado, Janaína ouviu os passos do morto-vivo caminhando sobre a madeira acima dela. Por mais que quisesse sair por onde tinha entrado, seria suicídio. Se o fizesse, ela sairia exatamente pela extremidade por onde o seu perseguidor caminhava. Ela tinha de arranjar outra saída.

Pensando rapidamente, ela abriu a janela que separava as duas áreas do confessionário e começou a passar seus braços por ela, na tentativa de atravessar para o outro lado e, assim, aumentar suas chances de fuga. No entanto, ela não conseguiu fazer muita coisa. A porta de acesso ao confessionário, agora acima dela, repentinamente se abriu. Com um rosnado ameaçador, braços fortes mergulharam para o interior da estrutura e agarraram Janaína pela blusa. Ela tentou lutar, mas aquela figura era muito mais forte do que ela. Com um grito longo e agudo ecoando por toda a catedral, a jovem foi arrancada de dentro do seu esconderijo.

53

Vamos logo! Não estamos seguras em terreno aberto! – disse Raquel, andando em direção à rodoviária, sem verificar se elas a seguiam ou não.

Jéssica e Vanessa se entreolharam, ressabiadas, pensando se deveriam ou não confiar em Raquel. Por um lado, ela salvara as duas. Por outro, ela não parecia ser normal. Diante de tantas situações estranhas que já haviam enfrentado naquela noite, não sabiam se poderiam confiar em alguém cujos poderes avançavam pelo desconhecido.

Mas um grasnado ameaçador acima delas, em algum lugar no meio da copa das árvores, fez com que as duas garotas se decidissem. Com passos rápidos, elas alcançaram Raquel ainda na rua escura que levava à rodoviária iluminada. Caminhando lado a lado logo atrás da misteriosa jovem, as duas perguntaram quase ao mesmo tempo:

– Quem são eles? – perguntou Vanessa.

– Como eles conseguem nos rastrear? – Jéssica indagou.

– São demônios – respondeu Raquel, sem parar de caminhar ou olhar para trás. – Farejar o medo é o que fazem de melhor.

– E como você conseguiu fazer aquilo? – Jéssica interrompeu, sem dar tempo para que ela falasse mais alguma coisa.

Raquel deu de ombros e não respondeu. Havia muitas coisas naquele mundo que pessoas normais, como Jéssica e Vanessa, não poderiam saber. Ou melhor, não estavam preparadas para saber. Além do mais, Raquel não poderia expor o segredo da Ordem. Ela já fizera muito ao mostrar do que era capaz na frente daquelas duas. Se fosse qualquer outro membro, provavelmente as deixaria morrer somente para não revelar sua verdadeira natureza. Para a sorte delas, Raquel era diferente.

Porém, não houve necessidade de responder à pergunta de Jéssica. Sua primeira resposta já fora suficiente para que as duas jovens levantassem uma série de questionamentos.

– Como assim, demônios? – Vanessa perguntou, alarmada. – Eles se pareciam muito com pessoas mortas que, misteriosamente, voltaram à vida.

– Como os mortos podem simplesmente voltar à vida? – questionou Jéssica.

Usando um tom um pouco mais agressivo, transparecendo estar incomodada com tantas perguntas, Raquel respondeu às duas de uma vez só:

– Os mortos que vocês viram não são mais as mesmas pessoas que eram antes de morrer. A carne, sim, mas sua alma está bem longe de habitar esses corpos. O que anima esses corpos são demônios, trazidos de volta do que vocês chamam de inferno através de um ritual muito perigoso de magia negra, realizado por alguma pessoa despreparada e egoísta demais a ponto de não aceitar as regras estabelecidas sobre o mundo.

Conforme saíam da rua para o saguão iluminado e deserto da rodoviária, um amplo espaço com cadeiras fixas e desconfortáveis em frente a guichês e lanchonetes fechadas ao lado de uma rampa de acesso às plataformas de embarque, a cabeça das garotas fervilhava diante das informações reveladas por Raquel. Palavras como *demônios*, *inferno* e *magia negra* não saíam de suas mentes. E, assim como todo conhecimento traz novas perguntas, Vanessa estava prestes a abrir a boca quando Raquel, repentinamente, parou e se virou para as duas com um olhar inquisidor. Palavras rudes saíram de sua boca de forma a acabar com qualquer chance de questionamentos futuros:

– Estou procurando por um jovem de nome Paulo. Ele não é daqui, mas veio com um grupo de amigos para cá. Uma das moças morou na cidade por muitos anos e sua família ainda reside aqui. Seu nome é Cláudia. Na última vez que os vi, eles estavam em frente à boate, planejando ir embora com Rafael, o filho do delegado, para algum lugar.

Com um movimento rápido, Raquel segurou cada uma delas pelo braço. Com um olhar e um tom de voz carregados de preocupação, ela perguntou:

– Vocês por acaso o viram? É uma cidade pequena, deve ser fácil reconhecer quem é de fora. Sabem onde é a casa de Cláudia?

Nenhuma das duas respondeu de imediato. Elas simplesmente se entreolharam, como que decidindo se deveriam ou não contar o que sabiam. Elas se achavam no dever de ajudar, já que não estariam vivas se não fosse por Raquel. E, além disso, Jéssica estava preocupada com sua irmã e a ajuda dessa jovem misteriosa seria muito bem-vinda.

– Eu não vi esse Paulo. Mas conheço Cláudia e sei onde os pais dela moram – Jéssica respondeu. – Eu posso levar você até lá. Mas primeiro preciso encontrar minha irmã.

– Sua irmã está morta! – respondeu Raquel, quase perdendo o controle, pois sabia o que viria pela frente.

Sem se deixar levar pela agressividade no tom de voz de Raquel, Jéssica continuou:

– Eu sinto que ela está viva. Minha irmã e eu sempre combinamos um ponto de encontro quando saímos à noite, para o caso de nos separarmos. Se você me levar até a catedral da cidade, eu mostro a você onde os pais de Cláudia moram.

Raquel não estava ali para joguinhos ou barganhas. Havia coisas muito mais importantes para ela fazer do que ficar bancando a babá ou brincando de esconde-esconde pela cidade. Enfurecida, ela agarrou Jéssica pelo pescoço com a mão esquerda e encostou o dedo indicador da mão direita na testa da jovem, entre os olhos. Lançando um olhar ameaçador, disse:

– Eu posso muito bem arrancar essa informação de você!

Palavras estranhas começaram a sair da boca de Raquel. Imediatamente, seus olhos ficaram negros. Sob a influência do extremo poder, a cabeça de Jéssica tombou para trás por alguns segundos. Quando voltou para a posição normal, seus olhos estavam brancos. Todos os músculos de sua face tremiam e seus dentes mordiam o lábio inferior enquanto sua mente era vasculhada.

Em sua busca pelo endereço da família Martins, Raquel vivenciou todo o sofrimento vivido por Jéssica. Era como se ela nunca tivesse sido feliz. Nunca mesmo. Nem mesmo um pouco sequer. Se Raquel não estivesse com o coração tão negro naquele momento, teria se comovido logo nas primeiras imagens que irrompiam descontroladamente na mente da jovem e a teria largado.

Foi Vanessa, no entanto, quem apaziguou a situação, colocando sua mão amistosamente sobre o braço esquerdo de Raquel. Com o toque, Raquel virou-se ferozmente para a jovem ao seu lado, seus olhos negros a fulminando, enquanto mais imagens dos sofrimentos vividos por Jéssica continuavam passando por sua cabeça, como um filme acelerado.

Não transparecendo medo, mas tremendo por dentro, Vanessa falou:

– A casa da família Martins fica a um quarteirão da catedral. É praticamente no caminho.

Aquelas palavras despertaram Raquel para uma consciência que ela sempre tivera, mas, devido ao resquício de matéria negra deixado em seu mais profundo ser quando seu corpo fora atravessado pela onda, ela fora dominada por uma cólera instantânea. Recuperando o controle, seus olhos voltaram ao normal e ela soltou Jéssica.

Livre do aperto e da magia, os músculos da face de Jéssica pararam de tremer, ela parou de morder os lábios e seus olhos voltaram ao normal. Enfraquecida, ela caiu sentada no chão, a mão na garganta enquanto tossia. Vanessa, preocupada com a amiga, agachou-se para ver se ela estava bem.

Raquel, ainda de pé, esticou a mão direita aberta em direção a Jéssica e afirmou:

– Temos um acordo. – E continuou: – A propósito, eu sou Raquel de Angeli.

Jéssica lançou um olhar fulminante para Raquel. Sua vontade era a de revidar. Mas foi impedida por Vanessa que, segurando o braço dela, apenas balançou a cabeça negativamente, desencorajando-a de fazer qualquer besteira. Sem ter outra saída, Jéssica levantou o seu olhar até encontrar o de Raquel, estendeu seu braço para o alto e apertou com firmeza o antebraço da jovem, repetindo as palavras depois de se apresentar:

– Jéssica D'Ávila. – E lançou um sorriso de poucos amigos antes de continuar: – Temos, sim, um acordo.

– Vanessa da Costa – disse a jovem loira, apresentando-se também.

Um barulho repentino chegou ao ouvido de Raquel e a fez desviar o olhar para a copa das árvores que margeavam o córrego, do outro lado da rua. O som de um grasnado surgiu, seguido de outro e mais outro. Aos poucos, a sinfonia desordenada de uma orquestra oculta e sem maestro foi se formando, e isso a incomodou profundamente. Apesar da escuridão, seu sexto sentido era aguçado demais para se deixar relaxar diante do perigo iminente.

Puxando Jéssica pelo braço, forçando-a a se levantar, ela gritou:

– Corram!

No mesmo instante em que as três jovens iniciaram uma corrida desesperada pela rampa em direção à plataforma, Raquel e Jéssica mais à frente e Vanessa logo atrás, as folhas das copas das árvores farfalharam ruidosamente e pássaros de diversas espécies saíram em revoada, seus olhos vermelhos formando um contraste ameaçador na escuridão da rua, em direção ao saguão da rodoviária.

– Faz alguma coisa! – implorou Jéssica.

– Não dá tempo! – respondeu Raquel. – Eles estão muito perto!

Os pássaros invadiram a rodoviária grasnando em perseguição às jovens. Logo todo o ambiente iluminado mergulhou em profunda escuridão quando as aves se chocaram contra as luminárias, quebrando-as e espalhando cacos de vidro por todos os lados. Algumas delas, feridas mortalmente com o impacto contra as lâmpadas, caíram no chão, enquanto a maioria voava sobre a rampa, encurtando rapidamente o espaço entre elas e suas vítimas.

Praticamente na metade da rampa, Vanessa já havia alcançado as duas, colocando-se ao lado esquerdo de Raquel, que ficou no meio. Atrás delas, os pássaros se aglomeravam pelo estreito corredor e se aproximavam perigosamente. Voando livremente, a distância entre eles e as jovens em fuga encurtava. Pelo ritmo dos perseguidores, o futuro delas era incerto.

Quando a rampa se abriu para a plataforma, os primeiros pássaros estavam muito próximos, seus bicos abertos quase tocando as costas das jovens. Algo precisava ser feito. Pensando rapidamente, Raquel empurrou Vanessa com seu braço esquerdo, fazendo-a cair de lado no chão áspero da plataforma. Abraçando Jéssica pela cintura, ela se jogou para o lado direito, ambas caindo segundos antes da revoada passar por elas, os bicos ameaçadores rasgando apenas o ar.

Mesmo assim, elas não estavam seguras. A revoada ainda irrompia em velocidade pela rampa, mantendo as jovens separadas. Os primeiros pássaros, tendo passado por suas vítimas, ganharam altura e se dividiram em dois bandos enquanto faziam a volta, preparando-se para investir novamente contra elas.

Ainda caída, Raquel viu quando um bando começou a voar na direção dela e de Jéssica. Colocando-se rapidamente de joelhos e sentando-se sobre os calcanhares, ela juntou as mãos, fechou os olhos e iniciou um cântico em uma língua estranha. Conforme a magia ganhava força, uma ventania ameaçadora começava a levantar seus cabelos. Logo em seguida, um círculo brilhante se formou ao redor das duas, oferecendo a proteção necessária segundos antes das primeiras aves chegarem até elas.

Conforme os pássaros se chocavam contra o círculo mágico, o brilho se tornava mais forte por alguns segundos e seus corpos eram desintegrados. Nenhum deles conseguiu atravessar o domo de Raquel.

Jéssica se ajoelhou ao lado de Raquel bem a tempo de ver os pássaros sendo desintegrados. Virando a cabeça de um lado para o outro, procurando pela amiga, ela perguntou, preocupada:

– Onde está Vanessa?

– Do outro lado da revoada – Raquel respondeu firme, os olhos fechados para não perder a concentração.

Aos berros, Jéssica se descontrolou:

– Você tem que salvá-la! Ela não pode morrer!

– Sinto muito – disse Raquel, friamente. – Não posso fazer nada por ela.

De dentro do círculo mágico, Jéssica apertou os olhos e uma lágrima escorreu por seu rosto. Por um lado, estava triste por sua amiga. Por outro, aliviada por estar viva. Conformando-se com a situação, ela assistiu, impotente, às aves mergulhando fatalmente sobre Vanessa.

Vanessa tentou correr, mas se desequilibrou com o impacto dos pássaros contra seu corpo. Ela bateu as costas contra a parede e caiu de bruços no chão. Desesperada, rastejou enquanto as aves, em voos rasantes, a bicavam. Sangrando em decorrência dos inúmeros ferimentos, ela gritou:

– Socorro!

Seu pedido foi ignorado. Nem Raquel nem Jéssica podiam fazer nada por ela. Os pássaros retornavam em voo rasante, bicando-a a cada mergulho, e o máximo que ela conseguiu fazer foi se virar. Seus gritos rasgavam a noite enquanto seu corpo se remexia no chão. Seus braços se debatiam no ar, tentando inutilmente afastar as aves. O sangue escorria das feridas profundas que se espalhavam por todo o seu corpo.

Aos poucos, os gritos de Vanessa se tornaram mais fracos e espaçados, até ela finalmente se calar. Suas pernas pararam de se debater. Seu corpo parou de se mexer. Seus braços jaziam inertes no chão. Diversos pássaros ainda a bicavam, agora se alimentando de sua carne e de seu sangue.

Os olhos abertos de Vanessa miravam a escuridão da noite. Pelo menos até dois pássaros de plumagem negra e bicos compridos pousarem sobre o seu rosto deformado, por onde muito sangue ainda escorria, e, com uma única bicada, arrancarem os globos oculares de sua órbita. Outras aves se alimentavam de suas orelhas. Outras ainda bicavam suas narinas, arrancando pequenos pedaços. Um pássaro mais audacioso mergulhou a cabeça em sua boca e, após fazer um pouco de força, trouxe em seu bico a língua da jovem.

Os pássaros não estavam apenas no rosto de Vanessa. Muitos deles rasgavam pele e carne do seu corpo com suas garras afiadas e, depois de mergulharem suas cabeças nas incisões, retornavam com alguma porção de músculo, entranhas ou qualquer outro pedaço de órgão. Quando terminassem de se alimentar, nada mais sobraria do corpo de Vanessa além de uma carcaça fétida e inútil.

Enquanto os pássaros destroçavam o corpo de Vanessa, Raquel, encerrando a magia, se colocou de pé e agarrou o punho de Jéssica. Virando-se para ela, falou:

– O cerco está se fechando! Temos de chegar logo à catedral e à casa da família Martins.

– Por aqui – respondeu Jéssica, assentindo com a cabeça. – Não estamos longe.

54

Suspensa no ar por duas fortes mãos que apertavam seu pescoço, os dentes cerrados por causa da dor, Janaína lutava por sua vida com todas as forças. Tateando suas costas com a mão direita, ela sentiu a arma ainda presa à sua calça. Fechando os dedos ao redor da coronha, ela liberou a pistola. Com um movimento rápido, pressionou o cano abaixo do queixo do morto-vivo.

– Morra, seu desgraçado! – falou, entredentes, e disparou.

O som do tiro ecoou pelo interior da catedral. A cabeça do morto-vivo foi arremessada violentamente para trás. Seu corpo acompanhou o movimento e ele caiu de cima do confessionário. Com um grito agudo, Janaína foi junto com ele.

O morto-vivo e Janaína caíram lado a lado. Ela, ofegante, passava a mão livre pelo pescoço enquanto a outra ainda segurava a arma. Ao seu redor, os mortos-vivos se aproximavam rapidamente, sedentos para acabar com a vida dela. Se ela não saísse logo dali, não adiantaria nada ter se livrado daquela figura que jazia ao seu lado e quase a estrangulara.

Colocando-se de pé rapidamente, o único caminho livre era a porta de acesso à torre da catedral. Com o cerco se fechando ao seu redor, ela correu pelo corredor formado pelos mortos-vivos, desviando por pouco dos braços ameaçadores que rasgavam o ar de forma violenta, tentando pegá-la.

Ao alcançar a porta, ela agradeceu por estar destrancada. Girando rapidamente a maçaneta, ela a abriu e atravessou, fechando-a logo em seguida. Jogando seu peso contra a porta fechada, ela conseguiu segurar o impacto dos mortos-vivos. Mas, por mais que tivesse resistido à primeira investida, ela não conseguiria segurar por muito tempo.

Buscando uma solução que lhe desse mais tempo, ela tateou a porta à procura de uma chave ou um trinco de metal para trancá-la. Porém, para seu azar, não havia como trancar aquela passagem pelo lado de dentro.

– Droga! – Janaína exclamou.

Os mortos-vivos investiram novamente contra a porta e conseguiram abrir um pequeno vão por onde atravessaram os braços, suas mãos arranhando o ar tentando a qualquer custo alcançá-la. Com um grito longo, ela empurrou a porta com toda a força, conseguindo prensar os membros que atravessavam para a escadaria. Com o impacto, os braços foram recolhidos e a porta se fechou com um baque que ecoou pelo ambiente.

Com os músculos dos braços trêmulos pelo esforço, Janaína se recostou contra a porta, certa de que não conseguiria segurar a próxima investida. Só havia uma coisa a fazer, embora não fosse de seu agrado. Ela teria de correr escada acima em direção aos sinos da catedral e contar com a sorte de encontrar alguma forma de se salvar. Do contrário, se entregaria à morte ali mesmo, ao pé da escada.

Optando pela possibilidade de ter mais alguns minutos de vida, Janaína largou a porta e correu escada acima, pulando dois degraus de cada vez enquanto contornava um vão central. Abaixo, os mortos-vivos investiram mais uma vez contra a porta e a abriram, desta vez com facilidade, iniciando então uma subida frenética, lutando entre si por espaço na escadaria. Cada um queria desfrutar sozinho de todo o prazer que a morte da garota poderia proporcionar.

Com uma boa vantagem, Janaína parou algumas vezes para atirar pelo vão central contra os mortos-vivos mais próximos. Ela sabia que não poderia matar todos, mas, se conseguisse derrubar os primeiros, seus corpos bloqueariam a passagem por alguns preciosos segundos, dando a ela mais tempo para que conseguisse pensar em um plano de fuga quando chegasse ao campanário. Por mais que não tivesse errado nenhum tiro, eles não foram fatais e, em vez de ganhar tempo, o espaço entre ela e seus perseguidores havia reduzido drasticamente.

Janaína abriu o alçapão sobre sua cabeça e atravessou pelo buraco estreito, chegando a um ambiente quadrado, cercado por paredes de tijolos com, no máximo, um metro de altura, separadas das arestas adjacentes por grossas vigas de madeira. O piso de madeira possuía, além da portinhola, um quadrado central por onde uma grossa corda pendia do sino pelo vão entre as escadas até o piso, muitos metros abaixo. Acima, além da viga de sustentação do sino, o telhado afunilava em forma de pirâmide.

Assim que atravessou, Janaína deixou a tampa de madeira cair, fechando-a. Rapidamente se colocou de pé sobre a passagem fechada, sustentando-a com seu peso para que seus inimigos não conseguissem entrar. Com a adrenalina alta, ela olhou ao redor à procura de algo que pudesse arrastar até ali para segurar a portinhola fechada. Não havia, porém, nada além do pesado sino, pendurado por grossas correntes.

– Droga! – reclamou, sua mente já trabalhando em outro plano.

Porém, ela nada pôde fazer. Com o primeiro impacto na portinhola abaixo dela, Janaína perdeu o equilíbrio e caiu no chão de madeira. A arma escapou de seus dedos e se arrastou para longe. Ela rapidamente tentou recuperá-la, esticando o braço na direção da pistola. Alguns mortos-vivos irromperam metade de seus corpos para dentro do campanário e se esticaram em direção a Janaína, tentando agarrá-la e puxá-la de volta para a passagem.

Nervosa, Janaína chutou as mãos que tentavam agarrar seus pés e pernas enquanto seus dedos quase alcançavam a pistola, mas não conseguiam se fechar em torno da coronha. Repentinamente, alguns mortos-vivos cravaram as unhas nas pernas dela e, valendo-se dessa vantagem, tentaram puxá-la de volta à passagem. Com um grito agudo e longo saindo de sua garganta, chutando as figuras como tentativa de se livrar delas, ela fez um último esforço para alcançar a arma.

Quando mãos fortes se fecharam em torno de seu tornozelo e a arrastaram pelo buraco, Janaína girou seu tronco sobre si mesma e disparou. À queima-roupa, não teve como errar. Os tiros acertaram os mortos-vivos na cabeça. Seus pés foram soltos, permitindo que ela se arrastasse para longe. Os corpos daqueles mortos-vivos caíram pelo buraco de volta à escadaria, levando alguns companheiros com eles ao rolarem escada abaixo. A portinhola se fechou em seguida.

Aliviada, Janaína se pôs de pé. Encostando a base de sua coluna contra o muro baixo ao redor do sino, ela respirou ofegante, ainda segurando a arma. Ela havia sobrevivido a essa primeira batalha, mas sabia que os mortos-vivos se reorganizariam para uma segunda investida contra ela. Se quisesse continuar viva, teria de pensar em algo rápido.

Uma das alternativas seria atirar contra todos eles, conforme irrompessem pela abertura no assoalho, mas eles eram muitos, não adiantaria. Além do mais, isso só os atrasaria; mais cedo ou mais tarde, eles conseguiriam vencer. Janaína não sabia, mas o revólver só tinha mais uma bala.

Havia, no entanto, uma outra possibilidade. Desencostando-se do muro baixo, Janaína guardou novamente a arma na calça, às suas costas. Com passos temerosos, ela se aproximou da abertura central, abaixo do sino. Parando os pés bem próximos à beirada, sem olhar para baixo, ela se debruçou levemente sobre a abertura, o braço esticado para pegar a corda. Seu plano era descer por ela de volta à catedral.

Janaína alcançou a corda e a puxou em sua direção, segurando-a firme com as duas mãos. Insegura, fechou os olhos, tentando tomar coragem. O barulho da portinhola novamente se abrindo chegou aos seus ouvidos e ela foi forçada a abrir os olhos. Os mortos-vivos irromperam novamente pela abertura, desta vez subindo totalmente e se espalhando pelo espaço ao redor do sino, cercando-a. Não havia mais como esperar. Se ela realmente fosse pular, teria de ser agora.

Porém, Janaína cometeu um erro fatal: olhou para baixo. Assim que o fez, ela recuou apressadamente até se chocar de costas contra o muro. Na inércia do movimento, seu corpo se desequilibrou para trás. Se Janaína não estivesse segurando a corda, ela teria caído pela lateral da torre. Com todo esse movimento, o sino tocou uma única vez, seu som ensurdecendo-a antes de se perder ao longe pela cidade de Cafelândia.

Agoniada com o sino que tocara, Janaína largou a corda e colocou as mãos rapidamente nos ouvidos. Eles apitavam, impossibilitando-a de ouvir qualquer outro som naquele momento. Perdida na agonia, ela só se deu conta da ameaça dos mortos-vivos quando alguns deles, à sua esquerda, tentaram agarrá-la pelo braço, pela blusa e pelo pescoço.

Voltando a si, Janaína agitou os braços no ar para escapar. Conseguindo se livrar momentaneamente dos mortos-vivos que a atacavam, ela correu pela plataforma de madeira para longe deles. Mas não conseguiu se afastar muito. Pelo outro lado, mais criaturas se aproximavam. Ela estava cercada.

Sem saída, Janaína sacou a arma e recuou alguns passos até suas costas se chocarem de leve contra o muro. Desesperada, ela apontava a pistola ora para os mortos-vivos que se aproximavam pela direita, ora para os que vinham pela esquerda, sem saber para onde disparar. Na dúvida, ela nem sequer apertou o gatilho. Não adiantaria nada matar um ou dois deles, não importava de qual lado fosse. Eles eram muitos. Não teria munição suficiente para todos. Também não havia como fugir. Estava condenada. Não queria, porém, passar pelo terror de uma morte violenta.

Não vendo outra possibilidade, Janaína sentou-se sobre o muro, o corpo virado para o interior do campanário. Pelos cantos dos olhos, ela percebeu que os mortos-vivos estavam muito próximos. Se fosse fazer o que tinha em mente, não poderia demorar mais. Teria de ser rápida ou suportar uma morte lenta e sofrida.

– Sinto muito, Jéssica! – sussurrou ela. – Eu amo você!

Com um movimento rápido, Janaína colocou o cano da arma dentro da boca. Seu dedo, porém, hesitou no momento de apertar o gatilho. Ela não queria morrer. Apertando os olhos com força, ela respirou de forma curta e intensa, buscando dentro de si a coragem necessária para se matar. Uma lágrima correu pelo canto de seus olhos. Seu dedo tremia sobre o gatilho.

Sem a coragem necessária, Janaína lentamente começou a tirar o cano da arma de sua boca, ainda de olhos fechados. Quando os mortos-vivos ao seu redor a alcançaram, agarrando-a, ela abriu os olhos. Com o susto, ela apertou o gatilho. Sangue e cérebro se espalharam por todos os lados.

O som do tiro ecoou pelo vão da torre até a catedral e se perdeu ao longe pela cidade. O corpo sem vida de Janaína tombou para trás, mergulhando na escuridão da noite ao cair do alto da torre do sino.

55

A praça matriz da cidade surgia imponente à frente das duas sobreviventes da rodoviária enquanto caminhavam apressadas rua acima, lado a lado. Quietas durante praticamente todo o trajeto, Raquel mantinha os olhos atentos a qualquer ameaça. Jéssica ainda lamentava a morte de Vanessa e, tornando-se aos poucos cada vez mais agitada, transparecia toda a ansiedade para encontrar sua irmã. Para alívio de ambas, o caminho estava livre de ameaças. Não havia sequer um barulho. A cada passo em direção ao ponto de encontro, a cidade se tornava cada vez mais silenciosa, como se mandasse um recado sinistro de que não havia mais ninguém vivo. “Para onde, então, foram os mortos-vivos?”, Raquel pensou. Alguma coisa ali estava muito estranha, desconexa e sem sentido. Ela só não conseguia identificar o que era.

Repentinamente, o silêncio se quebrou com uma única badalada do sino. As duas se entreolharam. Raquel trazia uma expressão de interrogação. “Quem poderia ter tocado o sino? O ponto de encontro era dentro da catedral, não era? Não deveria haver ninguém na torre da catedral. Ou deveria?” Jéssica, por sua vez, tinha outra perspectiva. Abrindo um sorriso, ela bateu de leve no braço de Raquel e falou:

– Minha irmã está viva! – Colocando-se a correr, Jéssica levantou a voz para completar seu pensamento: – Vamos! Rápido!

– Espere! – Raquel esticou o braço tentando segurá-la. – Precisamos ter cautela!

Mas Jéssica não olhou para trás. Ela nem sequer reduziu a marcha. A certeza de sua irmã estar viva era tão grande que ela simplesmente ignorou qualquer risco que eventualmente pudesse aguardá-la nas sombras.

Praguejando, pois precisava dela para encontrar a casa onde Paulo poderia estar, Raquel começou a correr atrás dela.

Jéssica atravessou correndo a rua e entrou na praça pelo lado oeste, a catedral crescendo perante seus olhos à sua direita. Ela havia dado apenas dois passos apressados em direção à escadaria quando o som de um único tiro alcançou seus ouvidos. Com a felicidade dando espaço à preocupação, ela parou de correr. Seus passos agora eram vacilantes, incertos, enquanto olhava ao redor, atenta a qualquer movimento ou som.

Com um baque grave, um corpo bateu forte contra o chão da praça, espalhando rapidamente uma poça de sangue ao seu redor. Com o susto de vê-lo caindo à sua frente, não muito distante de onde se encontrava, Jéssica soltou um grito agudo e curto. Rapidamente, ela levou a mão à boca enquanto se aproximava do cadáver estendido sobre o piso rachado.

Conforme o cadáver ganhava forma à sua frente, lágrimas começaram a escorrer de seus olhos. Por mais que o corpo estivesse irreconhecível por causa da queda e do tiro, ela conhecia muito bem aquelas roupas. A lembrança de uma irmã sorridente em frente ao espelho de seu quarto, antes de saírem para a boate, mostrando com orgulho a roupa que escolhera, passou rapidamente por sua mente. Era a mesma roupa que aquela jovem morta aos seus pés usava.

– Não, não, não, não, não... – Jéssica expressava todo o seu sentimento nessas palavras repetitivas.

Ignorando a poça de sangue ao redor do cadáver, Jéssica se ajoelhou no chão, manchando de vermelho a barra da saia e sua meia-calça negra. Em um pranto silencioso, ela se debruçou sobre o corpo, a cabeça apoiada contra seus braços flexionados sobre os restos mortais de sua irmã.

Seu sofrimento era tanto que nem sequer se preocupou em levantar a cabeça quando passos ecoaram às suas costas, desaparecendo de seus ouvidos quando dois pés pararam bem ao seu lado. Nem mesmo reagiu quando uma mão forte apertou seu ombro direito. Ela queria morrer também. Órfã de pai e mãe, vítimas de um acidente de carro alguns anos antes, o seu mundo girava em torno de Janaína. E vice-versa. Sem sua irmã, Jéssica não via mais razão para continuar vivendo.

– Vamos logo! Termine com isso! Rasgue meu corpo com suas unhas! Jogue todos os meus órgãos pela sarjeta! Arranque minha cabeça! Faça qualquer coisa, mas acabe logo com esse sofrimento! Não me deixe mais tempo sozinha neste mundo! – Jéssica implorava.

– Oh, Jéssica! – Raquel deixou transparecer todo o seu pesar.

Pouco preocupada com a poça de sangue, Raquel se agachou ao lado dela, sentando-se sobre os próprios calcanhares. Ela abriu a boca para dizer o que pensava naquele momento, mas foi interrompida pelo movimento rápido de Jéssica ao girar a cabeça em sua direção. Encontrando o olhar afetuoso da jovem ao seu lado, ela falou:

– Eu quero morrer. Acabe com meu sofrimento, por favor.

Raquel sentiu profundamente toda a tristeza de Jéssica, mas não poderia fazer o que ela pedia. Apesar de conhecê-la havia pouco tempo, pela vivência que tinha experimentado ao vasculhar sua mente, estava começando a se apegar àquela garota. Principalmente agora, quando ela sentia ter falhado em não poder salvar a irmã de Jéssica. Ela não merecia mais esse sofrimento depois de tudo pelo que passara.

Tentando transparecer toda a ternura possível, Raquel passou as costas da mão pelo rosto de Jéssica, limpando suas lágrimas. Com os dedos, ela ajeitou os longos cabelos negros da garota atrás das orelhas e, segurando-a carinhosamente pela nuca, puxou o rosto da jovem em direção ao seu até as duas testas se encostarem. Só então ela falou:

– Eu compreendo como é difícil perder alguém que amamos. Mas você não pode se entregar. Sua irmã, onde quer que ela esteja, não quer que você siga o caminho dela. Tenho certeza de que ela ama muito você para desejar sua morte.

Dito isso, Raquel a largou e se levantou. Voltando a adotar uma postura séria, de guerreira, ela ordenou:

– Então levante-se! Seja a guerreira que sua irmã espera!

Jéssica balançou a cabeça afirmativamente. Com as mãos trêmulas, ela pegou a arma que estava ao lado de sua irmã. Uma energia atravessou seu corpo à medida que ela se colocava de pé. Quando levantou a cabeça, seus olhos pulsavam uma nova vida. Com um movimento rápido, ela engatilhou a pistola, se virou e começou a andar.

– A casa da família Martins é por aqui! – O tom de voz de Jéssica emanava uma energia intensa.

Marchando com passos determinados, Jéssica tomou a dianteira. Raquel logo se pôs em movimento, alcançando-a rapidamente. Colocando-se ao lado da jovem, também caminhando com passos firmes, ela sentia estar muito perto de alcançar o objetivo de sua missão. Aos poucos, a catedral ficava para trás.

Quando as duas já haviam se afastado do lugar onde o corpo de Janaína se encontrava, um morto-vivo saiu pela porta da catedral. Depois mais um. E mais outro. Um a um, eles se agrupavam na entrada da catedral. Por fim, a horda reunida desceu as escadarias.

Seus alvos agora eram as duas garotas que minutos antes estiveram ali.

56

Dirigindo devagar pelas ruas da cidade, o rastro maligno da magia negra realizada vibrando cada vez mais forte conforme Roberta se aproximava do local sagrado onde fora realizada, ela virou à esquerda na rua que levava direto para a praça matriz, a alguns quarteirões. Mantendo o ritmo lento com o carro, ela sentiu estar muito próxima. Desviando a atenção da rua deserta, inofensiva naquele momento, ela se debruçou de leve sobre a direção do veículo, seus olhos atentos varrendo as casas ao redor, à procura do local exato.

Conforme se aproximava, sinais de que alguém passara por aquela mesma rua começaram a ficar evidentes. Primeiro, um carro batido de lado contra um poste. A porta do motorista estava aberta, mas não parecia haver ninguém ali. Ao lado do veículo todo amassado, alguns corpos em estado parcial de decomposição jaziam, inertes. Perto de um deles, largado displicentemente no chão, havia um pedaço de vidro ensanguentado, prova de que alguém estivera ali, vivo, lutando contra aquelas figuras. E, a julgar pelos cadáveres espalhados, aparentemente tivera sucesso.

Roberta parou o carro próximo ao veículo batido e desceu. Inclinando-se, ela colocou a mão aberta sobre o cadáver em estado de decomposição. Sentindo uma vibração emanando daquele corpo, muito similar à onda que a atravessara algumas horas antes e ao rastro deixado pelo ritual de magia negra realizado, porém de muito menor intensidade, Roberta expressou seus pensamentos em voz alta:

– Demônios!

Tudo começava a se encaixar na mente de Roberta. Por algum motivo desconhecido para ela, alguém, em um lugar bem próximo, realizara um ritual de magia negra que trouxera todos aqueles demônios de um plano inferior, infernal, para habitar cadáveres de pessoas que havia muito não estavam mais entre os vivos. Desvinculando-se de quem pudesse ter realizado, ela sabia que tamanhos conhecimento e poder só poderiam ser encontrados em um único lugar: o Livro dos Mortos, havia muito tempo perdido. Se aquele livro perigoso ainda estivesse naquela cidade, ela, como membro da Ordem, precisaria encontrá-lo e destruí-lo.

Voltando sua atenção para o pedaço de vidro ensanguentado caído não muito distante do cadáver, Roberta o pegou com o máximo de cuidado para não se cortar. Colocando-o entre as palmas das mãos, ela fechou os olhos. Sussurrando palavras estranhas, ela conseguiu ativar a memória contida naquele sangue e naquele objeto e se transportou, como expectadora, para os acontecimentos ocorridos ali. A primeira imagem foi a de Paulo com o pedaço de vidro na mão. Apesar de muitos ferimentos, ele parecia bem, determinado, quando passou o pedaço de vidro sobre a garganta do demônio que jazia próximo aos pés dela. Quando ele largou o objeto no chão, a conexão com os acontecimentos se perdeu.

Assim que abriu os olhos, ela exclamou, mais alto do que desejava:

– Meu filho!

Paulo passara por ali. Ele estava vivo. Perdido em algum lugar daquela cidade. Ela precisava encontrá-lo antes que os demônios o fizessem. Agarrando-se firmemente àquela esperança, dividida entre o desejo de encontrar seu filho, o dever de rastrear o Livro dos Mortos e descobrir o epicentro do ritual de magia negra, Roberta carregou o pedaço de vidro no bolso e retornou para o carro. Respirou fundo, deu a partida e continuou seguindo lentamente a rua. Em seu íntimo, ela acreditava que as três coisas estavam conectadas. Se conseguisse resolver uma delas, ela seria automaticamente direcionada para a solução das outras duas. Tudo era, na sua concepção, apenas uma questão de tempo e dedicação.

57

Raquel e Jéssica cruzaram a praça sem olhar para trás. Elas nem imaginavam que os mortos-vivos que fizeram com que Janaína se matasse agora as perseguiam. Conforme deixaram a catedral e começaram a subir por uma rua, um estranho ponto de luz parcialmente distante surgiu à frente delas. Cautelosas, as duas reduziram a marcha e redobraram a atenção enquanto seguiam.

Conforme se aproximavam, o ponto de luz começou a se tornar maior e, logo em seguida, se dividiu em dois. Pouco depois, eles se afastaram horizontalmente um do outro e o barulho de um motor girando chegou aos ouvidos delas. Um som bastante característico. Bem comum em uma cidade como Cafelândia. Jéssica o ouvira a vida toda, cada hora vindo de um lugar diferente. Mais do que isso, seu pai tivera um veículo que fazia o mesmo barulho. Ela sabia, com toda certeza, que se tratava de uma caminhonete.

"Sim, tem uma caminhonete parada no meio da rua", Jéssica pensou. "Mas, se está ligada e com os faróis acesos, deve haver alguém dentro dela." Diante dos acontecimentos daquela noite, qualquer um faria o necessário para sobreviver, inclusive executar outros sobreviventes, como aquelas duas garotas aparentemente indefesas. Incapaz de confiar, naquele momento, em qualquer outra pessoa além de Raquel, Jéssica esticou os braços, apontando a arma para a cabine.

Os braços da garota tremiam. Ela nunca havia segurado uma pistola em toda a sua vida. Sua irmã mais velha, sim. Ela era muito boa com armas. Por motivos que não conseguia compreender, Janaína fora treinada por seus pais para ser uma guerreira. O porquê, Jéssica não sabia. Também não lhe era permitido saber. Ela fora criada apenas para estudar e se formar na faculdade.

Mesmo com a visão desfocada temporariamente pela luz dos potentes faróis da caminhonete, elas não recuaram. Encorajada não somente por estar ao lado de alguém com poderes inexplicáveis e inimagináveis, mas também pelo fato de estar armada, porém, sem saber que a pistola estava sem balas, Jéssica fez sinal para sua companheira, informando que abordaria por um lado enquanto ela deveria ir pelo outro. Após receber um movimento afirmativo com a cabeça, elas se dividiram.

O alívio tomou conta das duas quando elas alcançaram as laterais da caminhonete, cada uma por um lado. O farol agora não as cegava mais. Ambas piscaram freneticamente os olhos algumas vezes, ansiosas para que os pontos luminosos causados pela incidência direta da luz desaparecessem. Era apenas uma questão de tempo para se acostumarem novamente com a escuridão. Por mais que temporariamente incomodadas, nenhuma delas baixou a guarda. Jéssica manteve a arma apontada para o lugar do motorista pelo vidro dianteiro, atenta a qualquer tipo de ruído. Raquel, do outro lado, também aguçou sua audição, preparada para usar sua magia ao primeiro indício de perigo.

Quando as duas chegaram perto das portas, recuperadas e novamente acostumadas com a escuridão ao redor, avançaram com o corpo rapidamente para abordar os possíveis integrantes da caminhonete ao mesmo tempo. Raquel subiu no estribo, pronta para atacar, e olhou para dentro do veículo pelo vidro quebrado do passageiro. Pelo lado do motorista, Jéssica apontou a arma para dentro da cabine pelo vidro também quebrado. Para surpresa de ambas, não havia ninguém ali além delas. A caminhonete havia sido abandonada. Elas só não conseguiam compreender a razão. Muito menos por quem.

Descendo do estribo da caminhonete do lado do passageiro, Raquel falou:

– Vamos, temos muito ainda a fazer.

Jéssica não se mexeu. Não de imediato. Seus olhos estavam fixos no interior da cabine, pensativos. Havia uma oportunidade para que ela deixasse tudo para trás. Seus pais e sua irmã estavam mortos. Ela não tinha mais nenhum vínculo com aquela cidade infernal. O futuro longe de Cafelândia parecia promissor. Era a oportunidade perfeita de enterrar todo o seu sofrimento. Agarrando-se a essa nova determinação, mesmo um tanto vacilante, abriu a porta da caminhonete e entrou na cabine, colocando a arma sobre o banco o mais próximo possível.

Sem entender a atitude da garota, Raquel perguntou:

Capítulo 57

– O que está fazendo? Ainda temos que chegar à casa da família Martins.

– Nós, não! – respondeu Jéssica, olhando para Raquel pela janela do passageiro. – Você! Essa é a sua missão, não a minha.

E, apontando para algum lugar às costas de Raquel, ela deu as coordenadas que prometera:

– A casa da família Martins fica no próximo quarteirão daquela rua, na esquina. É um enorme muro cinza, com cerca elétrica no alto. – Virando-se e apontando pela janela traseira da caminhonete para a cerca no final da rua, ela completou: – Ao lado dessa escola.

Compreendendo e respeitando a decisão da garota, Raquel colocou as mãos na cintura e balançou a cabeça afirmativamente enquanto olhava na direção indicada por Jéssica. Salvar Paulo era sua missão e seria egoísmo exigir que ela participasse disso. Virando-se para a jovem sentada ao volante, ela subiu novamente no estribo da caminhonete e estendeu sua mão pela janela quebrada.

– Bem, acho que é aqui que nos separamos. Obrigada por tudo o que fez por mim.

Jéssica se virou no banco e apertou firmemente a mão de Raquel. Os olhares carregados de ternura se encontraram.

– Eu que devo lhe agradecer por me manter viva. Boa sorte com sua missão. Espero que consiga encontrar quem procura.

– Eu vou! – respondeu Raquel cheia de convicção. – Boa sorte em sua nova empreitada.

– Obrigada.

Jéssica soltou a mão de Raquel, agarrou o volante e lançou um último olhar para a praça matriz da cidade, a última morada de sua tão querida irmã. Pelo canto dos olhos, lágrimas escorreram. Sua respiração estava mais profunda do que o normal. Chegara o momento de deixar o passado para trás e seguir para um futuro, qualquer que fosse, mesmo que indefinido. Ela só precisava se desapegar ao máximo de todo o sofrimento que sua vida fora até aquele momento.

Com essa determinação se fortalecendo, Jéssica limpou as lágrimas e lançou um último olhar para Raquel.

– Se for a vontade de Deus, o destino cruzará novamente nossos caminhos.

Raquel balançou a cabeça afirmativamente e desceu do estribo da caminhonete, deixando Jéssica livre para seguir seus próprios passos. Ela recuou até a calçada e manteve os olhos fixos no veículo que seguia na direção oposta à casa da família Martins, rumo à saída da cidade.

Vendo as luzes traseiras da caminhonete se afastarem, comovida com todo o sofrimento que Jéssica passara, Raquel deu a ela o seu último presente. Fechando os olhos, ela lançou um feitiço de proteção sobre a jovem, não somente para guiá-la com segurança pelas ruas da cidade até a rodovia, mas para a fortalecer em corpo e espírito em quaisquer decisões que ela pudesse vir a tomar no futuro.

Jéssica manteve seu olhar dividido entre a rua à frente e a imagem de Raquel refletida no espelho retrovisor, cada vez menor conforme se afastava. Quando ela desapareceu na escuridão, a jovem voltou sua atenção exclusivamente para as possibilidades que se abriam. Escolhendo cuidadosamente sua rota através de alguns cruzamentos perigosos, ela finalmente chegou ao seu objetivo. Fazendo uma última curva à direita, Jéssica entrou na via principal, reta, longa e com poucos desvios.

Atrás dela, as luzes da cidade de Cafelândia ficavam cada vez menores. Até, por fim, desaparecerem.

No entanto, questões mal resolvidas do passado não dão descanso até que encontremos o equilíbrio natural diante das tendências futuras. Por mais que tentemos fugir, mais cedo ou mais tarde essas questões voltam a surgir em nosso caminho, sob diferentes formas. É como se o destino nos conduzisse à solução dos problemas esquecidos em nosso mais profundo inconsciente. Quando os pesares voluntariamente deixados para trás voltam a assolar nossas vidas, restam apenas duas opções: encará-los de frente ou os esconder mais uma vez em alguma mochila secreta do inconsciente, jogar a poeira para baixo do tapete e postergar mais uma vez as pendências, trazendo a falsa sensação de controle sobre nossas próprias decisões de como seguir a vida.

Com Jéssica não seria diferente.

58

Roberta não precisou descer muito pela rua para encontrar um aglomerado de demônios se empurrando em frente a uma casa fechada por grades, alguns deles com os braços esticados para dentro, tentando forçar a entrada. Eram os primeiros que ela via ativos, fora de seu estado de morte, e sabia muito bem o que aquela aglomeração significava. Deveria ter alguém vivo ali dentro. A princípio, estranhou, pois percebeu que ali parecia ser um local de velórios.

Enchendo-se de esperanças com a possibilidade de ser Paulo, Roberta parou o carro a uma distância segura e desceu. Percorrendo os últimos metros a pé com uma expressão séria, ela se aproximou pelas costas dos demônios aglomerados em frente às grades. Seus lábios se moviam de forma quase imperceptível enquanto se aproximava. Uma forte ventania começou a levantar os seus cabelos, ganhando força conforme ela sussurrava palavras estranhas. Com gestos complicados, terminando com os braços esticados e as mãos espalmadas dirigidas para as figuras à sua frente, ela gritou:

– Liberem!

O vento levantou seus cabelos pela última vez antes de se transformar em um tornado ao redor dos demônios. Um a um, eles começaram a ser arrancados daqueles corpos, misturando-se à ventania circular. Os cadáveres, não mais animados pelas entidades demoníacas, desabavam no chão.

Ao recolher o último demônio, Roberta fez mais alguns gestos enquanto gritava ordens em uma língua estranha. Uma enorme circunferência se abriu no meio da rua, um portal para um plano inferior onde o sofrimento alheio era alimento para as almas mais poderosas que ali residiam. Com mais um movimento de suas mãos, o tornado atravessou pelo portal, levando para o outro lado todos os demônios que coletara. Por fim, com mais alguns gestos, ela fechou a passagem.

Ao fechar o portal, seus lábios pararam de se mover. Roberta abaixou os braços trêmulos, exausta. Suor escorria por todo o seu rosto, tamanho o esforço. Mas ela conseguira. Aqueles demônios haviam retornado para o mundo de onde foram convocados. Agora, em frente à grade fechada, havia apenas corpos empilhados.

Cambaleando pelo esforço, tentando se recuperar, Roberta se aproximou das grades. Esticando o braço, seus dedos estavam quase se fechando em torno de uma delas quando a porta se abriu com um ruído estridente. Pelo vão, um homem saiu do ambiente escuro carregando uma bolsa pesada em uma das mãos e uma enorme faca na outra.

Os olhos dos dois se encontraram, ambos surpresos. Eles nunca pensaram que seus caminhos se cruzariam de novo.

– Uau! – Leonardo estava impressionado em como Roberta havia conseguido se livrar das criaturas, formando aquela pilha de corpos. E, após um assobio, continuou: – Nunca pensei que você fosse capaz de fazer isso.

– Leonardo! – Roberta falou entredentes. Esticando o dedo indicador na direção dele, ela adotou um tom de acusação ao continuar: – Você tem muito a explicar!

O olhar de Leonardo era frio, pouco se importando com aquela ameaça. Seu sorriso, porém, era jocoso. Seu jeito de falar, desrespeitoso:

– A quem, você pode me dizer? Eu não trabalho mais para você. – Então, guardando a faca na bainha, Leonardo continuou: – Sinto não poder conversar agora. Tenho um cliente que vai pagar muito pelo que tenho aqui dentro. – E bateu carinhosamente na bolsa, como se fosse uma criança por quem tinha muito carinho.

Roberta desviou rapidamente o olhar para baixo. Pela primeira vez desde que se vira frente a frente com Leonardo, ela sentiu a vibração poderosa emanando daquela bolsa. Ela conhecia o Livro dos Mortos, já o tivera em mãos uma vez, a ponto de saber que o poder emanado daquele objeto negro já era muito grande quando usado sozinho, de maneira isolada; mas, a coleção toda reunida, ela não podia sequer imaginar a força que teria...

"Não é possível!", Roberta pensou, arregalando os olhos de surpresa. "Como ele..."

– Imagino que você esteja sentindo o poder que isso aqui tem, não é? – Leonardo interrompeu os pensamentos dela, sorrindo de satisfação.

Fechando sua expressão ainda mais, Roberta esticou o braço para a bolsa e deu um passo à frente, encarando Leonardo com a seriedade de quem detinha todo o conhecimento.

– Você não sabe o poder que os grimórios têm. Em mãos erradas, eles podem destruir toda a existência. – E, com mais um passo à frente, ela ordenou: – Passe a bolsa!

Leonardo recuou alguns passos, mantendo uma distância segura entre eles. Sem se deixar intimidar, ele a desafiou:

– Não! – E tirou a faca novamente da bainha, apontando-a ameaçadoramente contra Roberta.

Deixando os braços caírem ao lado do corpo, as mãos abertas, as palmas viradas em direção a Leonardo e os dedos dobrados na forma de garras, Roberta se curvou levemente na direção do mercenário. Seus olhos ficaram negros. Seus dentes trincados mostravam toda sua ferocidade, prestes a explodir. Com uma autoridade capaz de paralisar qualquer um de medo, ela exclamou:

– Não me obrigue a fazer o que não quero! Passe a bolsa!

Não demonstrando medo algum, Leonardo começou a se virar, jogando a bolsa por cima de um dos ombros.

– Você não seria capaz! Eu conheço muito bem seu tipo! – Leonardo manteve seu desafio. Ele estava tão despreocupado que se virou de costas para ela e começou a caminhar para longe.

– Vamos ver! – Roberta respondeu entredentes.

O vento ganhou intensidade quando Roberta olhou para o céu escuro, seus lábios se movendo com palavras estranhas. Com um grito, ela ordenou:

– Você está sob meu controle! Seu corpo é meu! Sua mente é minha agora!

Nada aconteceu. Protegido pelo poder que emanava dos grimórios, Leonardo simplesmente continuou caminhando para longe conforme o vento passava ao seu redor sem sequer tocá-lo. Ainda de costas, ele levantou o braço com a faca displicentemente para o lado, girando-a no ar conforme seu punho dava voltas.

– Em agradecimento por ter livrado meu caminho dessas criaturas, vou fazer uma última coisa por você – disse Leonardo. – Você tem exatamente uma hora para encontrar seu filho e sair da cidade. Caso contrário, as chamas do destino vão levar vocês direto para o inferno.

Tendo passado suas orientações, Leonardo desapareceu na escuridão, seguindo despreocupadamente para a escola agrícola.

Sozinha, Roberta olhou para cima e gritou de ódio. O vento acompanhou seu movimento, ascendendo ao céu em um turbilhão desorganizado. Conforme descarregava todo o sentimento maligno, ela foi recobrando o autocontrole. Organizando seus pensamentos, ela encerrou sua poderosa magia. A ventania parou. Seus olhos voltaram ao normal.

Mais controlada, Roberta repetiu as últimas palavras de Leonardo:

– As chamas do destino vão levar vocês direto para o inferno.

"O que ele está planejando?", Roberta se perguntou. Não havia tempo a perder. Ela tinha uma hora para encontrar seu filho e chegar à escola agrícola. Levantando o pulso para ver a hora em seu relógio, ela acionou uma contagem regressiva. Quando o alarme disparasse, tudo estaria terminado, estando ela com seu filho ou não.

Uma hora era pouco tempo para procurar Paulo pela cidade. Roberta nunca conseguiria, a não ser que fizesse uso das técnicas sobre as quais possuía total domínio. Para encontrá-lo, ela precisaria de algumas coisas. Uma delas já estava em seu poder. As outras ela com certeza encontraria dentro da funerária.

Sem tempo a perder, Roberta entrou na funerária, mas parou no primeiro passo após cruzar a porta. No chão, havia cinco velas apagadas espalhadas sobre cinco pontas de um pentagrama dentro de um círculo. O caixão tombado no centro do pentagrama e o corpo de um homem sem uma das mãos e com o pescoço virado ao contrário só lhe completaram a ideia de um conceito que ela já havia formado. Ela estava no local onde a magia negra fora realizada. Aquele homem havia realizado o ritual para trazer alguém de volta à vida.

– Idiota! – falou, olhando para o corpo de Daniel. Roberta sondava o chão à procura do outro item necessário para encontrar seu filho.

Quando seus olhos recaíram sobre a tigela no chão, Roberta rapidamente se agachou e a pegou. Com passos rápidos, ela procurou o banheiro, onde lavou o recipiente, tirando o resíduo utilizado na magia anterior. Por fim, o encheu com água até a metade.

Roberta tinha tudo o que precisava. Saindo da funerária, ela caminhou até o meio da rua e parou. Pegou o fragmento de vidro do bolso e o colocou dentro da vasilha com água. Imediatamente, o sangue contido no estilhaço se misturou com a água, deixando-a levemente avermelhada. Fechando os olhos, ela pensou em Paulo, formando uma imagem bem clara dele em sua mente. Ao mesmo tempo, seus lábios começaram a se mexer, as palavras sendo sussurradas à leve brisa que acariciava seu rosto.

Repentinamente, o estilhaço de vidro flutuando sobre a água da tigela começou a girar rapidamente, levantando pequenas ondas. Abrindo os olhos para ver a bússola que criara, ela prendeu a respiração. "Isso não é bom!", ela pensou. Se o vidro não parasse de girar logo, significaria que seu filho estava morto.

Quando o vidro finalmente parou de girar, sua ponta mais fina indicando uma direção, Roberta soltou a respiração, aliviada. Paulo ainda estava vivo. Agora ela sabia onde ele estava. Não era longe. Era apenas uma questão de tempo até encontrá-lo. Tempo que ela não tinha de sobra.

– Aguente, meu filho! A ajuda já está chegando! – exclamou, mais para aliviar sua própria tensão do que qualquer outra coisa.

Apressada, Roberta correu para o carro e se pôs em movimento, seguindo na direção apontada pela bússola, deixando de vez a funerária para trás.

59

Quando as luzes da caminhonete desapareceram, Raquel se colocou em movimento, seguindo o caminho indicado por Jéssica. A noite fora muito longa. Muita coisa acontecera. Muitos desvios a tiraram de seu destino de manter Paulo protegido. Mas, finalmente, ela poderia começar a fazer alguma coisa para cumprir sua missão.

Porém, não seria fácil. Ao virar à esquerda e avistar a casa da família Martins na próxima esquina, Raquel congelou. A rua estava repleta de demônios. Para piorar, alguns deles a tinham visto e deram o alerta. Em questão de segundos, mais da metade da horda se colocava em sua direção, encurtando rapidamente a distância do quarteirão que os separava.

Achando a situação já bastante ruim, Raquel pensou que não poderia ficar pior. Mas o terror estava só recomeçando, depois de alguns minutos de pausa. Enquanto ela recuava de costas pelo meio da rua, procurando algum lugar para se esconder, uma vez que eram muitos para ela enfrentar sozinha, os demônios que a perseguiam desde a praça matriz a surpreenderam por trás, agarrando sua cintura, seus ombros e seus cabelos.

Com um grito de susto, ela mexeu o corpo rapidamente e agitou os braços no ar, tentando se livrar deles enquanto se afastava. Aos poucos, ela conseguiu escapar dos braços fortes que a prendiam até ficar completamente livre, mas não totalmente ilesa. A maioria de seus membros estava arranhado pelas garras dos demônios. Aquelas feridas, no entanto, não eram nada se comparadas ao que lhe aconteceria se continuasse por muito mais tempo na rua.

Praticamente cercada, a escola municipal logo atrás era o único lugar para onde ela poderia fugir. Lutando por sua vida mais uma vez, Raquel correu até o alambrado que se estendia ao redor de quase todo o terreno do colégio. Com um salto, ela se agarrou nos arames intercruzados em pequenos losangos e os escalou muito rapidamente. Em questão de segundos, seus pés caíam sobre o gramado úmido do outro lado.

O gramado se estendia por quase toda a extensão frontal do colégio, cortado apenas por uma larga faixa de concreto que seguia do portão de acesso ao pátio coberto, mergulhado nas sombras da construção de dois andares que se estendia horizontalmente por quase todo o terreno. Como era de se esperar, as janelas estavam todas fechadas. Aos fundos da área coberta, escadas largas passavam pelos dois pisos superiores, terminando em uma porta de metal que dava acesso à cobertura do prédio.

Assim que Raquel pisou sobre o gramado, os demônios se chocaram contra a cerca. Como eram muitos, o alambrado não resistiu à pressão e caiu sem oferecer a menor resistência. Com o caminho livre para continuarem a perseguição, a maioria deles adentrou o colégio, deixando a rua praticamente vazia, inclusive a frente da casa da família Martins.

Com os demônios se aglomerando no pátio, sobre a cerca derrubada, Raquel correu para baixo do prédio. Sem reduzir a velocidade, fazendo o uso de magia para conseguir enxergar na escuridão, ela foi direto para as escadas. Enquanto percorria os diversos lances em direção ao telhado, o som de seus passos se perdia em meio aos ecos guturais de seus perseguidores pelos corredores vazios do colégio.

Quando a escada terminou, dois lances acima do segundo andar do colégio, Raquel rapidamente abriu a porta de metal com um movimento de mãos e algumas palavras proferidas e irrompeu para a cobertura da construção. Mesmo tendo alcançado um espaço aberto, o som de seus perseguidores ainda chegava aos seus ouvidos, cada vez mais próximos.

Abrindo um sorriso, Raquel deixou a porta aberta e se afastou. Caminhou até a beira do prédio e olhou para baixo. Ela estava exatamente acima do corredor de concreto que levava ao portão no meio do cercado derrubado. Para seu total alívio, não havia nenhum demônio no pátio abaixo. Muito menos na rua. Todos estavam no seu encalço. Era exatamente o que ela queria. Levantando o olhar para a direita, ela viu o muro que separava a escola da casa dos Martins, relativamente mais baixo que o local onde estava.

Com o som bestial cada vez mais perto, Raquel se afastou rapidamente da beirada e correu pela cobertura em direção à casa dos Martins. Um pouco antes de chegar à lateral do prédio, ela parou e se virou em direção à porta de metal. Sentou-se no chão, cruzou as pernas, apoiou as mãos sobre as coxas, os dedos dobrados meticulosamente em posições muito específicas, e fechou os olhos. Mesmo não vendo nada, seus ouvidos continuavam atentos a qualquer som. Ela sabia exatamente onde os demônios estavam.

Antes mesmo de seus perseguidores alcançarem a cobertura do colégio, os lábios de Raquel começaram a se mover. As palavras sussurradas se perdiam na noite ao redor. Uma brisa começou a soprar, movimentando bem de leve seus cabelos antes de acariciar delicadamente sua face. Sem parar de sussurrar as palavras, ela concentrou um pouco mais sua atenção nos passos dos demônios que já subiam o último lance de escadas.

Ao sentir a presença dos demônios irrompendo para a cobertura da escola, Raquel aumentou o tom de sua voz e a velocidade de sua fala. As palavras em outra língua agora pareciam mais estranhas do que nunca. Mas Raquel não mexeu um músculo sequer, nem mesmo quando seus perseguidores correram na direção dela, rosnando e com as garras à mostra, loucos para estraçalhar sua presa.

Quando eles estavam a apenas dois metros de Raquel, ela abriu os olhos. Sua expressão era de dar medo em qualquer um. Uma barreira roxa rapidamente se ergueu entre ela e as criaturas, impedindo-as de se aproximarem dela, por mais que tentassem. Conforme mais demônios irrompiam da escadaria para a cobertura da escola, o espaço foi ficando cada vez menor, e aqueles que estavam mais próximos da beirada começarem a cair para o pátio, dois andares abaixo.

"É agora!", Raquel pensou, fechando os olhos mais uma vez. Suando muito enquanto sussurrava rapidamente outras palavras naquela língua estranha, ela sentiu quando o prédio todo começou a tremer. Aos poucos, o ruído de concreto se rachando chegou aos seus ouvidos. "Falta pouco, Raquel!", pensou. "Vamos, você consegue!"

Em poucos minutos, as colunas rachadas já não suportavam mais o peso do prédio. Toda a estrutura começou a ceder, iniciando um mergulho em direção ao pátio. Uma nuvem de poeira começou a subir, cada vez mais engolindo concreto, armações de ferro, vidros, fios elétricos, lâmpadas e demônios. A confusão era geral. Não havia como eles escaparem.

Raquel se levantou em um sobressalto e correu pela estrutura que agora se rachava inteira sob seus pés. Com muito esforço, ela usou todas as suas energias para realizar mais uma magia. Pisando bem na beirada do prédio com seu pé direito, o esquerdo já esticado sobre o gramado abaixo, ela saltou em direção à casa dos Martins segundos antes de todo o prédio ruir às suas costas, levando consigo todos os demônios que estavam ali. Se não os exterminasse, pelo menos dariam a ela muito, mas muito tempo, para conseguir resgatar Paulo e fugir dali com ele. Isso se ele realmente estivesse na casa que surgia à sua frente conforme ela se aproximava pelo ar.

Raquel foi engolida pela nuvem de poeira que subiu com uma velocidade incrível quando o prédio desabou de vez. Repentinamente, a silhueta de uma mulher em pleno salto começou a surgir da nuvem cinzenta. Aos poucos, o vulto foi se tornando cada vez mais nítido, até ela irromper toda suja do meio de todo aquele pó condensado no ar.

Com os joelhos flexionados, seus pés passaram praticamente raspando sobre a cerca elétrica no muro que dividia a casa da escola. Esgotada, ela caiu violentamente contra o chão de pedra entre a área de serviço da casa dos Martins e a garagem dos fundos. Com o movimento, ela rolou pelo chão até bater as costas contra a porta da cozinha. Um gemido abafado de dor escapou por sua boca segundos antes dela cuspir sangue.

Toda coberta pelo pó cinzento, Raquel tossiu algumas vezes. Mais sangue escapou de sua boca, manchando o chão de vermelho. Fraca e ferida, ela tateou a porta da cozinha, procurando por apoio. Fechando os dedos ao redor de uma das grades, ela tentou se colocar de pé. Seu braço direito, apoiado contra o chão para ajudar a sustentar o seu peso, tremia. Sua cabeça estava baixa. Seus cabelos empoeirados caíam ao redor de seu rosto. Sua respiração estava ofegante.

Com um grito agudo e longo, ela se colocou de pé. Tentando controlar a dor e a fraqueza, apesar de já estar com o corpo ereto, ela manteve a cabeça baixa por mais alguns segundos. Seus olhos se mantinham fechados enquanto ela respirava fundo, recuperando lentamente os sentidos. O frio do metal sob a mão que a sustentava na porta era um refrigério.

Aos seus ouvidos, porém, chegaram sons desagradáveis. Não acreditando no que ouvia depois de tudo o que fizera, ela se encostou contra a grade. Com a respiração um pouco mais controlada, porém ainda ofegante, Raquel levantou a cabeça e abriu os olhos, somente para ver, por entre as mechas dos cabelos que caíam sobre seu rosto, o que ela já sabia. Nem todos os demônios a seguiram até a escola. Alguns deles já estavam dentro da casa dos Martins.

Depois do esgotamento causado pela magia que realizara na escola, ela mal conseguia se manter em pé. Não poderia canalizar novas energias para enfrentar aqueles demônios ao seu redor. Entregando-se, Raquel fechou os olhos. “Eu sinto muito, Paulo!”, pensou. “Eu falhei!”

60

Em meio à escuridão que o cercava, Paulo começou a recobrar aos poucos sua consciência. Seus dedos sentiam o frio da mesa metálica abaixo dele. Os seus pelos estavam eriçados. Um tremor percorreu involuntariamente todo o seu corpo, um reflexo da baixa temperatura do ambiente. A cada expiração, o ar se condensava rapidamente ao seu redor. A fumaça resultante do choque térmico entre o ar quente de seus pulmões e o frio do ambiente esbranquiçava sua visão, impedindo-o, por alguns segundos, de ver claramente a fraca luz azulada emanada de uma das muitas luminárias. Ao longe, um alerta sonoro repetitivo, muito semelhante a monitores cardíacos, chegava aos seus ouvidos em intervalos regulares.

Paulo piscou os olhos algumas vezes, pensativo. Não havia nenhuma dor. Nem sofrimento. Era como se tudo de ruim tivesse magicamente sido removido tanto de seu corpo físico como de sua mente. A sensação era boa demais. Sem compreender como poderia se sentir tão bem depois de tudo o que havia passado, ele se perguntou: "Estou morto?"

Perscrutando o ambiente com os olhos, Paulo se viu em uma ampla sala retangular. Ao lado dele, vários catres estavam espalhados a intervalos regulares, todos vazios. Acima de cada um deles, havia uma balança com dois pratos equilibrados, suspensos por correntes. Estranhamente, a balança encostada ao catre onde Paulo se encontrava não estava equilibrada no centro. Um dos pratos pendia mais que o outro, a graduação registrando um valor para o possível peso. Porém, para sua surpresa, não havia nada sobre o prato. Era como se a balança estivesse pesando apenas o ar à sua volta.

Um pouco mais além, contra a parede oposta, várias portinholas metálicas estavam distribuídas de maneira uniforme, todas fechadas. Ele já tinha visto aquele tipo de ambiente nos filmes.

Também já havia entrado em um, na faculdade. Ele estava dentro de um necrotério. E saber onde estava respondeu à sua pergunta anterior: "Estou morto!"

Sentando-se, seus olhos localizaram rapidamente as portas duplas brancas fechadas, com janelas retangulares translúcidas dispostas verticalmente sobre os puxadores metálicos, no centro da parede adjacente ao gaveteiro de conservação dos cadáveres. Ansiando por sair daquele lugar, ele desceu do catre. Um tremor percorreu todo o seu corpo quando seus pés descalços tocaram o chão gelado.

Olhando para baixo, ele entendeu o porquê de tanto frio. Além de estar dentro de um necrotério, ele vestia apenas uma túnica de hospital, branca e sem manga, que chegava somente até os seus joelhos. Se a morte se resumisse apenas a uma sala fria e melancólica de um necrotério, ele ficaria louco nessa tortura eterna.

Tremendo de frio, Paulo cruzou os braços à frente de seu peito e caminhou a passos lentos e curtos em direção às portas duplas. Agarrando os puxadores metálicos, cada um com uma mão, ele empurrou a porta, encontrando do outro lado um longo corredor mantido sob uma iluminação similar à do necrotério. Para sua infelicidade, aquele ambiente era tão frio quanto a sala de onde havia saído. Mesmo assim, era melhor seguir o corredor e ver onde poderia chegar do que permanecer ali dentro.

Vacilante, Paulo atravessou a passagem e soltou os puxadores. Quando as portas se fecharam às suas costas, sem fazer o mínimo barulho, o jovem, voltando a cruzar os braços sobre o peito por causa do frio, olhou ao redor. Pelos dois lados, parecia que aquele caminho não acabaria nunca. Mais do que isso, diferente dos corredores normais, esse parecia ter uma constante e muito superficial curvatura, como se ele todo não passasse de uma enorme circunferência.

– Bem, só há um jeito de descobrir – Paulo falou para si mesmo, sua voz ecoando pelo lugar deserto.

Paulo escolheu um lado e começou a caminhar a passos lentos, tremendo de frio. Ao seu redor, as paredes eram contínuas e ininterruptas. Não havia nenhum sinal de porta ou passagem para algum lugar diferente. Dominado pela decepção, ele não sabia mais se teria sido melhor permanecer no necrotério ou se aventurar sem destino por aquele caminho sem fim.

Pelo menos era o que ele achava. Conforme caminhava, já descrente, portas duplas brancas começaram a surgir à sua direita. Aos poucos, elas foram crescendo e ganhando forma. Cada uma delas possuía um vidro translúcido disposto verticalmente sobre um puxador de metal. Quando Paulo chegou perto, atravessá-las parecia uma excelente ideia. Perdido em sua própria consciência, parte por causa do frio, parte por causa da longa caminhada por um corredor praticamente sem fim, ele as puxou.

Paulo não acreditou no que viu. Ele estava de volta ao necrotério. Perdendo as esperanças, acreditando ter visto e percorrido todo o mundo que, depois da morte, lhe pertencia, ele fechou os olhos, levantou a cabeça para o teto e gritou, desesperado. O som de sua voz ecoou pelo corredor, desaparecendo ao longe.

Quando Paulo abriu os olhos novamente, estava dentro de um ambiente escuro. O frio de uma mesa metálica atravessava sua túnica fina, fazendo-o tremer. Tateando em meio à escuridão, ele sentiu resistência por todos os lados, como se estivesse dentro de uma das gavetas para cadáveres.

Desesperado, sem saber de que lado estava a saída, ele esticou os braços para cima e empurrou a superfície com toda a força. Nada aconteceu. Com os pés, Paulo fez a mesma coisa, mas a portinhola continuou fechada. Definitivamente, ele estava trancado ali dentro. A ideia de passar a eternidade sozinho naquele ambiente pequeno e gelado era assustadora.

Em pânico, ele começou a bater com as mãos e os pés contra todas as paredes da gaveta, esperando que alguém o ouvisse. Ao mesmo tempo, gritava:

– Socorro! Alguém me ajuda!

O som de sua voz atravessou pelo necrotério até o corredor. Mas ninguém respondeu. O lugar estava deserto. Não havia ninguém ali para ajudá-lo. Paulo estava sozinho, perdido e esquecido em sua própria consciência.

Na balança encostada à cabeceira do catre, um prato continuava mais baixo que o outro, a graduação apontando ainda o mesmo número. Livre de qualquer resistência ou interferência, ela ficaria ali eternamente registrando o mesmo valor.

61

De olhos fechados, Raquel esperou pelo ataque dos demônios ao seu redor, pedindo apenas que não fosse muito doloroso. Uma morte rápida, nas atuais circunstâncias, era tudo o que ela mais queria. Seu desejo, no entanto, não precisou ser atendido. Ela não se encontraria com a morte naquele momento.

Uma forte ventania repentinamente levantou os cabelos de Raquel, vinda de algum lugar à sua direita. Segundos depois, uma energia poderosa arrastou os demônios para o mundo de onde vieram através de um vórtice aberto no chão. A jovem, reconhecendo o poder daquela magia, abriu os olhos a tempo de ver a abertura para o submundo se fechar, deixando caídos no chão os corpos inanimados dos cadáveres utilizados apenas como receptores para aquelas entidades demoníacas. "Mas quem, nesta cidade, poderia ter feito isto?", Raquel pensou, admirada. Só havia uma pessoa que ela conhecia com poder e conhecimento capazes de controlar tamanha magia. Alguém que tinha certeza de estar bem distante dali. Ou pelo menos deveria estar.

As dúvidas de Raquel se dissiparam quando Roberta apareceu ao seu lado, estendendo a mão em sua direção. Ela não demonstrava nenhuma surpresa em encontrar a jovem ali. Pelo contrário, estava aliviada.

– Raquel, você está bem? – perguntou Roberta.

Para demonstrar seu respeito, Raquel soltou a grade às suas costas e se firmou de pé. Cambaleou um pouco, conforme tentava recuperar seu equilíbrio depois de tanto esforço, antes de dobrar um dos joelhos, cruzar o braço sobre seu corpo, o punho cerrado contra seu peito, e abaixar a cabeça em sinal de reverência a Roberta. Com a voz solene, falou:

– Sacerdotisa!

– Deixemos as formalidades para os nossos salões. Aqui, no campo de batalha, são totalmente desnecessárias – respondeu Roberta, segurando-a pelo braço e ajudando-a a se levantar.

Então, passando o braço de Raquel por cima de seus ombros e a agarrando pela cintura, Roberta repetiu a pergunta:

– Você está bem? – E emendou: – O que aconteceu aqui?

Carregada por Roberta para dentro da cozinha, Raquel respondeu à primeira pergunta com um quase imperceptível movimento afirmativo de cabeça. Agradecida por ter sido salva por sua sacerdotisa, mas envergonhada por ter falhado em sua missão, seu único propósito de vida e a razão de todo seu treinamento, ela preferia estar morta. Ainda mais porque a sua missão, para a qual treinara com afinco por toda a vida, se tratava exatamente do filho de sua sacerdotisa, que agora a carregava nos braços, derrotada.

– Você devia ter me deixado morrer! – Raquel deixou escapar. – Não sou digna de pertencer à Ordem.

Roberta empurrou Raquel com força controlada contra o armário da cozinha. O som de madeira das portas batendo ecoou pelo espaço vazio. Agarrando-a pelo colarinho com uma das mãos, ela deu um tapa na cara da jovem. E, aproximando o seu rosto do dela, a sacerdotisa respondeu:

– Não aceito que nenhum membro da minha Ordem se entregue dessa maneira! – Empurrando-a mais uma vez contra o armário da cozinha, Roberta perguntou: – Você é ou não um membro da Ordem das Rosas Negras? – Sua voz transmitia autoridade.

– Eu sou – respondeu Raquel, num sussurro.

– Eu não ouvi! – bradou Roberta, de maneira firme, pressionando a jovem.

Por entre os fios de cabelo que caíam sobre sua face, Raquel levantou os olhos. Eles estavam negros como a noite. Uma onda de energia atravessou o seu corpo enfraquecido. Ela não sabia de onde vinha aquele poder, mas a estava fortalecendo. Com uma nova determinação, ela se desvencilhou dos braços que a pressionavam contra o armário e gritou:

– Eu sou!

As lâmpadas apagadas das luminárias estouraram, tamanho era o poder emanado de dentro dela. Raquel sentia cada célula vibrando intensamente. Ela agora compreendia o que sua sacerdotisa havia feito. Roberta a havia forçado a encontrar a determinação necessária para continuar, para completar sua missão. Ela a havia feito crer novamente que nenhuma causa era perdida enquanto ainda houvesse sangue correndo pelas veias.

– Ótimo! – respondeu Roberta, satisfeita. – Agora vamos! Meu filho está em algum lugar desta casa. Não temos tempo a perder. Temos de encontrá-lo!

Controlando a magia em ebulição dentro de si, os olhos de Raquel voltaram ao normal no momento em que ela atravessava a porta da cozinha para o corredor do piso inferior, seguindo sua sacerdotisa. As duas passaram por todos os cômodos daquele nível e nada encontraram. Não havia sinal nem do garoto nem dos moradores daquele lugar. Estava vazio. Ou, pelo menos, parecia estar.

As duas subiram cautelosamente as escadas, os olhares atentos a tudo, seus passos silenciados pelo tapete vermelho. Ao chegarem ao topo, elas se dividiram. Raquel seguiu o longo corredor à direita e atravessou a primeira porta enquanto Roberta passou pela porta à sua frente.

Dentro do quarto, Roberta encontrou várias mochilas espalhadas sobre as camas de solteiro de forma bem desordenada. Correndo seu olhar treinado pelo cômodo, ela reconheceu a de seu filho. Ele estava hospedado ali. Para qualquer pessoa, aquele era apenas um indício da passagem de Paulo naquele lugar, nada mais do que isso. Para sua mãe, no entanto, era um sinal de que ela havia sido levada até lá por um feitiço de localização. Seu filho ainda estava naquela casa. Vivo. Ela só precisava encontrá-lo.

– Sacerdotisa! – A voz de Raquel a alcançou. – Tem algo aqui que talvez deva ver.

Roberta saiu do quarto e atravessou a porta por onde Raquel havia passado segundos atrás. Era outro dormitório da casa. De imediato, o som similar à água se espalhando sob seus passos chegou aos seus ouvidos. Parando no lugar, ela abaixou os olhos e se viu sobre muito sangue, manchando seus sapatos. Perscrutando com o olhar o chão avermelhado até a sua origem, seus olhos recaíram sobre dois cadáveres destroçados sobre a cama de casal. Apesar das cavidades abdominal e torácica de ambos estarem estraçalhadas, os órgãos todos espalhados por cima dos lençóis e pelo chão, seus rostos estavam parcialmente intactos. Pelo menos, eram reconhecíveis. Nenhum deles era Paulo.

– Provavelmente são os donos da casa – Raquel falou, mais para tranquilizar o terror sentido de início, quando pensara ser Paulo, do que para qualquer outra coisa.

– Vamos continuar procurando – ordenou Roberta, já se dirigindo à saída. – O tempo passa rápido demais.

Raquel a seguiu, perdida em pensamentos. Conhecia bem a sacerdotisa e nunca a tinha visto se comportar dessa forma, preocupada com o tempo. Somente nesses últimos minutos, ela falara duas vezes que estavam sem tempo. "Sem tempo para quê?", ela se perguntou. "O que ela sabe e não está me contando?"

Continuando pelo corredor à procura de Paulo, Raquel estava prestes a perguntar o motivo da pressa, mas não teve a oportunidade. Dois corpos estavam caídos sobre o tapete, o primeiro não muito distante delas, contra a parede do lado direito. O outro, um pouco mais adiante, estava encostado na parede do lado esquerdo. Ambos inertes, como se estivessem mortos.

Com um gesto rápido, Roberta ordenou a Raquel que visse o corpo à direita e correu para o mais distante, à esquerda. Obedecendo a sacerdotisa, a jovem se abaixou ao lado do primeiro cadáver, apavorada pela possibilidade de ser Paulo. Sentando-se sobre os calcanhares, ela teve de colocar a mão sobre a boca para não vomitar. Aquela pessoa fora toda esfolada. Não sobrara nem um ponto sequer de pele intacta. Não fosse pelos cabelos, seria praticamente impossível reconhecê-la.

Raquel só se deu conta de estar prendendo a respiração quando passou os dedos de leve pelos cabelos longos e loiros. "Júlia!", pensou, um pouco mais aliviada. Só podia ser ela. O pesar tomou conta da jovem, por mais que só a conhecesse de vista. Seu alívio, porém, durou muito pouco. Havia mais um corpo naquele corredor e, provavelmente, estaria nas mesmas condições. A probabilidade de ser Paulo era muito grande.

Perdida na própria preocupação, ainda sentindo as mechas do cabelo loiro entre seus dedos, Raquel se assustou e caiu sentada para trás, quase batendo as costas na parede do corredor quando, com um gemido de dor, o corpo de Júlia estremeceu. Ela ainda estava viva, apesar de ter sido esfolada.

Repentinamente, Júlia abriu os olhos, arqueou levemente o corpo em direção a Raquel e a agarrou pelos ombros. Virando o rosto todo ensanguentado em direção à jovem, ela lançou um olhar suplicante. Na tentativa de falar, um rosnado estranho saiu de sua boca destruída.

Raquel se jogou ainda mais para trás, desvencilhando-se dos braços que fracamente a seguravam pelos ombros. Com uma aversão incontrolada, sem querer ficar tão perto de Júlia, ela recuou até suas costas baterem de leve contra a parede e dobrou os joelhos contra o peito, abraçando suas pernas. Em nenhum momento, porém, tirou os olhos da garota.

Agonizando de dor, Júlia deixou seu corpo cair novamente sobre o tapete. Mas manteve o olhar fixo em Raquel. Juntando forças para conseguir fazer seu último pedido, ela falou, sua voz não saindo mais do que em um sussurro amedrontado:

– Acabe com meu sofrimento, por favor.

Raquel estava paralisada. Júlia fora esfolada viva. Nunca tinha visto nada igual em sua vida. Estudar sobre a crueldade dos demônios era uma coisa. Ver com os próprios olhos era outra bem diferente. Aquela tortura em Júlia tinha sido realizada pela classe mais inferior dos demônios, conhecida como legiões, os seres mais agressivos e vingativos do inferno. Se aqueles eram os menos poderosos e, por algum motivo, seus líderes não foram convocados, demonstrando que aquele ataque tinha sido inspirado exclusivamente pelos mais profundos desejos de morte e vingança, ela não queria nem chegar a conhecer os seus comandantes. Muito menos os que pertenciam à classe das potestades ou dos principados.

Raquel nada fez para ajudar a jovem. Foi Roberta quem atendeu ao pedido da moribunda. Aproximando-se a passos rápidos, ela se ajoelhou e colocou as duas mãos sobrepostas sobre a testa de Júlia. Fechou os olhos e iniciou um feitiço capaz simplesmente de induzir à sedação e, na sequência, provocar a falência múltipla dos órgãos. Quando terminou, os olhos de Júlia focavam o nada, sem vida.

Movendo as mãos de modo a fechar os olhos de Júlia, Roberta falou:

– Descanse em paz, criança. – E, voltando-se para Raquel, falou: – Encontrei Paulo! Preciso de sua ajuda!

Raquel se colocou de pé num salto enquanto Roberta se afastava rapidamente na direção do corpo de seu filho um pouco mais à frente. Quando chegou ao lado da sacerdotisa, já ajoelhada ao lado dele, perguntou:

– Ele está vivo?

– Sim – Roberta se virou para encarar Raquel ao responder. – Mas não por muito tempo. Ele está em estado de estupor. Seu corpo está aqui. Sua alma está no limbo. Neste exato momento, ele está enfrentando sozinho os demônios presos à nossa linhagem, além dos seus próprios. Ele precisa de um guia nessa jornada. – Colocando-se rapidamente de pé, ela agarrou pelos braços uma Raquel assustada e completou: – Você é a única que pode ir até ele e guiá-lo. Você foi treinada a vida toda para este momento. Posso contar com você?

O jeito de Roberta falar não permitia alternativas. Não havia como negar, por mais apavorada que ela estivesse. Respirando fundo para encontrar a coragem dentro dela, Raquel mudou sua expressão de susto para determinação e acenou afirmativamente com a cabeça. Estava na hora de mostrar o seu valor. Estava na hora de fazer alguma coisa concreta por Paulo. Estava na hora de mostrar que ela era um membro da Ordem das Rosas Negras. A escolhida por sua sacerdotisa.

– Ótimo! – disse Roberta. Tirando uma bússola do bolso e uma pistola do coldre à direita de seu corpo e colocando-as na mão de Raquel, Roberta continuou: – Leve isto com você! Você vai precisar!

Olhando para os objetos em suas mãos, Raquel não entendeu para que aquilo serviria. Até onde sabia, no limbo, uma bússola não ajudaria em nada. Muito menos uma pistola.

– Desculpe, sacerdotisa, mas o que exatamente vou fazer com isso? – perguntou Raquel, em dúvida.

– Você vai descobrir! – A resposta foi seca, colocando um ponto final naquela conversa.

Sem ter o que discutir com a sacerdotisa, Raquel se deitou ao lado de Paulo e pegou sua mão, entrelaçando seus dedos aos dele. Quando Roberta, ajoelhada atrás da cabeça dos dois, iniciou o ritual, a jovem fechou os olhos. No segundo seguinte, ela também deixara este plano.

Raquel entrara no limbo.

62

Raquel se viu dentro de uma espécie de necrotério. Antes de qualquer coisa, ela prendeu a pistola na parte de trás de sua calça, jogando a blusa por cima de modo a escondê-la. Depois olhou para a bússola, tentando decifrar o sentido de tê-la trazido. O ponteiro girava de maneira uniforme, não apontando para nenhum ponto específico. Enquanto estivesse dessa forma, ela sentia que tudo estava bem. Quando começasse a reduzir a velocidade, as coisas estariam complicadas. Se parasse, tudo estava acabado. Diante desse pensamento, seu corpo todo estremeceu. Se algo desse errado, ela ficaria presa naquele universo gelado para sempre.

Passando os olhos pela sala vazia, a balança lhe chamou a atenção. Por mais que não houvesse nenhum peso sobre os pratos, a trave pendia para um lado, o marcador registrando um valor que ela sabia muito bem o que significava. Se ela quisesse cumprir sua missão, teria de ser eficiente em guiar Paulo pelo limbo até a balança estar equilibrada em seu centro. Não seria nada fácil.

Concentrando-se em sua missão, sem tempo a perder, Raquel chamou:

– Paulo?

Fortes batidas ecoaram pela sala, assustando-a. Um grito desesperado, abafado, alcançou seus ouvidos segundos depois:

– Estou aqui! Socorro!

Raquel olhou rapidamente para o gaveteiro. As batidas vinham de dentro de alguma daquelas gavetas. Colocando-se em movimento, ela começou a abrir uma a uma, até encontrar Paulo. Quando uma das gavetas parecia mais pesada ao puxar, ela forçou o catre embutido para fora, o som característico reverberando pela sala conforme a estrutura de metal corria para o lado externo. Paulo surgiu desesperado, se debatendo.

Raquel tentou segurá-lo, mas o desespero dele era tanto que ela não tinha forças para isso. Buscando outra opção para despertá-lo daquele terror, ela deu um tapa no rosto dele. O estalo ecoou pela sala. Mesmo assim, não foi suficiente. Por mais que Paulo a olhasse nos olhos, ele continuava se debatendo, como se não a visse ali.

Pondo-se a caminhar nervosa de um lado para o outro, as palmas abertas pressionando suas têmporas, Raquel falava consigo mesma:

– Pense, Raquel, pense!

Uma ideia surgiu em sua mente. Era algo inusitado, mas poderia dar certo. Virando-se em direção a Paulo, ainda transtornado, deitado sobre o catre do gaveteiro, ela deu um longo beijo na boca do jovem. Aos poucos, ele parou de se debater e passou carinhosamente as mãos pelos cabelos dela. Seus olhos se fecharam conforme seus lábios se tocavam e suas línguas entravam na dança de uma música que soava somente para eles.

Com aquele beijo, o corpo inteiro de Paulo se aqueceu. Ele não sentia mais frio, apesar de a temperatura ao seu redor não ter mudado. Quando os lábios se soltaram, o jovem abriu os olhos. Uma imagem inicialmente borrada começou a ganhar forma: morena, estatura mediana, olhos bem negros e cabelos lisos, compridos e escuros. Ele a conhecia de algum lugar, só não sabia de onde.

Em dúvida, esperando que fosse quem estava pensando, ele perguntou:

– Raquel?

A jovem abriu um sorriso. Não esperava que ele se lembrasse dela. Pelo menos não no lugar onde eles estavam.

Ajudando-o a se sentar sobre o catre, Raquel perguntou:

– Você está bem?

– Estaria melhor se soubesse onde realmente estou – respondeu Paulo, tentando se sintonizar. – Tudo o que sei é que estou morto e, até você chegar, estava vivendo o pior dos meus pesadelos. – E, parando por um instante, ele a olhou e perguntou: – O que *você* faz aqui? Você também morreu?

Raquel gostaria de esclarecer tudo. Mas fora instruída por Roberta que nunca deveria deixar nada claro para ele. Em outras palavras, ela deveria endossar as crenças dele. Se ele acreditava que estava morto, ela não deveria negar. Tampouco confirmar. O que estava acontecendo com ele deveria, na verdade, ser descoberto por ele mesmo. Sozinho. Sua única missão, ao mergulhar no limbo, seria conduzi-lo a encontrar o próprio conhecimento, mas nunca dar o conhecimento.

Escolhendo as palavras com muito cuidado, Raquel respondeu:

– Estou aqui para conduzir você até a sua própria consciência. Porém, eu só posso mostrar a porta. Quem deve atravessá-la é você.

Paulo balançou a cabeça afirmativamente, seus olhos fixos no chão, perdido em pensamentos. Por mais que ele tivesse muita informação para processar, a jornada ainda nem começara. Havia um longo caminho pela frente e ele provavelmente não tinha muito tempo. Sem poder aguardar nem mais um minuto, Raquel o pegou pela mão e disse:

– Temos de ir agora!

Paulo levantou o olhar até encontrar o de Raquel e pulou do catre. Ele sentiu o calor que saía da mão dela, os dedos entrelaçados enquanto caminhavam para a saída do necrotério. Ao alcançarem a porta dupla, cada um empurrou uma das metades, fazendo-as se abrirem em direção ao corredor onde Paulo estivera havia pouco, sozinho.

Ao alcançar o corredor circular, Raquel olhou para os dois lados, a expressão de interrogação levemente surgindo em seu rosto. Vendo-a pensativa, se questionando por qual lado ir, Paulo disse:

– Tanto faz o lado. O começo é o fim e o fim é o começo.

Para ele, tudo pareceria realmente igual e qualquer lado serviria, pois ele sozinho nunca encontraria seus desafios. Para Raquel, no entanto, como guia, o caminho estava bem claro.

– Por aqui – Raquel o convidou a seguir ao seu lado.

Conduzido por Raquel pelo corredor à direita, Paulo não sabia o quanto havia andado até avistar uma porta à esquerda. Nela, havia um símbolo formado por linhas estranhas que se conectavam e desconectavam no interior de um círculo, algo que ele nunca havia visto antes. Intrigado, ele olhou para ela e fez um comentário:

– Eu caminhei por este corredor antes e não tinha visto esta porta. Como é possível?

Mantendo o olhar fixo no símbolo da porta, Raquel deu de ombros.

– Como eu disse, estou aqui apenas para guiá-lo. – E, virando-se para olhá-lo nos olhos, ela continuou: – Quem tem que atravessar a porta é você.

Paulo soltou a mão de Raquel e deu um passo à frente, mas não encontrou a maçaneta. Levantando as mãos, ele encostou a ponta dos dedos contra a porta, no interior do símbolo. Repentinamente, um brilho surgiu por entre as frestas. Expandindo-se em direção às linhas desenhadas, uma passagem se abriu. De onde estava, devido à intensa claridade, ele não conseguia enxergar o que havia do outro lado.

Mas ele tinha de atravessar. Lançando rapidamente um último olhar para Raquel às suas costas, Paulo deu mais um passo à frente, adentrando a claridade.

Por alguns segundos, ele nada conseguiu enxergar. Conforme a intensidade daquela luz foi diminuindo, a imagem de uma sala aconchegante começou a tomar forma. Havia uma lareira, que deixava o ambiente aquecido e acolhedor. Em frente às chamas bruxuleantes, ele viu uma mesa de madeira maciça sobre um finíssimo tapete persa. Sobre a mesa, um banquete estava sendo servido. Ao redor, sentados frente a frente em cadeiras entalhadas à mão, ele viu a silhueta de duas pessoas. Uma terceira cadeira, vazia, estava colocada à cabeceira da mesa. No canto, à direita, havia um belíssimo piano. Sobre ele, próximo ao suporte da partitura, havia um metrônomo de pêndulo, sua haste movimentando-se de um lado para o outro, o som característico reverberando pela sala a cada pulso.

Vozes alegres chegaram aos seus ouvidos. Um homem e uma mulher. Eles riam, aparentemente felizes. Do quê, Paulo não sabia. Tampouco reconhecia aquelas pessoas. Uma sensação estranha, no entanto, de que deveria conhecê-las, o incomodava. Elas lhe pareciam estranhamente familiares, mas ele não se lembrava delas.

Até que a voz do homem se dirigiu diretamente a ele:

– Paulo, meu amigo de longa data! Que bom que veio se juntar a nós! – falou, colocando-se de pé, gesto repetido pela mulher à sua frente. O homem levantou a taça de vinho no ar e continuou: – Um brinde a você.

O ambiente finalmente teve seu foco ajustado. Aproximando-se pela cabeceira da mesa, onde a cadeira vazia se encontrava de costas para ele, reservada para Paulo, ele reconheceu imediatamente aquelas pessoas. Gustavo, vestido com um alinhado terno escuro e gravata azul-marinho, segurava a taça de vinho tinto no ar à sua direita, um sorriso de felicidade no rosto. Do lado esquerdo, Cláudia, com um lindo e provocante vestido vermelho, também sorria.

Paulo ficou constrangido pela túnica simples que usava enquanto seus amigos se vestiam com tanta elegância. Bastou, porém, olhar para baixo para perceber que ele também estava vestido com um belo terno de linho, risca de giz, e uma gravata escura. "Mas como é possível?", ele se perguntou, incrédulo.

– Venha, meu amigo! Você chegou na hora certa! – Gustavo o convidou após beber um pouco do vinho. – Minha esposa e eu estávamos conversando exatamente sobre a forma como nós dois morremos.

"Esposa?", Paulo se perguntou, tentando lembrar de quando eles tinham se casado. Lançando um olhar para os dois, ele pensou em perguntar, mas logo desistiu. O intervalo entre os estalos característicos do metrônomo se tornou um pouco mais longo conforme a haste se movia mais devagar.

Assumindo uma expressão preocupada, Cláudia perguntou:

– Alguma coisa errada?

– Não, não. De jeito nenhum! – respondeu Paulo, forçando um sorriso, parado bem atrás da cadeira vazia, com as mãos sobre o encosto.

– Ótimo! – Cláudia continuou. – Por que não senta um pouco e nos conta como morreu?

Paulo não se sentia morto. Pelo menos, ainda não. Porém, aqueles dois estavam sendo tão convincentes que ele já não sabia mais no que acreditar.

Percebendo a hesitação do amigo, Gustavo fez um pedido à sua esposa:

– Por que não toca uma música bem agradável no piano para nós? O nosso convidado de honra tem que se sentir confortável em nossa casa.

– Será um prazer, querido – respondeu Cláudia, mandando um beijo de longe para Gustavo.

"Isto está perfeito demais!", Paulo pensou, enquanto Cláudia se levantava de sua cadeira e caminhava em direção ao piano, encostado contra a parede à sua direita. "Não deve ser real!"

Ao passar atrás de Paulo, Cláudia roçou de leve a ponta dos dedos pelo braço de seu convidado, subindo delicadamente em direção ao seu ombro conforme caminhava na direção das costas dele. Uma sensação estranhamente prazerosa ganhou força dentro do jovem, uma resposta àquele toque sedutor. Parando ao lado, ela encostou seus lábios bem perto do ouvido de Paulo e perguntou com um sussurro:

– Uma música bem alegre, talvez? – Seu tom de voz era sensual.

Passando a ponta dos dedos pela nuca de Paulo, fazendo-o se arrepiar todo, ela deu a volta por trás dele. Encostando os lábios em seu ouvido direito, ela sussurrou:

– Ou talvez uma música fúnebre? – Sua voz agora era áspera.

Olhando-a pelo canto dos olhos, Paulo levou um susto e recuou o corpo ao ver, em uma fração de segundos, o corpo de Cláudia todo queimado, sem cabelos, com a pele toda enrugada e um sorriso inflexível provocado pela rigidez muscular pós-morte. Um gemido de terror chegou a escapar de sua boca, não acreditando no que via.

Tirando os dedos da nuca do jovem, Cláudia se afastou em direção ao piano e, sentindo os olhos de Paulo sobre suas costas, ela virou sensualmente seu belo rosto maquiado e lançou um olhar provocante para ele. Não havia nela mais nenhum dos traços que aterrorizaram Paulo, deixando-o realmente em dúvida sobre aquilo ter sido real ou não.

– O que foi? – Cláudia perguntou, rindo. – Viu alguma coisa que te assustou?

Perdido em pensamentos, tentando encontrar uma razão plausível para o que vira, se é que sua visão não lhe pregara uma peça, Paulo não ouviu quando Gustavo o chamou. Somente quando seu amigo estalou os dedos na frente de seus olhos ele voltou a si.

– Ah, desculpe, estava perdido em pensamentos.

– Talvez você esteja com fome – respondeu Gustavo. Apontando para um prato à sua frente, sob uma redoma prateada, de modo a fazer mistério quanto ao que estava sendo servido, Gustavo pediu:
– Por favor, coma.

Sem querer fazer desfeita, Paulo se sentou no momento em que uma música calma ganhou vida no piano ao lado, perfeitamente tocada pelos dedos de Cláudia. Curiosamente, os estalos característicos do metrônomo se sobressaíam à melodia.

Ignorando o fato, como se não fosse importante, Paulo envolveu a alça da redoma prateada com seus dedos, sob o olhar atento e empolgado de seu anfitrião. De imediato o som característico do metrônomo aumentou seu intervalo, como se sua haste tivesse ficando ainda mais lenta. As notas que saíam do piano também ficaram mais alongadas, lentas, distorcendo a melodia.

Ainda ignorando a informação trazida pelo metrônomo, Paulo ergueu a redoma e a colocou de lado. Sobre o prato, bem à sua frente, estava a cabeça de Gustavo, seu olhar morto fixo no nada. Um líquido vermelho e viscoso escorria por cima dela e se acumulava pela superfície do prato ao seu redor, como se fosse a calda apetitosa daquela iguaria exótica.

Com o susto, Paulo se jogou para trás, derrubando a cadeira e caindo de joelhos ao seu lado. Apoiando as mãos contra o chão, quase vomitando, Paulo gritou:

– Eu não estou morto! Eu quero sair! Deixe-me sair!

Tudo se desfez em questão de segundos. O ambiente acolhedor havia desaparecido. Um frio já familiar enrijecia os músculos de Paulo. Ele estava de volta ao corredor gelado, vestido apenas com a túnica. À sua frente, Raquel olhava para a bússola, cuja agulha estivera, havia poucos segundos, girando muito lentamente, prestes a parar. Respirando aliviada, ela guardou o objeto e estendeu a mão para ajudá-lo a se levantar.

Paulo aceitou a ajuda de Raquel, agarrando o braço dela para se colocar de pé. Ele abriu a boca para contar o que havia acontecido, mas ela, tomando a dianteira pelo corredor, o interrompeu:

– O que você viu e viveu atrás daquela porta é exclusivamente seu. Eu não quero saber.

Paulo se calou subitamente e a seguiu pelo corredor. Não muito distante dali, atrás das portas duplas do necrotério, a balança se moveu sozinha, os pratos se aproximando um pouco mais do equilíbrio enquanto o valor mostrado na graduação se modificava.

63

Seguindo Raquel pelo corredor, os pensamentos de Paulo estavam agitados. "O que foi tudo aquilo?", pensou. Ele se esforçava para compreender o que realmente havia acontecido, alheio ao fato de que, inconscientemente, ele se agarrava à vida com toda a força que sua estrutura psicológica podia lhe permitir.

Seus pensamentos foram interrompidos quando Raquel parou à sua frente, diante de mais uma passagem, e, olhando para os traços desenhados no interior de uma circunferência, diferentes da anterior, falou:

– Como eu disse, minha função é mostrar a porta. Mas é você quem tem que atravessá-la.

Paulo balançou a cabeça afirmativamente e atravessou mais uma porta. Assim como antes, a luminosidade intensa o envolveu por completo. Quando esvaneceu, ele estava dentro de um quarto todo bagunçado, apenas de cuecas. Mesmo assim, ele não sentia mais frio. Pelo contrário, o lugar estava confortavelmente aquecido.

Passando os olhos ao redor, ele viu uma cama de casal com os lençóis desarrumados entre duas pequenas cômodas, uma de cada lado da cabeceira. Sobre o móvel mais próximo a ele, uma caixinha de música tocava um belíssimo clássico enquanto uma bailarina girava alegremente ao redor de sua superfície.

Não havia, no entanto, ninguém ali. Paulo estava sozinho naquele ambiente. Pelo menos era o que ele achava. Braços carinhosos repentinamente passaram por cima de seus ombros e o abraçaram pelas costas, fazendo seu coração se acelerar em uma emoção prazerosa nunca antes sentida em toda sua vida. Antes que pudesse se virar, lábios calorosos beijaram seu rosto. Uma voz feminina e sensual sussurrou em seu ouvido, a boca da mulher praticamente colada em sua orelha:

– Senti tanta saudade de você – sussurrou. E mordeu de leve o lóbulo da orelha dele.

Excitado, Paulo se virou para ver quem era aquela misteriosa mulher. Seus olhos se arregalaram de surpresa ao ver Júlia vestida apenas com suas roupas íntimas, abraçando-o. A última coisa que ele se lembrava era da escuridão engolindo os dois. Não havia um corte sequer no corpo dela. Para deixá-lo ainda mais em dúvida, ela pisava firmemente sobre a perna como se nunca a tivesse machucado. Mas algo parecia estranho. Ela nunca correspondera aos sentimentos dele por ela. Por que agora, de repente, ela parecia tão apaixonada? "Isto não é real", Paulo pensou, esforçando-se ao máximo para ser racional diante daquela tentação irresistível de possuí-la.

Dando um beijo de leve em seus lábios, a princípio não correspondido, Júlia passou a mão pelos cabelos dele e perguntou:

– O que foi, querido? – O sorriso se mantinha no rosto de Júlia ao demonstrar sua preocupação; a sensualidade permanecia em sua voz.

Olhando-a com ternura, Paulo não resistiu. Agarrando-a com força pela cintura, ele a puxou de encontro ao seu corpo e a beijou calorosamente. Aquele momento de intimidade com ela era tudo o que ele desejava havia muito tempo. Finalmente seu mais profundo desejo estava se realizando.

Excitada, Júlia pulou e envolveu a cintura de Paulo com as pernas. Segurando-a no ar, sem descolar seus lábios dos dela, ele se virou e a colocou na cama, deitando-se por cima dela logo em seguida, não querendo se desgrudar de seu corpo nem por mais um segundo. Uma risada alta escapou dos lábios da jovem, em meio à respiração ruidosa carregada de prazer, enquanto ele mergulhava sobre seu corpo, suas pernas unidas no meio das pernas dela.

Entre beijos calorosos e prazerosos, Paulo se virou na cama, ainda segurando Júlia, para que ela continuasse em cima dele. Muito excitada, a jovem endireitou seu corpo e começou a mexer a cintura para a frente e para trás. Um gemido escapava de sua boca a cada vez que ela o deixava ir bem fundo dentro dela.

Deixando-se levar pelo prazer, suas mãos segurando Júlia pelos quadris, acompanhando o movimento ritmado, Paulo desejava que aquele momento não acabasse nunca. Em meio aos gemidos de ambos, a maravilhosa música clássica da caixinha de música de repente ficou distorcida, como se as engrenagens parassem de girar e fosse necessário dar corda novamente. O ruído da bailarina se desequilibrando em giros desconexos chegou aos ouvidos do rapaz, alertando-o para uma possível realidade alternativa. Virando a cabeça de lado sobre o colchão, ele viu que a bailarina havia desacelerado radicalmente a ponto de suas laterais começarem a bater contra a superfície plástica da caixa de música.

Algo estava muito errado e Paulo sabia disso. Por mais que seus desejos mais íntimos estivessem sendo realizados, um alerta disparava em sua consciência. Aquilo tudo poderia não ser real.

Percebendo que Paulo já não estava mais tão envolvido, Júlia perguntou entre um gemido e outro, sem parar de mexer seus quadris sobre ele:

– O que foi? Eu não desperto mais o seu prazer?

Paulo virou a cabeça novamente para olhá-la, tentando encontrar algo racional em tudo aquilo. Suas expressões faciais variavam entre a excitação do momento, a cada investida prazerosa de Júlia, e a seriedade de uma nova realidade começando a despertar em seu mais profundo ser.

Diante da dualidade apresentada por Paulo, Júlia falou:

– Talvez você tenha mais tesão se me vir assim.

Repentinamente, o corpo de Júlia perdeu a beleza. Toda a superfície de seu corpo estava avermelhada e enrugada, como se sua pele tivesse sido esfolada. Rios de sangue escorriam por cima de Paulo e chegavam até os lençóis brancos, manchando-os de vermelho. Mesmo assim, ela não parou de se mexer sobre ele, os gemidos agora saindo estranhos de seus lábios inchados e mal definidos. Seus cabelos loiros eram tudo o que sobrava da Júlia que ele conhecia.

Com um grito de pavor, Paulo tentou se livrar dela, mas mãos fortes o seguraram pelos braços, pressionando-os contra o colchão, sobre sua cabeça. Parcialmente debruçada sobre ele, Júlia continuou excitando-o com os movimentos de seus quadris, se deliciando com cada investida. De sua boca deformada, os gemidos de prazer ainda ecoavam pelo quarto. Porém, agora eles se misturavam a uma risada de satisfação, como se aquela tortura psicológica desse a ela tanto prazer quanto a relação sexual.

Inclinando a cabeça para o jovem deitado embaixo dela, ela tentou beijá-lo. Não querendo mais ter aquela língua dentro de sua boca,

Paulo fechou os olhos e começou a virar a cabeça de um lado para o outro, gritando:

– Não, não! Eu não quero mais você! Me deixe em paz! Me deixe seguir meu caminho!

Paulo estava tão perdido naquele momento de prazer e terror que somente se deu conta de que o ambiente havia mudado mais uma vez quando uma outra voz conhecida chegou aos seus ouvidos:

– Você demorou demais! Achei que não fosse mais voltar! Está tudo bem?

Paulo abriu os olhos e viu Raquel fechar novamente a bússola, guardando-a no bolso da calça, aliviada depois de a agulha voltar a se mover rapidamente ao redor do equipamento. Ele estava de volta ao corredor, vestindo novamente somente aquela túnica. Seu corpo todo tremia, parte por causa do frio que enrijecia seus músculos, parte pela aterrorizante recordação do que acontecera atrás da segunda porta.

Com a consciência pesada pelo que fizera, em afronta aos sentimentos que começavam a surgir por Raquel, Paulo falou:

– Raquel, eu...

– Seja o que for que tenha para dizer, não me interessa! – Raquel o interrompeu, séria. – Como eu disse, o que quer que tenha acontecido lá dentro é seu, exclusivamente seu. Eu não devo saber. Por favor, não me tente.

Debruçando-se um pouco sobre Paulo e estendendo sua mão na direção dele, Raquel falou:

– Vamos logo. Não temos muito tempo.

Paulo segurou a mão dela e se levantou, incomodado por ter que ser ajudado mais uma vez por Raquel, desde que saíra de dentro da gaveta do necrotério. Isso não estava certo. Não mesmo. Por mais que ela fosse seu guia, conduzindo-o por aquele estranho lugar, era ele quem deveria estender a mão para ela se levantar, não o contrário.

Conforme caminhava atrás de Raquel pelo corredor, perdido em pensamentos, a balança do necrotério mais uma vez se mexeu sozinha. Os pratos agora estavam mais próximos do equilíbrio e a graduação havia quase zerado. Mais uma missão bem-sucedida, mais um movimento na balança, e o equilíbrio estaria restabelecido no íntimo de Paulo.

64

Paulo foi tirado de seus pensamentos quando Raquel parou pela última vez, apontando para uma série de símbolos na parede, todos envoltos em uma circunferência perfeita, nenhum deles igual aos anteriores. Fixando o olhar naqueles desenhos, ele sentiu uma vibração estranha, carregada de medo e terror. Ao mesmo tempo, sentia-se atraído por eles, como se fizessem parte dele.

Raquel tinha uma vaga ideia do que o aguardava depois daquela porta. Nada do que ele já passara se comparava ao que estava por vir. O desafio vindouro era maior do que ele. Maior do que ela própria. Talvez maior até do que a sacerdotisa. Mesmo tendo sido alertada de que nada poderia dizer nem fazer, a não ser guiar Paulo pelo limbo, ela não se sentia à vontade em deixá-lo enfrentar aquilo sozinho. Também não podia ser totalmente aberta. Tomando cuidado com as palavras e como elas seriam interpretadas, Raquel disse:

– Aconteça o que acontecer, seja você mesmo.

– O que isso significa exatamente? – perguntou Paulo, olhando de canto de olho para Raquel ao seu lado.

– Você vai descobrir.

Paulo esperou mais um pouco, porém Raquel não disse mais nada. Ela apenas o fitava, aguardando que ele tomasse a atitude de atravessar a porta e encerrar tudo de uma vez.

Virando-se para a porta, os braços esticados e as mãos espalmadas, as pontas de seus dedos alcançaram os símbolos e uma passagem se abriu na parede. Diferente das experiências anteriores, no entanto, ele foi engolido por uma estranha escuridão. Quando o ambiente clareou apenas o suficiente para que ele enxergasse silhuetas, Paulo girou sobre si mesmo, olhando ao redor. Ele estava no meio de um enorme salão retangular, com piso de pedra polida e cercado por gigantescas colunas cilíndricas que sustentavam um teto praticamente invisível, não fosse pelos pontos luminosos bem distantes em meio à escuridão, parecendo estrelas no céu, e que, a intervalos regulares, concentravam toda sua luz contra o piso da enorme estrutura, como holofotes.

Uma voz repentinamente ecoou pelo ambiente, parecendo vir de todos os lados, assustando Paulo:

– Estou muito surpreso com o quanto você, sozinho, conseguiu canalizar todo esse poder que corre em suas veias.

Paulo girou sobre si mesmo, olhando para todos os lados conforme a voz envolvia o ambiente ao seu redor, tornando impossível identificar o seu ponto de origem. O som de passos chegou aos seus ouvidos, parecendo vir, inicialmente, de todos os lados. Conforme se aproximavam do enorme salão entre as colunas, eles se tornavam mais nítidos e concentrados em um lugar específico antes de ecoar ao redor. Por fim, um vulto esguio surgiu por entre duas colunas, vestindo um elegante terno preto, camisa branca e gravata vermelha. Um chapéu negro mergulhava o rosto daquela figura na escuridão. Em sua mão direita, uma bengala sustentava seu corpo conforme caminhava.

Entre aquela silhueta estranhamente familiar e Paulo havia um ponto de luz, como um holofote, iluminando, naquele momento, apenas o chão de pedra.

– Quem é você? – Paulo perguntou, virado para o vulto a poucos passos do ponto de luz.

– Nada mais do que uma sombra ambiciosa – respondeu o vulto, aproximando-se.

Paulo já ouvira aquela voz antes. Estava um pouco diferente na época, mais rouca, porém definitivamente pertencia à mesma pessoa com quem cruzara em um passado não muito distante. Suas suspeitas se confirmaram quando o Feiticeiro entrou na luz e parou, sorrindo. Seus dentes brancos brilhavam. Seus olhos, no entanto, estavam escondidos pelas sombras do chapéu.

– Não pode ser! Você está morto! Eu mesmo o matei! – Paulo gritou, não acreditando no que via.

– E você acha, depois de tudo o que viu, que a morte me impediria de alcançar meus objetivos? Você deve ser muito ingênuo para pensar que finalmente havia me derrotado.

Em estado de choque pela realidade que o atingira, Paulo tinha os olhos estatelados. Mas, antes que ele pudesse dizer qualquer coisa, o Feiticeiro continuou:

– Está na hora de colocarmos um ponto final em tudo isso.

Com um movimento rápido, o Feiticeiro tirou o chapéu da cabeça e o arremessou em direção a Paulo, que viu o objeto girando inofensivamente no ar, apenas uma distração para o que viria a seguir. Sacando uma espada fina e muito afiada de dentro da bengala, ele jogou a bainha de lado e investiu contra Paulo, mergulhando na penumbra.

Paulo desviou o chapéu arremessado com o braço direito. O objeto rolou por sobre a aba para longe, parando somente ao alcançar um ponto de luz. Porém, não caiu nem para um lado nem para o outro. Mantendo-se pelo mesmo princípio da bailarina na caixa de música e do metrônomo, ele começou a girar sobre si mesmo até chegar a uma determinada velocidade de rotação que permaneceria sempre constante se o jovem fizesse as escolhas certas.

Assim que o chapéu foi tirado de seu caminho, Paulo viu uma lâmina fina e afiada descendo mortalmente contra sua cabeça. Com um movimento rápido, ele girou o corpo de lado. Um zumbido chegou aos seus ouvidos conforme a espada cortava o ar. Por fim, o som do metal raspando no chão de pedra ecoou pelo grande salão.

Já muito próximo do Feiticeiro, era a vez de Paulo atacar. Ele chegou a fechar os punhos para desferir um golpe, mas teve que segurar sua investida quando seu inimigo, agindo com mais rapidez que ele, levantou a lâmina violentamente contra a lateral de seu corpo. Para se defender, o jovem se viu forçado a recuar alguns passos. A espada zuniu ao seu redor, sua ponta passando a centímetros de sua barriga.

Sem dar a oportunidade de seu oponente se afastar muito, o Feiticeiro atacou novamente, agora estocando a lâmina contra o corpo de Paulo. Desviando dos ataques como podia, sem saber por quanto tempo mais conseguiria resistir, o jovem começou a recuar, caminhando de costas pelo enorme salão escuro enquanto seu inimigo avançava ferozmente, desferindo golpes rápidos.

Por mais que tivesse conseguido escapar da maioria das investidas, uma delas passou de raspão contra a lateral do corpo de Paulo, abrindo um enorme corte. Ele rangeu os dentes de dor. Sangue jorrou da ferida, escorrendo por sua perna. Aproveitando a desvantagem de seu adversário, o Feiticeiro rapidamente investiu mais uma vez, desta vez passando a lâmina já ensanguentada por uma das pernas de Paulo, abrindo outro corte. Mais sangue jorrou para o chão.

Ao receber o segundo corte, Paulo cambaleou para trás. A perna ferida não resistiu ao peso de seu corpo e cedeu, fazendo-o cair de joelhos à frente de seu adversário. Debruçado sobre si mesmo, a cabeça baixa e os dentes cerrados para tentar controlar a dor, uma de suas mãos tocou automaticamente a ferida na perna, enquanto a outra pressionava o corte na lateral de seu tronco.

Parado a apenas um passo de Paulo, com um sorriso vitorioso, o Feiticeiro colocou a ponta da lâmina sob o queixo de sua vítima caída, forçando-a a levantar a cabeça e olhar diretamente em seus olhos. Sem ter como resistir, mas já sabendo que o próximo golpe seria o último, o jovem começou a mentalizar um plano. Se não fizesse algo, seria seu fim. A questão era o que fazer.

– Estou realmente impressionado! – disse o Feiticeiro, ainda sorrindo. – Mas eu não senti você usar todo o seu potencial, se é que me entende.

– Isso ainda não acabou! – respondeu Paulo entredentes.

– Você tem razão – disse o Feiticeiro. – Você ainda está vivo.

Afastando a espada apenas o suficiente para pegar velocidade, o Feiticeiro investiu com uma estocada, a lâmina se aproximando mortalmente da garganta de Paulo.

Até aquele momento, a magia dentro de Paulo ainda não havia se manifestado, deixando-o em dúvida sobre ela estar presente naquele ambiente estranho, imaterial. Mas, se ela ainda percorresse por suas veias, aquele era um bom momento para se manifestar. Ou tudo estaria acabado.

Inconscientemente, assim como todas as vezes anteriores, uma rápida vibração percorreu todo o seu corpo, involuntariamente. Paulo, como se não tivesse mais controle de si mesmo, sentiu deslocar levemente seu corpo para o lado, tirando sua cabeça da linha da espada. Ao mesmo tempo, suas duas mãos se fecharam ao redor da lâmina afiada, freando-a enquanto passava por cima de seu ombro esquerdo, a poucos centímetros da jugular.

O sangue jorrava das mãos de Paulo, que seguravam uma espada inerte. O Feiticeiro tentou puxar a lâmina para iniciar uma nova investida, mas ela não se moveu sequer um milímetro. Pressionando com firmeza o metal frio, o jovem levantou a cabeça para encarar mais uma vez seu agressor, porém agora de forma voluntária. Seus olhos estavam negros como a noite. Seu rosto trazia uma expressão de ira nunca vista.

– Era isso que eu queria ver! – O Feiticeiro instigou Paulo. – Libere toda sua bestialidade, garoto!

O Feiticeiro, no entanto, não esperava pelo que veio a seguir. Com um movimento muito rápido, Paulo se colocou de pé, segurando, ao mesmo tempo, o cabo da espada com uma das mãos e a lâmina com a outra. Girando a espada no mesmo instante em que avançava na direção de seu agressor, ele cravou a lâmina em diagonal ascendente contra a barriga do Feiticeiro, rasgando tudo o que estava à sua frente até sair pelas costas.

No momento em que a espada atravessou o corpo do Feiticeiro, a magia se desfez. Os olhos de Paulo voltaram ao normal. Retornando ao estado de consciência, sua atenção foi chamada, involuntariamente, para o chapéu que girava sobre um dos pontos de luz. Ele parecia ter perdido um pouco a velocidade de rotação, mas continuava firme em seu equilíbrio.

– Garoto, você não devia ter feito isso! – disse o Feiticeiro, desviando a atenção de Paulo da necessidade de raciocinar sobre o significado do chapéu girando. – Agora você me deixou irritado!

Com um movimento muito rápido, como se a espada atravessada em seu corpo não fosse nada, o Feiticeiro jogou um pó escuro para o alto, formando uma névoa negra ao redor dos dois. Repentinamente, ele começou a se transformar. Seu corpo ficou mais troncudo, rasgando todo o terno. Seus braços e pernas ficaram maiores e mais grossos. Sua pele, já escura, ficou negra como a noite. Os dedos de suas mãos encolheram e se uniram. Seus olhos ficaram amarelos.

Suas orelhas se alongaram. Seus dentes ficaram pontiagudos e seu rosto se transfigurou.

Assustado com o que estava acontecendo, Paulo arrancou a espada do Feiticeiro e correu para se esconder atrás de uma das pilastras que sustentavam o grande salão. Ofegante, ele não sabia como aquilo tudo era possível. Depois de tudo pelo que passara, ele era capaz de acreditar em muitas coisas. Inclusive em magia. Mas aquilo era demais. Ia além de qualquer imaginação.

Controlando sua respiração e seu medo, segurando a espada manchada de sangue com as duas mãos, Paulo colocou apenas a cabeça para fora da proteção da pilastra para espiar o que estava acontecendo. Para sua surpresa, o Feiticeiro, ou o que quer que fosse ele agora, não estava mais no mesmo lugar de antes.

"Para onde ele foi?", Paulo se perguntou. Não era possível que simplesmente tivesse desaparecido. Segurando a espada com mais firmeza, o jovem saiu de trás da pilastra, contornando-a com passos cautelosos para o interior do salão, todos os seus sentidos atentos a qualquer desestabilização no ambiente.

Repentinamente, o som quase inaudível de unhas arranhando uma superfície de pedra chegou aos ouvidos de Paulo. Assustado, ele se virou de modo a manter a pilastra às suas costas e olhou atento para todos os lados, a espada em riste, esperando seu inimigo sair da escuridão. Porém não havia sinal dele em lugar nenhum.

No entanto, seu inimigo estava bem próximo. Quando gotas quentes caíram sobre o ombro direito de Paulo, ele entrou em pânico. O ataque viria por cima. Virando-se rapidamente e levantando a cabeça, a espada ainda em riste, ele viu, por apenas alguns segundos, uma enorme fera, muito parecida com uma pantera negra, descendo pela pilastra, suas enormes garras afiadas cravadas na pedra. Seus olhos amarelos se fixaram no jovem aterrorizado. Sua boca estava aberta, mostrando os dentes afiados. Saliva escorria de sua língua para o chão.

Com um movimento rápido, ela saltou. Paulo teve tempo apenas de levantar um dos braços, dobrado de modo a proteger seu pescoço. A pantera negra mordeu o braço do jovem antes de derrubá-lo de costas no chão, deixando-o, assim, entre as suas quatro patas.

Sangue escorreu imediatamente quando os dentes rasgaram pele e músculos. Um grito de dor e agonia escapou dos lábios do jovem. A espada escapou de sua mão, mas não deslizou para tão longe.

Sem ter alcançado seu verdadeiro alvo – a garganta de Paulo –, a pantera sacudiu a cabeça de um lado para o outro, seus pontiagudos dentes ainda cravados no braço dele. Mais sangue jorrou da ferida. Um grito mais intenso ecoou pelo enorme salão.

Assim como um dependente químico que procura a droga para satisfazer seu vício, Paulo, inconscientemente, começou a canalizar toda sua energia em um feitiço que fosse realmente mortal para aquela fera. Suas células começaram a vibrar. Seus olhos mais uma vez ficaram negros. Conforme seus lábios começavam a sussurrar palavras estranhas, o ruído das abas do chapéu batendo contra o chão de pedra, agora já perdendo a velocidade de rotação, chegou aos seus ouvidos.

Imediatamente, Paulo se lembrou da caixa de música e do metrônomo. Um conceito se formava dentro dele. Toda vez que ele se perdera em suas próprias necessidades, deixando-se levar pelos seus desejos mais íntimos, aqueles objetos saíram de seu equilíbrio. Com o chapéu não seria diferente. Havia algo desarmônico em usar magia naquele lugar. E o Feiticeiro sabia disso. Por isso o instigara a liberar todo o seu poder. O que Paulo estava prestes a fazer era exatamente o que seu inimigo queria. Ele só não conseguia entender o motivo e, muito menos, as consequências.

A frase de Raquel repentinamente veio à sua mente, coroando uma ideia que já ganhava força dentro dele:

– Aconteça o que acontecer, seja você mesmo.

Ele agora entendia o que aquelas palavras significavam. Ele agora compreendia tudo o que estava acontecendo. Tudo se encaixava.

Motivado por uma nova luz interna, Paulo fechou os olhos. Com muita dificuldade, deixou a magia dissipar dentro dele, transcendendo, pela primeira vez, da falsa sensação de controle sobre ela para realmente assumi-lo. A partir daquele momento, ele não seria mais um objeto da energia ancestral em seu sangue. Ele seria o dono dela e a usaria com prudência e sabedoria.

No momento em que a vibração enfraqueceu dentro dele, o chapéu começou a ganhar velocidade novamente, recuperando seu equilíbrio sobre o piso de pedra. O microcosmo de Paulo finalmente entrara em equilíbrio com sua ancestralidade.

Confiante em si mesmo, Paulo abriu os olhos. Ainda se defendendo da feroz pantera, que seguia destroçando seu braço, ele tateou o chão escuro. Ele sabia que a espada não caíra tão longe. Quando seus dedos se fecharam em torno do cabo, ele a cravou no olho da fera, tirando-a rapidamente logo depois. Sem misericórdia nenhuma, continuou esfaqueando a pantera negra, enfiando a lâmina no pescoço dela várias vezes.

– Morre, seu desgraçado! Morre de uma vez por todas! – Paulo gritava, o ódio o fortalecendo ainda mais a cada investida com a lâmina.

Soltando o braço de Paulo, a pantera negra lançou ao ar um uivo de dor e correu para longe, usando a escuridão ao seu redor para se encobrir. Porém, por mais que quisesse se esconder, um rastro de sangue fora deixado para trás.

Colocando-se de pé, todo ensanguentado, Paulo passou a perseguir o rastro vermelho deixado pela pantera, a lâmina firme em sua mão. Ele finalmente virara o jogo. De caça, se tornara caçador. Quando a encontrasse, acabaria de vez com o seu sofrimento. Mais do que isso, ele acreditava que, ao matá-la, estaria pondo também um fim no Feiticeiro e, consequentemente, em toda a maldição lançada contra sua família.

Paulo não precisou segui-la por muito tempo. A pantera negra estava caída de lado perto de uma das pilastras. Toda a lateral de seu corpo subia e descia visivelmente; estava respirando com dificuldade. Alcançando-a, ele passou os joelhos por cima do corpo do animal, sentando-se sobre ele. Segurando o cabo da espada com as duas mãos, ele levantou o braço com a lâmina apontada para baixo, pronto para desferir o golpe fatal. Por um segundo, que pareceram horas, os olhos do jovem se encontraram com o olhar do animal.

A lâmina, no entanto, nunca chegou ao seu destino. Um clarão surgiu repentinamente, cegando temporariamente tanto Paulo quanto a fera. Em meio àquela fonte de luz, um vulto surgiu, caminhando com passos seguros em direção ao ataque que estava prestes a começar. Uma voz feminina, poderosa e doce ao mesmo tempo, lançou uma pergunta no ar:

– Você quer mesmo fazer isso? – A pergunta era direcionada a Paulo.

Paulo tirou os olhos da fera e os voltou à silhueta negra envolta por aquela luz. Até aquele momento, ele tinha certeza de que sim. Mas agora, sob o olhar intenso daquela figura feminina poderosa, ele já não sabia mais. Estava prestes a responder, mas ela foi mais rápida e continuou:

– Se for isso mesmo, olhe de novo.

Paulo voltou a olhar para o corpo da fera e se surpreendeu quando viu apenas o Feiticeiro estirado sob ele, todo ensanguentado, olhando diretamente nos olhos do jovem. Ele trazia no olhar um tom desafiador, que se confirmou quando disse:

– Vamos lá, garoto. Coragem! Esse é o único jeito de acabar com toda a maldição. Se você não me matar agora, será para sempre perseguido.

Aquele momento era o verdadeiro teste de Paulo. Não se tratava de coragem, pois estava evidente que o jovem tinha isso de sobra. A questão ali era outra. O quão impulsivo ele seria, a ponto de partir para a violência e, dessa forma, pôr fim a uma vingança alimentada pelo seu próprio desejo de vingança. Se o fizesse, não seria diferente do Feiticeiro.

Em dúvida, Paulo olhou para a mulher, perguntando-se mentalmente o que deveria fazer. Como se ela lesse seus pensamentos, ela respondeu:

– A escolha é sua. Eu estou aqui apenas para recolher os cacos resultantes das atitudes individuais de cada um de vocês.

Instigando-o a agir pelos seus mais profundos desejos, o Feiticeiro falou mais uma vez:

– Vamos lá! Entregue-se ao desejo de vingança!

Paulo olhou para cima e soltou um grito de puro ódio, apertando com força o cabo da espada entre suas mãos. Voltando a olhar para o Feiticeiro, ele desceu a lâmina com ferocidade. O som do metal batendo contra o chão de pedra, ao lado da cabeça de seu inimigo, ecoou pelo salão.

– Não vale a pena – disse, largando a espada.

A figura feminina, parada até aquele momento no mesmo lugar, se pôs em movimento na direção de Paulo, sua silhueta ganhando cada vez mais forma até se revelar uma mulher negra e magra, a quem Paulo também reconheceu de imediato como a líder dos mortos-vivos após a morte do Feiticeiro, às margens da lagoa. Era a mesma mulher que o condenara à morte pelo fogo. Porém, ela estava regenerada. Sua luz brilhava intensamente. Mais do que isso, sua luz salvara Paulo de se perder em sua própria consciência.

– Você fez a escolha certa – ela falou. Seu tom de voz era doce e acolhedor.

Hipnotizado por aquela energia aconchegante, Paulo se levantou, liberando o Feiticeiro, e se dirigiu a passos lentos na direção da mulher. Parando diante dele, ela colocou a ponta de seus dedos sobre a testa do jovem e fechou os olhos. Uma a uma, as feridas da batalha foram se fechando. Por fim, com os olhos ainda cerrados, ela disse:

– Eu removo de você e de sua linhagem toda a maldade que um dia foi colocada.

Paulo sentiu uma sensação de paz e equilíbrio atravessar todo o seu corpo. Quando ela tirou a ponta de seus dedos da testa dele, apontou para algum lugar na escuridão. Uma passagem se abriu, revelando mais uma vez o corredor onde Raquel o aguardava. Antes de deixá-lo ir, ela se sentiu no direito de alertá-lo:

– Sua missão apenas começou. Muita coisa ainda irá acontecer. Mantenha-se firme no caminho, não importa o que aconteça.

Paulo balançou a cabeça afirmativamente, em êxtase depois do toque daquela mulher. Ele vibrava tão intensamente que não conseguia se afastar dela. Mas precisava ir. Como ela mesma dera a entender, ele tinha uma missão. Não poderia mais ficar ali. Mesmo relutante, ele virou as costas e iniciou sua caminhada de volta ao corredor. Parou, porém, dois passos depois e voltou-se mais uma vez na direção da mulher, para quem lançou um olhar ao perguntar:

– O que vai acontecer com o Feiticeiro?

– Ele vai responder por tudo o que fez – respondeu a mulher.

– Não seja tão dura com ele – Paulo pediu, sentindo uma onda estranha de energia.

Dito isso, Paulo se afastou. Conforme se aproximava da porta, ele pensou ter visto um sorriso no rosto dela. Mas não sabia dizer com certeza se fora real ou apenas sua imaginação. Independentemente do que fosse, ele se sentia bem por não ter desejado o pior para o seu inimigo. E, assim, atravessou pela passagem.

– Você voltou! – exclamou Raquel, alegre.

Em vez de surgir no corredor, Paulo estava no necrotério. Até aquele momento, Raquel o aguardara ali, sentada em um dos catres, olhando apreensiva para a bússola. A agulha reduzira sua velocidade algumas vezes, mas agora retornara ao seu equilíbrio rotacional.

Saltando do catre, Raquel correu até Paulo e deu um beijo rápido em sua boca antes de abraçá-lo com muita força.

Paulo a abraçou também. Depois de tudo pelo que passara, era maravilhoso sentir aquele abraço caloroso. Ele realmente se sentia bem. Naquele momento, com seu corpo colado no dela, ele se sentia pronto para deixar tudo para trás e começar a trilhar um novo caminho, definitivamente mais maduro, livre de toda a maldade imposta a ele e sua família, capaz de controlar o verdadeiro poder dentro dele: seu livre-arbítrio para decidir quando usar a magia ancestral que vivia em seu mais profundo ser.

Com um ruído característico, a balança se moveu mais uma vez. Os pratos se equilibraram. O marcador estava no zero. Paulo finalmente conseguira deixar para trás todas as pendências presas a ele e à sua linhagem. Ele finalmente conseguira encontrar em si mesmo sua verdadeira força. Mais do que isso: agora tinha controle sobre ela. Ele estava pronto para assumir a missão que havia muito lhe fora destinada, mas que ainda desconhecia. Tendo realmente se encontrado, não tinha mais por que ficar ali no limbo. Chegara o momento de retornar à sua realidade.

Por mais que quisesse ficar naquele abraço por mais tempo, Raquel o soltou. Segurando-o com firmeza pelos braços e adotando um tom urgente, ela perguntou:

– Você confia em mim?

– Claro! – respondeu ele. – Por que...

Paulo não conseguiu terminar a pergunta. Repentinamente, Raquel soltou seus braços e pegou a pistola presa às suas costas. Apontando rapidamente para o rosto dele, Paulo não teve sequer tempo de se sobressaltar com sua atitude. Ela disparou.

Antes mesmo que o corpo dele caísse no chão, ela colocou a arma em sua boca e disparou.

65

Paulo despertou ruidosamente, sentando-se, assustado. Sem ao menos olhar em volta, um único pensamento passava violentamente por sua cabeça: "Raquel atirou em mim!". Somente quando Roberta gritou, ajoelhada ao seu lado, ele percebeu que estava de volta ao corredor onde fora engolido pela escuridão.

– Meu filho!

Roberta o abraçou com força. Imediatamente ela sentiu a energia ancestral pulsando dentro dele. "Mas como é possível?", ela se perguntou, arregalando os olhos.

Ainda perdido, tentando se sintonizar, Paulo correspondeu ao abraço. "O que minha mãe está fazendo aqui?", ele se perguntou. "Como ela me encontrou?" Ele estava prestes a perguntar quando Raquel despertou de forma ruidosa ao seu lado, também se colocando sentada em um sobressalto. Diferente dele, no entanto, ela estava bem desperta, ciente de onde estava e o que acontecia ao seu redor.

Soltando o filho, agradecida pelos esforços da jovem, ela a abraçou com força. Sem saber ao certo como reagir, pois não era comum sua sacerdotisa dar demonstrações de afeto, Raquel correspondeu ao abraço, insegura. Quando ela soltou sua discípula, Roberta passou as mãos pelo rosto dela, falando ao mesmo tempo:

– Você é minha favorita! Espero que um dia assuma o meu lugar.

Colocando-se de pé, cambaleante no início e usando a parede para se segurar, Paulo não conseguia entender qual era a relação entre as duas. Parecia, pelo jeito que se abraçavam, que se conheciam havia muito tempo. Perplexo, ele se perguntava o que significava aquilo que a mãe havia dito. "Sua favorita por quê? Assumir que lugar?"

Quando soltou Raquel do abraço, a sacerdotisa se levantou com um salto. Aproveitando a oportunidade de retribuir tudo o que a jovem havia feito por ele no limbo, Paulo estendeu o braço em sua direção. Era sua vez de ajudá-la a se levantar. Com um sorriso, Raquel segurou a mão dele e se deixou levar.

Porém, Paulo fez muito mais do que a ajudar a ficar em pé. Vendo o carinho que sua mãe tinha pela garota, não havia mal nenhum em tomar a atitude que ele planejara. Mais do que isso. A reação de sua mãe com Raquel de certa maneira o fortalecera na decisão de puxá-la para seus braços e lhe dar um beijo longo.

Pega de surpresa, nos primeiros segundos Raquel não soube como reagir. Porém, com o pensamento de "que se dane!", ela o beijou também, envolvendo o pescoço dele com seus braços. Ela ansiara por ter aqueles lábios contra os seus desde que se separaram na boate. No entanto, diante dos acontecimentos daquela noite, ela chegara várias vezes a duvidar de que o veria de novo. Mas ali estavam os dois, finalmente se entregando aos seus sentimentos, esquecendo que havia uma plateia bem específica.

E, pelo visto, ciumenta. Vendo os dois abraçados, se beijando, Roberta bateu palmas com veemência, querendo acabar com o que, em sua visão, era inapropriado para o momento. O som ecoou pelo corredor, fazendo os dois se soltarem, sorrindo um para o outro. Antes que pudessem dizer qualquer coisa, Roberta calmamente falou:

– Está bem! Vocês vão ter muitas coisas para me explicar depois. – E, adotando um tom mais urgente, transparecendo toda a sua autoridade de mãe e sacerdotisa, ela continuou, após dar uma rápida olhada no relógio e arregalar os olhos: – Precisamos sair logo daqui! Não temos muito tempo!

Estendendo o braço para seu filho, segurando uma camiseta que ela pegara da mochila dele enquanto Paulo e Raquel estavam no limbo, ela ordenou:

– Vista isso!

Paulo obedeceu, sentindo o conforto de finalmente vestir uma camiseta depois de tanto tempo. Ele havia usado a sua para estancar o sangramento na perna de Júlia, ainda no hotel fazenda.

Colocando-se em movimento, caminhando muito rapidamente para uma senhora de quase 70 anos, os dois tiveram de correr para alcançá-la. Lançando um breve olhar para o corpo de Júlia, Paulo agora entendia por que ela estava com aquela aparência horrível no limbo. Ela carregava dentro de si a memória de como morrera, de modo que os seus ferimentos fatais ainda marcavam seu corpo espiritual. Tendo encontrado dentro de si mesmo a paz em deixar o passado para trás, ele sussurrou:

– Descanse em paz, Júlia.

Seguindo Roberta pelas escadas, Raquel percebeu ser a terceira vez que sua sacerdotisa falava sobre terem pouco tempo. "Pouco tempo para quê?", pensou novamente. E sentiu a necessidade de questionar. Depois de tudo o que fizera e de como ela a tratara, não via problemas em perguntar.

Acelerando seu passo para ficar à esquerda de Roberta enquanto Paulo caminhava à direita, ainda dentro da casa, Raquel perguntou:

– O que está acontecendo? Nunca vi a senhora tão preocupada. E já mencionou várias vezes sobre o pouco tempo que ainda temos.

Roberta não demonstrou qualquer reação exagerada àquele questionamento. Estava na hora de dar uma explicação a Raquel. Ela merecia isso. Antes de responder, Roberta lançou o olhar para o seu filho, caminhando ao seu lado. O que tinha para falar era segredo da Ordem das Rosas Negras. Muita coisa precisaria ser dita a ele antes de ouvir tal informação, inclusive a sua posição como sacerdotisa. Durante toda a sua vida, ela o mantivera protegido desse segredo. Fora um erro, agora ela sabia. Deveria ter contado a verdade quando ele completara 15 anos, como acontecia com todos os descendentes de membros da Ordem.

Roberta, porém, não poderia mais excluir seu filho da verdade. Ele tinha passado por muita coisa. E tudo servira para fortalecê-lo. Agora, ela reconhecia que Paulo carregava o poder ancestral dentro de si; o que era inexplicável, uma vez que estava ligado apenas às mulheres da família. Ele não só manifestara esse poder; por mais incrível que pudesse ser, ele parecia ter total controle sobre ele sem nunca ter sido sequer introduzido nos estudos das artes ocultas. Os dois teriam muito o que conversar, mas aquele não era o momento.

Decidindo por não deixar mais Paulo de fora, Roberta respondeu à pergunta de Raquel enquanto desciam pela rampa em direção ao portão, desviando dos corpos que serviram aos demônios, agora espalhados pelo caminho:

– Todos os grimórios estão aqui na cidade. Precisamos recuperá-los antes que seja tarde.

Raquel arregalou os olhos, ciente do perigo que estavam correndo se eles caíssem em mãos erradas. Paulo, em contrapartida, não entendeu nada.

– Todos o quê?

Roberta ignorou a pergunta do filho e resumiu os acontecimentos:

– Eu contratei um mercenário para encontrá-lo e levá-lo embora desta cidade. Porém, ele me enganou. Sua missão era, na verdade, reunir os grimórios e levá-los para um outro contratante, seja lá quem for. Neste instante, ele está com toda a coleção na escola agrícola da cidade. Mesmo tendo me traído, ele me deu uma hora para localizá-lo e sair da cidade. Ou, em suas próprias palavras, "as chamas do destino vão levar vocês direto para o inferno".

Com um suspiro, Roberta continuou:

– É claro que pode ser mais uma mentira. Mas eu duvido muito. Algo deve acontecer quando esse prazo acabar. Eu só não sei o quê.

Ao atravessar o portão, Roberta seguiu até parar ao lado do carro que estava estacionado bem em frente. Os dois a acompanhavam de perto. Novamente com o tom sério de sacerdotisa, ela continuou:

– Seja como for, temos de recuperar os grimórios e neutralizar Leonardo antes que ele deixe a cidade!

– Nós, não! – Raquel a interrompeu. – A senhora levará o seu filho para longe daqui e eu recupero os grimórios.

– Você não vai sozinha! – Paulo imediatamente se manifestou. E, olhando para Raquel, continuou: – Eu vou com você!

– Não mesmo! – Roberta ordenou. Colocando-se entre seu filho e Raquel, de frente para ele, fuzilando-o com o olhar, ela continuou: – Eu não vou colocar você em risco mais uma vez!

– Você não tem ideia do que passei e do que sou capaz! – respondeu ele, encarando sua mãe, sem se deixar intimidar pelo olhar autoritário dela. Gesticulando em direção às duas, continuou, firme: – Não sei qual é a relação de vocês e realmente, no momento, não me importa. Mas eu não vou deixar que Raquel se coloque em risco por causa desses tais grimórios. Não sozinha. Eu posso ajudar! – completou, encerrando o diálogo.

Mesmo a contragosto, Roberta teve de aceitar que não adiantaria discutir com seu filho. Ele já estava decidido. Irritada, ela mordeu os lábios. Por mais que não gostasse da ideia, estava prestes a ceder quando o celular em seu bolso começou a vibrar freneticamente, recebendo todas as mensagens enviadas durante o bloqueio imposto pela energia emanada do ritual de magia negra realizado, mostrando que os meios de comunicação estavam liberados.

Tirando o aparelho do bolso, Roberta leu rapidamente as mensagens. A maioria delas era de Rodrigo, alertando-a de que Leonardo estava comprometido, para que ela não confiasse nele de jeito nenhum. Por fim, colocou à disposição dela uma pequena equipe para ser usada conforme sua necessidade.

– Está bem – Roberta finalmente respondeu, tirando os olhos do celular e guardando-o no bolso. – Vamos todos.

Desta vez foi Raquel quem se manifestou:

– Com a permissão da palavra, a senhora tem muitas outras funções com as quais lidar. Confie em mim. – Colocando-se ao lado de Paulo, entrelaçando com firmeza seus dedos aos dele, ela corrigiu: – Confie em nós! Vamos trazer os grimórios de volta!

Sem ter como discutir com eles, Roberta bufou. No fundo, ela sabia que eles tinham razão. Deixando de lado suas emoções pessoais de mãe, respondeu, ordenando:

– Entrem no carro. Eu levo vocês até a escola.

Minutos depois, o carro percorria em alta velocidade as ruas da cidade em direção à escola agrícola. Quando estavam chegando, ouviram um som de helicóptero sobrevoando baixo. Logo depois, em meio às árvores do complexo, eles viram luzes se aproximando lentamente do prédio da escola, como se fosse pousar no telhado.

– Não temos muito tempo! – Raquel falou do banco de trás.

Roberta rodou intencionalmente o carro, parando-o de lado em frente aos portões abertos da escola. Mal o veículo havia parado, Paulo e Raquel desceram. De forma apressada, eles já estavam correndo pela estrada de acesso ao prédio principal quando Roberta gritou pelo vidro aberto do passageiro, seu dedo indicador apontando ameaçadoramente para os dois:

– Prometam que entrarão nesse helicóptero, custe o que custar.

– Prometemos – respondeu Raquel sem olhar para trás.

Por fim, os dois sumiram em meio à escuridão, intensificada pelas árvores ao redor do caminho.

66

Paulo e Raquel correram lado a lado pela margem da estrada de pedra, usando a copa das árvores intencionalmente como proteção para não serem vistos. O elemento surpresa seria fundamental para o sucesso da missão.

Os dois entraram no prédio e subiram as escadas o mais rápido possível, pulando os degraus de dois em dois. Quando estavam perto da porta de acesso ao telhado, o som do rotor chegou aos seus ouvidos, ganhando velocidade. Em poucos segundos o helicóptero estaria no ar, levando os grimórios para longe. Se isso acontecesse, a missão teria falhado. Eles não podiam deixar isso acontecer.

Correndo ao máximo, Paulo tomou a dianteira, irrompendo para o telhado alguns passos à frente de Raquel. O vento forte gerado pelo rápido movimento das hélices balançava o cabelo de ambos, mas não era forte o suficiente para reduzir o ritmo deles. O helicóptero já estava em processo de decolagem, porém ainda não havia deixado o telhado do prédio principal da escola agrícola.

Sentado no banco traseiro do helicóptero, tentando fechar a porta da aeronave, Leonardo avistou Paulo correndo de forma determinada pelo telhado em sua direção. Atrás dele vinha Raquel com a mesma determinação. "O que eles estão fazendo aqui?", ele se perguntou, sobressaltado. "Se são os grimórios que eles querem, chegaram tarde demais!"

Virando-se rapidamente para o piloto, Leonardo ordenou:

– Decole, rápido! Manobra evasiva!

O piloto obedeceu à ordem e colocou a aeronave no ar. Mesmo sem ter atingido altura segura, iniciou uma manobra evasiva. O helicóptero inclinou-se perigosamente de lado, um pouco acima da lateral do prédio. As pontas das hélices ameaçavam raspar no concreto.

Paulo correu pelo telhado contra o vento das hélices, tentando encurtar a distância entre ele e o helicóptero. A beirada do prédio se aproximava rapidamente. Determinado, ele pisou com firmeza quase no fim do telhado e saltou para a escuridão, o braço estendido em direção às pranchas de aterrisagem. Segundos depois, seus dedos se fechavam em torno de um dos esquis, a aeronave levando-o para longe da estrutura.

Raquel corria logo atrás de Paulo, mas não conseguiu saltar. O helicóptero já estava longe demais para que ela fosse capaz de alcançá-lo. Se tentasse, seria suicídio. Mas ela não o abandonou. Depois de derrapar um pouco ao segurar o ímpeto de saltar e recuperar o seu equilíbrio, por pouco não caindo do telhado, ela cerrou os punhos e fechou os olhos. Palavras estranhas saíram de sua boca. Ao seu redor, um vento forte, de origem mágica, começou a bagunçar ainda mais os seus cabelos. Abrindo os olhos repentinamente e estendendo as duas mãos espalmadas em direção ao ar, ela direcionou toda a magia para o helicóptero, ainda voando baixo sobre a propriedade.

Agarrado à prancha de aterrisagem, Paulo cerrou os dentes e se impulsionou para cima, colocando-se rapidamente em pé sobre ela. Seus dedos se fecharam ao redor da maçaneta da porta aberta ao seu lado, rente à lateral do helicóptero.

– Entregue os grimórios! – Paulo gritou em direção a Leonardo.

– Vem buscar! – respondeu Leonardo, tirando a faca da bainha em seu peito.

Enquanto os dois lutavam no meio da porta aberta, Leonardo atacava ferozmente com a faca e Paulo se equilibrava sobre um dos esquis, desviando das investidas como podia. O helicóptero endireitou-se depois da manobra evasiva e começou a ganhar altura e velocidade, afastando-se cada vez mais do prédio. Ainda sobrevoando as árvores do complexo, uma forte ventania o desestabilizou, impedindo-o de ascender.

O piloto tentava a todo custo recuperar o controle e estabilizar o helicóptero, virando o manche de um lado para o outro. Com os movimentos bruscos, Paulo e Leonardo não conseguiam se manter equilibrados. As investidas de um contra o outro se tornaram esporádicas. A preocupação de ambos era apenas a de se segurar com todas as suas forças.

Com os tremores do helicóptero, desestabilizado pela ventania criada pela magia de Raquel, a bolsa contendo os grimórios escorregou em direção à porta aberta. Vendo seu precioso tesouro indo embora, Leonardo largou a faca e tentou segurá-la, mas a alça escapou por pouco de seus dedos. Se não fosse por Paulo, a bolsa teria mergulhado sobre as copas das árvores abaixo deles.

Capítulo 66

– Obrigado! – Paulo falou, segurando firmemente a bolsa.

– Eu vou acabar com você! – Leonardo respondeu, furioso.

Por mais que o piloto tentasse, ele não conseguia ganhar altura, muito menos se afastar do prédio da escola agrícola. Repentinamente, todas as luzes do painel começaram a piscar e um alerta sonoro repetitivo invadiu a cabine. Quase que imediatamente, o helicóptero começou a girar, perdendo altura drasticamente. Eles estavam caindo sobre as árvores.

Com os giros repentinos, Leonardo foi jogado violentamente contra os bancos do helicóptero. Forçado a se segurar em alguma coisa para não cair pela porta aberta, ele não conseguiria recuperar a bolsa com os grimórios. A não ser que...

Enrolando o cinto de segurança várias vezes ao redor de seu braço, Leonardo se esticou na direção de Paulo, estendendo a mão aberta na direção da bolsa.

– Segure minha mão!

Pendurado do lado de fora do helicóptero, as mãos de Paulo começaram a escapar da maçaneta. Os galhos das árvores batiam em suas pernas como chicotes, arrancando sangue. Sem pensar, o jovem passou a alça da bolsa pelo braço e tentou se desvencilhar de Leonardo, rebatendo sua mão.

Na tentativa de controlar o helicóptero e ganhar altura, o piloto puxou o manche. Conforme a cabine se levantou, ainda girando, Leonardo foi jogado contra a porta do outro lado. Paulo não conseguiu mais se segurar e caiu no meio das árvores, os galhos batendo violentamente contra o seu corpo, o chão se aproximando mortalmente.

Com a tentativa desesperada do piloto, a cauda bateu contra os galhos de uma árvore, quebrando-se em pedaços. Desestabilizado, o helicóptero mergulhou por entre as árvores. As hélices, ainda girando, quebraram uma a uma enquanto a cabine se aproximava mortalmente do chão. Por fim, ao se chocar contra o solo, o helicóptero tombou de lado e se arrastou por vários metros, batendo nos troncos que estavam pelo caminho, até parar.

Do alto do prédio, Raquel assistiu a tudo, assustada. Quando o helicóptero desapareceu em meio às árvores, ela encerrou a magia e desceu correndo pelas escadas, pulando o máximo de degraus que conseguia. Seu único pensamento era Paulo. Ela esperava que ele estivesse bem.

Do lado de fora do prédio, Raquel se aventurou por entre as árvores em direção ao helicóptero. Desesperada, ela girava sobre si mesma enquanto corria, gritando para todos os lados:

– Paulo! Paulo! Onde você está?

Não houve resposta. "Por favor, esteja vivo. Por favor!", ela pensou, apavorada.

– Paulo! – gritou mais uma vez.

– Aqui! – ele respondeu.

Raquel respirou aliviada, mas manteve o ritmo de corrida até encontrá-lo esticado no chão, ao lado de uma árvore. Seus braços estavam cheios de cortes, sangrando, e abraçavam firmemente uma bolsa contra o peito.

Ao chegar ao lado dele, Raquel caiu de joelhos, preocupada. Passando a mão por todo o corpo de Paulo à procura de ferimentos graves, ela perguntou:

– Você está bem?

Em resposta, Paulo riu alto. Uma energia muito poderosa vibrava dentro dele. Estranhando a sua reação, Raquel rapidamente começou a examinar a cabeça do rapaz. Ele deveria tê-la batido muito forte para estar agindo daquele jeito.

– Os grimórios... – falou Paulo, ainda rindo, sentindo uma energia poderosa vibrando por todo o seu corpo. – Os grimórios me salvaram.

Ao ouvir aquilo, Raquel se colocou de pé, aliviada por Paulo ter sobrevivido. Respirando fundo, ela adquiriu um ar preocupado. Agora, com o helicóptero destruído, eles precisariam arranjar um novo jeito de sair da cidade. O tempo, no entanto, continuava passando rapidamente. Conforme a sacerdotisa havia dito, algo muito perigoso estava se aproximando. Eles precisavam de outro plano de fuga. E rápido.

– Temos que sair logo daqui – falou Raquel, estendendo a mão em sua direção.

Paulo agarrou o braço dela e ficou de pé, segurando a alça da bolsa na outra mão. No instante seguinte, os dois corriam pelo meio das árvores em direção aos portões da escola agrícola. Sem o helicóptero para levá-los embora, o plano agora era roubar um carro qualquer e fugir por terra.

Atrás deles, no entanto, alguém ainda estava vivo dentro do helicóptero e, movido pela ganância, faria de tudo para recuperar o que lhe fora roubado.

67

Jogado de costas contra a porta fechada do helicóptero, Leonardo olhava para as copas das árvores acima dele pela abertura onde ele e Paulo haviam lutado pelos grimórios. Sangue escorria por seu rosto. Seu braço, ainda enrolado no cinto, estava levantado e com cortes profundos, por onde mais sangue vazava de seu corpo. O pior ferimento, no entanto, ele só percebeu quando tentou se colocar de pé, usando o cinto como apoio.

Com um grito de dor, ele caiu de costas novamente contra a porta fechada. Assustado, desenrolou o cinto de seu braço e colocou a mão sobre o lado esquerdo de seu abdome. Seus dedos tocaram em uma barra metálica que se soltara com a queda da aeronave e, para seu azar, entrara diretamente em seu corpo. Muito sangue escorria pela ferida.

Leonardo sabia que aquele ferimento era fatal. Não haveria tempo para ser salvo. Quando o resgate chegasse, ele já estaria morto. Mas ainda restavam duas coisas a fazer, e uma delas seria pôr fim à ameaça que era a cidade de Cafelândia. A outra, se fosse bem-sucedido, poderia até garantir, de certo modo, sua sobrevivência, mas de um jeito pouco convencional. Seria, porém, irreversível. Uma vez tomado esse caminho, não teria mais volta.

Com muito esforço, Leonardo se ergueu e viu que o piloto ainda estava preso ao cinto de segurança. Estava morto, atravessado por grossos galhos que entraram pelo vidro do helicóptero no momento da queda. Ignorando-o, pois nada mais poderia ser feito para salvá-lo, ele se esticou por entre os bancos e alcançou o rádio comunicador da aeronave. Apertando um botão no painel, com muita dificuldade e dor, o chiado soou no interior da cabine.

– Águia 1 para base, na escuta? – Leonardo chamou.

Leonardo não precisou esperar muito para ter uma resposta. Havia sempre alguém na base, havendo missão ou não.

– Águia 1, aqui é base. Prossiga.

– Águia 1 tombou – respondeu Leonardo. – Missão falhou. Sou o único sobrevivente.

Depois de alguns segundos de espera, a base respondeu:

– Estamos mandando o resgate. Passe sua localização.

– Não há tempo. Também não é seguro. A cidade de Cafelândia é hostil – Leonardo falou.

Sem soltar o botão do comunicador, impedindo, dessa forma, que a base respondesse, Leonardo mordeu os lábios, pensativo, olhando para fora do helicóptero pelo vidro dianteiro quebrado. Seus planos eram mandar essa mensagem para a base somente quando estivesse bem longe da cidade. As circunstâncias, no entanto, haviam mudado. Com muita dificuldade, pausando a cada palavra dita, ele continuou:

– Alfa... Delta... Mike.

Houve um silêncio no rádio. Longo demais, considerando a situação de Leonardo. Ele não tinha muito mais tempo. O mercenário estava prestes a perguntar se a base havia copiado quando a resposta veio, desta vez informal:

– Você tem certeza? – A voz do operador demonstrava surpresa e dúvida.

– Ponha a porcaria da frota no ar! – Leonardo gritou e largou o comunicador.

Suas pernas não sustentaram o seu peso e ele caiu de joelhos. Levando a mão já ensanguentada até a ferida, ele dobrou o corpo sobre si mesmo. Sua visão escurecia e clareava. Seus ouvidos mal captaram a resposta da base:

– Positivo. Desligo.

Lutando contra a morte, Leonardo se esforçou mais uma vez para ficar de pé. Agarrando novamente o banco do piloto, ele se esticou apenas o suficiente para soltar o cinto do homem morto.

Juntando todas as forças, Leonardo puxou o cadáver por entre os bancos e o jogou desajeitadamente sobre a porta fechada. Para o que estava prestes a realizar, ele precisaria daquele homem.

Sem poder se sustentar erguido, Leonardo caiu de joelhos. Não havia, porém, mais necessidade de se levantar. Tudo o que ele precisava jazia à sua frente. Aquele homem, mesmo morto, serviria para o seu propósito. Se estivesse vivo, Leonardo acabaria com o sofrimento dele. Seria necessário. Tudo pela causa de lhe proporcionar uma sobrevida, por mais que fosse de uma forma nada convencional.

Tirando a faca do piloto morto de seu coldre, Leonardo passou rapidamente a lâmina pelo pescoço dele, abrindo um enorme corte por onde o líquido vermelho e viscoso começou a escorrer. Molhando suas mãos naquele sangue, o mercenário desenhou em seu rosto e corpo diversos símbolos característicos, todos envoltos por uma circunferência. Ao terminar, ele ergueu o peito e apoiou as mãos sujas sobre a coxa. Usando suas últimas energias, tentou manter o corpo ereto ao pronunciar as palavras necessárias:

– Grande Xaphan, atenda ao chamado de seu servo. Eu o invoco a este mundo. Meu frágil corpo agora é o receptáculo para o seu retorno.

O corpo do piloto à sua frente misteriosamente começou a pegar fogo. Um vento forte repentinamente surgiu no interior do helicóptero, espalhando as chamas por todo o interior da cabine. Leonardo, no entanto, continuava intacto. Com um sorriso, sabendo que seu mestre havia atendido ao seu chamado, ele levantou a cabeça para o alto e gritou:

– Venha a mim, Grande Xaphan!

Quando Leonardo abaixou a cabeça, seus olhos não eram mais os mesmos. Eles tinham, agora, um tom vermelho intenso, como o fogo. O corpo do mercenário começou a se contorcer, fazendo-o se dobrar sobre si mesmo, para a frente. De suas costas irromperam asas poderosas. Seus membros e tronco se deslocaram, tornando-se maiores e mais fortes. Sua pele adotou um tom escuro estranho, por onde rios vermelhos fluíam livremente, como se fosse o próprio fogo do inferno. Suas orelhas se tornaram pontudas e compridas. De sua testa, longos chifres surgiram. Ao redor de sua face, de orelha a orelha, contornando sua mandíbula inferior, espinhos pontiagudos emergiram. Em suas mãos cresceram garras afiadas.

Uma armadura forjada no próprio fogo do inferno cobria o peito e o abdome do demônio, sobre uma cota de malha. No centro do peitoral estava, em alto relevo, o sigilo característico do Grande Xaphan. Seus ombros estavam protegidos por fortes ombreiras, de onde saíam longos espinhos. Cotoveleiras com uma proeminência pontiaguda envolviam seus cotovelos. Protetores cheios de longas saliências pontiagudas envolviam seus antebraços. Ao redor das pernas, fortes caneleiras o protegiam. Presa à cintura, uma enorme espada repousava em sua bainha.

A dolorosa transformação de Leonardo no Grande Xaphan estava quase no fim. Quando terminou, o demônio olhou para cima. Um grito gutural, carregado de raiva, saiu de sua boca vermelha, como se o próprio fogo do inferno fosse capaz de irromper por ela, espalhando-se longe pela cidade deserta. As chamas ao redor da cabine se tornaram ainda mais intensas. Por fim, os destroços do helicóptero explodiram, consumindo temporariamente aquela figura aterrorizante.

Mas o Grande Xaphan tinha o controle sobre o fogo. Irrompendo das chamas em alta velocidade, deixando atrás de si um vórtice vermelho de destruição, o demônio ganhou os céus. Batendo as asas com ferocidade, ele deixou a escola agrícola para trás.

68

Dirigindo um carro roubado o mais rápido que podia pela cidade infestada de demônios da Legião, desviando seu caminho a cada vez que encontrava com um dos muitos bandos espalhados pela cidade, Paulo tentava chegar à saída. Quando finalmente conseguiu alcançar a rua que o levaria para a rodovia, o som gutural de um grito chegou até eles. Virando-se assustada para olhar pelo vidro traseiro, Raquel perguntou:

– O que foi isso?

A resposta foi a freada brusca de Paulo quando uma enorme figura demoníaca pousou repentinamente no meio da rua, bloqueando seu caminho. Raquel rapidamente se virou para a frente. Seus olhos caíram sobre o demônio parado à sua frente. Aterrorizada, ela sussurrou, o olhar fixo nele:

– Grande Xaphan!

Mantendo as asas abertas enquanto bloqueava o caminho, o Grande Xaphan sacou a espada da bainha e, com um rápido movimento semicircular de seu braço, passou a ponta da lâmina pelo chão. Uma cratera se abriu onde ele havia passado a espada, impedindo de vez que eles fugissem por ali.

Bloquear a rota de fuga não era, no entanto, o principal plano do demônio. Girando agilmente a espada, ele a segurou com as duas mãos, a lâmina apontada ameaçadoramente para baixo. Lançando um olhar de raiva contra os dois jovens dentro do carro, cravou a espada mais uma vez no chão. O asfalto começou a rachar rua abaixo, em direção ao veículo parado.

– Droga! – Paulo exclamou.

– Volta! Volta! Volta! – Raquel gritou.

Paulo começou a voltar de ré, fugindo da fenda que se abria no solo. Por mais que tentasse, porém, a rachadura se aproximava mais rápido do que ele conseguia fugir. Se continuasse nesse ritmo, logo seriam engolidos pela cratera. Ele precisava agir rápido.

Quando o carro começou a tremer conforme as rodas dianteiras passavam pelos pequenos desníveis da beirada da fenda se abrindo,

Paulo virou a direção rapidamente, entrando de ré em uma rua transversal. Sem perder tempo, ele rodou o carro, deixando a fenda para trás, e acelerou rapidamente, cantando pneu enquanto arrancava com o veículo, retornando para o coração da cidade.

– O que é esse tal de Grande Xaphan? – perguntou Paulo, assustado.

– É melhor você não saber! – respondeu Raquel, mais assustada do que ele.

O demônio, vendo que o carro havia escapado, bateu suas asas e levantou voo. Aproximando-se rapidamente do veículo em fuga, o Grande Xaphan passou sua espada pelas casas ao redor. Imediatamente, as construções começaram a tombar perigosamente para a rua, ameaçando cair sobre o veículo em alta velocidade.

Paulo arregalou os olhos quando viu as casas tombando na rua à sua frente. Chegou a pensar em voltar, mas viu que as residências que ficavam ao lado e atrás também se inclinavam ameaçadoramente em sua direção. Só havia um caminho a seguir.

Logo adiante, as casas em queda quase tocavam o chão. Assustada, Raquel gritou:

– Não vai dar!

– Tem que dar! – Paulo respondeu, os dentes cerrados.

Apreensivo, o rapaz acelerou ainda mais, entrando debaixo das casas quase totalmente tombadas sobre a rua. Os destroços das residências em queda batiam por todos os lados do carro. Uma nuvem cinzenta se erguia ao redor, engolindo totalmente o veículo. Logo depois, o ruído de concreto e tijolo batendo violentamente contra o asfalto foi ouvido de longe, intensificando a nuvem escura.

Repentinamente, os faróis de um carro em velocidade quebraram a densa nuvem cinzenta, deixando para trás um rastro de destruição. Empolgada por terem escapado, Raquel deu um beijo rápido no rosto de Paulo e gritou:

– Conseguimos! Conseguimos!

Seguindo as orientações de Raquel, que conhecia a cidade melhor do que ele, Paulo contornou a praça matriz o mais rápido que pôde e virou à direita em uma larga rua. No final dela, entrou à esquerda na avenida principal, passando ao lado do restaurante. Atravessou a ponte por cima do córrego e começou a subir para a outra parte da cidade. No final daquela longa avenida, eles estariam na rodovia.

Quando estavam próximos a um cruzamento, a torre do sino da catedral caiu ruidosamente à frente deles, jogada pelo Grande Xaphan, bloqueando o caminho. Assustado, Paulo pisou forte no freio. Os pneus cantaram. Fumaça subiu das rodas. Uma trilha negra ficou marcada no asfalto. Por fim, o carro bateu com força contra o obstáculo à frente. O capô amassou, destruindo instantaneamente o motor. O vidro arrebentou. A sacola, na qual estavam os grimórios sobre o banco traseiro, caiu no assoalho. Não fosse pelo cinto de segurança, os dois ocupantes teriam morrido. Porém, eles tiveram apenas ferimentos leves.

– Você está bem? – perguntou Paulo, olhando para Raquel.

– Estou.

Soltando o cinto de segurança e abrindo a porta, Paulo falou:

– Temos que sair daqui.

– Espere! – Raquel ordenou e colocou a mão em seu peito, prendendo-o de volta contra o banco.

O demônio pousou com violência sobre o capô do carro, o som do metal amassado alcançando os jovens ainda sentados nos bancos dianteiros. Recolhendo suas asas, a espada ainda em sua mão, o Grande Xaphan se debruçou em direção ao interior do veículo, seus olhos vermelhos varrendo cada centímetro. Não havia, porém, ninguém ali.

Com a mão ainda sobre o peito de Paulo, Raquel olhou para ele pelo canto dos olhos, suplicando mentalmente para que ele não se mexesse nem fizesse barulho algum, não importava o que acontecesse. Mantendo-se imóveis dentro do veículo, eles apenas aguardaram a melhor oportunidade para fugir do demônio.

69

Seguindo as ordens do protocolo acionado por Leonardo, helicópteros militares se aproximavam por todos os lados da cidade de Cafelândia a fim de neutralizar as ameaças hostis que se espalhavam pelas ruas.

– Falcão 1 para todas as unidades. A ordem é atirar em qualquer coisa que se mova. – O comandante da missão, Guilherme Medeiros, ordenou pelo rádio. – Não devemos deixar que ninguém escape. Vocês entenderam?

Todas as unidades responderam positivamente. Uma delas, no entanto, lançou um comentário:

– Fox 2 para Falcão 1. Existem civis na cidade que ainda podem estar vivos.

Desconectando temporariamente a conexão com as outras unidades, Guilherme falou exclusivamente com o piloto do Fox 2:

– Tiago, você já passou por várias punições por insubordinação. Espero, sinceramente, que você possa controlar o seu ímpeto natural de questionar as decisões de seus superiores! – Seu tom de voz estava carregado de autoridade.

– Sim, senhor – respondeu Tiago, sem passar confiança.

Novato na equipe, ele sempre tivera dificuldade para acatar ordens quando havia civis em risco. Por causa de seu temperamento, fora suspenso de suas atividades várias vezes. Chegara a ficar preso por alguns meses quando desacatara a ordem direta de seu superior para matar pessoas que ele, a princípio, julgava inocentes. Para seu azar, o seu julgamento errôneo causara a morte de membros de sua equipe e quase o fracasso da missão. Porém, uma última chance fora dada a ele. Obedecer às ordens de seu superior na missão em Cafelândia seria o seu desafio final.

As unidades sobrevoaram baixo a cidade, disparando com as metralhadoras dos helicópteros contra as diversas aglomerações de demônios espalhadas pelas ruas. Alguns pilotos chegaram a disparar mísseis, explodindo tanto as figuras demoníacas como as construções ao redor, deixando para trás um rastro de morte e destruição. Apesar da violência, a atividade hostil estava sendo eliminada da cidade para que um dia aquele lugar pudesse ser habitado novamente.

A missão, aparentemente fácil perante a inútil resistência por parte dos demônios aglomerados nas ruas, teve sua dose de complicação. Tiago, usando apenas a metralhadora do helicóptero para causar o mínimo de dano a possíveis civis inocentes em suas residências, se é que havia alguém ainda vivo, arregalou os olhos quando uma figura gigantesca debruçada sobre um carro batido entrou em seu campo de visão.

– O que é isso? – Tiago se perguntou, assustado.

Ele nunca vira nada igual. Mas com certeza era hostil e deveria ser neutralizado. Pelo tamanho da criatura à sua frente, Tiago desconfiava de que a metralhadora não surtiria efeito nenhum. Forçado a usar um armamento mais pesado, o piloto estabilizou o helicóptero a uma distância segura e disparou um míssil. O projétil foi certeiro, explodindo contra o peito da ameaça, jogando-a de costas contra a torre caída atrás dela.

Em meios às chamas da explosão, Tiago ouviu um urro ameaçador que o encheu de pavor. Seu sangue congelou quando o fogo ao redor da criatura se apagou misteriosamente, como se tivesse sido incorporado à sua figura demoníaca. O disparo não surtira efeito nenhum contra o demônio.

Furioso, o Grande Xaphan abriu suas enormes asas e ganhou os céus, encurtando rapidamente a distância contra o helicóptero, a espada brilhando ameaçadoramente sob a luz da lua, que começava a sair de trás das nuvens. Arregalando ainda mais os olhos, sem entender como era possível que aquela criatura tivesse sobrevivido ao seu ataque, Tiago realizou uma manobra evasiva de emergência, escapando por pouco de ser abatido.

Enquanto o demônio fazia a volta pelos céus de Cafelândia para perseguir o helicóptero, Tiago, em fuga, entrou em contato pelo rádio com as outras unidades:

– Fox 2 para todas as unidades. Necessito de reforço urgente no setor 5! Força hostil resistiu sem um arranhão ao disparo do Hellfire.

Capítulo 69

– Falcão 1 para Fox 2. – A resposta veic imediata. – Estamos a caminho!

Logo depois, a ordem de Guilherme chegou pelo rádio:

– Todas as unidades para o setor 5. Atividade hostil detectada. Atirem à vontade. Eliminem o alvo.

Perseguido pelo demônio, Tiago tentava a todo custo escapar. Porém, seu inimigo se aproximava cada vez mais, a espada pronta para destroçar o helicóptero. Não havia manobra feita pelo piloto que fosse capaz de distanciar ou afastar de vez aquela figura. Ele precisava, mais do que nunca, de ajuda.

E a ajuda logo chegou. Pelo radar em seu helicóptero, Tiago percebeu que seus colegas voavam em formação à sua frente, os mísseis Hellfire prontos para disparar. Sabendo exatamente o que tinha de fazer, o piloto do Fox 2 realizou uma manobra evasiva, saindo da linha de tiro.

Guilherme, tendo pela primeira vez uma clara visão do demônio voando em sua direção, a espada apontada ameaçadoramente para os helicópteros, exclamou para si mesmo:

– Meu Deus! O que é isso? – Mas, controlando-se, ordenou pelo rádio: – Disparar!

Muitos mísseis rasgaram o céu, todos atingindo o alvo. A explosão foi fenomenal. Uma bola de fogo se formou. Porém, diferentemente do que deveria acontecer, a ameaça continuava se aproximando em alta velocidade. As chamas aos poucos desapareceram. Do meio delas, um demônio enfurecido surgiu, levantando a enorme espada, pronto para destruir os helicópteros.

Nenhum dos pilotos acreditava no que estava vendo, inclusive Guilherme. "Não pode ser!", pensou ele. Recuperando-se do choque, ele iniciou uma manobra evasiva. Seus comandados, no entanto, demoraram demais para se recuperar do estado de incredulidade. Quando tentaram fugir, cada um tomando uma direção no céu, desfazendo a formação inicial, a espada do Grande Xaphan desceu de forma avassaladora contra eles.

A maioria dos helicópteros foi destruída com um único golpe da enorme espada. Pontos avermelhados surgiam repentinamente no céu à medida que as aeronaves explodiam. Alguns destroços caíam sobre casas, explodindo somente ao colidir contra elas, devastando quase todo o quarteirão. Outros caíam nas ruas, deixando um caminho de fogo e destruição.

Depois do ataque, restaram apenas dois helicópteros no ar: Fox 2 e Falcão 1, os próximos alvos de um demônio enfurecido. A batalha aérea ainda estava longe de chegar ao seu fim.

70

Imóveis dentro do veículo, os olhos vermelhos do Grande Xaphan a poucos metros deles, Raquel e Paulo começaram a ouvir um som distante de algo parecido com um helicóptero. Depois, um som de disparo. Por fim, o ruído da explosão os deixou temporariamente surdos. Se não tivessem fechado os olhos, com certeza teriam sido cegados pelo clarão intenso que envolveu todo o carro. Ainda assim, o calor os atingiu. Não fosse pelos grimórios, ambos estariam mortos.

Quando abriram os olhos, as chamas envolviam o demônio jogado de costas contra a torre atravessada no meio do caminho. Repentinamente, o fogo começou a ser consumido. A silhueta do Grande Xaphan surgiu no meio das chamas, ameaçadora. Por fim, quando o clarão desapareceu, o demônio abriu suas asas e se lançou aos céus, iniciando uma perseguição contra o helicóptero que disparara contra ele.

Temporariamente livres daquela ameaça demoníaca, essa era a chance de fuga. Tirando a mão do peito de Paulo, Raquel encerrou a magia que os mantivera invisíveis diante do Grande Xaphan. Ela abriu a porta e saiu do carro cambaleando, desnorteada com o silvo agudo em seus ouvidos. Paulo esticou o braço para trás, pegou a bolsa com os grimórios e deixou a segurança do veículo, apoiando-se nele enquanto o contornava.

Os dois cambalearam lado a lado pela rua transversal, um usando o apoio do outro para não cair. Quando o som agudo abrandou em seus ouvidos, eles recuperaram o equilíbrio e começaram a correr.

– Aonde essa rua vai dar? – Paulo perguntou, quando já não havia mais nenhum resquício do apito em seus ouvidos.

– Na estação de trem – respondeu Raquel sem reduzir o passo. – É a única saída que temos. – E, batendo de leve no braço dele, continuou: – Vamos logo!

À frente, a rua se abria para um pátio de paralelepípedos, usado como estacionamento muitos anos atrás, na época em que as pessoas pegavam o trem ali ou levavam alguém para embarcar.

Uma escadaria levava até uma plataforma de concreto, onde uma construção de tijolos aparentes se erguia. As telhas estavam deslocadas, motivo pelo qual as poças formadas pela chuva pesada de algumas horas antes se acumulavam por todo o piso da estação. As janelas do que um dia fora o guichê estavam quebradas. À frente da escadaria, portas de madeira apodrecida abriam caminho para o outro lado da plataforma.

Diante da plataforma, o trilho principal se estendia, parcialmente enferrujado. Além dele, paralelos um ao outro, existiam vários outros trilhos, que agora eram usados apenas para o descanso de vagões antigos ou manobra de trens de carga. Por sorte, havia sobre eles alguns velhos vagões de carga e locomotivas, provavelmente aguardando algum carregamento.

Subindo cautelosamente as escadarias ao lado de Raquel, atento a qualquer movimento, Paulo sussurrou:

– Este lugar parece abandonado.

– E está – respondeu Raquel, olhando-o rapidamente pelo canto dos olhos. – Aqui não há mais transporte de passageiros. Por esse motivo, não seremos incomodados pelos demônios sobreviventes enquanto roubamos uma das locomotivas.

Para quebrar um pouco o gelo, mascarar o nervosismo depois de ter enfrentado o Grande Xaphan e disfarçar a ansiedade de finalmente saírem daquela cidade, Paulo falou:

– Quando a gente sair daqui, vou me especializar em roubar coisas. Estou ficando bom nisso.

– Primeiro, temos que sair daqui – respondeu Raquel, dando tapinhas de leve no ombro do rapaz.

Os dois pularam da plataforma para os trilhos, o som das pequenas pedras soltas quebrando o silêncio enquanto caminhavam por entre vagões enferrujados, à procura de uma locomotiva que poderia levá-los para longe. Quando encontraram uma em melhor estado, Paulo e Raquel subiram os degraus de acesso até um estreito corredor, ao lado do enorme compartimento que abrigava os motores. Ao final, uma pequena porta os conduziu para o interior da cabine.

Raquel tomou a dianteira e caminhou com passos rápidos em direção à frente da cabine. Paulo a seguiu de perto, o som dos passos deles sobre o piso metálico chegando de forma suave aos seus ouvidos.

Adentrando a cabine, os dois olharam ao redor. Havia dois assentos individuais em frente a um enorme painel de comando disposto sob o vidro frontal da locomotiva. Ali estavam os botões de controle, algumas alavancas e um intercomunicador. Entre os bancos, envolta por uma carcaça metálica, ficava a central elétrica.

Raquel rapidamente sentou-se sobre os calcanhares em frente à central elétrica e abriu a portinhola, enquanto Paulo colocava a sacola com os grimórios no chão. Em seu interior, havia apenas a alavanca da chave geral, que estava desligada. Fechando os olhos, ela implorou para que a locomotiva tivesse energia. Ao virar a chave, a cabine foi invadida pelo som agudo de um *bip* tocando. As luzes em seu interior se acenderam. O painel ficou todo iluminado. Muito mais fácil do que Raquel imaginava que seria, a máquina rapidamente foi acionada.

Com um sorriso, Raquel fechou a portinhola e se colocou de pé. Sentando-se no banco do condutor à direita, ela se concentrou por um instante, de olhos fechados, invocando o conhecimento ancestral que lhe permitiria saber conduzir uma máquina como aquela. Por alguns segundos, o ambiente se iluminou. Paulo permaneceu silente e imóvel, percebendo o que ela pretendia. Raquel respirou fundo. Abriu os olhos. Já sabia tudo o que precisava.

Ela movimentou a alavanca da bomba de combustível, esperando que a locomotiva estivesse abastecida. Eles não precisavam ir muito longe. Bastava apenas que a máquina os levasse para fora da cidade.

Assim que Raquel virou a chave, o ponteiro do manômetro à sua frente começou a girar, indicando a pressão de combustível atravessando a bomba injetora. Por fim, quando o ponteiro indicava a pressão de quatro quilos, ela girou a chave mais uma vez. O alerta sonoro desapareceu. A cabine toda tremeu quando os motores ganharam vida. A locomotiva estava ligada.

– Pronto para sair daqui? – Raquel perguntou, virando-se para Paulo, o sorriso aberto.

– Quanto antes, melhor! – respondeu Paulo.

Raquel movimentou uma alavanca. Com um tranco, a locomotiva começou a andar lentamente pelos trilhos, aproximando-se da linha principal, ganhando velocidade bem devagar. Adiante, ela percebeu que o acesso ao trilho principal não estava conectado.

– Aquela conexão vai precisar ser feita de forma manual.

Paulo, parado atrás dela, as mãos apoiadas no encosto do banco, deu um beijo em sua cabeça e falou:

– Vou ajustar o trilho para pegarmos a linha principal.

– Tome cuidado – respondeu Raquel, virando-se rapidamente para olhá-lo.

Paulo saiu da cabine e desceu os degraus verticais. Como a locomotiva ainda estava muito lenta, ele pulou para o chão e correu ao lado dela em direção à alavanca de mudança de via. Chegando ali, ele mudou a posição do trilho e aguardou.

Quando a locomotiva chegou ao seu lado, um pouco mais rápida, Paulo deu um salto e alcançou o primeiro degrau, subindo rapidamente. Já na cabine, sons de explosão chegaram aos seus ouvidos um pouco antes do céu clarear intensamente. "O que está acontecendo?", ele se perguntou enquanto corria para a frente. "Seja o que for, não temos muito tempo."

Paulo sentou-se no banco ao lado de Raquel, falando rapidamente:

– Temos que sair logo daqui!

– Eu só estava esperando você – respondeu Raquel.

Movendo mais uma vez a alavanca, Raquel fez a locomotiva ganhar velocidade assim que adentrou os trilhos principais. Atrás deles, a estação de trem de Cafelândia desaparecia em meio à escuridão. Acima, no entanto, clarões repentinos surgiam no céu, resultado da batalha entre os misteriosos helicópteros e o Grande Xaphan.

Tudo aquilo, porém, estava ficando para trás. Aos poucos, os clarões e o ruído da batalha aérea diminuíram. Por fim, desapareceram no horizonte distante.

Quando estavam relativamente distantes, a locomotiva seguindo livremente pelo meio das fazendas em torno da cidade, Raquel saltou do banco e abraçou Paulo com força. Seu sorriso estava aberto. Ela quase não se aguentava de tanta felicidade. Eles finalmente haviam escapado. E estavam com os grimórios. Não poderia ter sido um desfecho melhor.

Deixando-se contagiar pela alegria dela, Paulo a abraçou pela cintura e a beijou com vontade. Depois de todo o terror passado naquela noite, era a primeira vez que ele podia sentir um verdadeiro alívio. Eles finalmente estavam livres. Nada mais de ruim poderia acontecer.

Ou poderia?

71

Logo depois de destruir a maioria dos helicópteros, o Grande Xaphan se colocou em perseguição ao único inimigo que conseguira escapar da formação. Guilherme tentava a todo custo se livrar do demônio. Toda sua experiência em inúmeros combates simplesmente era inútil contra aquela criatura. Por mais que executasse diversas manobras, algumas delas muito arriscadas, ele não conseguia se afastar de seu perseguidor. Pelo contrário, o demônio estava cada vez mais próximo.

O Grande Xaphan estava pronto para descer a espada e destruir o helicóptero quando dois mísseis Hellfire o pegaram de surpresa, explodindo contra seu corpo. Tiago sabia que aqueles disparos de nada adiantariam contra seu inimigo, mas permitiriam que ele e seu comandante tivessem mais algum tempo para se reagrupar e pensar em uma nova estratégia.

Enquanto o fogo das explosões era consumido pelo demônio, Tiago manobrou o helicóptero para seguir o seu líder. Alcançando-o com facilidade, voando agora ao seu lado, ele olhou de soslaio para Guilherme e perguntou pelo rádio:

– Vamos contra-atacar?

– Sem dúvida! – Guilherme respondeu. – Carga máxima!

Os dois pilotos fizeram a volta. Mantendo a formação enquanto voavam na direção do demônio ainda em chamas, eles prepararam seus mísseis. Antes mesmo que o fogo fosse totalmente consumido no ar pelo Grande Xaphan, Tiago disparou todos os seus mísseis Hellfire. Guilherme também lançou projéteis explosivos, mas não todos. Guardou um, caso fosse necessário futuramente.

Ao ver os mísseis lançados contra ele, o demônio bateu suas asas e iniciou um mergulho, aproximando-se rapidamente do solo. Os projéteis passaram por cima dele sem sequer tocá-lo. Guilherme e Tiago haviam disparado à toa. Seus projéteis nunca alcançariam o alvo.

Mesmo assim, os pilotos não deixariam o demônio escapar. Iniciando um mergulho, os dois mantiveram a formação enquanto perseguiam o Grande Xaphan. Eles não podiam dar trégua àquela criatura de jeito nenhum.

Próximo ao solo, sobre a avenida principal, o demônio moveu suas enormes asas com habilidade e nivelou seu voo. Os pilotos, no mergulho mortal atrás da criatura, não tiveram a mesma agilidade e precisaram realizar manobras de emergência, saindo da formação enquanto tentavam controlar seus helicópteros.

Tanto Guilherme quanto Tiago pensavam que o demônio havia feito a manobra propositalmente para se livrar dos dois helicópteros. Eles não sabiam, no entanto, que o Grande Xaphan apenas os ignorara. Eliminá-los era seu plano secundário. Seu verdadeiro objetivo estava em uma locomotiva que começava a ganhar velocidade enquanto deixava Cafelândia para trás.

Avançando com muita velocidade, o Grande Xaphan avistou a locomotiva se afastando da cidade e iniciou um mergulho. Em poucos segundos, ele se chocou violentamente contra um de seus motores, quase tirando a parte traseira dos trilhos.

72

Paulo e Raquel foram jogados no chão quando a locomotiva quase saiu dos trilhos com o impacto ruidoso de metal se contorcendo. Porém não saiu intacta. Com um dos motores danificados, ela perdeu um pouco da velocidade. Nada tão crítico, porém, considerando que não puxava nenhum vagão.

Colocando-se de pé ao mesmo tempo que Paulo, ambos assustados, Raquel perguntou:

– O que foi isso?

Paulo não teve tempo de responder. A resposta veio do som da porta sendo arrancada, por onde o Grande Xaphan entrou na cabine, a ameaçadora espada na mão.

– Não pode ser! – Paulo exclamou. – Eu vi você explodir!

– Para vencer um demônio, só com magia! – Raquel falou ao seu lado.

Fechando os olhos para canalizar a magia, um elíptico escudo roxo surgiu na mão direita de Raquel quase ao mesmo tempo em que sua mão esquerda brilhava no mesmo tom. Seus olhos, quando abertos, emanavam a mesma coloração. Seus dentes estavam cerrados. Sua expressão era de puro ódio. Ela estava pronta para exercer o papel para o qual treinara a vida toda: ser uma guerreira.

– Paulo, se você aprendeu alguma coisa no limbo, esta é a hora de usar! – gritou Raquel.

Com um grito agudo de puro ódio, ela atacou a criatura com seu punho cerrado. Não conseguiu, porém, sequer alcançar o corpo do demônio. Vendo a espada descendo mortalmente contra sua cabeça, ela teve de abortar o ataque e levantar o escudo. O impacto foi tão forte que um dos seus joelhos se dobrou. Mesmo nessa posição vulnerável, ela abriu a mão brilhante, espalmada com os dedos unidos, e passou pela parte interna do braço que segurava a espada, desprotegida pela armadura. Um corte profundo se abriu repentinamente no braço do demônio, por onde sangue negro jorrou para todos os lados. Um urro gutural de dor ecoou pela cabine enquanto ele cambaleava para trás.

Aproveitando-se da vantagem, Raquel avançou com violência, sua mão esquerda rasgando o ar como uma faca contra o demônio. Recuperando-se do primeiro ataque, o Grande Xaphan trocou a espada de mão com muita agilidade e atacou, passando a ponta da lâmina pelas pernas dela. Enormes cortes instantaneamente se abriram nas coxas de Raquel, por onde muito sangue jorrou. Cambaleando, sem conseguir sustentar o peso do próprio corpo, ela caiu de joelhos.

Com a fúria estampada, os olhos do demônio brilharam com mais intensidade, fuzilando Raquel ajoelhada no chão. A lâmina de sua espada, levantada no ar de forma ameaçadora, apontada mortalmente para baixo, pronta para desferir um golpe mortal, refletiu o sentimento de seu mestre e ardeu em chamas. Com um movimento rápido, como se o ferimento em seu braço fosse insignificante, o Grande Xaphan agarrou os cabelos da jovem, puxando a cabeça dela para trás e expondo o seu pescoço para um golpe fatal.

Desesperada e ferida, Raquel juntou suas últimas forças para tentar se livrar das fortes mãos que a seguravam. Seus dedos se fecharam involuntariamente ao redor do punho do demônio, protegido pela armadura. Os espinhos da armadura atravessaram dolorosamente as mãos de Raquel, fazendo-a soltar um grito agonizante. Sangue escorreu pelas novas feridas. Não havendo mais nada que pudesse fazer, ela fechou os olhos e apenas aguardou a lâmina atravessar sua garganta.

Enquanto Raquel lutava, Paulo fechou os olhos e canalizou sua energia. Cada célula de seu corpo vibrou ao seu chamado. Seu coração acelerou. Seu sangue circulava mais rápido dentro de seu corpo, levando a magia para todos os órgãos. Em seu antebraço esquerdo surgiu um escudo elíptico azulado. De seu braço direito, uma grossa e longa espada ganhou vida, conjurada a partir da própria energia emanada. Toda a lâmina brilhava como se estivesse em chamas azuladas. Seus olhos, agora abertos, também brilhavam em um tom de azul. Por fim, atacou.

Paulo desviou com sua espada o golpe mortal desferido pelo demônio contra o pescoço exposto de Raquel, fazendo a lâmina de seu inimigo passar de raspão pelo ombro da jovem, abrindo um novo corte por onde mais sangue jorrou, antes de atravessar o piso metálico da locomotiva. Girando a lâmina rapidamente, ele decepou o braço do demônio. Com mais um movimento ágil, ele cravou a espada no peito do Grande Xaphan, perfurando a frente da armadura como se não servisse para nada. Sangue negro jorrou para todos os lados. Um grito de dor ainda mais gutural que o anterior reverberou pela cabine e se perdeu noite afora.

Apesar de atingido, o Grande Xaphan reagiu. Com um movimento ágil de suas asas, crescendo ameaçadoramente ao redor de Paulo, ele atacou. Para se defender, o jovem recuou alguns passos, arrancando a espada do peito de seu inimigo a tempo de aparar o ataque desferido à sua direita. Com o escudo, ele protegeu seu lado esquerdo.

Ferido mortalmente, mas livre da espada cravada em seu peito, o Grande Xaphan segurou Raquel pelo pescoço e a puxou de costas contra o seu forte corpo, passando a usá-la como escudo enquanto recuava pela porta. Cambaleando perigosamente pelo corredor estreito da locomotiva, os olhos do demônio estavam fixos na espada apontada em sua direção:

– Acabou! – gritou Paulo, sua voz carregada de poder. – Solte Raquel!

Mesmo machucado, o demônio apertou ainda mais a garganta dela. Um gemido fraco de dor surgiu de seus lábios.

Paulo percebeu que Raquel estava quase perdendo a consciência por causa dos ferimentos e do aperto em sua garganta. Se ele não fizesse alguma coisa, ela logo morreria. Cerrando os dentes de raiva, ele levantou a espada sobre sua cabeça e atacou, encurtando a distância rapidamente entre ele e o Grande Xaphan. Aquele golpe seria o último, se a batalha no estreito corredor da locomotiva não fosse impedida por uma ação externa.

Mais precisamente, por um ataque aéreo.

73

Conseguindo controlar os helicópteros com muita dificuldade depois de um mergulho arriscado atrás do Grande Xaphan, os dois pilotos refizeram a formação e sobrevoaram aquele setor da cidade à procura do demônio. Eles não podiam encerrar a missão sem antes neutralizar aquela ameaça. Ao menos morreriam tentando, uma vez que seus mísseis não surtiram qualquer efeito contra aquela figura assustadora.

A locomotiva em movimento chamou a atenção de Guilherme. Fazendo um sinal pela janela, ele iniciou uma manobra de aproximação. Tiago o seguiu, mantendo a formação conforme sobrevoavam a uma altura segura, seguindo o objeto.

Quando o demônio apareceu no estreito corredor ao lado dos motores da locomotiva, segurando Raquel pelo pescoço, Guilherme falou pelo rádio com seu colega:

– Temos que neutralizar a ameaça!

Olhando para o trem, Tiago percebeu a presença de civis. Um deles, inclusive, era refém do demônio. Se eles disparassem, estariam apenas matando aquelas pessoas que lutavam para sobreviver. Desafiando seu superior, ele respondeu:

– Senhor, confirmo a presença de civis na locomotiva. Não podemos disparar.

– Serão baixas necessárias, como em toda guerra! – Guilherme respondeu, preparando-se para disparar o último míssil. – Se não tem preparo para isso, ordeno que retorne à base.

Tiago mordeu os lábios, pensativo. Nenhuma das opções oferecidas por seu comandante era viável. Retornar à base estava fora de cogitação. Presenciar aquele extermínio também. Só havia uma coisa a fazer.

Acelerando sua aeronave ao máximo, Tiago fez uma manobra arriscada e tomou a dianteira de seu comandante, posicionando-se na linha de tiro, impedindo-o de avançar e mirar o alvo pretendido. Consciente de seu ato grave de insubordinação, falou:

– Sinto muito, senhor. Não posso deixá-lo fazer isso.

Com apenas um míssil e tendo Tiago entre ele e seu alvo, Guilherme teve de mudar a posição de seu helicóptero para refazer a mira. Tiago, percebendo a ação de seu superior, fez um movimento de avanço contra a aeronave de seu comandante. Quando Guilherme se deu conta do que estava acontecendo, ele foi forçado a realizar uma manobra evasiva, perdendo a mira. Preparado para efetuar o disparo, sem querer ele pressionou o botão, liberando seu último míssil. O projétil rasgou pela noite e atingiu a parte inferior traseira da locomotiva, levantando-a no ar em meio às chamas enquanto faíscas saíam das rodas da frente.

Com a explosão e a decolagem da parte de trás da locomotiva, Paulo foi jogado de costas em direção à cabine. Ele atravessou os bancos e se chocou violentamente contra o painel, destruindo-o antes de cair sobre a carcaça da central elétrica. O Grande Xaphan e Raquel foram lançados para fora da pesada máquina em movimento, o grito dela se perdendo ao longe enquanto seus corpos desapareciam na escuridão da noite.

Por fim, a locomotiva, com a traseira ainda em chamas, descarrilhou, arrastando-se de lado na plantação que margeava os trilhos. Quando parou, tinha deixado para trás um longo rastro de destruição.

74

Amanheceu. Os raios do sol que lutavam contra as nuvens bateram carinhosamente no rosto de Paulo, aquecendo-o e fazendo-o despertar dentro da locomotiva tombada. Ainda tentando se sintonizar, ele olhou ao redor. A bolsa com os grimórios tinha se rasgado no acidente e os livros estavam espalhados pela cabine. Os bancos destruídos estavam jogados de lado. Faíscas ameaçadoras saíam a intervalos regulares da fiação elétrica exposta no painel arrebentado. Os vidros dianteiros estavam quebrados. Não havia, porém, nenhum sinal de Raquel nem do demônio. Muito menos do seu escudo e de sua espada, conjurados por magia.

Sangue escorria por um corte na cabeça de Paulo. Mesmo ferido, ele se colocou de pé com muito esforço. Invadido por uma tontura repentina, ele se encostou contra o que outrora fora o chão da locomotiva e aguardou. Por fim, chamou:

– Raquel? Você está bem? Onde você está?

Não houve sinal. A ausência de resposta o deixou extremamente preocupado. "Não, ela não pode estar morta!", Paulo pensou. Porém, se tivesse sido jogada para fora da locomotiva, as chances de sobrevivência seriam bem pequenas. Até mesmo para alguém tão forte e determinada como ela.

Com muito esforço, Paulo saiu da cabine por uma das janelas dianteiras, cambaleando. Ele se apoiou contra a lateral de metal, ainda um pouco tonto, e gritou mais uma vez:

– Raquel? Onde você está?

Novamente não houve resposta. Sentindo o pavor aumentar, Paulo começou a ficar atônito enquanto contornava a locomotiva tombada, segurando-se onde podia. Tentando manter o equilíbrio sobre as pernas enfraquecidas, ele seguiu trôpego em meio à plantação devastada pelo descarrilhamento. O jovem chegou a cair algumas vezes no chão, sujando as mãos de terra, mas logo se colocou de pé e continuou sua busca.

Ao longe, avistou um corpo caído em meio à plantação devastada, imóvel. Desesperado, correu até lá, repetindo mentalmente: "Não, por favor, não, não, não! Por favor, por favor!".

Enquanto corria, algo em seu caminho agarrou suas pernas e o derrubou de bruços no chão de terra. Virando-se para ver o que o derrubara, seus olhos caíram sobre o demônio, muito ferido, mas ainda tentando pegá-lo. O Grande Xaphan rosnava de puro ódio enquanto rastejava lentamente na direção do jovem, puxando seu pesado corpo ensanguentado com apenas um braço. Seus olhos ainda mantinham aquele vermelho intenso, como se os ferimentos só tivessem servido para deixá-lo ainda mais colérico.

Colocando-se de pé, vacilante, Paulo fechou os olhos e canalizou a energia. A espada surgiu mais uma vez em seu braço direito. Respirando pesadamente, ele levantou o braço, a lâmina apontada ameaçadoramente contra o pescoço do demônio, e, tomado pela raiva, gritou:

– Morra, seu desgraçado! Morra de uma vez!

Com um único movimento, ele passou a lâmina pelo pescoço do Grande Xaphan, degolando-o. Conforme a cabeça rolava para longe do corpo, sangue negro jorrou, manchando o solo.

O demônio finalmente estava morto. O terror havia acabado. O sofrimento, no entanto, estava apenas começando.

Encerrando a magia, Paulo correu na direção do corpo caído. A cada passo que dava, ele alimentava a esperança de que Raquel estivesse apenas ferida e inconsciente, mas viva. "Ela está apenas desacordada, só isso!", pensava, tentando, na verdade, criar uma ilusão que mascarasse a evidente realidade.

Quando chegou perto, todas as suas esperanças esvaneceram de seu mais profundo ser. Raquel estava caída de costas contra o chão, os olhos fechados. Muito sangue escorria dos cortes profundos nas pernas, nas mãos e nos ombros, e novos ferimentos se abriram na queda da locomotiva em movimento. A terra estava encharcada e vermelha ao seu redor.

Caindo de joelhos ao lado dela, as lágrimas escorrendo pelo rosto, Paulo colocou as mãos sobre os ferimentos e fechou os olhos, buscando mais uma vez a magia em seu interior. Ele iria salvá-la, mesmo que isso o esgotasse tanto a ponto de custar sua própria vida. Ela não podia morrer.

Mãos frias repentinamente pousaram delicadamente sobre suas mãos. Abrindo os olhos, ele viu Raquel balançando a cabeça de um lado para o outro, suplicando com o olhar para que ele não tentasse salvá-la com magia. Ela, mais do que ninguém, sabia que não adiantaria.

Deixando sua cabeça cair de lado de modo que pudesse fitar os olhos de Paulo, Raquel balbuciou:

– Conseguimos escapar! – Sua voz estava tão fraca que era quase inaudível.

– Sim – respondeu Paulo, sorrindo ao mesmo tempo em que envolvia as mãos dela entre as suas, tentando aquecê-las.

Raquel se esforçou para retribuir o sorriso antes de perguntar:

– E o Grande Xaphan?

– Morto – disse Paulo.

– Os grimórios? – Raquel perguntou.

– Estão seguros. Acabou – respondeu Paulo, tranquilizando-a.

O alívio no rosto de Raquel era evidente. Juntando todas as forças que restavam em seu corpo, ela pediu:

– Entregue os grimórios para sua mãe. Ela vai saber o que fazer.

Paulo compreendia aquele pedido de Raquel como uma despedida. Ela estava desistindo de lutar contra a morte. Ela estava partindo. Ele não podia deixar que aquilo acontecesse. Tinha de fazer alguma coisa. "Mas o quê?", ele se perguntou.

Buscando forças dentro de si mesmo, mas só encontrando um enorme vazio causado pela tristeza de um fim sobre o qual ele não tinha controle nenhum, Paulo falou:

– É sua missão! Você vai se recuperar e entregar os grimórios! – Sua voz tremia, emitida sem a menor convicção.

– Eu adoraria fazer isso – respondeu Raquel –, mas não vou poder cumprir. Ajudar a proteger os grimórios é sua missão agora.

– Nós vamos fazer isso juntos. Por favor! – Paulo implorou, sua voz beirando o desespero. E confessou: – Eu preciso de você!

Com muito esforço, Raquel tirou uma de suas mãos do meio das dele e passou pelo rosto de Paulo, limpando as lágrimas que escorriam.

– Eu adorei conhecer você. Gostaria muito que fosse em outras circunstâncias para que pudéssemos ter mais tempo juntos.

Virando a cabeça para mirar o sol tentando sair do meio das nuvens claras, Raquel fechou os olhos demoradamente. Em seu rosto, lágrimas escorriam. Quando os abriu novamente, ainda olhando para o céu, ela continuou:

– Mas não vou acompanhar você. Sinto muito. Você terá de prosseguir sozinho.

– Não diga isso! – Paulo exclamou, mais desesperado do que nunca. – Você vai ficar boa! A ajuda está chegando. Por favor! Aguente!

– Não há mais tempo. Gostaria apenas que você me beijasse... – Raquel pediu, olhando Paulo pelo canto dos olhos.

– Eu vou adorar beijar você – respondeu Paulo. – Quando estiver salva.

– Por favor! – Raquel pediu, juntando suas últimas forças. Sua voz, agora, não era mais que um sussurro.

Pousando delicadamente a mão sobre os dedos de Raquel em torno de seu rosto, ele se debruçou sobre ela e a beijou. Ela fechou os olhos, guardando em sua memória a última imagem do rosto de Paulo, enquanto sentia o calor dos lábios dele tocando os seus.

Os movimentos dos lábios de Raquel foram ficando cada vez mais lentos. Por fim, eles pararam de se mover. Um último suspiro saiu de sua boca. A mão ao redor do rosto de Paulo pendeu de lado, caindo inerte sobre a terra fofa.

Raquel não resistira aos ferimentos. Depois de tudo o que tinha passado, ela finalmente encontrara a paz.

Raquel estava morta.

Quando percebeu que Raquel não o beijava mais, Paulo afastou sua boca. Debruçando-se sobre o corpo inerte da jovem, ele começou a chorar feito uma criança. Mas aquele choro sentido não era somente pela morte de Raquel. Era também por Júlia, Gustavo e Cláudia, amigos de verdade que ele também perdera naquela noite. Era por todas as pessoas inocentes daquela cidade até então pacata que perderam suas vidas por causa de desejos egoístas de alguns indivíduos cuja maldade parecia não ter fim.

Um forte vento levantou os cabelos de Paulo e balançou suas roupas quando vários helicópteros de resgate pousaram ao seu redor. Da primeira aeronave saíram dois homens vestidos de branco carregando grandes maletas. Correram na direção de Paulo e, enquanto um deles o tirava de perto do corpo de Raquel, o outro iniciava os procedimentos de ressuscitação.

Mantendo-se afastado, olhando o trabalho dos paramédicos, Paulo sentiu uma delicada mão pousar sobre seus ombros. Virando a cabeça, ele viu sua mãe parada ao seu lado. Por mais que ela fosse uma mulher forte, não conseguia esconder a tristeza ao ver o corpo de Raquel estendido à sua frente, sem vida. Uma lágrima escorreu pelo canto dos seus olhos.

Abraçando a mãe com força, as lágrimas abundantes voltando a cair, Paulo falou entre soluços:

– Mãe, ela está morta! Raquel está morta!

Roberta nada respondeu. Apenas abraçou o filho de volta, colocando uma das mãos sobre a cabeça dele, encostada em seu ombro. Esperou ele extravasar toda aquela angústia. Depois de tudo pelo que passara, ele merecia esse tempo somente para ele.

Por mais que tivessem tentado de tudo, os esforços dos paramédicos para reanimar Raquel foram em vão. Ela já estava morta havia algum tempo. Para eles, restou apenas o trabalho de recolher o corpo dela dentro de um saco e levá-lo cuidadosamente para o helicóptero.

Em volta da locomotiva tombada e da plantação devastada, mercenários armados faziam a segurança do local contra qualquer possível ameaça hostil. Homens vestidos com roupas escuras camufladas e mulheres trajando elegantes tailleurs vasculhavam o local à procura dos grimórios.

Quando Paulo se afastou do ombro da mãe e limpou o rosto na própria camiseta, Roberta falou carinhosamente:

– Meu filho, sei o quanto está sofrendo. Eu realmente sinto muito. Foi uma perda muito importante para mim também. Eu tinha um carinho especial por Raquel.

Paulo apenas balançou a cabeça afirmativamente, perdido em pensamentos. Roberta, sentindo-se forçada a abordar o assunto que urgia, continuou:

– Sei que não é o momento, mas eu preciso saber se vocês conseguiram resgatar os grimórios e onde eles estão.

Com um suspiro longo, Paulo respondeu:

– Conseguimos. Estão em algum lugar dentro da locomotiva.

Com apenas um gesto, Roberta ordenou às mulheres que olhassem dentro da locomotiva. Depois de alguns minutos, elas retornaram de mãos vazias, trazendo mais uma notícia devastadora naquele dia fatídico:

– Senhora, infelizmente não encontramos nada.

– Tudo bem! – respondeu Roberta, tentando esconder a aflição que o sumiço dos livros lhe causava. – Voltem para a Ordem. Resolveremos esse problema depois.

– Como desejar. – Com uma discreta reverência, elas se afastaram.

Voltando-se para o filho, Roberta mais uma vez colocou sua mão delicadamente sobre o ombro dele e falou:

– Meu filho, temos que ir. Ficar aqui não vai trazê-la de volta.

Paulo balançou a cabeça afirmativamente, permanecendo em silêncio. Perdido em pensamentos, ele se deixou conduzir pelas mãos carinhosas de sua mãe, pousadas sobre seus ombros.

Um a um, os helicópteros decolaram. Conforme ganhavam altura, eles se afastavam da cidade de Cafelândia, tomando a rota de retorno a São Paulo. Atrás deles, apenas um rastro de destruição e morte. Para quem sobrevivera a todo aquele inferno, a vida futura seria marcada por sofrimento e pesadelos.

Paulo nunca mais seria o mesmo.

EPÍLOGO

Algumas semanas depois do incidente na cidade de Cafelândia, líderes de diversas organizações se reuniam na penumbra ao redor de uma enorme mesa retangular. Sobre ela, os grimórios estavam estrategicamente espalhados, todos iluminados por pontos de luz emanados do teto. Em pé, na cabeceira, a silhueta de um homem de meia-idade falava aos seus convidados de honra:

– É um prazer saber que vocês deixaram suas diferenças de lado para ouvir o que tenho a dizer.

Andando na penumbra de um lado para o outro em frente à cabeceira da mesa, o homem continuou:

– A lua de sangue está se aproximando. Não é, no entanto, uma lua de sangue comum. Acontecerá junto de um alinhamento planetário. É um evento astronômico em que o véu entre os mundos estará mais frágil.

Apontando para os livros enquanto explicava, acrescentou:

– Com os grimórios reunidos, seremos capazes de trazer todos os seres que cultuamos para a Terra. Será o início de uma nova era.

Parando de caminhar, ainda sob a penumbra, ele se virou para todos os seus convidados. Apoiando as duas mãos na borda da mesa, ele se debruçou para a frente, deixando seu rosto se iluminar pela luz sobre um dos grimórios.

Com um sorriso malicioso, Rodrigo perguntou:

– Conto com o apoio de vocês?

Edição: 1ª
Fonte: Bookmania